古典文獻研究輯刊

二九編

第 **18** 冊

神聖凝視：道教圖像與中國古代小說（上）

萬晴川 著

國家圖書館出版品預行編目資料

神聖凝視：道教圖像與中國古代小說（上）／萬晴川 著 --
初版 -- 新北市：花木蘭文化事業有限公司，2024〔民 113〕
目 4+218 面；19×26 公分
（古典文學研究輯刊 二九編；第 18 冊）
ISBN 978-626-344-568-0（精裝）
1.CST：中國小說 2.CST：道教文學 3.CST：文學評論
820.8   112022464

古典文學研究輯刊
二九編　第十八冊　　　　　　　　　ISBN：978-626-344-568-0

神聖凝視：道教圖像與中國古代小說（上）

作　　　者	萬晴川
總 編 輯	杜潔祥
副總編輯	楊嘉樂
編輯主任	許郁翎
編　　　輯	潘玟靜、蔡正宣　美術編輯　陳逸婷
出　　　版	花木蘭文化事業有限公司
發 行 人	高小娟
聯絡地址	235 新北市中和區中安街七二號十三樓
	電話：02-2923-1455／傳真：02-2923-1452
網　　　址	http://www.huamulan.tw 信箱 service@huamulans.com
印　　　刷	普羅文化出版廣告事業
初　　　版	2024 年 3 月
定　　　價	二九編 21 冊（精裝）新台幣 56,000 元

神聖凝視：道教圖像與中國古代小說（上）

萬晴川　著

作者簡介

萬晴川，原名萬潤保，江西南昌人，文學博士。揚州大學文學院二級教授、博士生導師，主要從事中國古代小說戲曲研究。曾入選浙江省高校中青年學科帶頭人、浙江省政府新世紀 151 人才、浙江省 135 社科規劃專家。兼任中國明代文學學會理事、中國俗文學學會常務理事、中國《聊齋誌異》學會常務理事、浙江圖書館文瀾講座教授等。在《文學評論》《文學遺產》《光明日報》《文藝理論研究》《清華大學學報》《文獻》等刊物上發表學術論文 140 餘篇，出版《中國古代小說與方術文化》《中國古代小說與民間宗教及幫會之關係研究》《風流道學——李漁傳》等專著 13 部。有近 20 篇論文先後被《新華文摘》《社會科學文摘》《人大複印資料》《高等學校文科學術文摘》《文學遺產網絡版》等刊物全文轉載或論點摘編。主持國家社科基金項目 3 項、教育部及省社科重點規劃課題 7 項，多次獲省廳級科研獎勵。

提　　要

　　中國古代道教圖像形式眾多，數量龐大，與古代小說有著十分密切的關係。本書廣泛使用版畫、壁畫、刺繡、磁畫等各種圖像資料，研究道教「小說圖像」和「圖像小說」。其一，小說中的西王母、老子、真武、媽祖等著名道教神祇形象在生成、演變、定型的過程中，圖像有著很大的陶化之功。其二，道教小說的插圖形式，主要有偶像型和情節型兩種，圖像除發揮闡釋、補充和豐富語言文本，實現文本增值的功能外，還實現弘道的效果。其三，道教的修煉方法、道畫技法、道術等，對古代小說文體的形成、小說的敘事模式等，產生了很大的影響，顯者如道教連環畫體傳記，漢墓圖像與中古小說的同構互文。隱者如有著鮮明圖像思維特徵的上清派存思修煉方法，對道教小說創作的濡染浸潤，道教圖讖在內容和敘事體例上為地理博物小說所融攝，又發展為「軌革卦影」等民間方術，並最終內化為一種小說的結構藝術。其四，運用一些道教圖像資料，可以對某些文學史上的問題進行重新闡釋，如大螺變少女的問題、「竹林七賢」之「竹林」的詮釋等。總之，道教圖像對小說人物形象的塑造、小說的敘事與批評、小說文本的建構、小說的傳播等眾多方面，都產生了深刻的影響。

國家社科基金結項成果
（批准號 15BZW106）

目

次

緒　論

一、選題緣起

　　圖像學是上世紀 80 年代由西方輸入的理論。1912 年，德國文化史家瓦爾堡（Aby Warburg）首次運用圖像學方法闡釋費拉拉的斯基法諾亞宮的星相學壁畫，因而被稱為「圖像學之父」。繼瓦爾堡之後，潘諾夫斯基（Erwin Panofsky）進一步完善了圖像學研究方法，他認為圖像學就是對意義的闡釋，意義就隱含在作品之中，需要闡釋和追問，而當後人需要對前人的作品進行欣賞和解釋時，就有一個在精神上重新參與創造的過程。他提出對作品解釋的三個層次：一是「前圖像志描述」，即解釋圖像自然的題材；二是「圖像志分析」，即運用豐富的文獻知識，分析圖像故事的原型；三是「圖像志解釋」，即闡釋圖像的內容或含義。如果說，潘諾夫斯基通過圖像闡釋的三個階段來還原作品生成的「歷史語境」，達到對作品意義的還原目的的話；那麼，貢布里希（Gombrich）則是通過「方案的重構」來確定圖像的故事及其意義。貢布里希認為作者的意圖是通過方案實現的，方案由多種因素構成，藝術家不可能獨立地、完全按照自己的意願完成作品。可見，瓦爾堡提出「情念形式」，並從文化史的視角來探討作品圖像與神話詩歌的關聯；潘諾夫斯基從歷史還原的體驗中分析圖像的自然題材、原典知識、象徵世界，把對圖像的意義闡釋納入宏大的文化史背景中，基本完成了圖像學研究方法的框架；貢布里希的「方案的重構」進一步探討作品的內蘊。在潘諾夫斯基、貢布里希等人的影響下，圖像學方法興盛一時。它最初運用於考古學中，爾後擴及藝術學領域，至 20 世紀後期，隨著

「視覺文化時代」的到來，這個術語開始慢慢進入文學、哲學、文化等諸多領域。對文學圖像學影響巨大的是上世紀七八十年代法國學者熱拉爾・熱奈特（Gerard Genette）提出的副文本理論，他將正文本之外的諸如插圖、序跋、封面等因素視為副文本，並作為文學研究的有機組成部分。在熱奈特看來，正文本和副文本地位有主次、中心邊緣之區分，但在後結構主義的互文理論和泛文本觀念中，正文本和副文本具有同等重要的地位。

上世紀 80 年代，范景中先生主持《美術譯叢》，對引進圖像學理論做了很重要的工作，貢布里希的《維納斯誕生》《圖像學的目的和範圍》、潘諾夫斯基的《圖像志與圖像學》等論著先後被譯介到中國，范先生同時指出，譯介經典不只為美術史學科，而是「夢想著有朝一日，美術史不再是美術家的附庸，能成為大學的一個人文學科」。〔註 1〕此外，曹意強先生編輯的論文集《藝術史的視野——圖像研究的理論、方法與意義》，闡述了美術史與人文學科的互動關係、圖像證史的理論與方法、中外藝術史學的發展，以及歐美藝術史的現狀與趨勢。在視覺文化熱的當下，「圖像研究」已經成為國內人文學科普遍關注的熱點，開始被廣泛運用到藝術、文學、哲學、文化等眾多研究領域。

早期圖像與文字的結合緣於宗教信仰，古今中外莫不如是。彼得・伯克宣稱：「在不同的時期，圖像有各種用途，曾被當作膜拜的對象或宗教崇拜的手段，用來傳遞信息或賜予喜悅，從而使得它們得以見證過去各種形式的宗教、知識、信仰、快樂等等。儘管文本也可以提供有價值的線索，但圖像本身卻是認識過去文化中的宗教和政治生活視覺表現之力量的最佳嚮導——圖像如同文本和口述證詞一樣，也是歷史證據的一種重要形式。」〔註 2〕彼得・伯克主張圖像可以用來印證歷史，那宗教圖像當然就是認識過去宗教發展史的最好材料之一。圖像（image）一詞就來源於拉丁文 Imāagō，意思是像某物。圖像學英文為 Iconology，或者 Iconography，意為圖像、偶像、聖像。先民認為結構相似的東西之間有著神秘的感應關係，因而圖像可以用作實施偶像巫術，可見圖像與宗教有著天然的聯繫。後來主流宗教都排斥圖像，與原始多神教決裂。不過，後來無論是基督教還是伊斯蘭教、佛教，都最終走向了「像教」即利用繪畫、雕塑等傳播教義，從而形成宗教美術。蘇聯美術史家烏格里諾維奇說：「宗教和藝術在其歷史發展中不單相互作用，

〔註 1〕范景中：《編後記》，《美術譯叢》1984 年第 3 期。
〔註 2〕〔英〕彼得・伯克《圖像證史》，楊豫譯，北京大學出版社，2008 年，第 9 頁。

而且相互滲透，彼此交織，融為一體，形成我們用『宗教藝術』一詞來標示的一種獨特的文化歷史現象：宗教組織力圖支配藝術，使它為自己服務，把它納入宗教膜拜體系。」〔註3〕宗教美術創作本身就是宗教行為，是一項具有儀式性質的宗教活動，是在宗教體驗過程中完成的藝術活動；宗教美術以宗教內容為載體，並服務於傳播宗教思想。宗教美術與世俗美術之區別，就在於其創作主旨方面明確的信仰行為，創作手法方面特定的象徵體系。中世紀學者約翰・德瑪斯塞認為，因為我們與自身肉體相連結的方式，使我們不可能不依賴肉體而達到聖靈，「我們不僅通過耳聞之言辭，而且通過眼見之聖像來領悟聖靈。上帝在可見的事物中顯靈是很自然的，因此，如果上帝通過可見的事物顯現自己，可見的事物就不純粹是物質性的。」特別是一些文化水平較低的民眾，對他來說，更容易接受繪畫。教皇格利高里就曾說過繪畫比文學更能打動人心，當時的學者威康・圖蘭多也認為圖像優於文學。他說：「它（指圖像）使歷史事件呈現於眼前，而文學作品則須由聽覺喚起對它們的記憶，對心靈的觸動要小些。這就是我們在教堂裏對書本的崇拜不如對畫像、繪畫的崇拜那樣強烈的原因。」因而基督教逐漸開始重視圖像藝術的重要性，利用繪畫為傳教服務，允許在宗教聖書上插圖，在教堂繪製壁畫、安放聖像等。〔註4〕

　　中國有悠久的圖像傳統，留下了豐贍的圖像資源，而且其起源和發展都與宗教有著密切的關係。文字是最早的「圖像」，文字學家唐蘭認為：「文字本於圖畫，最初的文字是可以讀出來的圖畫，但圖畫卻不定能讀。後來，文字跟圖畫漸漸分歧，差別逐漸顯著，文字不再是圖畫的，而是書寫的。書寫的技術，不需要逼真的描繪，只要把特點寫出來，大致不錯，使人能認識就夠了。」〔註5〕因此，圖畫是文字發展的一個必然階段。基於此，學界認為無論是圖像還是文字都是起源於原始社會的圖像符號，是先民用來記錄世界、傳遞和交流信息的工具。由於先民的抽象思維還不發達，他們主要還是依靠具象思維方式，要傳達某個物體的信息，便直接以某物來示人。趙憲章指出：原始社會留存下來的圖像包括人體裝飾、陶器紋飾、史前雕塑和原始岩畫等，題材涉及天文地理、

〔註3〕〔蘇〕烏格里諾維奇：《藝術與宗教》，王先睿等譯，三聯書店，1987年，第93頁。
〔註4〕曹意強：《圖像與歷史——哈斯克爾的藝術史觀念與研究方法》，中國美術學院出版社2007年版，第42～44頁。
〔註5〕唐蘭：《中國文字學》，上海古籍出版社，2001年，第55頁。

狩獵農事、祭祀禮儀、戰爭等，明顯表現為「以圖言說」的特點，這是先民主要的表達方式，是「語圖一體」的形態，[註6]唐人張彥遠在《歷代名畫記》中表述曰：「是時也，書畫同體而未分，象制肇創而猶略，無以傳其意，故有書；無以見其形，故有畫。」[註7]那時書畫雖同體，但在表意的適用範圍上有所不同，書適合表達「意」，畫適合保存事物之「形」。隨著社會的發展及人們抽象思維能力的提高，文字與圖畫逐漸兩分：一是繼續沿著「見形」的圖像化方向發展，使得簡單的圖像符號發展成日益複雜的圖像藝術，即繪畫藝術；二是沿著「傳意」的方向發展而走向抽象化，演變成抽象的文字。至此，人類的兩大主要表意系統就宣告形成，且具有不同的適用範圍。因此，從兩者的發生學角度看，圖像更適於表達感性直觀的意義；語言更適合表達抽象的道理。[註8]因而先民早已形成的「象數」思維，是理解世界及其存在意義的基本範式，其實質就是圖像思維。隋蕭吉《五行大義序》云：

> 原始要終，靡究萌兆。是以聖人體於未肇，故設言以筌象，立象以顯事。事既懸有，可以象知；象則有滋，滋故生數。數則可紀，象則可形。可形可紀，故其理可假而知。可假而知，則龜筮是也。……是以事假象知，物從數立[註9]。

可見，圖文關係史最早可追溯到龜占卜筮，商人根據甲骨上的紋路圖形預測吉凶，形成帶有敘事性的文字說明，圖像對敘事內容進行規制。《易傳》認為世間萬物都起源於太極，太極生兩儀，兩儀生四象，四象生八卦，八卦化生萬物，依此類推，世間萬物之間就必然存在內在聯繫，可以推此及彼，「是故易者象也，象也者，像也」[註10]，「在天成象，在地成形」，「見乃謂之象，形謂之器」。[註11]此事物可以成為彼事物的「徵兆」，陰陽二爻和卦爻辭本身就是對「觀物」所取之「象」的抽象描述以及對「象」所蘊含義理的闡發。「象」的存在及變化，都產生和取決於天命，所謂「天垂象，見吉凶，聖人象之」[註12]，而天垂象又是人世之變化的反映，所以人們可以根據這些「象」來推斷人事之

〔註6〕趙憲章：《文學和圖像關係研究中的若干問題》，《江海學刊》2010年第1期。

〔註7〕張彥遠：《歷代名畫記》，俞劍華注釋，江蘇美術出版社，2007年，第1頁。

〔註8〕陸濤：《圖像與傳播——關於古代小說插圖的傳播學考察》，《江西社會科學》2011年第11期。

〔註9〕蕭吉：《五行大義》，穗久邇文庫藏本，東京汲古書院，1989年，第6～8頁。

〔註10〕黃壽祺、張善文：《周易譯注》，上海古籍出版社，1989年，第579頁。

〔註11〕黃壽祺、張善文：《周易譯注》，第579頁。

〔註12〕黃壽祺、張善文：《周易譯注》，第556頁。

吉凶、國家之禎祥，所謂「吉事有祥，象事知器，占事知來。」〔註13〕如果再將「河圖洛書」納入考察視野，我們就會發現，我國通過圖像對事物發展做出預測的宗教文化傳統歷史悠久，圖像和敘事都具有神聖性。

佛教傳入中國後就特別重視「像教」，他們認為：欲使人人信佛，僅憑說經是不夠的，只有通過觀看佛像，才能「美其華藻，玩起炳蔚，先悅其耳目，漸率以義方」。〔註14〕即首先是圖像之美激發起觀者的欣賞興趣，得到美的享受之後，逐漸開始玩味圖像中蘊含的教義，因而留下大量的佛教造像，而且率先製作佛經插圖文本，以擴大影響。特別是晚唐時期，「變相」在佛家的「院講」傳播活動中大放異彩，「『變文』則是依據圖像鋪演語言敘述、敘與畫合、敘畫交映，其敘述特徵正表現『變相』繪抽象為具體、化呆板為生動的通俗化敘事傳播功能與品格，二者的互變關係十分明顯。」〔註15〕僧人利用宗教圖像對圖說經，後來說話藝人看圖講故事，形成一種借助圖畫的口頭表演藝術，即「平話」，「平」通「評」，就是「評說」他的圖畫。它不僅為敘事文學提供了故事模型，而且促進了敘事文本內容含量的增加，使話本（畫本）小說逐漸向章回小說發展。

老子認為「大道無形」，雖然「道「是天地萬物之根本，但「視之不見」，「聽之不聞」，觸之不得，乃「無物之象」，所以道教最初不供神像。漢代《老子想爾注》中嚴厲指責道：「道至尊，微而隱，無狀貌形象也。但可從其誠，不可見知也。今世間偽伎，指形名道，令有服色名字狀貌長短，非也，悉耶偽耳。」〔註16〕早期道教在「治」和「靖」中進行宗教儀式時，不設道尊形象，唐釋法琳指出：「考梁、陳、齊、魏之前，唯以瓠盧盛經，本無天尊形象。按任子《道論》及杜氏《幽求》云：『道無形質，蓋陰陽之精也。』《陶隱居內傳》云：『在茅山中立佛道二堂，隔日朝禮。佛堂有像，道堂無像。』」〔註17〕後來隨著佛道競爭日趨激烈，道教也開始認識到圖像在傳道中的作用，敦煌藏經《太上靈寶老子化胡妙經》中借太上老君的話說：「世間愚癡之人輩，謂天尊

〔註13〕黃壽祺、張善文：《周易譯注》，第 605 頁。
〔註14〕《菩薩地持經卷》第七卷，載《中觀‧瑜伽部》第 30 冊，《大正藏》，第 926 頁。
〔註15〕周紹良：《唐代變文及其他》，《敦煌文學作品選》，中華書局 1987 年，第 25 頁。
〔註16〕饒宗頤：《老子想爾注校箋》，香港蘇記書莊，1956 年，第 18 頁。
〔註17〕法琳：《辯證論》卷 6，《大正藏》第 52 卷，第 535 頁。

無像。天尊生出以來，經歷數劫，恒河沙等，不可窮盡。變形世間，或大或小，或老或少。天地大聖，以道為尊。」〔註18〕《三洞經教部・十二部》中指出：「眾生暗鈍，自聞聲教不能悟解，故立圖像，助以表聖功。」〔註19〕強調大尊形象自古有之，其目的就是為使「暗鈍」眾生悟解，即一種傳道的輔助工具。後來元代全真道士劉志玄在序中談到創作《金蓮正宗仙源像傳》時的動機時稱，「大道之妙，有非文字可傳者，有非文字不傳者」〔註20〕。表明在東晉南北朝時期，道教上層對於道教主神是否有像的爭論已基本形成共識。隋唐時《太玄真一本際經》云：

> 若於空相未能明審，猶憑圖像係錄其心，當鑄紫金，寫我真相，
> 禮拜供養，如對真形。想念丹禱，功德齊等。所以者何？身之與像，
> 俱非實故。若能明瞭，非身之身，圖像真形，理亦無二。〔註21〕

「身」與「像」本為空幻，之所以使用「像」，就是為使道教義理更通俗易解。宋賈善翔《猶龍傳》卷二《撰仙圖》更詳細闡述了道教圖像對於道徒修行的作用：

> 圖錄經像，出於師承，乃上聖之秘言，即修行之要指。故三部
> 八景二十四神，具於人身，各有圖像，按而行之，立致通感。〔註22〕

信徒「禮拜供養」道像，並與道尊「真形」之間產生「通感」，從而起到教化的效果。道教造像形成於晉末魏初，釋玄嶷《甄正論》云：「近自吳蜀分疆，宋齊承統，別立天尊，以為教主。」〔註23〕《集古今佛道論衡》卷下引唐龍朔元年春三月華觀道士朝散大夫郭行真作佛教發願文說：「梁魏以上，未聞道有儀形，周齊以下，弘誘開於氓俗，是則擬佛陶化，終詐飾於昏蒙」，「道本無形，行之於周魏；佛惟有像，像布於人天。」〔註24〕南方起於宋齊時期，北方則始於魏周時期。王淳《三教論》中明確指出道教像教是模彷佛教：「近世道士，取活無方，欲人歸信，乃學佛家製作形象，故假號天尊，乃左右二真人，

〔註18〕《太上靈寶老子化胡妙經》（敦煌本），載張繼禹主編：《中華道藏》第 8 冊，華夏出版社，2004 年，第 208 頁。

〔註19〕張君房：《雲笈七籤》卷之六《三洞經教部一》，齊魯書社，1988 年，第 31 頁。

〔註20〕《金蓮正宗仙源像傳序》，《道藏》第 3 冊，文物出版社、上海書店、天津古籍出版社，1988，第 365 頁。

〔註21〕《太玄真一本際經》，《中華道藏》第 5 冊，第 207 頁。

〔註22〕《中華道藏》第 45 冊，第 593～594 頁。

〔註23〕法琳：《辯證論》，《大正藏》第 52 卷，第 568 頁。

〔註24〕《大正藏》第 52 卷，第 395 頁下～396 頁上。

量之道堂，以憑衣食。宋陸靜修亦為此形。」〔註25〕大約成書於北周末年隋朝初年的《洞玄靈寶三洞奉道科戒營始》，已將道教造像活動與寫經、造經擺至同等重要的高度，其中「造像品」詳細說明了各種不同等級神仙造像的規制，包括形象大小、用色、服飾等：

> 科曰．大大象無形，至真無色，湛然空寂，視聽莫偕，而應變見身，暫顯還隱，所以存真者係想聖容，故以丹青金碧，摹圖形相，像彼真容，飾茲鉛粉。凡厥繫心，皆先造像。

然後對造元始天尊等六者像所使用的材質、尺寸、鋪、龕、幀、座、室等都有嚴格的規定，還有侍從、儀仗等：「並真人、仙人、聖人、玉童、玉女、諸天帝王、金剛神王，香官使者、侍香、龍虎、獅子、辟邪，殿堂帳座、幡華幡蓋、飛天音樂、種種侍衛，各隨心力，以用供養，禮拜燒香，晝夜存念，如對真形，過去未來，獲福無量，克成真道。〔註26〕還有題萬福編錄的《三洞法服科戒文》，其通過太上老君與張天師對話的形式，對各階神仙的造像先後順序、用料、儀表、服飾等規定都做了詳細的說明。

中國古人早就認識到圖像與文字具有不同的功能與優勢，王弼在《周易略例‧明象》闡述道：「夫象者，出意者也。言者，明象者也。盡意莫若象。言生於象，故可尋言以觀象。象生於意，故可尋象以觀意。意以象盡，象以言著。故言者所以明象，得象以忘言；象者所以存意，得意而忘象。……是故存言者，非得象者也；存象者，非得意者也。象生於意而存象焉，則所存者乃非其象也。言生於象而存言焉，則所存者乃非其言也。然則，忘象者，乃得意者也；忘言者，乃得象者也。得意在忘象，得象在忘言。故立象以盡意，而象可忘也。重畫以盡情，而畫可忘也。」〔註27〕就是說，「言」和「意」皆以「象」為依託，「盡意莫若象」，「言生於象」，而「言」又是「得意」之間的中介，「尋言以觀象」，「尋象以觀意」。「言」「象」都只是個工具而已，人的最終目的是在「意」，「得象以忘言」，「得意而忘象」。「象」是具象的客體，「意」則是客體的內核，是人類認識的目的。這就是「象」、「言」與「意」三者之間的辯證關係。南宋鄭樵指出：「河出圖，天地有自然之象，圖譜之學由此而興起。洛

〔註25〕王淳：《三教論》，《大正藏》第 52 冊，1934 年，第 535 頁。
〔註26〕《洞玄靈寶三洞奉道科戒營始》，《道藏》第 24 卷，文物出版社、上海書店、天津古籍出版社，1988 年，第 662 頁。
〔註27〕樓宇烈：《王弼集校釋》（下冊），中華書局，1980 年，第 69 頁。

出書，天地有自然之文，書籍之學由此而出。圖成經，書成緯，一經一緯，錯綜而成文」，因而「古之學者為學有要，置圖於左，置書於右；索象於圖，索理於書。故人亦易為學，學亦易為功。」〔註28〕古代學者和讀者都將文與圖放在同等重要的位置上，從而使得學習和研究取得事半功倍的效果。明代高儒說：「圖以寫形，文以記用」。〔註29〕夏履先在《禪真逸史·凡例》中說：「圖像似作兒態，然史中炎涼好醜，辭繪之；辭所不到，圖繪之。」〔註30〕圖像與文字功能不同，各有優勢，因而圖文「兩美合併，二妙兼全，固闕一而不可者也」〔註31〕。圖文兩者儘管功能各異，但所要達到的目的是一致的。明初宋濂在《畫原》中總結道：「然而非書則無紀載，非畫則無彰施，斯二者其亦殊途同歸乎？」〔註32〕今人楊義指出：「文學與圖畫的關係，實際上是人們認識、把握世界的不同智慧、不同方式之間的關係，就是說它們的藝術意義，是相互映照的，又是共證的。」〔註33〕這句話很好地總結了圖文兩者之間的優勢互補關係，因此，古代插圖本書籍一直廣受讀者歡迎。

　　道教美術作為宗教美術中的一種，曾在中國古代繪畫史上佔據著十分重要的地位，俞劍華指出：「道釋畫又曾獨霸畫壇，且雜以宗教觀念，故道釋每在任務之前，列為畫科之首席」。〔註34〕道教圖像形式眾多，數量龐大，《抱朴子內篇》將道書分為道經與道符兩大類，二者數量大致相當，其中「道符」就是道教圖像。南北朝時期，「道符」分為符與圖，成為道藏的兩個重要分類。唐宋以後，儒佛道人物畫逐漸成為繪畫中的「一科」。宋代印刷術發明後，開始出現將各種圖譜、符箓、秘文、印章等彙集一起的綜合性道教著作。所以著名道教學者卿希泰定義「道教美術」道：「道教美術是體現道教教義，反映神鬼思想和道士修道生活內容的美術作品，一般分為道家思想的壁畫、文人道

〔註28〕鄭樵：《通志·圖譜略》，上海古籍出版社，1990年，第729頁。

〔註29〕高儒：《百川書志》，古典文學出版社，1957年，第131頁。

〔註30〕黃霖、羅書華：《中國歷代小說批評史料彙編校釋》，百花洲文藝出版社，2009年，第310頁。

〔註31〕王韜：《圖像鏡花緣敘》，載丁錫根《中國歷代小說序跋集》，人民文學出版社，1996年，第1445頁。

〔註32〕宋濂：《畫原》，載俞劍華《中國古代畫論類編》（上），人民美術出版社，2007年，第95頁。

〔註33〕楊義：《文學與圖》，載《重繪中國文學地圖·楊義學術講演集》，中國社會科學出版社，2003年，第166～167頁。

〔註34〕俞劍華：《中國繪畫史》，東南大學出版社，2009年，第121頁。

畫、墓室石刻，道教廟宇中的道教始祖、神仙鬼屬的石刻造像、道祖故事畫，
舉行道教儀式懸掛的水陸畫以及道教修道生活畫等。」〔註35〕道教圖像除物質
性的道教美術外，還包括抽象性的心靈圖像。所以，本課題「道教圖像」的概
念包括三種類型：一是偶像的、物質的繪畫、壁畫、雕刻、造像、文學插圖等；
二是非偶像、非物質的道符、圖表等；三是道徒在進行存思修煉時所見的神秘
圖景，具有瞬間即逝的特點。這些圖像，不但在道教弘道和宣教中發揮了重要
作用，而且對文學創作產生了巨大影響。

二、國內外研究現狀

中國近現代小說圖像學的研究走過了近百年的歷史，大體可分為資料整
理和圖像研究二個階段，當然這只是大致的劃分，實際情況當更為複雜，它們
之間存在交叉重疊的狀況，尤其是資料整理，可謂貫穿始終，本文只是為梳理
方面，取其主要特徵而已。

（一）資料的搜集與整理

資料搜集與整理階段。魯迅、鄭振鐸是開拓者，20 世紀上半葉他們就開
始以學術的眼光關注古代小說戲曲圖像，搜集、收藏和編刻了一些重要的小說
圖像資料。鄭振鐸在魯迅的影響下，在四五十年代，先後編輯出版了《中國版
畫史圖錄》《中國古代木刻畫選集》等書，並相繼發表了《談中國的版畫》（1940
年）《〈中國古代版畫叢刊〉總序》（1957 年）等多篇文章，對中國版畫發展的
整體脈絡進行了梳理和勾勒，搭建起版畫史研究的基本框架，明清小說版畫自
然是其中的重要內容。阿英對圖像也有特殊興趣，先後撰寫了《中國年畫發展
史略》（1954 年）《紅樓夢版畫集》（1955 年）《中國連環畫史話》（1957 年）
《楊柳青紅樓夢年畫集》（1963 年）《清末石印精圖小說戲曲目》（1963 年）
等，他率先把年畫和連環畫納入了古代小說戲曲圖像的研究範疇。傅惜華對文
學圖像的收集和研究也比較早，不過他的著作遲至八十年代才出版，如《中國
古典文學版畫選集》（1981 年）《中國版畫研究重要書目》（1984 年）等，可謂
廣徵博納，至今仍是重要的研究工具書。

從上世紀八十年代開始，在小說戲曲圖像搜集和編輯方面成績卓著的是
周蕪和周心慧。周蕪先後出版了《徽派版畫史論集》《武林插圖選集》《中國古

〔註35〕卿希泰主編：《中國道教》（四），東方出版中心，1996 年，第 66 頁。

代版畫百圖》《任渭長列仙酒牌》（1986 年）《改琦紅樓夢人物圖》（1987 年）《中國版畫史圖錄》（1988 年）《金陵古版畫》（1993 年）《日本藏中國古版畫珍品》（1999 年）《建安古版畫》（1999 年）等多部著作。周心慧編有《古本小說四大名著版畫全篇》（1996 年）《新編中國版畫史圖錄》（2000 年）《徽派及武林蘇州版畫集》（2000 年）《古本小說版畫圖錄》（2000 年）《中國古籍插圖精鑒》（2006 年）《吳曉鈴先生藏古版畫全編》（2003 年）《明清珍本版畫資料叢刊》（2004 年）等，兩人都注意到了版畫藝術的時代性和區域特色以及書坊表現的多樣性，並試圖從資料的積累上找到各流派的「總規律」，而且也將搜集範圍伸展到海外。周心慧主編的《中國古小說版畫史略》（1996 年），標誌著古代小說版畫研究從中國版畫研究中完全獨立出來。除兩大家外，還有吳希賢的《所見中國古代小說戲曲版本圖錄》（1995 年）、臺灣《「國家」圖書館藏戲曲小說版畫選粹》（2000 年）、漢語大詞典出版社《中國古代小說版畫集成》（2000 年）、金沛霖《古本小說版畫圖錄》（2007 年）、程有慶《周紹良藏明清小說版畫》（2007 年）、洪振《紅樓夢古畫錄》（2007 年）、方駿、尚可《中國古代插圖精選》（1992 年）、劉昕《中國古版畫》（1998 年）、杜春耕的《紅樓夢煙標精華》（2002 年）等，既有專門針對某部小說戲曲名著而收集的圖像，也有集大成型的小說戲曲版畫專著，另外，李國慶還編有《明代刊工姓名索引》（1998 年），不但方便研究者查檢，也拓展了版畫研究的領域。

　　海外的插圖收集與研究以日本學者起步最早，1932 年，黑田源次就編輯出版了《支那古版畫》，收錄近百幅中國古版畫。長澤規矩也編的《明代插圖本圖錄》、薄井恭一編的《明清插圖本圖錄》都對中國古代小說插圖本有所涉及。

　　總體而言，資料的搜集、整理和出版主要呈現兩個特點：一是圖像的搜集範圍逐漸擴大，由最初的版畫延展至年畫、酒牌、煙標等，如臺灣東大圖書公司出版的《民間珍品圖說紅樓夢》（1996 年）選取的圖像有民間年畫、詩箋、刺繡、燈屏、窗畫、繡像、畫譜、連環畫冊等，資料極為詳實而豐富。二是既有某部小說名著圖像的總錄，也有小說圖像集成；既有杭州、金陵、徽州、建安等地域性的版畫收集，也有全國範圍的竭澤而漁。但由於眾所周知的原因，改革開放前學術研究普遍不景氣，正如齊鳳閣所指出：「古版畫的研究還停留在史料的搜集、整理、史實描述階段。由於研究者後續乏人，在史學轉型的新時期不僅沒有開拓性進展，而且有研究中斷之感」。〔註36〕

〔註36〕齊鳳閣：《二十世紀的中國版畫研究》，《美術觀察》2001 年第 8 期。

　　鄭振鐸 1957 年撰寫的《楊柳青紅樓夢年畫集‧敘》,簡要分析了光緒年間的楊柳青《紅樓夢》年畫,標誌著小說圖像研究的開端。阿英在 1963 年為紀念曹雪芹逝世二百週年而作的《漫談〈紅樓夢〉的插圖和畫冊》,特別提醒學者們關注一百二十回插圖本《紅樓夢》,「美術家們的不斷精心創造。」〔註 37〕王伯敏的《中國版畫史》(1961 年)第五章第三節「關於戲曲小說的插圖」探討了明代小說戲曲插圖的構圖特點、圖式與情節的關係等問題,顯示出敏銳的學術眼光。郭味蕖的《中國版畫史略》(1962 年)基本體制與王著接近,但對具體作品的介紹更為詳細。

　　上世紀九十年代以前,明清小說圖像研究基本是美術的附庸,真正有圖像學意識並著手從這一角度進行研究的是在西方圖像學引入中國之後。上世紀 80 年代,范景中主持的《美術譯叢》做了很重要的工作,貢布里希的《維納斯誕生》《圖像學的目的和範圍》、潘諾夫斯基的《圖像志與圖像學》等論著先後被譯介到中國,范景中同時指出,譯介經典不只為美術史學科,而是「夢想著有朝一日,美術史不再是美術家的附庸,能成為大學的一個人文學科」。〔註 38〕此外,曹意強的論文集《藝術史的視野——圖像研究的理論、方法與意義》,闡述了美術史與人文學科的互動關係、圖像證史的理論與方法、中外藝術史學的發展,以及歐美藝術史的現狀與趨勢。在視覺文化熱的當下,「圖像研究」已經成為國內人文學科普遍關注的熱點,被廣泛運用到藝術學、文學、哲學、文化等眾多研究領域。特別是進入 21 世紀後,傳播學、符號學、互文理論、視覺文化等被廣泛運用到明清小說戲曲圖像研究中來,大大拓展了研究視野。宋莉華的《插圖與明清小說的閱讀與傳播》(2000 年)較早從傳播學視角和理論介入明清小說插圖研究,該文論述了明清小說插圖不同階段的代表作品和風格,強調了小說插圖對於閱讀的引導作用,此後接踵者眾,如於德山的《中國古代小說「語—圖」互文現象及其敘事功能》(2003 年),以互文理論研究明清小說插圖,他其後出版的專著《中國圖像敘述傳播》(2008 年),從圖式、敘述、「象觀念」、圖贊、題畫詩等方面,討論中國古代圖像敘述傳播的方式及其意義。韓春平、陸濤、顏彥、張偉等皆發表過類似論文。程國賦的專著《明代書坊與小說研究》(2008 年)獨闢蹊徑,從書坊刊刻的角度研究古代小說的插圖,該書第五章「明代坊刻小說插圖研究」分別對歷代坊刻小說插圖的淵源、

〔註 37〕阿英:《漫談〈紅樓夢〉的插圖和畫冊》,《文物》1963 年 6 期。
〔註 38〕范景中:《編後記》,《美術譯叢》1984 年第 3 期。

刊刻形態、插圖功用、插圖的地域特徵等進行研究。地域小說插圖的研究成果也為數不少，如汪燕崗《論明代建陽通俗小說的出版》（2007 年）論述建陽通俗小說的刊刻情況及其興盛的原因，涂秀虹《上圖下文：建陽刊小說的標誌性版式》（2009 年）指出建陽小說刊刻的版式特點。陸濤《晚清圖像敘事的興起及表現——以上海為中心的考察》（2012 年）從石印技術的出現，研究晚清小說上海圖像敘事的興盛。

美國華盛頓大學何谷理（Robert E. Hegel）教授在 20 世紀 70 年代從閱讀史的角度探討明清小說，80 年代又嘗試在閱讀視野下融合「書籍史和文學史研究」，由此揭開了海外明代小說與版畫關係研究的序幕。何谷理首先在《章回小說發展中涉及到的經濟技術》一文中，就考察過書籍版畫插圖對明代章回小說發展的影響。在《關於明清通俗文學和印刷術的幾點看法》一文中，他認為在明代成化年間之前，小說版畫基本延續元代傳統，沒有多少突破；萬曆以來，插圖移到卷前，書籍編排形式的改變提供了兩種欣賞力——前者是「情感對文字的反應」，後者則「純屬視覺」，「增強了文人的藝術感受」。〔註39〕1998年，何谷理研究明代小說與插圖關係的代表作《中華帝國晚期插圖本小說的閱讀》出版，該書從不同的讀者群闡述小說閱讀效果，進而呈現文學與圖像的多面相關係。何谷理吸取印刷史、閱讀史成果，運用文學社會學方法，通過文學場域中讀者「位置」的差異，以此所產生的閱讀影響，可謂耳目一新。法國華裔學者陳慶浩在校訂本《型世言》（1993 年）的導言中專門探討《型世言》佚失插圖與《別本二刻拍案驚奇》部分插圖的同源問題。通過回目與插圖題詞、正文之間的對照，得出「《別刻》的插圖二頁來自《醒世恒言》，一頁還未查明出處，其他則採自《型世言》，可以補已佚失的《型世言》插圖」的結論。〔註40〕梅節在《上海圖書館藏崇禎本〈金瓶梅〉觀後瑣記》（2003 年）以上乙本中插圖、卷題、內容文字、評語四個方面考察《金瓶梅》的版本，細緻剖析了明清小說插圖中反復出現的規格化圖像傳統，以此得出視覺化的讀書習慣等問題。

（二）研究視域

因為小說名著的影響大，圖像版本多且價值大，所以古代小說圖像的研究成果主要叢集於名著，在研究方法和路徑上，從 90 年代以後，學者開始超越

〔註39〕〔美〕何谷理：《關於明清通俗文學和印刷術的幾點看法》，《中國圖書文史論集》，現代出版社，1992 年，第 387 頁。
〔註40〕陳慶浩：《型世言·導言》，江蘇古籍出版社，1993 年，第 17 頁。

美術史的拘囿，關注明清小說戲曲插圖的文學史意義和文本價值，從語—圖、地域、傳播等角度進行探討，並從搬用西方圖像理論，發展到有意識建立中國文學圖像學理論。

1. 圖像文獻作用研究

或利用圖像資料研究小說的成書，如日本學者田仲一成、戶田禎佑、板倉聖哲和磯部彰等，都曾通過《唐僧取經圖冊》探討《西遊記》的成書過程。謝保生（1994 年）、李安綱（1999 年）、楊國學（2000 年）通過敦煌和河西走廊壁畫，研究取經故事的演變。曹炳建、黃霖的《〈唐僧取經圖〉探考》在磯部彰等先生研究的基礎上，對《圖冊》的作者、時代以及每幅圖畫的本事來源等做了進一步考證，詳細剖析《圖冊》與「西遊」故事和人物形象演化的關係。最近出版的由魏文斌、張利明編撰的專著《西遊記壁畫與玄奘取經圖像》（2019 年）則對這一問題做了綜合梳理和研討。

或通過圖像梳理小說的版本源流，如陳翔華的《關於日本藏熊佛貴忠正堂刊本三國志史傳》（2004 年）特別關注熊佛貴忠正堂刊本的「合像」，注意到了部分圖像與圖目同下欄正文文字不相對應的現象。張惠的《程甲本版畫構圖、寓意與其他〈紅樓夢〉版畫之比較》（2009 年）通過將程甲本版畫和其他《紅樓夢》版畫進行對比，從構圖的一些細微差別推知它們所依據的是不同版本。楊森的博士論文《明代刊本〈西遊記〉圖文關係研究》（2012 年），作者從「圖—文」互文性視角切入，探究作為時間中存在的「詩」的小說文本與作為空間中存在的「畫」的小說插圖之間相互交織、相互游離、互通有無、互證互識等錯綜複雜的關係，詳細分析明刊世德堂本、陽至和本、朱鼎臣本和楊閩齋本中的圖像特點及各個版本之間的承繼關係，又從插圖中刻工留下的姓名，推斷「李評本」的刊刻時間。鄧雷的《無窮會本〈水滸傳〉研究——以批語、插圖、回目為中心》（2015 年）認為無窮會本的插圖襲用的是容與堂本的插圖。

總體來說，這方面的研究還比較薄弱，正如王遜在《作為文獻的明清小說插圖——明清刊本小說文圖關係研究方法反思》一文中所指出的，目前學界較為專注於圖像敘事功能的研究，他呼籲轉變重理論提煉、輕文獻整理的研究思路，「從基礎文獻整理出發，綜合考慮插圖、插圖題字和文本間的複雜關聯，方能有全備、深入之理解。」〔註41〕

〔註41〕王遜：《作為文獻的明清小說插圖——明清刊本小說文圖關係研究方法反思》，《社會科學》2018 年第 7 期。

2.「語─圖」關係研究

　　「語─圖」互文是小說插圖最基本的關係，「語─圖」是兩種不同的符號，各自具有表達的優劣，兩者通過結合，實現優勢互補，文本增值。從這個角度上看，運用互文理論研究小說中的插圖，就有著特別的意義。所以楊向榮、雷雲西在《圖文研究的邏輯起點與言說立場──文學與圖像關係學理研究的思考》（2013 年）中指出：「語圖」互文問題不只是一個理論問題，同時也是一個現實問題。

　　高建平、趙憲章、趙炎秋、龍迪勇等學者在語圖關係的理論研究方面作出了重要的貢獻。高建平的《文學與圖像的對立與共生》（2005 年）以中西「圖─詞」關係的觀念比較切入，對文學與圖像的關係進行了探討，最後提出人的社會生活實踐是處於共生關係的文學與圖像背後的動力源。趙憲章在《中國社會科學》《文學評論》等刊物上連續發表多篇重要論文，闡述文圖關係。如《文學和圖像關係研究中的若干問題》（2010 年）認為文學和圖像關係中最關鍵的是「語─圖」關係，「一體」「分體」與「合體」是語圖關係的三大歷史體態；與此相應，「以圖言說」、「語圖互仿」和「語圖互文」是其各自的特點。他在《語圖互仿的順勢與逆勢──文學與圖像關係新論》（2011 年）一文中，進一步指出語言藝術和圖像藝術的相互模仿，存在非對稱性態勢：圖像模仿語言是二者互仿的「順勢」，語言模仿圖像則表現為「逆勢」。二者互仿非對稱性的根本原因在於它們有不同的符號屬性：語言是「實指」符號，所以是「強勢」的；圖像是「虛指」符號，所以是「弱勢」的。因此，當二者共享同一個文本，就有可能導致語言對圖像的解構和驅逐，或者延宕和遺忘。趙炎秋的《實指與虛指：藝術視野下的文字與圖像關係再探》（2012 年）則認為文字與圖像的實指與虛指只是一個或然問題，它一方面取決於我們是以思想還是以表象作為判斷的依據，另一方面取決於圖文自身的要素及其運作方向、外部條件。而在圖文共同體中，誰居主導地位純粹是一個角度的問題，而不是一個優劣的問題。他的《異質與互滲：藝術視野下的文字與圖像關係研究》（2012 年）一文，認為文字與圖像之間既有異質的一面，也有互滲的一面。從藝術史的角度看，文字與圖像的地位是此消彼長的，其內因是二者都有各自的長處與不足，外因則是人類的藝術生產與消費方式，以及與這種方式相聯繫的科技發展水平。

　　當然，更多的成果是運用互文理論分析小說圖像文本。如於德山《中國古代小說「語─圖」互文現象及其敘事功能》（2003 年）從「語─圖」互文現象

入手，指出「語─圖」互文現象不僅可以「還原」中國古代小說敘事文本存在與傳播的本初形態，其分析也可以幫助我們重新審視眾多困擾學界的疑難問題，揭示出中國古代小說獨特的敘事形式與敘事觀念。他的《「語─圖」互文之中敘述主體的生成及其特徵》（2004 年）一文則從敘事的角度著重分析了「語─圖」互文語境中敘述主體的生成特徵及其所影響的中西不同的藝術風貌。張玉勤的《論明清小說插圖中的「語─圖」互文現象》（2010 年）《論「語─圖」互文中的「聯覺同構」》（2018 年）等，「語言」與「圖像」之間的多重互文關係及其呈現型態，探討其深層機理，把握其內在張力，試圖從學理層面建構起「語圖」互文研究的基本框架。毛傑的《中國古代小說繡像的敘事功能》（2014 年）認為中國古代小說繡像並非總是僅作為一種審美形態而存在，在特定的條件下，這種作為圖像的存在常常具備獨特的敘事功能與價值。如果我們從小說史實際出發，兼顧口頭及書面這兩種小說敘事方式，那麼繡像對於小說敘事的具體干預至少包括其對說唱伎藝的參與、對文本的建構、對敘事之觸發與輔助這幾種具體方式，這大體能反映出中國古代小說繡像參與敘事的主要方式，亦是我們以圖文關係、圖繪內容為中心對中國古代小說圖像敘事內在機制考察的重要突破口。

　　還有不少運用互文理論，對具體小說作品進行研究的成果，如胡小梅的博士論文《明刊〈三國志演義〉圖文關係研究》（2015 年）通過分析插圖風格特征和圖文關係，探討插圖與文本之間相融相合、相離相脫、相異相悖等錯綜複雜的關係及形成之原因。汪一辰《容與堂本〈水滸傳〉插圖敘事與「語─圖」關係研究》（2017 年）指出容與堂本「語─圖」互文的敘事策略，有效地推動了《水滸傳》經典化的歷程。喬光輝則先後研究了建本《西遊記》《水滸傳》的圖像特點，認為繪工受到戲曲和理學的影響。

　　上述研究都是針對插圖本小說中的圖文關係，另外值得注意的是，還有一些運用繪畫作品探討小說作品的，如靜軒將《紅樓夢》的圖像研究延伸到當代戴敦邦、劉旦宅的繪畫創作，《豔情人自畫紅樓──清代〈紅樓夢〉繪畫研究》（2009 年）對清代《紅樓夢》繪畫做了全面的考察。陳驍的《清代〈紅樓夢〉的圖像世界》（2012 年）一文中運用到故宮長春宮遊廊《紅樓夢》壁畫資料。商偉的《紫禁城中大觀園：長春宮的〈紅樓夢〉壁畫》（2019 年）對此進行了更為深入的分析，他認為壁畫作者不僅通過圖繪長廊的無縫對接，製造了從長春宮走進大觀園的幻象，而且將長春宮延伸進了大觀園的虛擬空間，其結果是

抹去圖畫與建築、虛擬與現實之間的界限。他的《小說戲演：〈野叟曝言〉與萬壽慶典和帝國想像》（2017 年）獨出機杼，利用宮廷大戲《聖母百壽記》以及乾隆三十六年為崇慶皇太后祝六十大壽時所繪製的《崇慶皇太后萬壽慶典圖》、為崇慶皇太后七旬萬壽慶典而作的《萬國來朝圖頁》、故宮所藏四件立軸《萬國來朝圖》等繪畫，研究《野叟曝言》中水氏壽慶的描寫，認為這一情節是對上述歷史事件的仿擬，可謂獨具隻眼。

3. 傳播研究

　　圖像傳播是運用或平面或立體、或靜態或動態的直觀圖像，以視覺符號轉化、分享、承載和傳送文本意義的傳播行為。當一部文學名著問世並獲得了讀者的認同之後，就會以繪畫、音樂、動漫、影視等形式進行傳播，從而參與名著的再創作並擴大其影響。趙憲章在《語圖傳播的可名與可悅——文學與圖像關係新論》（2012 年）一文中指出：語言有不可名狀之對象，這就是無形和虛指的世界；圖像的虛指性決定了它的誘惑力和愉悅本質，並可在語言止步處為世界重新命名。於是，「可名」與「可悅」作為語言和圖像兩種符號各自之優長，使「圖以載文」的傳播方式成為可能。圖像作為愉悅符號助推了文學的大眾傳播，前提是虛化和卸載自身所承載的事理，以「輕裝」換取遊走速度是「文學圖像化」的必然選項。〔註42〕小說圖像既能加速作品本身的流播，也能傳播作品中藝術形象、主題思想、審美趣味等，早在 1981 年，單國強發表《明代宮廷畫中的三國故事題材》一文，從美術學的角度對收藏於故宮博物館的《武侯高臥圖》《三顧茅廬圖》等明代宮廷三國故事題材畫作了分析。1992 年，俄羅斯著名漢學家李福清發表《三國年畫》，1999 年，又發表《三國故事年畫圖錄》。1997 年關西大學出版部影印出版《三國志通俗演義史傳》，日本學者井上泰山為之作了一篇「解說」，論及葉逢春本「加像」對於小說大眾化的意義。孫遜的《圖像傳播經典文學向大眾文化的輻射》（2002 年）首次開創性地將小說的圖像分為靜態的圖像和動態的圖像兩種，進一步拓展了古代小說圖像的研究空間。之後，古代小說圖像傳播研究成果蔚為大觀，研究者或從專書、或按流派進行多方面的探討，除上文提到的宋莉華、於德山、程國賦等學者的代表性成果外，聶付生《論晚明插圖本的文本價值及其傳播機制》（2005 年）指出晚明書商採取諸如聘請名家加盟、更新版式、加大廣告宣傳力度等措施，極

〔註42〕趙憲章：《語圖傳播的可名與可悅——文學與圖像關係新論》，《文藝研究》2012 年第 11 期。

大地推動了插圖本的傳播速度。曹院生的《明清戲劇小說與插圖的互動傳播模式》（2011 年）則從明清戲劇小說與插圖的互動角度，研究這一經典傳播模式。這方面的碩士論文也不少，如吳萍《〈水滸傳〉圖像傳播研究》（2006 年）、李芬蘭《〈紅樓夢〉圖像傳播研究》（2006 年）、胡秀娟《明代建陽木刻插圖與小說戲曲傳播》（2008 年）、邵楊《〈西遊記〉的視覺傳播研究》（2009 年）等，冀運魯《文言小說圖像傳播的歷史考察──以〈聊齋誌異〉為中心》（2009 年）以文言小說《聊齋誌異》的插圖作為研究對象，這類成果極為罕見。

其次是從閱讀的角度研究小說插圖，如陸濤的《敘事的停頓與凝視──關於〈紅樓夢〉插圖的圖像學考察》從閱讀學的視角，研究《紅樓夢》插圖在敘事過程產生的停頓和凝視功能。他的另一篇論文《從文字到圖像──〈紅樓夢〉接受過程中的視覺性及其意義》（2013 年）又運用視覺理論審視《紅樓夢》圖像。李旭婷的《鏡中花，畫中意──從〈鏡花緣〉三個插圖本看讀者對小說接受的轉變》（2014 年）角度新穎，以《鏡花緣》三個最重要的插圖本，考察不同時期讀者接受《鏡花緣》的轉變，從最早重視人物到轉向對故事感興趣，最後到重視其中的神怪和海外遊歷部分。

4. 圖像形制和技術研究

主要研究印刷技術的發展對圖像製作與文學敘事的關係，汪燕崗在這方面進行了較為系統的研究，他在《古代小說插圖方式之演變及意義》（2007 年）中認為中國古代小說的插圖是逐步從故事情節圖轉變到人物圖的，插圖方式也經歷了從上圖下文式到分章分回插圖再到書前冠圖的演變。不同的插圖方式是由各地書坊主所針對的讀者群的不同而決定的，又與版畫藝術的發展和文人的審美需求密切相關。他的《雕版印刷業與明代通俗小說的出版》（2007 年）認為通俗小說在萬曆時得到了迅猛發展，除了印刷業的因素外，匠體字的運用也起到了重要作用。日本學者長澤規矩也是最早對中國古代的刻工進行研究的學者，他於 1934 年發表了《宋元刊本刻工名表初稿》，收錄了宋代刻工約一千五百人，元代刻工約七百五十人。此後，國內學者冀淑英、何槐昌等人也紛紛關注這個問題，都側重於對刻字工的研究。對於版畫工的研究起於鄭振鐸，他的《中國版畫史略》一文，介紹了一些著名的版畫工及他們的作品。此後研究書史、印刷史及版畫史的學者如張秀民、王伯敏、郭味蕖、周蕪等先生對此十分關注，並取得了豐碩的成果。如張秀民撰有《明代徽派版畫黃姓刻工考略》一文，根據清道光《虯川黃氏宗譜》，介紹了黃氏刻工中的版畫工 31 人，

包括他們的世系、生卒年及所刻書籍。現代學者在收錄刻工名錄時也常常兼收二者，如王重民的《中國善本書提要》、周蕪《徽派版畫史研究》、李國慶編纂的《明代刊工姓名索引》等。中國的插圖書籍有悠久的歷史，但在宋元時期，刻工大多都是文字刻工，至明萬曆間情況為之一變，中國版畫發展到了黃金時代，各種版畫作品，如畫譜、墨譜等都達到了極高水平，插圖書籍雨後春筍般湧現，版畫刻工也隨之大量出現，並出現了專業的版畫工。汪燕崗《論明代通俗小說版畫刻工——兼談版畫刻工研究的學術意義》（2014 年）一文認為，專業版畫工是從刻字工中分化出來的，是版畫藝術不斷發展的需要，但反過來也促進了版畫藝術的進一步發展。

5. 圖像批評研究

中國古代「圖像批評」的傳統源遠流長，以圖入詩的「題畫詩與詩意畫」、以圖入事的「小說插圖」、以圖入意的「戲曲插圖」、以圖入史的晚清畫報和「繡像小說」無論就圖像品質、圖文表現還是時代影響，都堪稱批評型態的典範。張玉勤在這方面取得了突出的成績，發表了一系列論文，如《論中國古代的「圖像批評」》（2012 年）認為中國古代「圖文本」中的圖像之所以構成「圖像批評」，主要表現在圖像選擇體現出繪者的「視點」、圖像轉譯體現出對語言文本的詮釋、圖像解讀體現出對語言文本的「發揮」、圖像闡釋體現出意義空間的敞開。毛傑《試論中國古代小說插圖的批評功能》（2015 年）一文，對古代小說插圖的批評功能進行了更全面和深入的研究，他指出：在小說史上，為文本配圖曾是書坊主刊刻小說的重要環節，過去我們對這種加像行為的解讀，較為注重它的商業動機和敘事功能，而較少關注插圖本身可能存在的「畫外之音」。事實上，在插圖的編纂過程中，圖像作者並不僅僅著眼於用畫面「再現」文本，同時還有可能借助小說插圖自身獨特的表意機制和「語法」規則，通過圖像選編、題榜、排序、鈐印等方式，有意無意地將他們對文本的理解和評論帶入到插圖之中，使小說插圖實際上具備了一定的批評功能。

還有小說插圖與評點關係的研究，如夏朋飛的《〈水滸傳〉插圖與評點關係試探》（2018 年）結合《水滸傳》的插圖與評點進行研究，指出兩者在誕生之初都是書籍的促銷手段；在此後的獨立發展中，插圖與評點具有複雜的對應關係，二者既有異曲同工之妙，但也各擅勝場。

除上述研究視域外，還有一些著眼於文化視角的成果，如陳翔華的《西班牙藏葉逢春刊本三國志史傳瑣談》（2004 年）集中討論了圖像及圖題對文本故

事的直觀揭示或反映、「加像」者的情感與態度，還有圖像描繪人物會面場景所反映的禮儀等。陳平原的《看圖說書：小說繡像閱讀札記》（2004 年）以《紅樓夢》《金瓶梅》《劍俠傳》等五部小說的插圖為考察對象，糅合小說史、美術史、文化史進行綜合考察。臺灣馬孟晶的《〈隋煬帝豔史〉的圖飾評點與晚明出版文化》（2010 年）則通過《隋煬帝豔史》的圖飾評點考察晚明出版文化的特點。劉瀟湘《明代小說版畫插圖的表現形式研究》（2010 年）從歷史發展、表現形式、價值意義三個大方面和以中國傳統藝術理論的視角，對明代小說版畫插圖發展過程和表現形式，進行階段性研究和綜合審視。顏彥的博士論文《中國古代四大名著插圖研究》（2011 年）以四大小說名著的插圖為研究對象。有的是對明清小說插圖的整體性研究，金秀玹的博士論文《明清小說插圖研究：敘事的視覺再現及文人化、商品化》（2013 年）在探討小說插圖對情節、人物的視覺再現的同時，還力圖通過小說插圖的物質形態和版式類型，分析其文人化、商品化的傾向，進而為明清小說文化內涵及傳播研究，提供一個佐證。

6. 道教圖像與小說研究

綜上所述，明清小說圖像研究呈現出繁榮的景象，取得了不俗的成績，但有關道教圖像與小說研究的成果很少。法國學者安娜・賽德爾（Anna Seidel）在其《西方道教研究編年史（一九五〇～一九九〇）》一書中，針對西方及日本研究中國道教的情況，指出他們忽視肖像問題：「道教肖像是一個豐富而幾乎完全未被觸及的研究領域。造成這種奇怪的疏忽的諸多原因之中，毫無疑問有：不少藝術史家關注的是僅僅是風格和年代；人們對藝術作品的宗教意義一貫缺乏興趣；對民間藝術不太尊重；一些中國藝術專家的偏狹態度以及某些博物館和美術館（特別是中國和日本的）的吝嗇政策。」〔註43〕道教研究尚且如此，古代小說研究就更不用說了。目前，海內外對於道教圖像的研究，主要集中在這幾個方面：一是道符研究。如萊熱薩（1975 年）研究《道藏》中的符字、符文和符圖，賀碧來（1979 年）和勞格文（1987 年）等，揭示符的現實基礎。國內如姜生（1997 年）、李遠國（1997 年）和任宗權等，都系統研究過道符的結構、功能及文化象徵等。尤其是一些特殊符印如「五嶽真形圖」，引起了國內外學界濃厚的興趣。二是道教造像研究。如日本神冢淑子（1993 年）、國內胡文和（2004 年）、胡知凡（2008 年）等對六朝及古代道教造像的研究。

〔註43〕〔法國〕安娜・賽德爾：《西方道教研究編年史》，呂鵬志等譯，中華書局，2002
　　　年，第 68 頁。

特別是西王母圖像研究，是學界研究的焦點之一，如巫鴻的《武梁祠——中國早期畫像石藝術中的思想》，運用西方圖像學理論，集中討論了在漢代神仙體系中，西王母地位在不同階段的變化，揭示西王母圖像衍變與印度佛教藝術東傳之間的關係。簡・詹姆斯的《漢代西王母的圖像志研究》通過對山東、四川等地西王母畫像石的研究，並結合文獻考證，闡述了西王母作為人間女神在各時期的變化。三是道教繪畫研究。如湯普森（1987 年）討論了道教肖像的象徵及其功能。考爾巴克（1979 年）、魯惟一（1979 年）等對道教繪畫的藝術和文化闡釋。懷履光（1940 年）開啟了中國道教壁畫研究之先河。國內如丁若木（1996 年）、王霖（1999 年）對道教繪畫、壁畫都有研究，許宜蘭（2009 年）、張魯君（2009 年）對道經圖像的研究。此外還有一些道教神仙圖像專題研究。李淞的《論漢代藝術中的西王母圖像》（2000 年）梳理了西王母圖像的產生、發展和演變的過程，比較各地區西王母圖像的地方性和共性，探討其衍變背後的歷史和宗教因素。汪小洋的《漢畫像石中西王母中心的形成與宗教意義》（2004 年）揭示西王母在各個階段的神格地位，圖像表現的宗教意義。胡春濤（2011 年）、許宜蘭（2012 年）等，利用圖像研究老子形象的演變過程。田兆元（2010 年）、劉福鑄（2011 年）等，通過圖像研究媽祖信仰的形成過程。日本海老根聰郎（1981 年）分析古代呂洞賓畫像與佛教畫像之間的關係，楊福斗、楊及耕（1979 年）通過侯馬金代董明墓中的磚雕八仙圖考證八仙的組合演變，美國景安寧（2000 年）分析永樂宮純陽殿的壁畫與呂洞賓傳記之間的關係，吳端濤（2014 年）通過山西地區的壁畫探究全真教的創立過程，還有肖海明（2007 年）的真武圖像研究等。此外還有利用圖像進行道教考古的，如巫鴻《地域考古與對「五斗米道」美術傳統的重構》一文，通過四川地區的墓葬圖像和畫像磚，研究「五斗米道」在四川地區的傳播情況。其中，美國學者黃士珊的《圖寫真形：傳統中國的道教視覺文化》（2022 年）是一部非常具有創新性的著作，她從文化史的角度，對各種有形和無形的道教圖像如繪畫、圖稿、插圖、圖表、地圖、符籙、天書真文等進行了綜合的考察。她以「真形」一詞揭示道教圖像的本質，從而使道教圖像的變化莫測的神秘特點和修煉作用得到彰顯。本書將這些多元的道教視覺材料，置於不斷變動的中國歷史、文化和儀式的背景中，以全方位視角呈現道教藝術的視覺、物質、意義和功能。

　　上述研究，或偏重於藝術考古，或僅對圖像進行美術、文化解讀，有意識地把道教圖像與小說聯繫起來進行專題研究的成果較為罕見。目前只有日本

小南一郎、臺灣李豐楙等少數人，對《漢武內傳》與「五嶽真形圖」的關係有所論述。王漢民、黨芳莉、吳光正等學者，自覺利用繪畫、石刻等資料，研究八仙故事及其形象的形成和傳播，取得了不俗的成績，其他方面的研究則付諸闕如。

　　從總體而言，古代小說圖像的研究，西方中心主義觀念仍起著或明或暗的作用，還未建立中國圖像學的話語體系。西方圖像學的輸入，給中國文學的研究帶來了新的視角，但西方圖像學有其自身缺陷，需要有一個「漢化」的過程。劉曉軍在《論古代小說圖像研究的三個層面》一文中指出：未來小說圖像研究應該釐清三個層面的關係：在本體層面，取「舊傳統小說」與「新概念圖像」之交集，重新界定研究對象，回歸歷史語境與本土立場理解「小說」，「圖像」則涵蓋紙質圖像、器物圖像與影視圖像；在內涵層面，分「小說圖像」與「圖像小說」之體系，貫通文學、藝術學等不同學科領域，既研究小說中的圖像，也研究圖像化的小說；在學理層面，辨「書畫同源」與「圖說互著」之義理，理性認識小說與圖像之關係，一方面承認文字與圖畫的符號性使小說圖像成為可能，另一方面堅持小說對圖像的主導作用與決定性地位。〔註44〕此說可謂切中肯綮，而小說與圖像研究的中國化，從道教圖像與古代小說的關係切入，是一個不錯的選擇。

三、課題的研究價值、方法與路徑

（一）研究價值

　　本課題試圖建立大圖像觀，在研究道教圖像與古代小說關係時，廣泛使用版畫、壁畫、刺繡、磁畫、年畫、雕塑、石刻等各種圖像資料，不但研究「小說圖像」，即以語言敘事為主、以插圖為輔的小說；而且研究「圖像小說」，即以圖像為主、以文字為輔的連環畫體中長篇小說。只有把這些納入古代小說圖像研究的範疇，才能更真實地還原古代小說圖像學發展及古代小說史發展的原貌，從而將古代小說的研究向縱深推進。

　　隨著「讀圖時代」的到來，圖像學日益成為顯學，而自上世紀八十年代西方圖像學紹介到中國以來，中國文學圖像學研究經歷了套用西方圖像學理論到建構中國圖像學話語的演變過程，中國圖像學話語體系亟待構建，而這種構建過程不能脫離我們悠久的圖像學歷史傳統。西方圖像學已經形成比較完備

〔註44〕劉曉軍：《論古代小說圖像研究的三個層面》，《復旦學報》2017 年第 5 期。

的體系，但中外文學藝術史有著不同的文化背景和話語體系，西方圖像學方法引入中國，有一個接受、對話、交融的過程，對之進行調適，實現中西會通，堅持一種富於「中國經驗」的學術表達理念，即基於中國立場、具有涵容包孕的學術視野和氣度，善於吸收他者的優點但又不為他者所束縛和界定的思維方式和觀念。道教是中國本土宗教，因而以圖像學的方法介入道教圖像研究，從道教圖像的角度研究其對中國古代小說的影響，由此歸納、總結中國圖像學的民族特點，對世界文學圖像學的貢獻，是建構中國圖像學的重要路徑之一。研究者在研究道教題材小說插圖時，很少注意插圖的宗教屬性，因而使得闡釋隔靴搔癢，難以深入抉發小說插圖的中國文化特色。本課題嘗試努力彌補這一缺憾。

本課題的研究還試圖打通文學與美術、哲學等學科的邊界，拓展古代小說研究的新視域，為美學、藝術學、傳播學等學科提供參照和借鑒，具有較大的學術輻射力。

（二）研究方法與路徑

首先對本課題所使用的一些概念略作說明。第一，所謂「道教圖像」包括一切與道教有關的文人繪畫、瓷畫、壁畫、年畫、石刻等有形畫，其與小說作品的互仿互文關係，有些是圖文並茂的顯性互仿互文關係，有些則是超越語言文本的暗中互仿互文關係；還包括修煉產生的心靈圖景等，這是無形圖畫，它與相關小說作品之間的互仿互文關係更為隱蔽。有些小說中的插圖本身可能沒有顯著的道教色彩，但因為是道教小說中的插圖，所以也在關照之列。第二，有關「古代小說」的概念，因為古代小說自古及今都是個邊界不清的文體，學界沒有形成統一的共識，比如道教人物傳記，有些學者認為當時道徒撰寫時，沒有虛構意識，應該視為道教傳記，而不是小說。但這些道教傳記有些既收錄在《雲笈七籤》《道藏》等道書中，同時又收錄在《太平廣記》等小說類書中。而且，作者在創作時，為了宣揚祖師法力和宗教神蹟，很難說他們沒有採用誇飾、虛構的藝術手法；而且，退一步講，即便當時的道教徒或編者認為寫的內容是真實的，但在我們今天看來，很多神仙本身就是子虛烏有的人物，如西王母、東華帝君、劉海蟾、真武大帝等，因此這些傳記屬於「假傳」，完全可視為小說；即便有些是歷史人物，如王重陽及全真七子等，作者為了神化傳主，有意摻入了大量虛構內容。如《歷世真仙體道通鑒》，甚至《金蓮正宗記》《金蓮正宗仙源像傳》等全真傳記，因為其中東華帝君是造作的神仙，老子雖是歷

史人物，但已傳說化，鍾離權和呂洞賓是疑似之間的人物，也已完全傳說化，因而在本課題中，這些作品一律視為小說。今人李時人等編輯的《全唐五代小說》等書，就收有不少僧道傳記，最早的《列仙傳》《神仙傳》今天也是視為小說，而不是道教傳記，所以《繪圖列仙傳》《仙佛奇蹤》等，也應作小說觀。最近吳光正教授發表文章，從元全真教傳記的文體功能角度，考察其文體屬性，認為全真教傳記是信徒「入道之階梯、修真之軌範」，是道教傳記而不是小說，〔註45〕筆者則認為文體的功能與文體的屬性是兩個概念，不同的文體可能創作旨歸完全相同，比如我們公認的小說《韓湘子全傳》《綠野仙蹤》等，也有「入道之階梯、修真之軌範」的功能，但我們不能否認它們是小說。判斷一種文體的屬性，還是應該從其文體特徵和其中運用的藝術手法等因素入手，而不是文本的內容或創作目的，元代全真教傳記不一定都是小說，但不能排除其中有些是小說。第三，還有以紙質、壁畫、石刻等形式呈現的《老子八十一化圖》《王重陽憫化圖》等道教長篇連環畫，以前從未進入小說史的研究視野，筆者認為這是一種連環畫體小說，應納入古代小說的研究範疇，當然，僅有幾個字圖題的只能視為連環畫，但有圖說的而且圖說文字連綴在一起能成為小說語言文本的，可視為圖像本小說。第四，本課題研究「道教圖像」對古代小說的影響，這裡的「古代小說」主要以道教題材的小說為主，但又不完全限於道教小說，有些道教圖像對非道教題材的小說也產生過一定程度的影響。

　　要之，本課題嘗試全面系統考察道教圖像與古代小說的關係，包括道教圖像對古代小說人物形象生成、故事建構、文本敘事等方面的影響，以及圖像與敘事語言互為闡釋、修飾、補充與傳播等方面的關係。在實證研究的基礎上，加以理論提煉和總結，揭示其文學史意義。毋庸諱言，本課題研究存在不少難點，主要是一些小說創作、刊刻的年代不明，畫工和刻工的信息不清。本課題擬利用一切可查檢的材料，有些限於資料無法解決的問題，只能暫時擱置。

〔註45〕吳光正：《論元代全真教傳記的文體功能》，《文學評論》2020 年第 1 期。

第一章　小說中的道教神祇生成與圖像

　　古代小說中塑造了眾多各具面目的道教神祇，這些形象的生成，有一個漫長而複雜的演變過程，既有道經等文獻中的豐富記載，也有大量的民間傳說，還有形形色色的圖像。道教神祇的製造和文學形象生成，受到多重因素的合力作用，被不同的人和不同形式的文類塑造、傳播，而其中圖像的影響不可忽視。有的圖像可能早於文獻記載，是繪者想像的產物，可補充已知傳世文獻之未載；有的圖像是根據歷史、文學等書中的描寫繪製而成，但又影響到後來的文學創作。總之，這些道教神祇的生成有賴於一代又一代的文獻累積，美國學者康儒博稱之為文化「資源總集」[註1]，這一過程包括了不同時代不同人的原創、改寫、刪減、拓展、重建甚至反對等，「非修道者和修道者一起參與敘事，參與其他一些進行中的活動，從而能夠持續地構建幻境。」[註2]對於參與其中的人來說，它是不斷更新的資源庫同時也是賦能的源泉；對於傳播過程的接受者來說，它是綿續不絕並時常處於動態的社會記憶和集體無意識。而各種形式的圖像資源，通過各種方式參與過道教神祇的形象塑造，或者至少可成為神祇文學形象的印證。本章選擇的幾位道教神祇，有的是完全虛構的，有的則是由歷史人物或傳說人物演化而成的，涉及古人的宗教信仰、對宇宙結構和生命的理解等，具有一定的代表性。在論述時不局限於圖像與文本一對一的比照釋讀，而是廣泛搜取相關圖像，從整體上考察這些道教神祇的生產和傳播機制。

[註1]〔美〕康儒博：《修仙——古代中國的修行與社會記憶》，顧漩譯，江蘇人民出版社，2019年，第42頁。

[註2]〔美〕康儒博：《修仙——古代中國的修行與社會記憶》，顧漩譯，第32頁。

第一節　從煞神到女仙領袖：西王母形象的演變

　　數千年來，西王母信仰在中國社會有著十分深遠的影響，目前學術界對西王母的研究已較為充分，日本學者林巳奈夫、曾布川等，率先將漢畫像石中的神怪內容與《山海經》等文獻資料相互印證。此後，歐美學者德效騫、魯惟一、巫鴻等，對漢代及以前各種文獻和漢畫像中的西王母進行綜合研究。國內學者陳履生、李錦山、顧森、李淞、汪小洋等，主要從美術學的角度，採用文獻與圖像互證的方法，研究西王母形象的形成。這些研究成果，比較清晰地描述了西王母形象的演變過程及其特徵。總之，學界從歷史、考古、宗教、民俗、文學等眾多領域對西王母及其信仰做過深入的研究，但這些主要是從美術的視角進行的，而且仍留下一些疑點，並產生了一些誤解。如不少學者認為西王母歷史上實有其人，可能是西部一個以虎為圖騰的民族，或說西王母是西部氏族女首領。筆者認為，這些都是現代人的猜測，西王母與北方玄武大帝、南方華光大帝和東方東華帝君一樣，都是古人根據陰陽五行觀念而創造出的方位神。

一、先秦：五行神

　　《山海經》是目前所見最早記載西王母的文獻資料，其中《西山經第二》云：「又西北三百五十里，曰玉山，是西王母所居。西王母其狀如人，豹尾虎齒而善嘯，蓬髮戴勝，是司天之厲及五殘。」《大荒西經第十六》：「西海之南，流沙之濱，赤水之後，黑水之前，有大山，名曰崑崙之丘。有神人面虎身，有文有尾，皆白處之。其下有弱水之淵環之，其外有炎火之山，投物輒然。有人，戴勝虎齒，有豹尾，穴處，名曰西王母。此山萬物盡有。」《海內北經第十二》云：「西王母梯幾而戴勝杖。其南有三青鳥，為西王母取食。在崑崙虛北。」這些描寫點明了西王母所在的方位、地址、形貌、裝飾及扈從等，她住在西方崑崙，豹尾虎齒，蓬髮戴勝，有三隻青鳥為她取食。人獸同體，相貌猙獰。古人觀察到太陽從東方升起，至西方落下；南方炎熱，北方陰冷。因而以東方和南方為陽，象徵生命和希望；以西方和北方為陰，象徵黑暗和死亡。道家分一天為五斗，《雲笈七籤》卷二十一引《度人經》說：「東斗主算，西斗記名，北斗落死，南斗上生，中斗大魁，總監眾靈。此名一天五斗魁主，即明中斗已北而有北斗也。」[註3]北斗主解厄延生，西斗主保命護身，職司相似。《搜神記》卷三中云：「南斗注生，北斗注死，凡人受胎皆從南斗過北斗，所有祈求

〔註3〕張君房：《雲笈七籤》，蔣力生校注，齊魯書社1988年，第119頁。

皆人向北斗。」《老子中經》云:「璇璣者,北斗君也,天之侯王也,主制萬二千神,持人命籍。」〔註4〕因而先民以北斗為司命神,西方對應五行中的「金」,象徵「殺」和死亡。晉郭璞注云:「主知災厲五刑殘殺之氣也。」清代郝懿行《山海經箋疏》解釋道:「厲及五殘,皆星名也」,「五殘」出則五方殘毀,大臣被誅殺,因為西王母掌刑殺,因而司之。所以西王母象徵死亡。司馬相如的《大人賦》:「吾乃今日觀西王母,嵩然白首戴勝而穴處。」西王母「嵩然白首戴勝而穴處」的形象,與《山海經》中的描繪是一樣的,現在留存下來的作為煞神形象的西王母圖像很少,只有兩幅(圖1-1、1-2)可見在西漢晚期西王母仍未完全脫離煞神的恐怖形象。

圖1-1 河南鄧城西漢晚期西王母 畫像磚　　圖1-2 河南鄭州出土西漢晚期 畫像磚

早期中國人認為西北崑崙是神山,是天柱,是宇宙的中心。漢代緯書《尚書緯》云:「北斗居天之中,當崑崙之上」〔註5〕。《老子中經》中稱西王母乃「太陰之元氣」,下治崑崙之山,書中描述道:「金城九重,雲氣五色,萬丈之巔;上治北斗,華蓋紫房,北辰之下。」〔註6〕「九」「五」皆象徵崑崙之高,地位之尊,雲彩之美。因而道教稱西王母是「九靈太妙龜山金母」或「太虛九光龜臺金母元君」,龜山和龜臺表示其居住之地,就是北方,而西方崑崙是日落的地方,西王母兼具「西」與「北」兩個方位神的特徵,乃「陰精」〔註7〕,

〔註4〕張君房:《雲笈七籤》卷十八,蔣力生校注,第100頁。
〔註5〕《尚書緯》,安居香山、中村璋八:《緯書集成》卷二,河北人民出版社,1994年,第393頁。
〔註6〕張君房:《雲笈七籤》,蔣力生校注,第98頁。
〔註7〕張君房:《雲笈七籤》,蔣力生校注,第120頁。

主人祿命，五行形象兼具「白虎」和「玄龜」，因而在不少漢墓圖像中，西王母身邊畫有白虎和玄龜，如洛陽卜千秋墓中的壁畫等。南北朝至隋唐時期，西王母作為冥府的支配者出現，在許多道教文獻和小說中，世上很多夭折的青年女子都認西王母為母。西王母成為道教神仙後，太白金星替代了她「司天之厲及五殘」的職司，在中國古代占星術中，凡太白星見，皆是天下干戈之征。玄龜又演化為北方玄武大帝，既是戰神又是陰陽和諧的象徵，部分分擔了西王母的職司。作為西北陰性方位神的西王母主人祿命，這一重要神格使她後來被道教改造成女仙領袖。

二、創世神

　　西王母既司「五殘」即「五方」，她居住的崑崙是宇宙中心，因而西王母後來演變為世界的創造者和宇宙平衡的維持者。《雲笈七籤》卷二十一「天地部一」引《三界圖》云：「其天中心皆有崑崙山」〔註8〕。又引《諸天靈書經》，以人體器官為喻：

> 若將人身以等於天，頭為崑崙，目為日月，上下相合，其義正是。若以身觀身、以天下觀天下，不及更上頭象三界之上，四人四天帝主天也，又乃不及，更上頭象三清之上，玉京之山大羅天地，故《大洞隱注經》云：崑崙山上接九氣，以為璇璣之輪，在太空之中。中斗既在崑崙山上，即大羅天關亦在玉京山上也。〔註9〕

　　《尚書緯》云：「北斗居天之中，當崑崙之上，運轉所指，隨二十四氣，正十二辰，建十二月。」〔註10〕《海內十洲記》載：「（崑崙）上通璇璣……此乃天地之根紐，萬度之綱柄矣。」〔註11〕崑崙是宇宙的軸心，宇宙秩序就是通過這個軸心有規律地迴旋所維持的。

　　「璇璣」一詞最早出現於《尚書》中的《虞書》：「（舜）在璇璣玉衡，以齊七政」。〔註12〕從造字法來看，「璇璣」原是玉器名，是指「琮」，在良渚文化中是一種皇家重型禮玉，常作為皇室成員的隨葬品，象徵血緣遞延。因為「琮」

〔註8〕張君房：《雲笈七籤》，蔣力生校注，第122頁。

〔註9〕張君房：《雲笈七籤》，蔣力生校注，第119頁。

〔註10〕安居香山、中村璋八：《緯書集成》卷二，第393頁。

〔註11〕《海內十洲記》，《筆記小說大觀》第十三編，中國臺北新興書局有限公司，1983年，第21頁。

〔註12〕李民、王健：《尚書譯注》，上海古籍出版社，2004年，第13頁。

＝玉＋宗，宗即「宗室」，指皇室。琮有方圓兩種幾何形狀，「圓」者稱為「璿」，有「轉圈」之意；「方」者稱為「璣」，因其四角上雕刻有束絲狀花紋，故「璣」字結構中含有「絲」，代表皇室血統；而「璣」字結構中又含有「戌」，是「保衛」的意思。「絲＋戌」表示「保衛皇室血統」。由於「璿璣」位於北斗，故也代表「帝位」，這就是舜「在璿璣玉衡，以齊七政」說法的由來。

　　由於「璿璣」在崑崙的上方，西王母頭上所戴「玉勝」髮飾，就象徵「璿璣」，體現著宇宙秩序，又稱「花勝」、「金勝」。《符瑞志》云：「金勝，國平盜賊，四夷賓服，則出。」〔註13〕日本學者小南一郎指出：「在這些例子中，金勝的形狀被形容如『織勝』，可知『勝』本是與機織有某種關係的東西。」他又舉《洞冥記》中寫王母採桑及《穆天子傳》中西王母自稱「帝女」和織女乃天孫為證，推定「選取這一具有象徵機織道具意義的東西背後，存在著有關『織』這一行為本身的神話性質的宗教觀念。而且『勝』成為象徵天下太平的祥瑞，讓人推測『織』這一行為具有宇宙論性質的意義。」這樣，作為織機部件的「勝」就戴到了西王母的頭上。〔註14〕他準確地概括了「勝」的功能及其象徵意義。在圖1-3中，右上角有「玉勝王者」四字，在圖1-4東漢四川曾家莊畫像石中，則是戴勝的西王母坐在織車上，如果「勝」折斷了，天上的機織出了故障，宇宙便失去了秩序而陷於混亂狀態，因此經緯又比喻為條理秩序。《淮南子・覽冥訓》云：「西老折勝，黃神嘯吟，飛鳥鎩翼，走獸廢腳。」高誘注說：「西王母折其頭上所戴勝，為時無法度。黃帝之神傷道之衰，故嘯吟而長歎也。」〔註15〕「西老」即「西佬」，「佬」通「姥」，也即西王母。《焦氏易林・无妄之賁》條：「織縷未就，針折不復，女工多能，亂我政事。」〔註16〕把國家施政大事與織布相提並論；《焦氏易林・益之小過》條：「月削日衰，工女下機，宇宙滅明，不見三光。」〔註17〕把女工停機，與宇宙黑暗，日月星辰無光聯繫在一起，可見「織勝」的重要性，與宇宙、國家的秩序有神秘的關聯，所以在緯書和一些圖像中，一些歷史上和傳說中的男性帝王、聖賢都戴勝，如《孝經援神契》稱：「伏羲日角，珠衡戴勝。」在漢代畫像石中，沂南畫像石中東王公、西王母皆

〔註13〕馮雲鵬、馮雲鶤編撰：《金石索》第4冊《石索》（2），中國臺灣德志出版社，1963年，第555頁。

〔註14〕小南一郎：《中國的神話傳說與古小說》，孫昌武譯，中華書局，2006年，第58～62頁。

〔註15〕劉安等：《淮南子》卷6，楊堅點校，嶽麓書社，1995年，第65頁。

〔註16〕焦延壽：《焦氏易林》，甘肅人民出版社，2015年，第374頁。

〔註17〕焦延壽：《焦氏易林》，第643頁。

戴勝。山東鄒縣獨山出土的一幅畫像石上，一冠進賢之男子也戴著勝。當然，西王母成為道教神仙後，有時不戴勝，或戴冠冕，或戴象徵蓬萊三島的三峰突起的尖頂帽，或戴加鶡羽的平頂冠，有時戴道冠。值得注意的是，後面的這幾種冠都是男性所戴，有的似為文武官員的冠戴，有的是男性神祇所戴。巫鴻認為，由於這些圖像都表現中心神祇，很難設想他們的冠戴可以由畫者隨意處置，甚至男女不分。更有可能是這些不同的冠戴象徵不同的神祇〔註18〕。

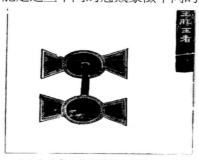

圖1-3 漢代織勝

圖1-4 東漢四川曾家莊畫像石

漢代盛行陰陽二氣說，陰必須與陽配合，這樣，西王母又由世界秩序的維護者而變成世界的創造者，並出現了與之配合的東王公。葛洪《枕中書》中說：

> 在二儀未分，天地日月未具之時，已有盤古真人，自號元始天王，游乎其中。後與太元聖母通氣結精，生東王公與西王母。後又生地皇，地皇生人皇。〔註19〕

〔註18〕 巫鴻：《地域考古對「五斗米道」美術傳統的重構》，載巫鴻：《漢唐之間的宗教藝術與考古》，文物出版社，2000年，第444頁。

〔註19〕 葛洪：《枕中書》，見《古今圖書集成·神異典》卷222《神仙部》，中華書局影印本，第507冊，第40頁。

這是道家「道生一，一生二，二生三，三生萬物」思想的推演。元始天尊就是「道」的化身，一氣化陰陽，因而必須配備一個陰性的女神，這樣，女媧和西王母就被道教選中，與伏羲、東王公等匹配，成為開天闢地的大神。葛洪《枕中書》云：「元始君經一劫，乃一施太元聖母，生天皇十三頭，治三萬六千歲，書為扶桑大地東王公，號曰元陽父。又生九光玄女，號曰太真西王母。」〔註20〕東王公和西王母都是「元始天王」所生，唐杜光庭《墉城集仙錄·西王母》中說得更清楚：

> 金母元君者，九靈太妙龜山金母也。一號太靈九光龜臺金母，一號曰西王母，乃西華之至妙，洞陰之極尊。在昔道氣凝寂，湛體無為，將欲啟迪玄功，生化萬物，先以東華至真之氣，化而生木公焉，木公生於碧海之上，蒼靈之墟，以生陽和之氣，理於東方，亦號曰王公焉。又以西華至妙之氣，化而生金母焉，金母生於神洲伊川，厥姓緱氏，生而飛翔，以主陰靈之氣，理於西方，亦號王母，皆挺質大無毓神玄奧於西方，渺莽之中，分大道醇精之氣，結氣成形，與東王木公共理二氣，而養育天地，陶鈞萬物矣。〔註21〕

木公和王母一起共理二氣，養育天地，陶鈞萬物。在東王公還沒出現之前，西王母一身兼備陰陽兩種元素，因為西王母既是煞神又是母性，兼具生與死的雙重身份，因而漢畫西王母圖像邊常有象徵月亮的玉兔、蟾蜍和象徵太陽的三足鳥。〔註22〕河南偃師辛村壁畫下方有兩塊空心磚，分別印有青龍與白虎圖案，在後來的東漢銅鏡上，我們看到大量的青龍白虎配置在西王母左右的圖像結構，顯示西王母結合了日與月兩個要素的機能。後來，東方和北方分別產生人格化東王公和玄武大帝兩個神，西王母就只代表西方了。從東漢開始，為了對稱與平衡之美，在西王母對面的山形臺座上，開始坐上她的仙侶東王公，官方祭祀也是這樣，《吳越春秋》卷第九《句踐陰謀外傳》寫句踐「立東郊，以祭陽，名曰東皇公；立西郊，以祭陰，名曰西王母」〔註23〕。

東王公與西王母共處一圖的圖像，表示陰陽和合是產生宇宙和諧的根本原因，所謂「一陰一陽謂之道」。在西漢洛陽卜千秋墓升仙圖中，東王公和西王母

〔註20〕葛洪：《枕中書》，見《古今圖書集成·神異典》卷222《神仙部》，第40頁。

〔註21〕杜光庭：《墉城集仙錄》，《道藏》第18冊，第168頁。

〔註22〕北方玄武也有自為雌雄的功能，如《周易參同契》卷下云：「雄不獨處，雌不孤居，元武龜蛇，蟠虯相扶。」以龜蛇交尾的圖像而體現。

〔註23〕趙曄：《吳越春秋譯注》，薛耀天譯注，天津古籍出版社，1992年，第340頁。

分處天界的兩端。而河南南陽出土的東王公、西王母石刻畫（圖1-5），東王公和西王母共坐在一圓形的坐臺上。類似的畫像在山東畫像石中亦可見到，如望都二號後漢出土的玉枕畫像，作斷面拱形，兩端與中間有三枚隔板，兩端隔板的向外一面，均有銜仙草的雙鳳圖，內側一面繪有四象。在中央隔板上一面繪有西王母，另一面繪有東王公。從這個圖像的構成可知，枕的內部形成為一個宇宙，對應於四神所象徵的宇宙構造，西王母與東王公相對應，象徵宇宙的運動；對應於四神構成宇宙外在的框架，在其中心部分，必然存在著圍繞西王母與東王公的運動〔註24〕。西王母與東王公分別代表著陰陽和生死，這個圖式就像後來道教的太極圖，古人認為宇宙就是這樣形成的。而且相對來說，東方與西方比南方與北方更為重要，西方崑崙和東方蓬萊都是早期方士和後來道教的仙境所在。

圖1-5 東王公西王母石刻畫

託名為東方朔的《神異經‧中荒經》中寫道：

> 崑崙之山有銅柱焉，其高入天，所謂天柱也。圍三千里，周圓如削。下有石屋，方百丈，仙人九府治之。上有大鳥，名曰希有。南向。張左翼覆東王公，右翼覆西王母。背上小處無羽，一萬九千里。西王母歲登翼上之東王公也。故其《柱銘》曰：崑崙銅柱，其高入天。員周妃削，膚體美焉。其《鳥銘》曰：有鳥希有，磛赤煌煌，不鳴不食，東覆東王公，西覆西王母。王母欲東，登之自通。陰陽相須，唯會益工。〔註25〕

〔註24〕 〔日〕小南一郎：《中國的神話傳說與古小說》，第95頁。
〔註25〕 《神異經》，《叢書集成新編》第26冊，新文豐出版公司，1985年，第113頁。

大鳥在其中起著調和陰陽的作用,「陰陽相須,唯會益工」。《抱朴子》卷十七《登涉》中說到妖魅迷惑人時,「稱東王公者,麋也;稱西王母者,鹿也。」〔註26〕人們將「麋鹿」並稱,由此可見東王公和西王母是二位一體的。

西王母和東王公圖像有時還與另一對創世土女媧、伏羲共構一圖(圖 1-6),伏羲、女媧多呈人首蛇身或人首龍身,往往作交尾之狀,有的還作上接吻下交尾狀。如滕州市官橋鎮後掌大出土的畫像石,西王母左側,東王公右側,中央有伏羲、女媧交尾圖。伏羲雙手捧日或一手舉日一手持規,女媧則是雙手捧月或一手舉月一手持矩,分別代表形成這個世界的方圓。古代記載中有以規測天,以矩量地之說,伏羲舉日持規,女媧舉月持矩,除了是天空的象徵外,還有天地陰陽協合之意。余英時指出:「在漢代的民間文化裏,女媧被看成是人類的創造者,因此象徵著生命,而伏羲被描繪成具有保持宇宙統一和秩序的權力。」〔註27〕一左一右,一陰一陽,位置相對而職能互補,共同組成東漢人從祖先那裏就承繼下的對「天」的理解。西王母、東王公還與牛郎、織女共處一圖,如四川郫縣後漢墓石棺蓋上,與龍虎戲壁圖相對,畫有牽牛與織女。其寓意是一樣的,即通過牽牛織女陰陽定期相會,使宇宙煥發生命力。西王母訪問東王公和牽牛織女七夕相會的傳說都是這種觀念的擬人化。西王母和東王公的龍虎座也是陰陽協理寓意的體現。龍虎座多表現為龍虎身、尾相纏繞的形態,暗示陰陽交媾,所謂「龍呼於虎,虎吸龍精」,「陽秉陰受,雌雄相須」。〔註28〕如四川出土漢代龍虎座上的西王母,兩邊是三足鳥、九尾狐、起舞的羽人等(圖 1-7)。淮北市博物館館藏東漢《羽人龍虎》畫像石中兩體相交的龍虎與出沒神仙世界的羽人同處於一個畫面。以龍虎之交喻示男女交接,乃漢代道教的一個基本表述方式。西王母身邊的蟾蜍和九尾狐在漢代也都是生殖崇拜的圖騰。通過男女交媾達到統合宇宙二元要素,實現宇宙和諧,董仲舒的「天人合一」說就是這種觀念的集中體現。在漢代人的思想中,宇宙萬物都是由陰陽二氣化合而生的,陰陽和諧才能使宇宙平衡,《淮南子·精神訓》認為宇宙是由「二神混生,經天營地」而構成的,「二神」即指陰陽。在漢人那裏,整個世界都離不開陰陽的結構,東王公西王母和伏羲女媧、牛郎織女都是這種思想的體現。西王母主管死後世界的神祇,掌握著可以賜人生命的不死神藥,

〔註26〕葛洪著、王明校釋:《抱朴子內篇校釋》,中華書局,1980 年,第 274 頁。
〔註27〕余英時:《東漢生死觀》,侯旭東等譯,上海古籍出版社 2005 年,第 125 頁。
〔註28〕魏伯陽:《古本周易參同契集注》卷上「三五至精章」,「乾坤坎離章」,仇滄柱集注,中醫古籍出版社,1990 年,第 65、7 頁。

「被想像成擁有更新宇宙循環和生命的力量」〔註29〕。漢墓室中的日、月、四神、伏羲女媧以及「西王母——崑崙山——東王公」等眾多圖像共同構築起具有宇宙空間意義的墓室。因此，各地區的畫像石中都可見到「陰陽交合圖式」。四川、徐州地區被稱為「秘戲圖」或「接吻圖」的一類畫像，這些都是通過雌雄交接使宇宙和諧的巫術儀式。在先秦時期，人們將兩性交媾當做一種在春天進行的巫術儀式，《禮記‧月令》中云：「是月仲春之月也，玄鳥至。至之日，以大牢祠高禖，天子親往。后妃帥九嬪御，乃禮天子所御，帶以弓韣，授以弓矢，於高禖之前。」因為「中春，陰陽交，以成昏禮，順天時也」，「春為陽中，萬物以生，生育婚嫁之貴，仲春之月，婚嫁男女之禮，福祿大吉。」〔註30〕為了順應天地四時的運行生長秩序，在這個季節，上至天子，下至百姓，男女之間私自相奔是被允許甚至得到鼓勵的，「中春之月，令會男女。於是時也，奔者不禁」。這類巫術儀式性質的圖式，其象徵模式來自中國陰陽化生萬物的思想。根據模擬巫術的原理，人世間陰陽和順便是對陰陽和諧的天道秩序的模仿、順應和祈禱。「這種圖案象徵著陰和陽——熱與寒、夏與冬、男與女——交錯纏繞、上下變化、和合一體、協調一致的觀念，描繪的是能夠帶來風調雨順、穀物豐穰、子孫繁榮等令人期待的結果的原動力。」〔註31〕

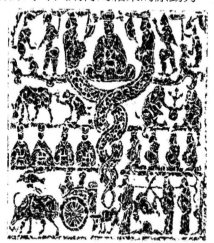

圖 1-6 東漢滕縣西戶口畫像石

〔註29〕〔美〕余英時：《東漢生死觀》，侯旭東等譯，上海古籍出版社，2005年，第125頁。

〔註30〕《周禮注疏》，鄭玄注，唐賈公彥疏，北京大學出版社，1999年。

〔註31〕〔日〕林巳奈夫：《刻在石頭上的世界——畫像石述說的古代中國的生活和思想》，商務印書館，2010年。

圖 1-7　四川出土漢代龍虎座上的西王母

三、西王母與東方帝王

　　東王公出現之前，在文獻記載和漢畫圖像中，都寫到西王母與帝王的會面，有的是東方帝王驅駕雲車往訪西王母，有的是西王母降凡往訪東方帝王，或幫助東方帝王建立功業。如《竹書紀年》記穆王十七年，「西征至崑崙丘，見西王母」，「西王母來見，賓於昭宮」。〔註32〕《荀子》云「禹學於西王國」。〔註33〕緯書《尚書帝驗期》記西王母慕舜德，來獻「白玉琯及益地圖」〔註34〕。《黃帝出軍訣》等漢魏文獻中還記載黃帝討伐蚩尤時，西王母派遣一個披玄狐之裘的道人，將符籙傳授給黃帝，黃帝藉此打敗蚩尤〔註35〕。漢賈誼集《修政語》則云堯「身涉流沙，地封獨山，西見王母。」〔註36〕《焦氏易林·明夷之萃》說：「稷為堯使，西見王母。拜請百福，賜我善子。」〔註37〕黃帝、稷、堯、舜、禹、周穆王以及後來的燕昭王、漢武帝都見過西王母，時間跨度很大，表示西王母是不老的神仙。這些帝王都是傳說中的所謂「聖明之君」或一代雄主，通過向西王請教治亂之道和養心之法，甚至得到西王母的協助，來彰顯他們的正統性和豐功偉績，是一種政治敘事。王瑤先生說：「正如儒家的稱道堯舜一樣，方士、後來的小說家，也要舉出一個帝王來作為信任方士而能夠太平興國的標準例子」〔註38〕，就是說，方士和道士都借帝王來抬高自己，表明神

〔註32〕　《竹書紀年輯校》，朱右曾輯錄，王國維校補，遼寧教育出版社，1997年，第13頁。
〔註33〕　章詩同注：《荀子簡注》，上海人民出版社，1974年，第295頁。
〔註34〕　《緯書集成》卷上，第387～388頁。
〔註35〕　《路史·後紀》五《注》引，《太平御覽》卷七三六，《藝文類聚》卷九九。
〔註36〕　夏漢寧：《賈誼文賦全譯》，百花洲文藝出版社，1996年，第270頁。
〔註37〕　焦延壽：《焦氏易林》，第550頁。
〔註38〕　王瑤：《中古文學史論集》，上海古籍出版社，1982年，第96頁。

仙的地位高於世俗帝王；而世俗帝王則借神仙神話自己的統治。西漢畫像磚中，則有西王母與周穆王、吳王等共處一圖的畫像，如浙江紹興出土的一枚龍虎鏡，西王母與吳王相對，白虎與青龍相對。西王母頭戴勝，側坐，手持便面，有圖題；吳王戴冠，有鬚，憑几而坐。這個組合出現在東王公之前，在當時陰陽觀念盛行的背景下，此鏡的製作者有為西王母匹配一個相當地位的男性的意圖。

先秦小說《穆天子傳》是出現最早的這類小說。作者選擇「穆公」與西王母會面，會不會因為「穆」與「木」同音，有待考證，後來東漢人乾脆虛構出一個「東王公」替代周穆王，以更明確地表達陰陽相會的含義。從這篇小說開始，西王母從半人半獸的形象轉變為美貌婦人。

> 吉日甲子。天子賓於西王母。乃執白圭玄璧，以見西王母。好獻錦組百純，□組三百純，西王母再拜受之。□。
>
> 乙丑，天子觴西王母於瑤池之上。西王母為天子謠，曰：白雲在天，丘陵自出。道里悠遠，山川間之，將子無死，尚能復來。天子答之曰：予歸東土，和治諸夏。萬民平均，吾顧見汝。比及三年，將復而野。西王母又為天子吟曰：徂彼西土，爰居其野。虎豹為群，於鵲與處。嘉命不遷，我惟帝女。彼何世民，又將去子。吹笙鼓簧，中心翔翔。世民之子，惟天之望。天子遂驅陞於弇山，乃紀丌跡於弇山之石而樹之槐。眉曰西王母之山。〔註39〕

這次相會充滿浪漫色彩，後來被司馬遷當作信史寫進《史記·趙世家第十三》：「造父幸於周繆王。造父取驥之乘匹，與桃林盜驪、驊騮、綠耳，獻之繆王。繆王使造父御，西巡狩，見西王母，樂之忘歸。」〔註40〕同時也成為畫家喜歡的素材，如圖1-8，就是合肥郊區城南出土北宋政和八年（1118年）繪製在銅鏡上的周穆王見西王母的故事，作者以橋將西王母與周穆王隔開，似表示聖凡之別。橋右邊西王母坐於樓閣之下，頭戴玉勝，正向來者致意；兩個玉女各執一翣翼，侍立於西王母兩側；西王母面前有正在搗藥的玉兔。橋左邊，周穆王正從橋頭走來，躬身合手拜謁，前面一執符節者為前導。畫家抓住周穆王與西王母初見這一「頃刻」關鍵場景，並把他們見面的場景設計在仙境崑崙，以高聳的峰巒為遠景，進一步豐富了《穆天子傳》中的相關描寫內容。

〔註39〕《穆天子傳》，上海古籍出版社，1990年，第10頁。
〔註40〕司馬遷：《史記》卷四十三，中華書局，1959年，第1779頁。

圖 1-8　合肥郊區城南出土北宋政和八年銅鏡上繪周穆王見西王母的故事

聞一多在《釋圖》中解釋說：

> 謠之字源出於圖，本義當為男女相招誘之歌，故嚴格言之，惟
> 說風情之謠乃為謠之正體，其他性質之民謠童謠皆其變體也。先秦
> 古書所載歌辭稱謠者，如《穆天子傳》：天子觴西王母於瑤池之上。
> 西王母為天子謠，……此雖不涉綺語，然亦男女相要約之辭，於謠
> 之本義，庶幾近之。〔註41〕

聞一多從考察西王母和周穆王互答的「謠」字起源上，論證兩人關係曖昧，這
也是郭璞在《山海經圖贊·西王母贊》所說的：「穆王執贊，賦詩交歡。韻外
之事，難以具言」〔註42〕。郭璞的贊充滿了「韻外之旨」，留下了很多闡釋空
間，不少學者指為隱喻男女情事。漢代人將周穆王和西王母相會的故事繪於銅
鏡上，可能就有喻示夫妻和諧的美好願望。尤其是道教盛行的唐代，人們多是
從這一視角解讀這一故事的構圖和情節內容。如曹唐《遊仙詩》中就寫到西王
母與漢武帝和周穆王會面的故事，其中寫西王母會周穆王道：

> 王母相留不放回，偶然沉醉臥瑤臺。
>
> 憑君與向蕭郎道，教著青龍取妾來。（其一）
>
> 九天王母皺蛾眉，惆悵無言倚桂枝。
>
> 悔不長留穆天子，任將妻妾住瑤池。（其二）〔註43〕

〔註41〕丁易：《中國文字》，北京：生活·讀書·新知三聯書店，1951 年，第 5406 頁。
〔註42〕馬昌儀：《古本山海經圖說》，廣西師範大學出版社，2007 年，第 209 頁。
〔註43〕《全唐詩》卷六百四十一，中華書局，1999 年，第 7400、7403 頁。

作者以蕭史弄玉的典故來比喻西王母與周穆王的關係，甚至說「悔不長留穆天子，任將妻妾住瑤池」，可見唐人是從男女關係釋讀西王母與穆王相會的故事的。唐小說《纂異記‧嵩嶽嫁女》中寫穆王與王母互相把酒唱歌，共話瑤池舊事，歌中有「早知無復瑤池興，悔駕驊騮草草歸」之句，也是這一意思。

西晉張華《博物志》卷八記載七月七日西王母見漢武帝，是魏晉社會廣泛流傳的西王母神話。

> 漢武帝好仙道，祭祀名山大澤以求神仙之道。時西王母遣使乘白鹿告帝當來，乃供帳九華殿以待之。七月七日夜漏七刻，王母乘紫雲車而至於殿西，南面東向，頭上戴玉勝，青氣鬱鬱如雲。有三青鳥，如烏大，使侍母旁。時設九華燈。帝東面西向，王母索七桃，大如彈丸，以五枚與帝，母食二枚。帝食桃輒以核著膝前，母曰：「取此核將何為？」帝曰：「此桃甘美，欲種之。」母笑曰：「此桃三千年一生實。」唯帝與母對坐，其從者皆不得進。時東方朔竊從殿南廂朱鳥牖中窺母，母顧之，謂帝曰：「此窺牖小兒，嘗三來盜吾此桃。」帝乃大怪之。由此世人謂方朔神仙也。〔註44〕

《漢武帝內傳》更是踵事增華，描寫細膩，對後世影響很大。小說中體現的陰陽五行觀念非常明顯。如「三青鳥」和「七桃」及桃三千年一結果，都是陽數，王母分桃時以五枚與漢武帝，自食二枚，也都符合兩人的男女陽陰身份。據小南一郎說，這個故事與七夕傳統有關，七夕也是男女相會的節日，因而牽牛與織女相會與西王母與東王公一樣，是男女二神舉行「聖婚」。聖婚的根本目的是給宇宙以再生的活力〔註45〕。同樣，西王母與漢武帝的會面，也隱含這一意思。《漢武帝內傳》深受上清道的影響，上清派反對五斗米道的黃赤之術，提倡「偶景術」，即道徒修習存思術，想像仙女下凡，向自己傳授道術，人仙之間保持著一種精神之戀。無怪乎《敦煌變文》卷13《前漢劉家太子傳》寫漢武帝「至七月七夕，西王母頭戴七盆花，駕雲母之車，來在殿上，空中而遊。帝見之心動，遂不得仙。」

《拾遺記》卷四又寫到西王母來會燕昭王，與說炎帝鑽火之術，以神蛾合丹藥，有黑鳥白頭，銜洞光之珠，圓徑一尺，懸照於室內，百神不能隱其精靈。云云。燕昭王在位期間，燕將秦開大破東胡、上將軍樂毅聯合五國攻齊，佔領

〔註44〕張華撰、范寧校：《博物志校證》，中華書局，1980年，第97頁。
〔註45〕參見〔日〕小南一郎：《中國的神話傳說與古小說》，第26～45頁。

齊國七十多城，造就了燕國盛世。可見，燕昭王也是一位有為之君。

在明清通俗小說中，西王母的故事和傳說得到更充分的演繹，變為遙居西方崑崙瑤池的西王母娘娘，甚至變為玉皇大帝的愛妻。

西王母與古代帝王相會的傳說，從世俗的角度而言，這些帝王本就有強烈的求仙欲望，而這些傳說有利於他們自我神化；從道教的角度而言，修道者為了宣揚神仙至高無上的地位，編造了許多帝王向高道拜求仙道的故事，認為神仙高蹈塵外，不受世俗權力的制約，如《神仙傳‧河上公》寫漢文帝對河上公說：「普天之下，莫非王土；率土之濱，莫非王臣。域中『四大』，王居其一。子雖有道，猶朕民也，不能自屈，何乃高乎？」公即撫掌坐躍，冉冉在虛空中，去地數丈，俯仰而答曰：「余上不至天，中不累人，下不居地，何民臣之有？」這樣，無論是對政治權力還是道教，西王母與帝王相會的故事都有利用價值。

四、長壽者和神仙領袖

西王母既然持人命籍，決定人的壽夭，這樣就自然就成了長壽神、神仙，再加上是「陰精」，也就成了女仙領袖。

在漢代，西王母已經從傳說中的人物形象轉向了具有宗教色彩的偶像。文獻所載西王母的崇拜興起於西漢時期，當時在京城長安和各郡國，已建立祭祀西王母的祠廟。漢哀帝時長安城發生西王母崇拜的民間運動，曾在社會上造成一定的轟動。《漢書‧五行志》載適逢關中大旱，「哀帝建平四年（公元前 3 年）正月，民驚走，持稾或檾一枚，傳相付與，曰『行詔籌』。道中相過逢，多至千數，或被髮徒踐，或夜折關，或逾牆入。或乘車騎奔馳，以置驛傳行，經歷郡國二十六，至京師。其夏，京師郡國民聚會里巷阡陌，設祭張博具，歌舞祠西王母。又傳書曰：『母告百姓，佩此書者不死。不信我言，視門樞下，當有白髮。』至秋止。」〔註46〕這次宗教活動經歷數月之久，可見西王母在漢代民間影響之大。翦伯贊說這是「關東的貧民用宗教迷信，相互煽惑，發動革命」〔註47〕巫鴻則說：「《漢書》中的敘述顯示，西王母如同佛教中的彌勒一樣，被看成是一位將要到來的『救世主』」〔註48〕其實這完全是一種迷信活動，民眾認為末世將至，設博具討好西王母，希望得到她的庇護。由此看來，西漢末年

〔註46〕班固：《漢書》，中華書局，1964 年，第 1476 頁。

〔註47〕翦伯贊：《秦漢史》，北京大學出版社，1983 年，第 306 頁。

〔註48〕〔美〕巫鴻：《武梁祠——中國古代畫像藝術的思想性》，楊柳、岑河譯，北京生活‧讀書‧新知三聯書店，2006 年，第 146 頁。

以後，西王母已經成為民間膜拜的神仙。

魏晉南北朝時期，西王母被納入道教神譜之中，陶弘景《真靈位業圖》把她排在「女真」第一位，但在男性神仙之後，《老子中經》排在第四，在上上大一、無極太上元君、東王父之後〔註49〕。雖然她排名第四，但在民間的影響力遠遠超過其他神仙，在漢墓圖像中，西王母幾乎就是仙境的符號，其受到廣泛崇拜的原因，是世人認為她那裏有不死之藥。西漢劉安《淮南子·覽冥訓》中載：「羿請不死之藥於西王母，姮娥竊以奔月，悵然有喪，無以續之。」〔註50〕東漢張衡在《靈憲》中的描述更為詳細：「嫦娥，羿妻也，竊西王母不死藥服之，奔月。將往，枚占於有黃，有黃占之，曰：『吉。翩翩歸妹，獨將西行，逢天晦芒，毋驚毋恐，後且大昌。』嫦娥遂託身於月，是為蟾蜍。」〔註51〕聞一多也曾從屈原《天問》中推斷出嫦娥奔月的故事在戰國初就已流行〔註52〕。袁珂認為這是失傳的《歸藏》中關於嫦娥奔月的舊文〔註53〕，《左傳·昭公二十八年》記載，「鬒黑而甚美」的玄妻，先為夔的妻子，後來夔為后羿所滅，又成了后羿的妻子。她最終又與寒浞合謀，殺了后羿。這位害夫的妖女在《天問》和《路史·後紀十三》中都被稱作「純狐」。「純」字與玄字聲近意同，均指黑。顧頡剛先生認定這個玄妻純狐是個黑色狐狸，〔註54〕這自然使我們聯想到《山海經》中幽都之山的那個玄狐。蔣驥《山帶閣注楚辭》引緯書《湘煙錄》云：「嫦娥，小字純狐」，〔註55〕可見嫦娥原來就是黑色狐狸精，或者就是蟾蜍，王充《論衡·說日第三十二》曰：「日中有金烏，月中有兔、蟾蜍。」〔註56〕金烏象徵太陽，玉兔和蟾蜍象徵月亮，古人由太陽和月亮的永恆及月亮的圓缺，賦予了這些動物以不死的能力，而西王母又是它們的主人，因而道教把很多仙藥都說成來自西王母，《漢武帝內傳》中說西王母神仙之上藥，有碧芝琅菜、九色鳳頸、玄都綺蔥等多種。這樣，西王母就成為了長壽的象徵。西漢揚

〔註49〕《道藏》第 22 冊，第 132～133 頁。

〔註50〕劉安等：《淮南子》卷6，楊堅點校，嶽麓書社，1995 年，第 67 頁。

〔註51〕嚴可均：《全上古三代秦漢三國六朝文》，中華書局，1058 年，第 777 頁。

〔註52〕聞一多：《神話與詩》，華東師範大學出版社，1997 年，第 184 頁。

〔註53〕袁珂：《中國神話通論》，巴蜀書社 1991 年，第 232～233 頁。

〔註54〕顧頡剛、童書業：《夏史三論》，《古史辨》第七冊下編。轉引自《楚辭》，嶽麓書社，2001 年，第 103 頁。

〔註55〕蔣驥：《山帶閣注楚辭》，中華書局，1958 年，第 88 頁。

〔註56〕劉盼遂：《論衡集解》卷三《物勢第十四》，（北京）古籍出版社，1957 年，第 230 頁。

雄《甘泉賦》中有「想西王母欣然而上壽兮」之句〔註57〕。東漢道經《太平經》卷三十八《師策文》記漢代民間有歌謠云：「樂莫樂乎長安市，使人壽若西王母」〔註58〕。在河南樊集弔窯 M37 西王母仙境（圖1-9）和河南鄭州出土西漢晚期畫像磚（圖1-10）中，西王母都被金烏、鹿、搗藥的玉兔和蟾蜍等包圍。考古發現的許多漢畫像石墓都有西王母題材的升仙圖，反映漢代人崇拜西王母，祈求靈魂升仙的思想。除漢墓外，出土的漢代銅鏡、搖錢樹等，也有表現想像中的仙境的。如彭山縣江口鎮 1972 年出土的搖錢樹，葉片上有西王母，左右有捧靈芝的蟾蜍和搗藥兔，其他人物有舞蹈、伎樂和雜技。廣漢萬福鄉出土「西王母與雜技」搖錢樹枝葉拓片（圖1-11）也是西王母坐在搖錢樹中部上面的龍虎座上，左邊二人在跳舞，二人似乎在奏樂，此外還有龍、鳳、兔等。

圖1-9 河南樊集弔窯 M37 西王母仙境

圖1-10 河南鄭州出土西漢晚期畫像磚

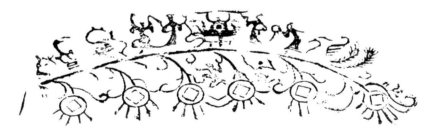

圖1-11「西王母與雜技」搖錢樹枝葉拓片

〔註57〕 班固：《漢書》卷八十七《揚雄傳》，中華書局，1964年，第3531頁。
〔註58〕 羅熾：《太平經注譯》，西南師範大學出版社，1996年，第113頁。

《古鏡圖錄》中就有許多漢鏡銘文記載：

> 尚方作竟，明如日月不已，壽如東王公西王母，長宜子孫，位至三公，君宜高官。袁氏作竟真大，東王公西王母，青龍在左，白虎居右，山人子喬赤容子，千秋萬倍。袁氏作竟分真，上有東王公西土母，山人子僑侍左右，辟邪喜怒無央咎，長保二親生久。（《古鏡圖錄》卷中）

此後，人們在祝壽的詩文中一般都會用到西王母的典故，很多養生食品都以西王母的名字命名，如西王母桃、西王母瓜、西王母棗、西王母菜、西王母杖、西王母席等。作為長壽象徵的西王母此後演變為道教神仙。在《莊子‧大宗師》中，西王母已是一個「坐乎少廣，莫知其始，莫知其終」的得道者[註59]。魏晉時期，上清派對西王母信仰的道教化起了重要作用。上清派的創立者魏華存乃女性，後來上清派中也有許多女性骨幹成員，所以十分推崇西王母。在上清派的神仙系譜敘事中，西王母的道法得自元始天王的真傳，後來很多神仙的道書都傳自西王母，緯書《尚書帝驗期》中云：

> 西王母之國在西荒，凡得道受書者，皆朝西王母於崑崙之闕。王襃字子登，齋戒三月，王母授以瓊花寶曜七晨素經。茅盈從西城王君詣白玉龜臺，朝謁王母，求長生之道，王母授以玄真之經，又授以寶書，童散四方。泊周穆王駕龜黿魚鱉，為梁以濟弱水而升崑崙玄圃闐苑之野，而會於王母，歌白雲之謠，刻石紀於弇山之下而還。[註60]

按照《茅君真冑》的記載，三茅君茅盈、茅固、茅衷和王襃、魏華存都尊西城王君即王子喬為師，而西王母則是居於上清派諸尊之上的祖師。道教有所謂九聖七真，道成之後朝崑崙之說。《雲笈七籤》卷一百「紀傳部」《太元真人東嶽上卿司命真君傳》寫對王母向茅盈傳道有更詳細的描寫：

> 茅盈後二十年，從王君西至龜山，見王母。盈乃叩頭再拜，自陳於王母曰：「盈小丑賤，生枯骨之餘。敢以不肖之軀，而慕龍鳳之年，欲以朝菌之質，竊求積朔之期。雖仰遠流，莫以知濟，津途堅塞，所要無寄。常恐一旦死於鑽放之難，取笑於世俗之夫。是以昔日負笈幽林，貪師所生，遂遇王君，哀盈丹苦，見授治身之要，服氣之法。於是靜齋深室，造行其事。師重見告，以盈身非玉石，而

〔註59〕曹礎基：《莊子淺注》，中華書局，1982年，第96頁。
〔註60〕〔日〕安居香山、中村璋八：《緯書集成》，第378頁。

—42—

無主於恒。氣非四時，常生於內。正當率御出入，呼吸中適。和液
得修，形神靡錯。感應思積，則魂魄不滯。理合其分，氣甄其適，
乃可形精不枯。宅不可廢也。若使精神疲於往反，津液勞於出入，
則形當日凋，神亦枯落，歲減其始，月虧其昔矣。宜便妙訪，求其
長易之益。」西王母曰：「子心至矣！吾昔先師元始天王及皇天扶桑
太帝君見遺以要言，汝願聞之邪？」於是口告盈以玉佩金璫之道、
太極玄真之經。盈拜受所言，稽首而立。又告盈曰：「夫金璫者，上
清之華蓋，陰景之內真，玉佩者，太上之隱玄，洞飛之寶章。得其
道者，皆上陟霄霞，登遨太極，寢晏高空，遊行紫虛也。向說元始
天王、太帝君言，是《太霄二景隱書》，玉佩金璫之文章也。又有《陰
陽二景內真符》，與本文相隨太上法，惟令授諸司命。子玉札玄挺，
錄字刊金，黃映內曜，素書上清，似當為上卿之君，司命之任矣。
此道後別當付於子也。然不先聞明堂玄真之道，亦無由得《太霄隱
書》也。」

王母向茅盈傳授「玉佩金璫之道、太極玄真之經」，並耐心解說。《漢武帝內傳》
中西王母傳道於漢武帝的情節，基本上是模仿該文，不過王母對武帝的態度正
好與茅盈相反而已。

　　西王母的道教化，首先是對其「豹尾虎齒」的外貌和「戴勝而穴處」的居
所進行美化，在《漢武帝內傳》中，西王母成為一個美貌的貴婦人：

　　　　王母上殿，東向坐。著黃金裕褶，文采鮮明，光儀淑穆。帶靈
飛大綬，腰佩分景之劍，頭上太華髻，戴太真晨嬰之冠，履玄璚鳳
文之舄。視之可年三十許，修短得中，天姿掩藹，容顏絕世，真靈
人也。〔註61〕

　　署名漢桓驎實為晉人偽作的《西王母傳》中，西王母的「穴處「已變成宏
偉的宮殿：

　　　　有城千里，玉樓十二，瓊華之闕，光碧之堂，九層元室，紫翠
丹房；左帶瑤池，右環翠水。其山之下，弱水九重，洪濤萬丈，非
飆車羽輪，不可到也。〔註62〕

〔註61〕《漢武內傳》，劉真倫、岳珍：《歷代筆記小說精華》第一卷，四川人民出版社，
　　　　1999 年，第 143 頁。
〔註62〕桓驎：《西王母傳》，清順治三年李際期宛委山堂刻本。

託名東方朔的《海內十洲記》中，西王母的居所更是蔚為壯觀。魏晉時期的崑崙山敘事，完全按照仙境予以設計。西晉王嘉《拾遺記》卷十《崑崙山》說：

> 崑崙山有昆陵之地，其高出日月之上。山有九層，每層相去萬里。有雲色，從下望之，如城闕之象。四面有風，群仙常駕龍乘鶴，遊戲其間。四面風者，言東南西北一時俱起也。又有祛塵之風，若衣服塵污者，風至吹之，衣則淨如浣濯。甘露濛濛似霧，著草木則滴瀝如珠。亦有朱露，望之色如丹，著木石赭然，如朱雪灑焉。以瑤器承之，如粉。崑崙山者，西方曰須彌山，對七星之下，出碧海之中。上有九層，第六層有五色玉樹，陰翳五百里，夜至水上，其光如燭。第三層有禾穟，一株滿車。有瓜如桂，有柰冬生如碧色，以玉井水洗食之，骨輕柔能騰虛也。第五層有神龜，長一尺九寸，有四翼，萬歲則升木而居，亦能言。第九層山形漸小狹，下有芝田蕙圃，皆數百頃，群仙種耨焉。傍有瑤臺十二，各廣千步，皆五色玉為臺基。〔註63〕

崑崙有駕龍乘鶴的仙人，有甘露、巨大的禾穗、冬天生長的仙瓜，有神龍，等等，總之，小說把西王母的外貌、服飾、居所等描繪得美輪美奐，其中玉樓、瓊華、玄室、丹房等詞彙成為後世道教描述神仙境界的常用術語。道教賦予了西王母統領崑崙山的法力，是女仙領袖。五代杜光庭為歷代女仙作傳，就取名為《墉城集仙錄》，說西王母「體柔順之本為極陰之元，位配西方，母養群品，天上天下三界內外十方女子之登仙得道者，咸所隸焉。所居宮闕，在龜山之春山。」〔註64〕自稱西王母女兒的有五位。梁陶弘景《洞玄靈寶真靈位業圖》中，西王母的女兒有太真王夫人、滄浪雲林右英夫人、紫微左宮王夫人、後聖上保南極元君紫元夫人；侍女有王上華、董雙成、石公子、宛絕青、范成君、郭密香、幹若賓、李方明、張靈子等。陶弘景《真誥》中的女仙王媚蘭，自稱是西王母第十三女。

在明清時期，西王母衍變為王母娘娘，居所從崑崙移至天上，成為女性神仙的統領，管理瑤池和蟠桃樹，與西王母有關的小說形成了三個母題，一是凡人與西王母女兒們的愛情故事。這些愛情故事中的女主角，或是西王母的女

〔註63〕王嘉：《拾遺記》，中華書局，1981年，第221頁。
〔註64〕杜光庭：《墉城集仙錄》，《道藏》第18冊，第168頁。

兒，或是西王母的侍女。這個主題早在魏晉時期就形成，如《搜神記》中的神女杜蘭香，《搜神後記》卷五中的何參軍女等，後來的小說繼承了這一寫法，如唐小說《玄怪錄》中玉卮娘子，《續青瑣高議‧賢雞君傳》中仙女，《醒世恒言》第二十六卷《薛錄事魚服證仙》中薛少府之妻，《綠野仙蹤》第四十五回錦屏公主和翠黛公主，等等，前身皆為西王母之女或侍女，因某種原因而降謫人間。二是王母娘娘的「蟠桃會」的故事，是各種藝術形式廣泛採用的題材。在元雜劇中，就有《宴瑤池王母蟠桃會》等劇本數種。明清仍是戲曲熱門的慶壽題材，而在長篇小說中，往往用作小說的「楔子」或開頭，講述故事的因果來源。各路神仙紛紛前來參加王母壽誕的蟠桃會，在聚會時，有些神仙犯下錯誤或結下恩怨，被罰下人間了結。如《女仙外史》第一回寫在王母蟠桃會上，太陰星主嫦娥在返回月宮的途中遭到天狼星的調戲。天狼星自稱奉玉帝敕旨，去下界為大明太平天子，強要嫦娥隨同下凡做他的皇后。嫦娥隨後向玉帝哭訴，玉帝稱這是「劫數」，非仙力所能挽回。於是太陰星因與貪狼星分別下凡轉生為唐賽兒和朱棣完劫。《鏡花緣》第一回也是寫王母聖誕日，百草仙子約眾女仙同赴蟠桃會，在會上與嫦娥產生口角糾紛，百花仙子立誓說，若百花違時齊放，自願墮入凡塵，受一世磨難，因而結下因果。適值玉帝因隋煬帝及其冤魂在陰曹控告李唐父子罪行，玉帝遣心月狐投胎為武則天，錯亂陰陽，消此罪案。心月狐臨行時，嫦娥告訴她，當令百花齊放，以顯威名。後來武后酒後賞雪，強詔百花齊放。眾花除牡丹仙子外，都違時大放，百位花神被謫人間，其中十二花仙謫於海外，受孽海無邊之苦，以贖前愆，直至塵緣期滿，返本歸源。其他如《西遊記》《韓湘子全傳》等小說中都寫到蟠桃會，並對小說的結構有重大影響。有的則是寫修行者功成之後，上天朝元，參加王母的蟠桃會，如《東遊記》。與西王母對稱的變成了玉帝，東王公已很少提及。不過在漢墓畫像中，就有玉帝和西王母在一起的圖像，但非常罕見。

結論

綜上所述，最初出現於《山海經》中的西王母是古人根據陰陽五行的觀念而塑造出來的，後來西王母的形象不斷裂變，戰國秦漢時期她已被方士描寫成崑崙山上的女仙、不死藥的掌管者。魏晉南北朝時期，西王母被納入道教神譜之中。唐代及以後，西王母常成為小說中的重要人物，由漢墓圖像中奠定的西王母作為神仙領袖的形象一值得以保持，最後成為與玉帝並列的天上最高階

的女仙王母娘娘。隨著時代的變化，在漢墓中與王母組合的玉兔、金烏、蟾蜍等皆被剝離，而增加了蟠桃擁有者的身份，這為她的傳說增添了新的內容。宋元以後，蟠桃會是很多小說戲曲熱衷描寫的場面，也是全社會壽誕盛演不衰的劇目。明清時期，關於西王母的傳說與各地山水名勝、物產節俗等結合起來，形成了更加廣泛的西王母信仰。總之，由於西王母的神格符合道教的觀念，遂被道教改塑成神仙領袖，並隨著時代的變遷，其形象和職能都有相應的變化，反映出中國神話向仙話、傳說的過渡是通過神話的歷史化、人化和世俗化來完成的。而在西王母形象的演變和定型過程中，大量的漢墓圖像和繪畫作品都起到了重要的作用。

第二節　從瑞獸到戰神：真武形象的演變

　　玄武是道教尊奉的大神之一，他的形象從星宿演變為戰神、再到道教大神，過程長達千年。玄武神的稱號和封號級別越來越高、職能越來越多，有關他的故事從產生到多樣化，與各個時代的政治和民眾的需求相呼應。有關玄武的研究，自上世紀四十年代許道齡發表《玄帝之起源及其蛻變考》一文以來，陸續有學者對其進行過專題研究，成果豐厚。本節主要是參酌圖像，梳理玄武形象在文學中的演變。

　　玄武，宋因避諱改為真武，民間又有北帝、黑帝、蕩魔天尊等稱呼。關於玄武崇拜起源的說法很多，代表性的說法有三種：一是源於星座崇拜。古人將「二十八宿」分為四組，稱為「四象」，道教名之為「四靈」，作為四方的保護神。位於北方的斗、牛、女、虛、危、室、壁七星相連似龜，下有騰蛇星，狀似合體，故取名「玄武」。北方屬陰，龜生活在水裏，蛇出沒於洞穴中，都屬「陰」物。另外，北方水，為「玄」色，龜殼也以黑色為主。二是來源於動物圖騰崇拜。馬書田就認為北方七宿是古人將所崇拜的動物形象聯想附會而成〔註65〕，還有人認為起源於遠古神鯀和修的崇拜，如孫作雲指出：玄武起源於北方神禺強，後演變為大禹之父鯀，鯀為鱉氏族酋長，死後化為三足鱉；鯀的妻子「修巳」，古代「巳」與「蛇」是同字，「修巳」即「修蛇」，鱉為龜，漢以後龜蛇合體，乃是上古分別以龜與蛇為圖騰的氏族間通婚的遺俗〔註66〕。三是源於對水

〔註65〕馬書田編：《中國道教諸神》，團結出版社，1996年，第97～98頁。
〔註66〕孫作雲：《敦煌壁畫中的神怪畫》，《考古》1960年第6期。

神玄冥的崇拜。《淮南子》卷三《天文訓》將四象與四天帝相配，「北方，水也，其帝顓頊，其佐玄冥，執權而治冬，其神為辰星，其獸玄武。」〔註67〕何新從文字訓詁角度來佐證這一觀點，說「玄冥之冥在上古音系中與武（古音讀若『莫』）相通，因此音近而通假，這就是『玄武』一名的由來」〔註68〕。

　　筆者認同肖海明的觀點，真武信仰起源於星辰和方位崇拜，玄武最早是星宿神，戰國秦漢時期變為四象崇拜，魏晉南北朝時期成為太上老君的侍衛神，唐代又變為北極紫微大帝的神將，宋真宗敕封真武為「真武靈應真君」，神格進一步提高；到了元成宗時又躍升為「帝」；明成祖朱棣為感謝真武庇佑他奪得帝位，在全國各地建立真武廟，真武受到全民的崇拜和祭祀。這種變化表現出一種「一線多元」、多元並存的格局，但真武披髮跣足等基本特徵一直保持著相對的穩定性〔註69〕。真武圖像形象大致與相關道教文獻中的描繪相同，但與文學中的形象不一定完全重合。

一、由星象到人格神

　　在漢代墓葬壁畫中，四神中的玄武比較晚出，如陝西省千陽縣一座西漢晚期壁畫墓中，有青龍白虎而沒有朱雀玄武。在西安交通大學發現的西漢晚期壁畫墓中，青龍白虎和朱雀的形象都非常清晰，但在北方只有一條小蛇。早期漢畫資料中，四神的圖像一直離不開星象，從漢代以後，才開始獨立出來。

　　如前所說，「玄武」的字義本有龜蛇合體的意思，「玄」為龜，「武」為蛇。《說文解字》云：龜「從它」〔註70〕，可見與蛇一樣，是同科動物，所以龜蛇可以共體。《後漢書・張衡傳》中李賢注《思玄賦》中「玄武縮於殼中兮，騰蛇蜿而自糾」句云：「玄武謂龜、蛇也。」〔註71〕李賢注《後漢書・王梁傳》中「王梁主衛作玄武」句曰：「玄武北方之神，龜蛇合體。」〔註72〕漢代陰陽化生萬物的思想盛行，漢畫像石中的玄武很多是龜蛇纏繞相望的圖式。如玄武紋瓦當，龜作匍匐爬行狀，蛇盤繞在龜身上，龜和蛇相望。東漢丹經《周易參

〔註67〕劉安：《淮南子》，上海書店，1986年，第37頁。

〔註68〕何新：《諸神的起源》，生活・讀書・新知三聯書店，1985年，第199～203頁。

〔註69〕肖海明：《試論宋、元、明真武圖像變遷的「一線多元」格局》，《思想戰線》2005年第2期。

〔註70〕許慎：《說文解字》，中華書局，1977年，第285頁。

〔註71〕范曄：《後漢書》卷五十九，中華書局，1965年，第1929頁。

〔註72〕范曄：《後漢書》卷二十二，第774頁。

同契》也借龜蛇相糾的圖像來闡述男女陰陽必須相交的丹理：「玄武龜蛇，盤糾相扶，以明牝牡，竟當相須」〔註73〕。又時與其他神祇和動物組合在一起，表示陰陽和諧的觀念，1976年綏德縣徵集東漢「玄武‧西王母‧東王公」圖像（圖1-12），四川新津鄧雙鄉石廠灣崖墓出土東漢「玄武‧靈芝‧朱雀‧青龍」畫像（圖1-13）。東王公和西王母、伏羲和女媧、青龍與朱雀三組圖像，都是表示陰陽和諧的意思，也表示玄龜是仙界瑞獸。四神紋飾在當時被廣泛應用於人們的日常生活用具之中，如銅鏡、銅爐等中，作為壓勝辟邪的祥瑞符號。在墓葬中，玄武也是升仙圖中的元素之一，如河南永城柿園山漢梁王墓，墓室頂部中間有一條巨龍飛騰，東朱雀，西白虎，四周由怪獸、靈芝及雲氣紋圖案裝飾。巨龍長舌卷著一隻怪獸，前兩足一足踏雲氣，一足踏獸；後兩足一足接朱雀尾，一足長花朵。據學者推測，那隻怪獸可能是玄武的早期形態。這些動植物圖像，都用以表現墓主劉買死後升仙的願望〔註74〕。

圖1-12 玄武‧西王母‧東王公

圖1-13 玄武‧靈芝‧朱雀‧青龍

　　漢魏時期，玄武開始人格化和神格化。漢緯《河圖》記玄武「其人夾面兌頭，深目厚耳，垂腹反羽，順土授木。」〔註75〕這副半人半龜的怪異形象，受到當時「聖人奇相」觀念的影響，是玄武人格化的開始。由於玄武的特殊形態，其至少戰國時期已成為戰神。屈原《遠遊》中「召玄武而奔屬」，意謂召北方玄武來護衛。李賢注《後漢書‧馮衍傳》中「玄武潛於嬰冥」句曰：「玄武謂龜蛇，位在北方，故曰玄；身有鱗甲，故曰武。」〔註76〕解釋了「武」字稱名的由來。戰神主殺戮，應劭注揚雄《校獵賦》中「顓頊、玄冥」云：「皆北方

〔註73〕魏伯陽：《古本周易參同契集注》，第716頁。
〔註74〕梁田：《玄武藝術符號研究》，湖南工業大學碩士學位論文，2014年。
〔註75〕《緯書集成》卷六《河圖》，第1249頁。
〔註76〕范曄：《後漢書》卷二十八，第999頁。

之神，主殺戮也」。[註77] 1972 年河南唐河針織廠墓出土西漢「拔劍武士」中就繪有神人與玄武格鬥的畫面，因而被道教納為護衛神，六朝道經《太上元始天尊說北帝伏魔神咒妙經》已經把玄武存思為腎神將：「冠黑幘，著皂衣，身長二十五丈，手持鍾鼓，兵士四十萬人，羽服赫然。」[註78] 玄武作為殺戮神與西王母一樣，都是因為在古人的觀念中，北方和西方對應「陰」，象徵死亡。山東臨朐北齊崔芬墓墓室北壁壁畫玄武，圖中龜蛇糾纏，龜昂首回視，與蛇首相對。龜背上坐著一人，戴冠持劍，瞠目張口，神態威武。玄武後面還有一位面目猙獰、一蛇纏身的侍衛。可見，騎在龜背上的真武形象已開始形成。

　　隋唐五代繼承和發展了漢魏以來玄武崇拜的傳統，據臺灣學者鄭阿財研究，從唐末五代開始，民間玄武信仰已從陰宅墓室之鎮衛，發展為陽宅安居辟邪之神祇[註79]。這種變化來自於「以惡鎮惡」的巫術思維，特別是武則天姓武，故以龜為符印。張鷟《朝野僉載》云：「偽周武姓，玄武龜名，故以銅為龜符。」唐代的玄武圖像較之以前也有所變化，最大的不同是蛇首和蛇尾相交組成的形狀更大、更圓，線條更為流暢和美觀，如西安唐蘇思勖墓室玄武壁畫（圖1-14）和韋氏墓室玄武壁畫，顯示出唐代多民族融合團結的審美趣味[註80]。

圖 1-14　西安唐蘇思勖墓室玄武壁畫

[註77] 班固：《漢書・楊雄傳》，中華書局，1964 年，第 3543 頁。
[註78] 《太上元始天尊說北帝伏魔神咒妙經》，《道藏》第 34 冊，第 405 頁。
[註79] 鄭阿財：《從敦煌文獻看唐五代的玄武信仰》，《道教的歷史與文學》，中國臺灣宗教文化出版社，2000 年。
[註80] 參見肖海明：《走向神聖——真武圖像的綜合研究》，中山大學博士學位論文，2005 年。

　　隨著唐五代以來玄武崇拜的興盛，有關玄武的故事也開始流傳。如段成式《酉陽雜俎續集》載：北魏太和八年（484 年），一朱姓道人嘗遊廬山，「憩於石間，忽見蟠蛇如堆繪錦，俄變為巨龜。訪之山叟，云是玄武。」〔註81〕《圖書集成·神異典》卷一七引五代於逖《靈應錄》載：沈仲霄子在竹林中見到一條蛇纏住一隻烏龜，擊殺之，其後家數十口旬日先後死去。有識者指出：他擊殺的是玄武神。又據南宋洪邁《夷堅支景卷第三》中「海中真武」云：進士葉昉在海上拾到一幅畫，「畫真武仗劍坐石上，一神將甚雄猛，持斧拱立於旁」〔註82〕。宋代增補的唐末五代道經《太上說玄天大聖真武本傳神咒妙經》云：

　　　蓋乃玄元聖祖，護度天人，應化之身，神明之妙。蓋無形之為道，非有象之可言。變化億千，虛無難測。且玄元聖祖，八十一次顯為老君，八十二次變為玄武。故知玄武者，老君變化之身，武曲顯靈之驗。本虛危之二宿，交水火之兩精。或掛甲而衣袍，或穿靴而跣足。常披紺髮，每仗神鋒，聲震九天，威分四部。擁之者早森玄霧，驅之者蒼龜巨蛇。神兵神將，從之者皆五千萬眾。玉童玉女，侍之者各二十四行。授北帝之靈符，佩乾元之寶印。驅之有雷公電母，御之有風伯雨師。衛前後則八煞將軍，隨左右則六甲神將。天罡太一，率於驅使之前。社令城隍，悉處指揮之下。有妖皆剪，無善不扶。朝金闕而赴崑崙，開天門而閉地戶。杳冥恍惚，審察窮通。居其壬癸之方，助有甲庚之將。或乘玄駿，或跨蒼虹。目閃電光，眉橫雲陣。身長千丈，頂戴三臺。其動也，山水蒙。其靜也，地天泰。以茲顯化，故乃神通。〔註83〕

　　唐代以玄武命名道經，並把玄武和老子都說成是玄元聖祖的化身，他的儀仗莊嚴，侍從眾多，氣勢磅礴，可見玄武的地位已經很尊崇了。

二、戰神的確立

　　至宋元時期，在最高統治者的參與下，玄武最終完成了戰神形象的形塑，同時又呈現出多元的面相。宋初玄武的地位還並不是很高，但隨著西北方的威脅日益加劇，作為北方戰神的玄武地位便愈加尊隆。元代《歷世真仙體道通鑒》

〔註81〕段成式：《酉陽雜俎續集》，載《唐五代筆記小說大觀》，上海古籍出版社，2000年，第 734 頁。
〔註82〕洪邁：《夷堅志》，中華書局 2010 年，第 905 頁。
〔註83〕《太上說玄天大聖真武本傳神咒妙經》，《道藏》第 18 冊，第 38～39 頁。

卷之五三「林靈素」中云：

> 十一月，賜沖和殿侍宸。十二月，奉修佑聖殿。帝曰：「願見真武聖像。」先生曰：「容臣同虛靜天師奏請。」宿殿致齋，於正午時，黑雲蔽日，大雷霹靂，火光中，現蒼龜巨蛇，塞於殿下。帝祝香再拜，告曰：「願見真君，幸垂降鑒。」霹靂一聲，龜蛇不見，但見一巨足塞於帝殿下。帝又上香再拜，云：「伏願玄元聖祖，應化慈悲，既沐降臨，得見一小身，不勝慶幸。」須臾，遂現身長丈餘，端嚴妙相，披髮皂袍，垂地金甲，大袖玉帶，腕劍跣足，頂有圓光，結帶飛繞，立一時久。帝自能寫真，更宣畫院寫成，間忽不見。次日，安奉醮謝。

從這個故事看來，徽宗尊玄武為「玄元聖祖」，根據自己所見為玄武寫真，在畫院畫師的參與下，玄武像終於定型，並成為官方範本，流行於社會。洪邁《夷堅三志辛卷第二》中《佑聖觀夢》又載，南宋時的孝宗按照自己的模樣為真武塑像：

> 趙粹中為禮部侍郎，夢出至廳上，大門豁開，吏報客通謁，其長七尺，著道士羽服，形容端嚴，視其刺字曰「北方鎮天真武靈真君」。趙奉神素謹，肅然起敬，趨下迎揖，不敢以主禮自居。神固請趙東向坐，曰：「侍郎是主人，今日之事公為政，毋用謙辭。」遂就席，局脊而窩。是時孝宗於潛邸王宮創建佑聖觀，以答在藩禱祈感驗之貺，明日降旨，差趙為奉安聖像使，乃悟夢語〔註84〕。

孝宗在藩邸時就信奉玄武，並把後來登基歸功於受到玄武的護佑。臨安佑聖觀落成之日，人們驚奇地發現：「內塑真武像，蓋肖上御容也！」〔註85〕孝宗以光復失地、中興祖業為己任，因而借玄武信仰進行宣傳。宋代的一些名將也喜歡玩這個把戲，如仁宗朝狄青，驍勇善戰，自認是真武轉世，每次「臨敵被髮，帶銅面具，出入賊中，皆披靡莫敢當。」〔註86〕這幅銅面具就是玄武，周煇就說：「向在建康，於鄰人狄似處見其五世祖武襄陽公收儂智高時所帶銅面具及所佩牌，上刻真武像。世言武襄乃真武神也。」〔註87〕後來的說部便說狄青是武曲星下凡。宋代軍力積弱，西部和北方強敵環伺，因而

〔註84〕洪邁：《夷堅志》，第1397頁。
〔註85〕李心傳：《建炎以來朝野雜記》，中華書局，2000年，第80頁。
〔註86〕脫脫：《宋史》，中華書局，1985年，第9718頁。
〔註87〕周煇：《清波雜志校注》，劉永翔校注，中華書局，1994年，第65頁。

朝野都把希望寄託戰神真武身上，希望他能庇護國家，保衛疆土，因而朝廷屢加封號。宋人趙彥衛《雲麓漫鈔》云：真武現「繪像披髮黑衣，仗劍踏龜蛇，從者執黑旗焉。自後奉祀益嚴，加號鎮天佑聖，或以為金虜之讖。」〔註88〕南宋滅亡之前的淳祐六年（1246年），理宗書《御製真武像贊》曰：「於赫真武，啟聖均陽。克相炎宋，寵綏四方。累朝欽奉，顯號徽章。佑我宋社，萬億無疆。」〔註89〕元刊《玄天上帝啟聖錄》中《聖像先鋒》更講過一個有趣的故事：真宗天禧年間，西蕃向大宋請得真武聖像並供養法式，但大宋畫院畫家在贈像上故意沒畫上龜蛇二將，西蕃人不懂，以為獲得了真武全像，宣詔供養，自此不事征伐，遣使進奉，西邊平安無戰事。《夷堅丁志》卷七《南京龜蛇》也記靖康元年閏月，金兵犯南京，合圍方急，結果龜蛇見城中，「凡受敵逾半年，竟不能陷。」〔註90〕有趣的是，作為北方戰神，金國也崇奉玄武，據劉辰翁《玉真觀記》云：「朱文公熹謂玄武女真神，非也；今為真武者，又像如道君皇帝，也非也。」〔註91〕以致使大學者朱熹都誤以為真武是金國的神祇，可見宋、金都在爭奪玄武這尊戰神的所有權，與當時宋、金都爭相標榜自己是正統異曲同工。

目前所見宋代的真武圖像，一般也是身披戰袍、穿鎧甲、手執長劍的形象。如江蘇溧陽出土的北宋夫婦墓中真武俑，真武披髮執劍，右側塑一蛇盤龜像。大致開鑿於南宋紹興年（1131～1162年）間的大足石門山石窟群三皇洞左壁的玄武雕像，真武頭匝寶冠，跣足踏巨龜，右手執劍，披甲罩袍。四川東部廣安市華鎣市東郊發掘的南宋四川制置使安丙家族墓園中出土的玄武，不是宋前流行的龜蛇合體形象，而是典型的真武大帝形象。1號福國夫人墓中的真武頭戴冠，褒衣博帶，右手持劍，赤足踏龜蛇乘祥雲；2號安丙墓中的真武大帝披髮無冠，褒衣博帶，前胸裸露，半跏趺坐，右手持劍，赤足踏龜蛇乘祥雲。還有武當山五龍宮和太和宮金殿內的真武坐像，都雙耳長厚，長鬚下垂，披髮跣足，身著戰袍，穿鎧甲，足下置銅鑄龜蛇水火一座〔註92〕。當時的繪畫作品也一樣，託名為吳道子而實為南宋時期道觀壁畫白描「粉

〔註88〕趙彥衛：《雲麓漫鈔》卷九，中華書局，1996年，第148頁。

〔註89〕陳垣：《道教金石略》，第409頁。

〔註90〕洪邁：《夷堅志》，第592頁。

〔註91〕劉辰翁：《須溪集》卷四《玉真觀記》，四庫集部四別集類三，影印本，第14頁。

〔註92〕劉威：《安丙墓「真武」圖像意義考》，《美術學報》2015年第3期。

本」的《佑聖真君》圖冊〔註93〕，真武披髮跣足，著袍襯鎧，手執長劍，後有頭光，但足下無龜蛇。總之，真武像基本形成了模式化的視覺形象，後人所謂「玄帝為北方大神，當魔之精，是故圖之者，有劍、有龜、有蛇」〔註94〕，完全體現出了戰神的特徵。

　　宋代民間有很多玄武作為宋王朝保護神的故事流傳。據《揮麈後錄》載，靖康元年（1126年），金兵圍攻開封府，趙構作為人質出使金營，將出發時，小婢招兒稱見四金甲神各執弓劍護衛趙構。趙構之母韋妃聽後說：「我事四聖香火甚謹，必其陰助。」次年韋妃被俘至金國，佩帶平日所供奉的四聖繪像，每夜必拜。紹興十一年（1142年）宋金議和，韋妃南返，即以「沉香刻四聖像，並從者二十人，飾以大珠，備極工巧」，謹慎供奉，朝夕不忘香火〔註95〕。南宋米居純《鹽官重修真武殿記》又述真武顯靈擊敗金兵事，孝宗乾道元年（1165年），金人叛盟，長驅而下，攻入蜀地，「井邑已皆焚蕩，唯於灰燼中瞻見真君容像，巍然而坐，所飾丹青不變而鮮潔，所披之髮不壞而具存，雖龜蛇之形狀亦無所損。」作者認為這是真武顯靈，暗中護佑，果然官軍不久擊敗金兵〔註96〕。周密又在《齊東野語》中記道：他曾祖父在靖康之亂時逃入山谷，與家人失散，晝伏夜行。一天早上，遇到金國騎兵追趕，自度無法逃脫，慌亂中進入一古廟，藏於真武神像之下，傍邊沒有什麼遮蔽，金兵到處搜索，竟沒發現。他曾祖父躲過大難，來到杭州，全家不期而集，沒有損失一人，大家都以為是得到了玄武神的護佑。因此，周家幾代人都虔誠地事奉玄武神，凡遇玄武神降誕日，必謹於齋戒，以答謝神佑〔註97〕。《夷堅三志壬卷》第九《楊母事真武》寫閩人楊翼之感寒熱之疾，病情嚴重，其母郭氏平生敬事真武，急誦咒數百卷，感得真武現身，數日病癒〔註98〕。《湖海新聞夷堅續志後集》卷一《玄帝現身》寫王道之全家發病，但畫真武像奉供後，病皆痊癒〔註99〕。

　　北宋以後，社會上還流傳一批與玄武有關的道經，如《太上說玄天大聖真

〔註93〕　見《道子墨寶》（局部）南宋白描稿本，海外收藏，人民美術出版社影印，1963年，第11頁。
〔註94〕　《玄帝金像記》高簡，載《巴蜀道教碑文集成》，四川大學出版社，1997年，第219頁。
〔註95〕　田汝成：《西湖遊覽志》，上海古籍出版社，1958年，第19頁。
〔註96〕　陳垣：《道家金石略》，文物出版社，1988年，第363頁。
〔註97〕　周密：《齊東野語》卷十二《事聖茹素》，中華書局，1983年，第221～222頁。
〔註98〕　洪邁：《夷堅志》，第1538頁。
〔註99〕　《湖海新聞夷堅續志後集》卷一，第128～129頁。

武本傳神咒妙經》《元始天尊說北方真武妙經》《真武靈應消災滅罪寶懺》等，一般都是敘述玄武生而不凡，幼而好道，修成正果後，受遣投胎下凡，降妖除魔，最後玉帝敕封神位。特別是有關玄武在武當修道的說法被人們廣泛接受並迅速流傳開來，北宋李方叔《武當山賦》、南宋祝穆《方輿勝覽》、元劉道明《武當福地總真集》等均收錄這一神話，武當山因而變成玄武的本山，武當因而名聲大噪，香火不斷，山因神名，神倚山重，二者相得益彰，可為典型〔註100〕。

當然，除戰神外，玄武在宋代民間還呈現出其他不同的面相。按五行的說法，北方主水，所以玄武作為水神起源很早。杜預注《左傳·昭公十八年》中「禳火於玄冥、回祿」云：「玄冥，水神。」〔註101〕《後漢書·王梁傳》中也云：「玄武，水神之名」〔註102〕。玄武既是水神，遂成為抗禦火災、旱災的神靈。《夷堅支癸卷第二》中《武當真武祠》條載：南宋乾道六年（1170年），王炎宣撫四川，由襄陽入川，聽說蜀中久旱不雨，欲迂路至武當真武祠禱雨，此念一起，當夜即夢見真武，言及旱災，曰「知蒙異眷，當便為料理。」王醒來後，遂堅定了去武當敬香的決心。七月九日到真武祠，焚香敬謁，瞻視聖容，宛如夢中所見，又忽見金蛇盤旋於几案間。王辭去，剛到四川金州上庸縣境內，甘霖大降，接著四路皆來報得雨〔註103〕。後來，北方的玄武又成了南方的海神，《廣東新語》卷六「真武」云「吾粵多真武宮」，「粵人祀赤帝，並祀黑帝，蓋以黑帝位居北極而司命南溟。南溟之水生於北極，北極為源而南溟為委，祀赤帝者以其治水之委，祀黑帝者以其司水之源也。」〔註104〕但目前沒有見到相關圖像。

此外，龜和蛇都是長壽和不死的象徵，玄武是神仙，因而就自然成為祈免疫疾的神靈。《夷堅乙志卷第八》中「秀州司錄廳」寫秀州司錄廳多怪，洪邁父親洪皓居官秀州時，一日其侍妾忽大呼倒地。洪皓素聞鬼怕皮帶，即用皮帶將侍妾綁在床上。久之鬼曰：「此人素侮鬼神，適右手持一物，甚可畏（原注：謂帶也），我不敢近。卻不知我從左邊來，方幸擒執，又為官人打鐘馗陣留我。我即去，願勿相苦。」洪皓追問他是何人，乃稱是嘉興縣農人支九，與鄉人水三，兩家九口，皆因前年水災餓死。洪皓曰：「吾事真武甚靈，又有佛像及土

〔註100〕朱越利：《〈道藏〉與玄天上帝》，《道韻》第3輯，中華道統出版社，1998年。
〔註101〕安井衡：《左傳輯釋》卷二十，廣文書局，1967年，第60頁。
〔註102〕范曄：《後漢書》卷二十二，第774頁。
〔註103〕洪邁：《夷堅志》，第1231頁。
〔註104〕屈大均：《廣東新語》，中華書局，1985年，第208頁。

地灶神之屬，汝安得輒至？」鬼曰：「佛是善神，不管閒事。真聖每夜被發杖劍，飛行屋上，我謹避之耳。宅后土地，不甚振職，唯宅前小廟，每見輒戒責，適入廚中，司命問何處去？答曰：『閒行。』叱曰：『不得作過。』曰：『不敢。』遂得至此。」〔註105〕《夷堅丁志卷第二》中「劉道昌」記劉道昌嗜酒亡賴，橫市肆間，一日登滕王閣假寐，夢見道士持一卷書，置於其袖中，曰：「謹秘此，行之可濟人，雖父兄勿示也。」劉醒來後，見書在袖間，頓覺神思灑落，視書中文字，都是講符咒之術的內容。劉回家後即畫真武像一幅懸之，為人治病行醮，手到病除。又以之治牛疫，也都痊癒，「郡人久而知敬，共作真武堂居之」〔註106〕。

　　這時期還出現了幾部全面描繪真武生平故事的長篇傳記體小說。如《真武啟聖記》，據《武當福地總真集》卷下說乃宋侍中荊國公宋庠奉旨編撰〔註107〕。書中的真武不僅大智大勇，法力無邊，具有崇高的神性，而且濟危扶困，除暴安良，受供必報，有求必應，富有人情味。這些故事上自晉代，下迄宋仁宗時期，受真武護佑者既有帝王將相、王公大臣，又有士農工商、衙役走卒，反映了北宋朝野對真武信奉的盛況。道士董素皇完成於宋孝宗淳熙十一年（1184年）的《玄帝實錄》講述玄帝出身和武當修道故事，稱玄帝乃先天始炁五靈玄老太陰天一之化，黃帝時托胎於淨樂國善勝皇后，為太上八十二化，產母左脅。他七歲通經書，十五歲辭父母內煉元真，感動玉清聖祖紫元君傳授無極上道，豐乾大天帝授以寶劍，令他居武當山修道。於是有五百追兵證靈官、靈鴉黑虎證大神、悟杵成針、折梅寄榔、蓬萊仙侶、紫霄圓道、五龍捧聖、昇天受封等經歷。故事中說六天魔王以坎離二氣化為蒼龜、巨蛇，被玄帝攝於足下。其中幾個故事注明依據《三寶大有金書》《混洞赤文》《元洞玉歷記》等道書。後來成書的《玄天上帝啟聖錄》，又採錄了《真武啟聖記》和《玄帝實錄》中的靈應故事，或綜合《紫微大帝說玄武本傳經》《元始天尊說北方玄武經》等書中的材料〔註108〕，全書八卷八十一節，模仿《老子八十一化圖》，完整地敘述了玄帝投胎、出生、修道、道成、顯聖的過程〔註109〕，使真武大帝的生平事蹟

〔註105〕洪邁：《夷堅志》，第 250 頁。

〔註106〕洪邁：《夷堅志》，第 551 頁。

〔註107〕《道藏》第 19 冊，第 664 頁。

〔註108〕王光德、楊立志合著：《武當道教史略》，華文出版社出版，1993 年，第 74～75 頁。

〔註109〕《玄天上帝啟聖錄》卷 1，《中華道藏》第 30 冊，第 637 頁。

和靈應故事具體化，對真武信仰的形成和傳播起到了至關重要的作用，讓真武神與百姓之間的距離拉近了，也使道教中的真武崇拜理論成熟化，提高了真武神的地位，形成了鮮明的真武信仰武當特色，後來朱棣在營造武當建築群時，就是按照《玄天上帝啟聖錄》中的描寫而設計的。在《玄天上帝啟聖錄》中，玄武已成為一個全能神，是唐宋時期玄武信仰的全面反映。如《捨身求雨》寫壽州安豐女子招弟自焚求雨，感動玄武，忽驟雨傾降。《水雲護波》寫單州婦人楊素真被人灌醉推墜深潭，但因他「常時供養真武，逐日看誦道經」，得以不死。《現海救危》寫宰相陳侍中知廣州，泛海歸泉州時，忽逆風漂蕩，但得到玄武救護，風濤頓息。真武既是水神，水能剋火，因而又是火神，《消禳火德》就寫南方火德尊星真武慈悲顯濟。玄武作為戰神的故事在書中最多，主要是護佑唐宋王朝的功績。《歸天降日》寫則天朝玄武寄胎降世，剪除朝廷「邪禍妖臣」。《馬前戲躍》寫真武降世，佐助狄青行軍，剪除西蕃兵寇和南蠻山賊。《藩鎮通和》寫玄武顯靈，使北藩與宋廷通和，兵革永息。《聖箭垂粉》寫天禧中玄武顯靈變現毒蛇，趕敗蕃兵二十餘萬。《毒蜂靄雲》寫宋軍與趙元昊戰，玄武驅黃土蜂攻擊敵兵，蕃眾倒臥萬數。《符吏借兵》玄武幫助宋軍，滅戮北蕃契丹。《蜀王歸順》寫宋太祖時，玄武助蜀王歸順朝廷。《柯誠識奸》寫玄武治癒神猛指揮柯誠的眼疾，使其雙目能辨識西蕃奸細。《天罡帶箭》寫明道中玄武助戰官軍平定貝州王則之亂，等等，此外《神槍竹刃》《神將教法》《風浪救岩》等則講述真武協助朝廷平定少數民族叛亂的故事。這些故事都反映出宋朝國力積弱的狀況。玄武作為戰神的另一個職責就是蕩除妖魔，如《鄭箭滅龜》《裴劍驅虎》《當殿試法》《聚廳禁妖》《妖惑柴邈》《魅纏安仁》《王氏懷鬼》等，都是這類故事。玄武作為長壽神，又衍生出治病的神職，如《二士化光》《壺倈一京》《施經救災》《何詮遇會》《吳氏緣合》等故事都寫真武施藥幫助百姓治癒眼疾、瘟疫等疾病。此外，《雪晴濟路》寫向真武祈晴，《孫隱遣蝗》等寫真武消除蝗災，《天降粟麥》寫玄武使天降粟麥救濟饑民，《供聖重時》記陳喻言供養真武后考中進士，《唐憲寶像》寫唐憲因供奉真武而致富，《朱氏金磚》寫陸諒嗜酒好殺，其妻朱氏力勸不改，命工彩畫真武一軸轉經安奉，後來陸諒得到惡報；朱氏則因供養福神，真武應化，特賜黃金。此外還有向真武求子的故事，等等，可見真武的神職非常多，與有求必應的觀音菩薩是一樣的。總之，這是一部全面描寫玄武故事的宗教小說，玄武的各種功能都得到了展示，使道教教義中玄帝崇奉的理念趨於完善，為元代新武當道教本山派的誕生與成

熟奠定了基礎，同時又為明代永樂年間武當宮觀的大興埋下了伏筆〔註110〕。

蒙古統治者崛起於西北草原，因而建國之初，就開始祭祀真武。元代出現的幾部小說都寫到真武。如題淮海秦子晉撰《新編連相搜神廣記》，前圖後文，玄武身穿戰袍，頭有圓光，身邊有一人持槍護衛。小說寫玄帝「身長九尺，面如滿月，龍眉鳳目，紺髮美髯，顏如冰清，頂九氣玉冠，身披松羅之服，跣足拱手立於紫霄峰上」〔註111〕，乃帝王之像。其中插圖「雖似簡而實精練，雖似草率而實生動」〔註112〕。明代佚名《三教源流搜神大全》，葉德輝卷末跋稱「此書明人以元版畫像《搜神廣記》翻刻」，共收神像一百二十餘幅〔註113〕。玄天上帝圖上、下均以浮雲為背景，他頭頂圓光，披髮飄逸，皂袍跣足，衣帶飄舉，雙手握於腹前作戰鬥狀，前有龜蛇戲躍。《搜神廣記》《搜神大全》中的文字內容基本相同，但略有差異，如《搜神大全》說玄帝是「四十二年，大得上道」，而《搜神廣記》說是四十九年。與道經不同的是，這些小說在描寫真武收魔的戰鬥中，特別聚焦收服魔王以坎離二氣化成的蒼龜巨蛇，這也是後來明代小說中最精彩的橋段。而且，玄武的師傅也由道經中的天尊改成了元君，這也為後來的畫傳所沿用。

肖海明指出，元代在宋代多種玄武圖像並存的基礎上已明顯地形成了武神和文神兩個傳統〔註114〕，體現出南北異趣。武神以北方地區全真派傳統為代表，文神則以南方地區道派傳統為代表。如山西芮城永樂宮三清殿西壁所繪「佑聖真武」位在天蓬副元帥之後，他披髮飄逸，鬍鬚外撇，表情嚴肅威武，身披皂袍，內穿金甲，右手握一把寶劍橫在胸前，給人一種不怒而威的感覺。但南方地區的玄武圖像風格有明顯的不同，武當山所藏北宋銅鑄真武像，雖有披髮跣足的特徵，而且面相慈善，衣袍沉靜自然，坐姿端莊，顯示出一副文雅內斂的文士形象〔註115〕。武當山現存一尊元代玉雕真武像，真武披髮盤腿端坐，雙目微閉，凝神靜氣，雙手互迭放於丹田前，似在入靜修煉。這類富於文

〔註110〕楊世泉：《元代道教經典——〈玄天上帝啟聖錄〉》，《中國道教》2004 年第 6 期。

〔註111〕《繪圖三教源流搜神大全》，上海古籍出版社，2012 年，第 470～473 頁。

〔註112〕鄭振鐸：《中國古代版畫史略》，《鄭振鐸藝術考古文集》，文物出版社，1988 年，第 358 頁。

〔註113〕《繪圖三教源流搜神大全》，第 33～38 頁。

〔註114〕肖海明：《試論宋、元、明真武圖像變遷的一局》，《思想戰線》2005 年第 6 期。

〔註115〕武當山志編撰委員會：《武當山志》，新華出版社，1994 年，第 193 頁。

人氣味的新玄帝圖像，既與南方道士文學化、雅化的特色有著深切的關聯，也是元廷利用玄帝新形象取得合法來源並建立權威的手段〔註116〕。除此之外，筆者還認為與佛教文化對玄武圖像製作的滲透也是密不可分的，元代南方真武像更凸顯出全真南派的特色。

三、道教神祇

由於明成祖朱棣借玄武為號召奪取了侄兒朱允炆的天下，因而真武信仰大興。明人高岱稱：「初，成祖屢問姚廣孝師期，姚屢言未可。至舉兵先一日，曰：『明日午有天兵應，可也。』及期，眾見空中兵甲，其帥玄帝像也。成祖即披髮仗劍應之。」〔註117〕李贄《續藏書》卷9「榮國姚恭靖公」條載：「成祖召公入便殿密議，或歎息泣下，公曰：『天之所與，誰能廢之？』因問公師期，曰：『未也，俟吾助者至。』曰：『助者何人？』曰：『吾師。』又數日，公曰：『可矣。』遂謀召張昺、謝貴等宴，設伏斬之，遣張玉、朱能勒衛士攻克九門。出祭纛，見被發而旌旗者蔽天，成祖顧公曰：『何神？』曰：『向固言之吾師，北方之將玄武也。』於是成祖即被發仗劍相應」〔註118〕。可見，鎮守北平的燕王利用玄武神化自己，自認自己是玄武轉世，以此證明靖難的合法性。至清初，這段描寫被傅維鱗採入《明書・姚廣孝傳》中，但《明史》未採錄。這個故事引發了有明一代的一系列重大道教事件，朱棣在北京興建皇家真武廟即為一例，此後香火奉祀不絕，極大促進了北京真武信仰的發展。自永樂九年（1411年）起，朱棣派數十萬人修建武當道觀，前後歷時十四年，耗資數百萬，成為明代道教發展史上的標誌性事件，由此帶動了全社會的崇道之風，徐應秋《玉芝堂談薈》卷七《玄天上帝》引《太嶽志》云：「永樂十一年五月廿五日修理大頂銅殿，圓光現內，有高真皂袍披髮而坐，二神左右，……霄宮修理初，地現五色圓光，中坐天真，左一將執旗，右一將捧劍，下有白雲，擁防復見，龜蛇蟠結之。八月十七日，彩繪大頂殿宇，天真凡五見，像初現黑雲，擁防左右，二天神侍，再現披皂袍，一神捧劍導前，一神侍三現，一神導前，一神捧印，侍四現；一神捧劍導前，一神執皂旗，侍五現，坐於黑雲上，左右

〔註116〕林聖智：《明代道教圖像學研究：以〈玄帝瑞應圖〉為例》，《「國立」臺灣大學美術史研究集刊》第六期，1994年，第152頁。
〔註117〕高岱：《鴻猷錄》卷7，《四庫存目叢書・史部》第19冊，齊魯書社，1997年，第88頁。
〔註118〕李贄：《續藏書》卷9，見《四庫存目叢書・史部》第24冊，第530頁。

二神侍。十九日大頂殿宇，諸五色圓光，內復現天真，下黑雲擁防，頃之，光中復現一神侍。」稱說在修建真武殿時，真武數次現形，侍從眾多，氣勢不凡。朱棣通過大規模修建真武廟的活動，以將篡位正當化。

由於皇家提倡，帶動了真武崇拜在民間的流行。武當朝聖進香活動就聲勢浩大，嘉靖年間主持武當山修復工程的工部侍郎陸傑說：

> 太和振古名山，海內無遠無近，罔不齋誠朝禮，揭揭乎若日月之行天，雖昧者知其不可誣也。傑見道路十步、五步拜而呼號，聲振山谷；亦既登絕頂、瞻玄像，則又涕泣不已，謂夙昔傾戴，今始一睹。性真感發，至有欲言而不能自達者〔註119〕。

謝肇淛《五雜組》云：「均州之太和山，萬方士女，駢闐輻湊，不減泰山。然多閩、浙、江右、嶺、蜀諸人，與元君雄視，無異南北朝矣。」〔註120〕北方以泰山為中心，崇祀碧霞元君；而南方以武當為中心，崇祀真武大帝，不過並非形成謝肇淛所謂南北並峙之局勢，北方同樣崇信真武，來武當祭祀真武者也是絡繹不絕，明人方升的《大嶽志略》卷三云：「山當均房之交，周迴八百餘里，由蜀而來者自房入，由汴而來者自鄧入，由陝而來者自郿入，由江南諸郡而來者自襄入。」〔註121〕明代小說《北遊記》云武當山「名揚兩京一十三省，進香祈福者不計其數」。

明代的真武圖像繼承了宋元以來的傳統，但更加豐富，呈現出多元並存的態勢。武神形象繼續發展，而且明代北方邊境地區經常受到少數民族的騷擾，因而與少數民族接壤的山西、河北一帶，很需要這位戰神的佑護。明代山西寶寧寺水陸畫《天蓬、天猷、翊聖、玄武真君》、明代石家莊市毗盧寺後殿壁畫中的玄天上帝圖像等，都是當時北方真武信仰的反映；當然，南方地區也有這類圖像，如武當紫霄宮大殿內真武持劍圖像、明萬曆杭州六和塔石刻真武像等，但沒有北方那麼普遍。這類真武圖像全身鎧甲，寶劍寒光閃閃，人物衣帶飄飄，有的真武腦後披髮飛揚，動感十足，一副如臨大敵、隨時準備投入戰鬥的架勢，戰神的特徵十分明顯。但總體而言，南方圖像中真武的武神特性已明顯弱化，而古聖賢模樣的文神特性則居於主導地位，其最大的特點是在胸前襯出一片鎧甲，以表明真武所具有的武神特徵，鎧甲的表露十分含蓄，還有一些

〔註119〕《敕修玄嶽太和山宮觀顛末》，載凌雲翼、盧重華：《太嶽太和山志》卷五，《明代武當山志二種》，第354頁。

〔註120〕謝肇淛：《五雜組》卷四，遼寧教育出版社，2001年，第70頁。

〔註121〕方升：《太嶽志略》卷三，嘉靖十五年（1536年）婺源方氏刻本。

文神特徵更為徹底的真武圖像，如明代廣東佛山祖廟內真武坐像、美國波士頓 Museum of Fine Arts 所藏青花瓷真武像。此類像真武已完全著皂袍或彩袍，沒有一點鎧甲的痕跡。雖然真武披髮跣足、前放龜蛇的標誌性特徵仍然存在，但已不持劍。真武的面部表情也變得和藹可親，有的還面帶微笑，有的還在像後的座椅上或像所在的神龕上飾有蝙蝠圖案，以強調真武的「福神」神性〔註122〕。

明代有關真武的小說，主要有兩種，一種是長篇畫傳體小說，一類是中篇小說。前一種如武當淨樂宮真官殿內壁畫24幅，武當太子坡壁畫39幅，《大嶽太和山玄帝修真圖》圖40題，其內容基本都是依據《玄天上帝啟聖錄》而繪製。《真武靈應圖冊》和《武當嘉慶圖》的繪製方式相似，嚴格按照道經中的神話結構和相關記載而繪製，每幅圖都配有圖題和圖說，還加入了一些瑞兆和顯聖故事，來顯示皇家受到天神眷顧。下面將兩種壁畫和兩種畫冊的內容製成如下表格：

武當淨樂宮真官殿壁畫	武當太子坡壁畫	真武靈應圖冊	武當嘉慶圖
金闕化身	夢吞日月	金闕化身、王宮誕聖	靜樂仙國
王宮誕聖	金盆沐浴	經書默會、元君授道	金闕化身
經書默會	乳哺三年	天帝賜劍、澗阻群臣	王宮誕聖
辭親慕道	太子攻書	悟忤成針、折梅寄榔	經書默會
元君授道	對天盟誓	紫霄圓道、三天詔命	辭親慕道
天帝賜劍	國王聖母	白日上升、玉陛朝參	元君授道
澗阻群臣	辭別群臣	真慶仙都、玉清演法	天帝賜劍
童真內煉	指名武當	降魔洞陰、復位坎宮	澗阻群臣
悟忤成針	訪人武當	瓊臺受冊、紫霄禹跡	悟杵成針
折梅寄榔	金星賜劍	五龍唐興、武當發願	童真內煉
蓬萊仙侶	元君授道	谷岩修果、歸天降日	折梅寄榔
紫霄圓道	六賊現形	供聖重時、進到儀式	蓬萊仙侶
五龍捧聖	山斷成河	洞天雲蓋、宮殿金裙	紫霄圓道
三天詔命	水阻群臣	聖像先鋒、靈閣真瑞	五龍捧聖
白日上升	插梅寄榔	二士化龍、唐憲寶像	三天詔命
玉陛朝參	烏鴉引路	朱氏金磚、寶運重辛	白日上升

〔註122〕 參見肖海明：《走向神聖——真武圖像的綜合研究》，中山大學博士學位論文，2005 年。

真慶仙都	黑虎巡山	天罡帶箭、蜀王歸順	玉階朝參
三清演法	麋鹿銜花	瓢傾三萬、雪晴濟路	真慶仙都
朝觀天顏	猿猴獻果	神獸驅電、毒蜂靄雲	
降魔洞陰	老母磨針	神將教法、柯誠識奸	
分判人鬼	觀音點化	劫院就擒、附語祈晴	
凱返清都	洞中夢真	消禳火德、折應計都	
復位坎宮	圓光梳妝	擲箭滅龜、聚廳禁妖	
玉京校功	五龍捧聖	妖惑柴邈、魅纏安仁	
	一天詔命	陸傳招誣、陳妻附魂	
	仙臺受詔	王氏懷鬼、施經救災	
	三清演法	靈功咒水、鎮河興福	
	玉帝賜馬	現海救危、吳氏緣合	
	開山由道	進明顯聖、鄒宿契靈	
	破碎魔王	天賜青棗、神化紅櫻	
	收伏龜蛇	焦氏一嗣、小童應夢	
	征服妖魔	索錢二萬、翻鈔四千	
	祈晴止雨	簽詞應驗、相術指迷	
	分別人鬼	胡清棄業、仲和辭吏	
	玉京見功	良嗣感祥、王衰烙鱉	
	奉旨功曹	華氏殺魚、朱氏舍利	
	九天坐鳳	梁公冠簪、聖井辨異	
	真人天堂	焦湖報惡、虛財化礫	
	金光妙相	假燭燒塵、敘功賜銜 奉御製贊	
		黃榜榮輝、櫚梅呈瑞	
		神留巨木、三聖現形	

　　由此可見，「武當淨樂宮真官殿壁畫」、「武當嘉慶圖」都是道經玄武故事系統，重點敘述玄武修道的過程；「武當太子坡壁畫」是《搜神廣記》玄武故事系統，增加了玄武道成後收服龜、蛇二妖的故事；而《真武靈應圖冊》是《玄天上帝啟聖錄》玄武故事系統，有 82 幅單頁工筆彩繪圖，每圖有題記一則，或長或短，長者多達一千多字，最短的僅有數十字。主要是講述真武顯靈和除妖降魔的故事，畫風妍麗，保存較為完好。關於《真武靈應圖冊》的繪製時間，

學界沒有統一的看法，或認為繪製於明代，或認為是明末清初。這部圖冊描繪了真武大帝出生、修真、得道和靈應故事，以《玄天上帝啟聖錄》為基礎，圖名和圖像說明也基本照抄，但刪減了《玄天上帝啟聖錄》中的辭親慕道、童真內煉、蓬萊仙侶、白日上升、玉京較功、天宮家慶、馬前戲躍、五人現相、阜背顯聖、淨巾結緣、天地垂鑒、神靈奏舉 50 個故事，另外增加了黃榜榮輝、榔梅呈瑞、神留巨木、三聖現形 4 個故事。圖名、圖像說明文字與圖像之間呈互文關係，當故事情節比較複雜時，畫者則將幾個場景並置一圖予以表現。如第 22「歸天降日」和第 38「毒蜂靄雲」寫夢境中的場景，使用光束暗示，圖像說明謂裴濤夢見太上老君降於其臥室，告知他唐朝將有邪裾妖臣，鬥亂國政，若不剪除將成大患。圖繪裴濤伏在屋中案上瞌睡，他的頭頂射出一束光，指向室外踏著雲彩的老君，老君身後跟著兩個持幡的侍女，侍女後面還有侍從（圖 1-15）。畫家通過無所不知的神仙、採用「全知型」的俯視視角，使畫面的包容性更大，層次感更強。又如第 6「澗阻群臣」（圖 1-16），圖像說明云：「父王思慕太子，不能割捨，令大臣領兵五百眾，根尋太子回朝，探逐所往，渡澗入山，遇澗水忽漲，不能前進者，八次渡遇水泛，第九次方得渡。至紫霄岩而見太子，啟傳王命，自是部眾忽僵仆不能舉。相謂曰：『太子願力所至。』如是，回國且遙，乃同聲告曰：『願從太子學道。』語畢，跬足如故，於是俱山中隱。」畫家以對角線繪出兩個場景，左上角是太子攏袖、佩劍做法，使澗水陡漲，並站在對岸的山崖上看著追趕他的官兵，在視角上顯示他的崇高。右下角是追趕太子的官兵，只見前面澗邊一士兵，用槍桿插進激流中，探測水之深淺，做扭頭報告狀。騎白馬的大臣在側首和穿綠衣、手搖羽扇的軍師商量〔註123〕。這幅圖溢出了文字的內容，更細緻地描述了官兵不能渡澗的情景。第 23「供聖重時」繪有三個畫面。故事敘閬州陳喻言三解不第，偶遇青城山鐵柱觀道士焦之微，焦謂陳屢舉不第，乃是命中注定，若崇信真武，必獲福報。喻言回家後聽從道士的囑咐，如法供養，遇月日重時，置香燭拜禮，燒獻紙幣。當夜夢見自己身著紫袍，腰繫金帶，手握天下人姓名簿籍。喻言因而再次上京趕考，一去十年，杳無音訊。其妻劉氏準備到京尋訪，忽有一吏員模樣的人送來一角皮筒，說是陳喻言家書，書中言自離家入京後，又是落第，一日誤入西京柏梁山天壽洞，遇青衣童子二人，引喻言去見北極帝君，差充真武佑聖院副注

〔註123〕肖海明：《真武圖像研究》附錄《真武靈應圖冊》，文物出版社，2007 年，第 200～201 頁。

生善惡壽命長短判官，賜紫衣金帶，交割天下世人姓名案卷云云。因遊奕神見
閩州有怨氣充天，蒙真武詳驗，知是喻言妻兒之怨，為不知存亡之故。因而差
值日遊神化為吏員投遞文書一封，告知家中詳情。在畫面中，左上角是陳家供
奉的真武塑像，右上角則是真武及其侍從查驗閩州有怨氣的原由，下面則是州
府差人將信函交給陳妻的情景。三個畫面的故事情節發生的時間不同，但作者
通過畫面組合將它們鏈接起來，從而把整個故事完整呈現出來。

圖 1-15　歸天降日　　　　　　　　　　圖 1-16　澗阻群臣

　　在這些圖像中，真武文神的特徵很鮮明，如「玉陛朝參」、「真慶仙都」、
「瓊臺受冊」等，都與慈愛雍容的帝王形象非常相似，沒有那種持劍威風凜凜
的造型。如第 15「降魔洞陰」寫真武已降伏蒼龍巨龜，但在接下第 16「復位
坎宮」圖中，真武的近侍卻是一個捧書的文官和一個捧印的天女，而不是龜蛇
二將，只是在階下有一龜蛇相纏的動物。畫傳主要表現的是真武出家修道成聖
和民眾供奉真武而得福報的故事。在圖像繪製方面，真武的位置總是在觀者的
仰望視點，圖像的山石草木則表現出武當山的鮮明地貌特徵，畫家利用線條勾
勒輪廓後填色，用色多為黑、紅、藍，還有少量的綠色，這幾種顏色都是武當
道觀彩繪時經常會用到的，是到達彼岸世界的重要線索，具有宗教象徵意義，
是典型的「輔道之書」。而且故事發生的地點多在廣東一帶，所以，該書很可
能是南方人所編撰。
　　明代最重要的一部以玄武為題材的通俗長篇小說是《北方真武祖師玄天
上帝出身志傳》，又名《全像北遊記玄武出身傳》，簡稱《北遊記》，題「三台

山人仰止余象斗編」、「建邑書林余氏雙峰堂梓」。全書四卷 24 則，另有《四遊記》本。主要寫玄天上帝數世修行成仙和除妖降魔的故事，與道教系統的真武故事比較，只有朝臣追回太子、磨鐵杵成針、收龜蛇二將三個故事相同，其他基本都是小說作者的創造，其中很多故事模仿《水滸傳》《西遊記》而編造的痕跡很明顯；也可能是出自不同的真武民間傳說版本。《北遊記》的敘事模式與仙傳一樣，無非是傳主轉世投胎或謫降下凡，經過「酒色財氣」的考驗，道成為聖，然後斬妖除魔，造福於民。儘管如此，這部小說沒有承襲道教系統真武故事的套路，而是另闢蹊徑，亦不失為一種創新。表明至明代，真武故事有宗教和說部兩個不同的系統。

《北遊記》佛道融合在一起，在道教三清、元君、妙樂天尊、當山聖母等道教神仙外，還有如來、文殊等佛教神祇，而如來的髮型似乎不是螺髻（圖 1-17），文殊則梳著丫髻（圖 1-18），顯示佛教道教化的傾向。插圖體現出建陽版簡樸的特點，宴會、戰鬥、收妖等圖像都是程式化的，幾乎沒有任何變化。如果把其中國王派大臣去武當勸太子回朝與鐵棒磨成針兩幅圖像與《真武靈應圖冊》中「澗阻群臣」、「悟杵成針」對比，其高下立見。如《北遊記》寫祖師修道失敗，忿然下山，途中見前面一老婆子在石上磨鐵杵，真武問磨作何用？婆子稱將此鐵杵磨成花針，與孫女用。祖師聞言笑曰：「鐵杵何日成得花針？勿廢了神思。」婆子曰：「老身亦知難成，前言既出，許女孫磨成花針，安可半途而廢？料耐心磨成必有一日也。」祖師聽言，亦不再問，遂回武當繼續修行。《真武靈應圖冊》第 7「悟杵成針」圖像說明云：「玄帝修煉，未契玄元，一日欲出山，行至一澗，忽見一老媼操鐵杵磨石上。帝揖媼曰：『磨杵何為？』媼曰：『為針耳。』帝曰：『不亦難乎？』媼曰：『功至自成。』帝悟其言，即返岩而精修至道。」兩者文字差不多，文意略有差異，小說寫真武「聞言笑曰」，表現出對婆子行為的嘲笑。婆子也知鐵杵難磨成針，但既已答應了孫女，就不能食言，表示不忘初心的意思。而《真武靈應圖冊》則寫婆子堅信功到自然成，鐵杵能成針。《北遊記》插圖繪真武站著，正在詢問在澗邊岩石上磨針的老太婆，兩邊有圖說「聖母磨杵點回祖師修煉」，圖像較為粗糙。《真武靈應圖冊》圖中老媼在山溪邊磨針，真武拱手躬身問老媼，老媼邊磨邊回頭作答。顯然，《真武靈應圖冊》中的插圖藝術性高於《北遊記》。「鐵棒磨針」的故事很早就出現了，在宋末元初的鄭思肖在《一百二十圖詩集》中，就有詠《驪山老姥磨鐵杵欲作繡針圖》，可見最早鐵杵磨針者是驪山老母，後來全

真教挪用在紫元君化身老婆婆點化真武，明版《武當嘉慶圖》和清代武當山磨針井「鐵杆磨針」壁畫、河北蔚縣北極宮壁畫「鐵杆磨繡針」等都是繪製這一故事，但略有差異，武當山磨針井「鐵杆磨針」壁畫是在水井邊磨針，並有木桶、水瓢等盛水之物，北極宮壁畫中則沒有繪出溪水。後來這個故事又移植在李白的故事中。

圖 1-17　如來入殿

圖 1-18　文殊變雀

　　清代的真武畫傳，既繼承了之前的道教系統故事，又吸收了民間傳說或小說的內容。如清代武當山磨針井「真武修真圖」，其故事不僅來源於宋元以來武當傳統的真武故事，也融入了許多民間信仰和傳說，描繪的故事幾乎都發生在武當山境內，其中劈山成河、勁松掛劍、麋鹿獻芝、猿猴送果、黑虎巡山、烏鴉引路、南岩修煉、祖師國光、至契元真、六賊現形等內容為之前的道教真武故事所未見。在敘事方式上，磨針井《真武修真圖》將更多的故事並置在一幅圖中進行綜合敘述，如將「鐵杆磨針」、「梅鹿銜花」、「獼猴獻桃」、「折梅寄椰」四個故事共同組合在一幅畫面中。但總體而言，清代的統治者並不像明代那樣推崇真武，宮觀關於真武修真故事敘事和圖像記錄基本都照抄前代，而且數量很少。因失去官方支持，宮觀的管理者為維持香火，在傳播真武信仰時，將道教經典中所記載的一些故事加以改編，去掉了一些晦澀難讀或宗教性較強的部分，而加入了更多通俗易懂，貼近百姓生活的故事。這些故事在流傳過程中，結合各個地方不同的情況，又融入了很多地方色彩的元素，如在武當傳統的真武修真故事當中，特別是道教典籍的記載裏，都明確說是豐乾大天帝向真武授劍，而在清代以後關於真武修真故事的寺觀壁畫中，經常是太白金星或天官賜劍，這兩位尊神在民間信仰中比豐乾大帝更為百姓所熟知。因而清代真武信仰受到了很多來自民間的影響，並逐漸顯示出世俗化、地域化的特徵，至此，真武神已經完成了由官方神祇向民間神祇的轉變。

結論

　　真武形象的演變，經歷了由四象之一的龜蛇到人格化的戰神，再到聖賢化的文武結合型，最後定型為天帝的過程。真武大帝的每一種身份轉化過程，都與時代變遷、宗教和政治需要及民眾審美需求等因素交織在一起，他之能被塑形加入道教神祇隊伍，與西王母一樣，主要還是得益於他的方位屬性，起初都是象徵方位的動物，後來演變成人格化的神祇，最後又定格為俗化的至上神。體現出古人對宇宙形成及構造的巫術化想像，對天人關係及由此衍生的宗教信仰演變等問題的認識。

第三節　從學者到神仙：老子文學形象的演變

　　老子是道家的開創者，因為《道德經》中的某些思想觀念被道教所繼承，因而其作者老子便被賦予了超人的能量，成為道教教祖，對中國文化產生了巨大影響，其形象經歷了一個由歷史人物轉化為傳說人物，再升格為至上神的演變過程。在這一演變過程中，道經、小說等文體都發揮了重要作用，有關老子的傳說經過文人記錄、加工而成為小說，這些小說又被道教當作經籍，而道徒在撰寫有關老子的道經時，又借用了小說的敘事手法。本文綜合各種文獻、圖像資料，分析影響老子形象的各種元素及其演變過程。

一、先秦兩漢時期：從學者到異人

　　在先秦儒家典籍中，有關老子的記載基本集中在《禮記》中。《曾子問第五》記曾子問孔子出兵是否要遷廟主同行，柩車上路時忽遇日蝕該如何處理，《曾子問第七》記曾子向孔子請教有關殤子的葬禮問題，《孔子家語》記季康子問孔子何謂五帝。對於這些問題，孔子皆以「吾聞諸老聃曰」的方式進行解答，其中還提到孔子與老聃曾一同為人助葬，可見兩人的關係非同尋常，介乎師友之間。儒家最重「禮」，以上孔門師徒問答，都是關於「禮」的問題，孔子稱引老聃的話為弟子解惑，與佛典「如是我聞」異曲同工。由此可知，老子在儒門中是受人尊敬的禮學權威，正如劉勰在《文心雕龍》中所云「及伯陽識禮，而仲尼訪問，爰序《道德》，以冠百氏。然則鬻惟文友，李實孔師，聖賢並世，而經子異流矣。」〔註124〕

〔註124〕劉勰著、郭晉稀注譯：《文心雕龍注譯》，甘肅人民出版社，1982年，第197頁。

　　但在早前道家典籍中，對老子的描繪就有所誇飾。在《莊子》中，老子是一個得道的「真人」、「至人」，孔子則受到貶抑。如《莊子·德充符》通過叔山無趾與孔子、老子的對話，譏諷孔子滯於形骸、善惡，未達「至人」境界。《莊子·天運》說孔子雖為北方之賢者，但猶拘泥於仁義之說而未得「道」。在外、雜篇中，老子聖者、智者的形象更為突出，對孔子之譏刺甚至流於刻薄。《呂氏春秋》的態度與《莊子》基本相同。

　　對於孔、老兩人的關係，儒、道的敘事角度不同。儒家重「禮」，道家重「道」，說明兩者的關注點不同，也表明當時兩派爭論之激烈。雖然在道家看來，老子是得道的智者，但他仍難以逃脫死亡的自然規律。總之，在先秦時，老子只是一個大學者而已，然而《莊子》中的老子形象，已為他後來蛻變為神仙而張本。

　　孔子見老聃問禮歷史上是否真有其事，目前已無從考知。錢穆認為：「故孔子見老聃問禮，不徒其年難定，抑且其他無據，其人難徵，其事不信。」〔註125〕由於這個故事涉及兩大學術巨頭的會晤，漢代先是以黃老哲學治國，漢武帝是又獨尊儒術，因而孔子見老子成為炒作的熱點，不但《淮南子》《新書》《說苑》等書有記載，在漢代畫像石中也大量呈現。現今確定年代最早的「孔子見老子」圖像，是西漢後期洛陽燒溝 61 號空心磚墓墓室隔牆橫樑南段畫像石和陝西靖邊老墳梁墓地 M42 畫像，東漢晚期出現更多。從地域上來講，廣泛分布於山東、河南、四川、陝北等地，而以山東地區出現最為密集，幾乎佔據了此類題材圖像的大半以上。這些圖像主要有三種類型，一是標為「孔子問禮」，如山東長清縣孝里鎮里鋪村南孝堂出土東漢章帝時期「孔子問禮」畫像，四川新津崖墓出土崖墓石函「孔子問禮」；二是把孔子見老子與送葬畫面組合在一起，如七十年代微山縣島溝南村出土西漢「孔子見老子·送葬畫面」，畫面左格是孔子見老子圖，中格是盛大的送葬場景，暗示孔子向老子請教有關葬禮的問題；三是標為「孔子見老子」，受文獻和傳說的影響，圖像造型表現出穩定性、程式化的特點。如山東齊山出土孔老相見漢畫像石（圖 1-19），畫面上有四個人，老子、孔子和顏回分別標出了名字，畫面中孔子和老子彎腰，孔子彎腰的幅度略大，在老子和孔子之間站著小兒項橐，手推小輪車，面向孔子，一手舉起，在他上面飛著一隻鳥，可能是表示孔子請教的贄禮。項橐是傳

〔註125〕錢穆：《先秦諸子繫年》，商務印書館，2005 年，第 9 頁。

說中的神童，《戰國策‧秦策五》中甘羅稱「夫項橐生七歲而為孔子師」，〔註126〕後來《淮南子》《論衡》《史記》等書中都有此說。從這些圖像看來，老子只是一個普通老人，且朶沒有被誇大。可見，「孔子見老子」圖像表現的是孔子不恥下問、勤奮好學的精神，這是儒家思想的重要內涵，故在山東地區大量出現。

圖 1-19 山東齊山出土孔老相見漢畫像石

漢代有關老子的史料記載雖十分簡略，但為後來老子故事傳說化預留下了廣闊的想像空間。《史記‧老子傳》記錄關於老子「百有六十餘歲，或言二百餘歲，以其修道而養壽也」〔註127〕的傳說，開啟後世附會之端。在戰國中後期至秦漢之際，人們將老子的自然無為之道與黃帝的治世之道相結合，形成黃老學，漢初以黃老學說治國，流行房術養生，《列仙傳‧容成公》就說容成公是老子的房術老師，這樣，老子就開始具有了方士的品格。

二、魏晉至唐宋時期：道教至上神

漢末至魏晉，由於道教發展成型，老子遂從人、神演變為至上神。老子轉化為道教主神的關鍵是天師道造作的「天啟事件」。《神仙傳》卷五「張道陵」謂老君遣清和玉女，教張道陵「以吐納清和之法」，〔註128〕這一故事成為道經的敘事焦點，如《太上妙始經》謂太上「授張鎮南正一之法，令世世子孫執持文教，化喻萬民，布置男女道士，化領民庶。」〔註129〕《正一法文天師教戒

〔註126〕 《戰國策》，吉林人民出版社，1996 年，第 121 頁。
〔註127〕 司馬遷：《史記》，第 2139 頁。
〔註128〕 《太平廣記》卷一引，今本《神仙傳》中無老子傳記。
〔註129〕 《道藏》第 11 冊，第 433 頁。

科經》《三天內解經》《無上秘要》《三洞珠囊》等道經中，都有老子授張道陵正一盟威之道的說法。鄭燦山指出：「經由張陵『天啟事件』的見證，確立了太上老君道祖之地位，道教才得以逐步凝聚各種不同的道派，而統合成型。」〔註130〕總之，張道陵祖孫三代利用老子的影響，建立道派，取得了巨大的成功，南北朝時期，逐漸合成的七部道教經典《三洞四輔》和唐代的《道教義樞》、宋代的《雲笈七籤》都說太玄、太平、太清、正一等四輔之道經傳自太上老君和張天師。

　　由於道教弘教的需要，老子遂得到全面神化。疑為東漢末年撰寫的敦煌本《老子變化經》描寫老子：「序與肩煩有參午大理，日角月玄，鼻有雙柱，耳有三門，足（蹈）二年（午），手把天關。」〔註131〕葛洪在《抱朴子・雜應篇》描繪老子形象道：「身長九尺，黃色，鳥喙，隆鼻，秀眉長五寸，耳長七寸，額有三理上下徹，足有八卦，以神龜為床，金樓玉堂，白銀為階，五色雲為衣，重疊之冠，鋒鋌之劍，從黃童百二十人，左有十二青龍，右有二十六白虎，前有二十四朱雀，後有七十二玄武，前道十二窮奇，後從三十六辟邪，雷電在上，晃晃昱昱，此事出於仙經中也。」〔註132〕傳為葛洪著的《神仙傳・老子》及道經《玄妙內篇》《老子變化經》《殷芸小說》等書中對老子的描寫與之大致相同。顯然，老子的外貌特徵的描繪受到緯書的影響，營城子漢墓壁畫中的老子像就是高鼻、鳥喙（圖 1-14）。在緯書中，聖人都有一副「奇相」，如《孝經援神契》中「伏羲大目，山準日角，衡而連珠。」〔註133〕《洛書靈準聽》中禹「身長九尺有六，虎鼻河目，駢齒鳥啄，耳三漏，戴成鈐，裏玉斗，玉骨幹履已。」蒼帝姬昌「日角鳥喙，身長八尺一寸。」〔註134〕《河圖提劉篇》中劉邦「日角，戴勝，斗胸，龜背、龍股，長七尺八寸」。〔註135〕概而言之，聖人身體器官的大小和數量都異於常人，如大耳、大眼、大額、大口、三乳、二肘、八眉、耳三漏、駢齒等。在春秋戰國和漢代，「聖人奇相」的觀念已頗為流行，如《史記・蔡澤傳》中記唐舉說蔡澤：「先生曷鼻、巨肩、魋顏、蹙齃、膝攣，

〔註130〕　鄭燦山：《從諸子傳說到道教聖傳——先秦兩漢老子形象及其意義》，李豐楙、廖肇亨主編：《聖傳與詩禪》，中國臺灣「中央」研究院、中國文哲研究所編，2007 年，第 338 頁。

〔註131〕　《中華道藏》第 8 冊，第 181 頁。

〔註132〕　王明：抱朴子內篇校釋》，中華書局，1980 年，第 249 頁。

〔註133〕　〔日〕安居山、中村璋八：《緯書集成》，第 954 頁。

〔註134〕　〔日〕安居香山、中村璋八：《緯書集成》，第 1258 頁。

〔註135〕　〔日〕安居香山、中村璋八：《緯書集成》，第 1185 頁。

吾聞聖人不相，殆先生乎？」〔註136〕營城子漢墓壁畫中的老子像就受到緯書的影響，鳥喙，隆鼻（圖1-20、1-21）。老子最突出的體貌特徵是鼻高、眉長、耳大，都是長壽、聰明的表徵。「鳥喙」則體現出道教對鳥的崇拜，鳥因為能飛翔，在漢代被賦予了成仙的意象。「聃」即是耳大的意思，《說文》云：「耼，耳大垂也。」耼音近聃，又旁於儋，解云：「儋，垂耳也。從耳，詹聲。南方儋耳之國」。〔註137〕聃、耼、儋三字聲義相同，可以借用。《山海經・大荒北經》中寫到一個儋耳之國，郭注說：「其人耳大，下垂在肩上，朱崖、儋耳，鏤畫其耳，亦以放之也」。〔註138〕可見，古人崇拜大耳，葛洪在《抱朴子・微旨》中就明確指出耳大為「仙相」，他引述別人的話說：「若令吾眼有方瞳，耳長出頂，亦將控飛龍而駕慶雲，凌流電而造倒景，子又將安得而詰。」〔註139〕明代小說《韓湘子全傳》第十三回寫韓愈質疑化身而來的鍾離權、呂洞賓不是神仙，稱「眉目清秀，兩耳垂肩，神王氣全，精完體胖，才是神仙」。

圖1-20 營城子漢墓壁畫
中的老子像

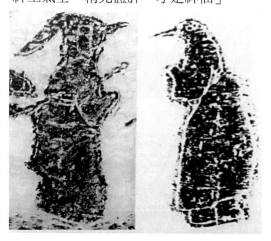

圖1-21 微山縣西漢晚期老君像和沛縣
棲山漢墓老君像

　　東漢以後，道教開始介入老子形象的塑造，宗教敘事將歷史、傳說和想像糅合在一起，老子因而開始具有了神格。因為道教深受巫術的影響，因而他們主要從變化和法術兩個方面來塑造老子。河上公《老子注》及或曰張魯撰《老子想爾注》皆以神仙方術思想來注解《道德經》，老子被說成是道的化身：「一

〔註136〕司馬遷：《史記》，第2418頁。
〔註137〕許慎：《說文解字》，中華書局，1985年，第249頁。
〔註138〕《山海經，《二十二子》，上海古籍出版社，1986年，第1371頁。
〔註139〕王明：《朴子內篇校釋》，第112頁。

者，道也。……一散形為氣，聚形為太上老君。」〔註140〕東漢永興元年（153年）王阜的《老子聖母碑》說：「老子者道也，乃生於無形之先，起於太初之前，行於太素之元。浮遊六虛，出入幽冥。觀混合之未別，窺清濁之未分。」〔註141〕老子既是由道化身而成，因而就能永恆不死，遂產生老子世世降凡為帝師的說法，顯示出老子形象開始與政治結合，東漢後期皇帝開始祭祀老子廟，老子成為官方和民間的共同神祇。東漢延熹八年（165年）八月，陳相邊韶《老子銘》云：「大一紫房，道成身化，蟬蛻渡世。自羲農以來，（世）為聖者作師。」〔註142〕《風俗通義》卷二「正失」：「俗言：東方朔太白金星，黃帝時為風後，堯時為務成子，周時為老聃，在越為范蠡，在齊為鴟夷子皮，言其神聖能興王霸之業，變化無常。」〔註143〕這是當時的民間傳說，把風後、務成子、老子、范蠡都說成是太白金星的化身，而又把「范蠡」和「鴟夷子皮」錯誤地說成是兩個不同的人。有研究者認為，老子在東漢中後期受到朝野崇拜而被神化，繼而又被初始道教尊奉為教祖，贈以「老君」或「太上老君」的徽號，其根本原因是受到同時期傳入中土的佛教的啟發。但在公元2世紀後期至3世紀，原始道教還不可能把具有人格而又兼備神性的老子製作成偶像祭祀崇奉。〔註144〕就是說，老子故事雖受佛教轉世觀念的影響而被神化，但還沒有偶像化。

在東漢恒帝、靈帝時代，祭祀老子，渴求長生，超脫自然成仙，已成為帝室勳戚的當務大事。作為自然人的老子已經被完全神話，老子作為道教教主被宗教化，是在這一神化的基礎上，由張道陵及其繼嗣所創立的五斗米道完成的，這時期出現的老君造像，還受到佛教的影響。

從東漢「孔子見老子」圖像，可以看出老子被仙化的痕跡，如1978年嘉祥縣滿硐鄉宋山出土東漢早期「東王公・六博遊戲・孔子見老子」畫像，1982年滕州官橋鎮車站村出圖東漢晚期「孔子見老子・龍・虎・人物」畫像，圖自左而右分四格，分別刻孔子見老子、龍虎、一人端坐於榻上，二人六博遊戲。

〔註140〕饒宗頤：《老子想爾注校證》，上海古籍出版社，1991年，第12頁。
〔註141〕嚴可均輯、許振生審訂：《全上古三代秦漢三國六朝文・全後漢文卷三二》，商務印書館，1999年，第329頁。
〔註142〕嚴可均輯、許振生審訂：《全上古三代秦漢三國六朝文・全後漢文卷六二》，第819頁。
〔註143〕應劭著、王利器校注：《風俗通義》，中華書局，1981年，第108頁。
〔註144〕胡文和：《北朝道教老子神像產生的歷史過程和造型探索》，《道教美術新論》，山東美術出版社，2008年，第90～91頁。

把孔子見老子的畫面與神仙東王公、龍虎及神仙六博等組合在一起，說明老子和孔子都是神仙。1983 年嘉祥縣紙坊鎮敬老院出土東漢早期「高禖‧伏羲‧女媧‧孔子見老子‧升鼎」畫像，圖像中高禖神抱著伏羲女媧，把孔子見老子事件與生育神組合在一起，以闡釋老子陰陽交合化生萬物的理論。另外，老子被政治化的現象也表現在「孔子見老子」的圖像中，即與「升鼎圖像」的組合，如 1983 年嘉祥縣紙坊鎮敬老院出土東漢早期「楚王‧升鼎‧孔子見老子」畫像，1981 年嘉祥城東北五老窪出土東漢早期「升鼎‧周公輔成王‧孔子見老子」畫像，1982 年滕州官橋鎮車站村出土東漢晚期「力士‧孔子見老子‧車騎出行‧升鼎」畫像等。「泗水撈鼎」的傳說最早見於《史記‧秦始皇本紀》，據傳禹鑄九鼎，鼎沒於泗水彭城下，始皇令從泗水撈出，龍齧斷其繩索，沒有得到。這個故事可能是劉邦集團編造的，用以宣揚他得天下之正。同時以周公輔成王的故事，暗示劉邦取得政權得到了神仙老子的支持。

　　但是，道教把老子尊奉為教主，加奉「老君」、「太上老君」的徽號，只是一種宗教理念。換言之，在公元 2 世紀後期至 3 世紀，原始道教還不可能把具有人格而又兼備神性的老子製作成偶像祭祀崇奉，原因在於，同時代已在中土傳播並在社會上層和民間有一定影響的佛教，尚未按佛教儀軌製作的偶像出現。〔註 145〕老子造像是受到佛教的影響後產生的，因魏孝武帝崇奉道教，因而老子像尊主要出現在北魏，如北魏周建元年（572 年）李元海兄弟造像元始天尊像碑，碑的左邊圓盤內刻三腳烏，右邊圓盤內刻一搗藥的白兔，分別代表日月。東晉時期，葛洪的《抱朴子內篇》卷二十「袪惑」中就提到有個叫蔡誕的人，「為老君牧龍數頭，但最愛一五色斑龍，是為老君常乘者。」〔註 146〕北魏老子造像中一般都有龍圖像，如北魏神龜初年（518～519 年）王守令佛道造像碑，天尊兩側刻有龍虎，龕上飾以雙龍交纏，龍身兩側為二飛天。北魏延昌 3 年（514 年）張亂國（應為「囻」）道教造像碑，拱形龕內主尊為老君，頭戴笄冠，雙耳垂肩，面相長圓，蓄鬚，頸有三道蠶紋，身著鑲邊冕服，腰束勒帛，手執塵尾。左右側為兩位站立侍者。龕楣為淺浮雕交纏雙龍，龍身刻有魚鱗紋，門楣左右兩側飾雙龍回首。龕楣之上刻帶翼飛龍及伎樂天和供養天。其他如神龜 3 年（520 年）錡石珍道教造像碑、太和 23 年（499 年）石造道教二

〔註 145〕趙儷生、高昭：《中國農民戰爭史論文集》，新知識出版社，1954 年，第 22～24 頁。
〔註 146〕王明：《抱朴子內篇校注》，第 319 頁。

面像石、魏文朗道佛造像碑等，都有龍、日月、飛仙等圖像，這些象徵性的符號，糅合了儒家皇帝專用的符號和佛祖造像的元素，以表現老子作為道祖和神仙領袖的身份。據《魏書・釋老志》載：「以神瑞二年乙卯，忽遇大神，乘雲駕龍，導從百靈，仙人玉女，左右侍衛，集止山頂，稱太上老君。」〔註147〕太上老君授與寇謙之《老君音誦誡經》，並稱「吾治在崑崙山。山上臺觀眾樓堂宮室，連接相次。窮其異獸，鳳凰眾鳥，棲於樹上，神龍騏驥，以為家畜……若欲遊行，乘雲駕龍」〔註148〕。

　　從當時其他道經或小說中的描寫，也可見老子已神仙化。道教對不同等級神仙的衣冠、座位等都有嚴格的規定，像老君這樣的天尊，《一切道經音義妙門由起》引南朝劉宋天師道士劉氏《無上真人內傳》云：「太上頭並自然髻，項映天光，著九色錦繡華文之帔，衣天衣。二聖七色之帔，各坐蓮花之上。」〔註149〕《神仙傳・沈羲》寫沈羲在天上見到的老君形貌與此完全相同。總之，這一時期的老子形象既受到佛教的影響，又形成了自己的特色。金維諾針對北魏「錡石珍造像碑」指出：「老君像居中，頭戴高冠，長髯齊胸，身前置三足夾軾，右手持扇，左手撫軾，兩旁有捧笏真人侍立。這一圖樣雖是從佛教造像演變而來，但已脫去了佛像的軌範，形成了獨立的道教圖像規則制度，隋唐道像即是循此圖樣而豐富起來的。」〔註150〕老君手中的塵尾、扇子，身邊的三腳烏、蟾蜍、日月等圖像，已成為區別於佛尊的顯著標誌，很像男性化的西王母。

　　不但老子造像受到佛教的影響，老子的故事編撰也模彷佛經，漢末已出現的老子轉世說，在魏晉南北朝時期得到進一步的渲染和豐富，並產生新變。《神仙傳・老子》對漢代有關老子「世為聖者作師」的說法做了更詳細的注解，使後世道士可以隨意把某個名人（歷史的或傳說中的）附會為老子轉世的化身。當時戰亂不斷，朝代更迭頻繁，因而老子世世降為帝師的官方敘事又演變為民間降世救劫的傳說，相繼出現老子降世為「李弘」、「李脫」、「李辰」、「李洪」等發動起義的不同說法，僅託名李弘者就不下7次。民眾把老子視為救世主，表達他們渴望結束戰亂、實現天下太平的願景。「老子不再只是儒家式的、世俗的政治『聖哲』，而是充滿道教式的、神聖的宗教『救主』，肩負輔佐太平真君以撥亂反正、興滅繼絕之天命。也就是說，以《老子變化經》為代表的老子應

〔註147〕　魏收：《魏書》，中華書局1974年，第3049～3050頁。

〔註148〕　魏收：《魏書》，第3051頁。

〔註149〕　史崇：《一切道經音義妙門由起》，《中華道藏》第5冊，第608頁。

〔註150〕　金維諾、羅世平：《中國宗教美術史》，江西美術出版社，1995年，第18頁。

現為帝師的論述，開啟了道教『神聖歷史』的發展空間，亦即開啟了『歷史神學』的向度。而天師道太上老君與張陵之『天啟事件』，則是這個『歷史神學』向度的根源。儒家式是『人文』的歷史，道教則導向『神學的』歷史。在道教的思考向度，『神』介入了人類的歷史發展進程，人文意義的歷史，透過『神意』的洗禮，而得其終極意義與方向，人文便被神學化了。在天師道這個『歷史神學』的論述之下，孕育著魏晉六朝新道教『劫運』『開劫度人』『種民』等『末世論』神學課題。」〔註151〕就是說，無論老子其人其事，都由歷史向宗教轉化，道教借助老子下凡救劫的說法，在底層民眾中進一步擴大其影響，後來又杜撰老子化胡說，試圖將這種影響的空間進一步拓展至異域，與佛教爭奪信眾。

秦皇漢武開疆拓土，大大激發了人們關於異域的想像。至西晉末，五胡亂華，南北割據，有關夷夏的爭論很激烈。加上佛教傳入中國初期，借助道教傳教，出現了佛道既對立又彼此不分的狀況。在這種背景下，有人便巧妙利用《史記‧老子傳》中老子「西出函谷關而去，莫知所終」的說法，編造出老子化胡說。一般認為，西晉惠帝（290～306年）時，天師道祭酒王浮每與沙門帛遠爭邪正，遂造作《化胡經》一卷，記述老子入天竺變化為佛陀，教化胡人之事，以謗佛法。後人陸續增廣改編為十卷，成為道徒攻擊佛徒的依據之一，顯示道教地位高於佛教，由此引發道佛之間的激烈衝突。老子化胡說，從漢至西晉，少有佛徒提出異議，但從東晉中葉後，佛教徒開始攻擊老子化胡說。其實在王浮之前，老子化胡說已在各種文獻中傳播，不少文獻除了進一步把《史記》中老子西行的範圍擴大之外，還把老子西行與浮屠直接聯繫起來了，這便是「老子化胡說」之濫觴。如東漢馬融《樗蒲賦》中有「伯陽入戎」之句〔註152〕。東漢桓帝時，襄楷在上書有「或言老子入夷狄為浮屠」之說〔註153〕。魏晉魚豢《魏略‧西戎傳》云：「浮屠所載與中國老子經相出入，蓋以為老子西出關，過西域，之天竺教胡。」〔註154〕這表明當時老子化胡故事已經成熟，成為後來《老子化胡經》產生和流傳的淵源。王浮的《老子化胡經》「當係撫拾舊聞」

〔註151〕鄭燦山：《從諸子傳說到道教聖傳──先秦兩漢老子形象及其意義》，載李豐楙、廖肇亨主編：《聖傳與詩禪》，第354頁。
〔註152〕歐陽詢等編：《藝文類聚》第七四卷「巧藝部」，上海古籍出版社，1965年，第1278頁。
〔註153〕范曄：《後漢書》，中華書局，1965年，第1082頁。
〔註154〕陳壽撰、裴松之注：《三國志》卷三十《烏丸鮮卑東夷傳》，中華書局，1962年，第859～860頁。

而成〔註155〕。北魏姚伯多道教造像碑發願文中也說老子「像帝先人，化治西域，流波東秦」〔註156〕。

佛教傳入初期，因與中國固有的文化有衝突，便常依附於黃老道教而行，人們常混老子浮屠為一，佛道不分的現象較為普遍，王淳《三教論》云道士「學佛家製作形象」謀生〔註157〕，道教造像中的很多元素都是仿自佛教，如碑體形制、主神坐姿、手勢、主龕圓光，裝飾的蓮花、火焰紋等，有的把道像和佛像造在一起，如陝西省耀縣博物館所藏北魏文朗造像碑，融合佛教與道教內容於一碑。日本學者窪德忠甚至說：「因此必須『造作』老子化胡說的不是欲『凌駕佛教』的『老子之徒』，而恰恰相反，正是佛教方面。」〔註158〕將外來佛教與本土道教聯繫在一起，可以強化人們的文化認同感，進而為佛教在華夏的傳播奠定基礎。而這一說法，又正中道教下懷，除《老子化胡經》外，兩晉時期流傳的《西升經》就由老子化胡說而衍生，其開篇即云：「老君西升，開道竺乾」〔註159〕。南朝《太上妙始經》中老子自述云：「至周幽王時衰亂，吾乃至函谷關，教關令尹喜道術。喜得道為真人，將尹喜西入胡國。先至罽賓間崛山中行道，為國王所燒，不以為困。道見虛空之身，項負日光，體有金剛，七十二相，八十一好。國王服受其道。復為胡作四萬言經，名曰《般若波羅蜜》《道德五千文》三十品。」〔註160〕南朝《三天內解經》云：「老子又西入天竺，去罽賓國又四萬里，國王妃名清妙，晝寢，老子遂令尹喜乘白象化為黃雀，飛入清妙口中，狀如流星，後年四月八日剖右脅而生，墮地行七步，舉右手指天而吟：『天上天下，唯我獨尊。三界皆苦，何可樂焉？』生便精苦，即為佛身。佛道於此而更興焉。」〔註161〕這裡明確把佛祖說成是尹喜轉世。

傳為王浮所作的《老子化胡說》已佚，光緒年間發現的敦煌本《老子化胡經》是個殘本，各卷非一人一時之作，有的作《老子西升化胡經》（伯2007），有的作《太上靈寶老子化胡妙經》（斯2081），係同書異名，今英、法等國所藏

〔註155〕湯用彤：《漢魏兩晉南北朝佛教史》，《中國現代學術經典湯用彤卷》，河北教育出版社，1996年，第60頁。

〔註156〕胡文和：《中國道教石刻藝術史》，高等教育出版社，2004年，第208頁。

〔註157〕陳國符：《道藏源流考》下冊，中華書局，1963年，第268頁。

〔註158〕〔日〕窪德忠：《老子化胡說是誰提出的？——我的推測》，肖坤華譯，《宗教學研究》1985年第4期。

〔註159〕《道藏》第11冊，第490頁。

〔註160〕《道藏》第11冊，第433頁。

〔註161〕《三天內解經》，《中華道藏》第28冊，第414頁。

敦煌《化胡經》殘卷雖已非王浮原書，但由此可大致推出原書內容。該書模彷佛本生故事，以第一人稱老子自述的方式講述，如卷一寫老君降生：

> 以殷王湯甲庚申之歲建午之月，從常道境，駕三氣雲，乘於日精，垂芒九耀，入於玉女玄妙口中，寄胎為人，庚辰之歲二月十五日誕生於亳，九龍吐水，灌洗其形，化為九井。爾時老君鬢髮皓白，登即（時）能行，步生蓮花，乃至於九。左手指天，右手指地，而告人曰：「天上天下。唯我獨尊。我當開揚無上道法，普度一切動植眾生，周遍十方及幽牢地獄，應度未度，咸悉度之。隱顯人間，為國師範。位登太極，無上神仙。」時有自然天衣掛體，神香滿室，陽景重輝。九日中，身長九尺，眾咸驚議，以為聖人。生有老容，故號為老子。〔註162〕

這段描寫襲自佛經《修行本起經》《六度集經》《長阿含經》中有關佛降生的文字。接著寫老子在于闐以神力召請來自各地的八十餘位國王及其妃后和眷屬，周匝圍繞，皆來聽老子講法：

> 爾時老君告諸國王：「汝等心毒，好行殺害，唯食肉血，斷眾生命。我今為汝說《夜叉經》，令汝斷肉，專食麥麨，勿為屠殺。不能斷者，以自死肉。」胡人狠戾，不識親疏，唯好貪淫，一無恩義，鬢髮拳鞠，疏（梳）洗至難。性既膻腥，體多垢穢，使其修道，煩惱行人，是故普令剔除鬚髮，隨汝本俗而衣氈裘。教汝小道，令漸修學，兼持禁戒，稍習慈悲。每月十五日，常須懺悔。又以神力為化佛形，騰空而來，高丈六身，體作金色，面恒東向，示不忘本，以我東來，故顯斯狀。〔註163〕

作者詳細列出這些國王來自的國家和城邦名稱，既炫耀博識又暗示事件的真實性，把佛祖說成是老子的化形，這些未開化的地區，賴有老子教導而文明向化。接著寫老子以法力降伏蔥嶺山深池毒龍，令尹喜乘月精降中天竺國為悉達，入山修道，成無上道，號為佛陀。老子乘自然光明道氣，從真寂境飛入西那玉界蘇鄰國中，降誕王室為太子，捨家入道，號末摩尼。這些故事，都是模彷佛經，而且可能是隋唐人在王浮原本的基礎上添加的，企圖將傳入大唐的摩尼教融入到道教思想系統中。

〔註162〕《老子化胡經》，《藏外道書》第21冊，巴蜀書社，1992～1998年，第4頁。
〔註163〕《老子化胡經》，《藏外道書》第21冊，第6頁。

因為道教非常重視法術，《老子化胡經》集中表現了老子的神通，差不多同時代的《列子》也從側面展現老子的法術，如《仲尼篇》寫老聃弟子亢倉子「得聃之道，能以耳視而目聽。」《周穆王篇》寫老成子向尹文先生學習幻化之術，尹文先生向他轉述老聃關於「化」、「幻」的觀點。老成子歸後，深思尹文先生之言三月，「遂能存亡自在，憣校四時，冬起雷，夏造冰，飛者走，走者飛。終身不著其術，故世莫傳焉。」〔註164〕大約出於南北朝末期或隋唐之際的《太上業報因緣經》，敘述老君除滅虎精、蛟精、蛇精、狐精等精怪的故事。總之，後來的故事在此基礎上，結合某些神話類型，催生了擁有無上法力的太上老君形象。

唐高宗和武則天時期，《老子化胡經》遭到禁棄，元代更遭到毀滅性打擊，元釋祥邁《至元辯偽錄》記載：元憲宗（1251～1259年），僧道聚集辯論《化胡經》的真偽，遂頒旨毀道經四十五部經文印版，《化胡經》即在其中。〔註165〕元世祖忽必烈至元十八年（1281年）佛道再次辯論，道教徒又敗北，這次除《道德經》外，其他道藏經典通通被焚毀。

唐代李氏皇帝認老子為始祖，大力倡導道教，因而老子得到多次加封，各地紛紛建起玄元廟、太極宮等。因而在唐代道經、史書和文學作品中，老子形象就更為豐滿。老子的外貌描寫大致沿襲前期，如杜光庭《歷代崇道記》中，老子穿素衣，戴金冠，乘白馬，執五明扇，與同時期的老君造像相同。《酉陽雜俎》卷二「玉格」描繪老子「形長九尺，或曰二丈九尺。耳三門，又耳附連環，又耳無輪郭。眉如北斗，色綠，中有紫毛，長五寸。目方瞳，綠筋貫之，有紫光。鼻雙柱，口方，齒數六八。頤若方丘，頰如橫壟，龍顏金容。額三理，腹三志，頂三約把，十蹈五身，綠毛白血，頂有紫氣。」〔註166〕還有《墉城集仙錄》卷一「聖母元君」中的老君，形貌都沿襲《神仙傳》中的描寫，而且老君造像中也出現了這種受緯書影響的奇特造型，如《姚鵠修老君殿驗》寫咸通年間姚鵠修塑的老君像：「天儀粲然，睟容伊穆。月玄日角，若載誕於渦川；雙柱三門，疑表靈於相野。」〔註167〕這在以前是沒有的。

由於唐宋時期老子至上神的地位，無論是造像，還是道經、小說中的描寫，老子的規格和氣勢都超邁以往。隋開皇年間青石圓雕老君像和杜太素景龍三

〔註164〕胡道靜、陳蓮笙、陳耀庭選輯：《道藏要籍選刊》第8冊，第205、203頁。

〔註165〕《佛祖歷代通載》卷第二十二，《大藏經》第49卷，第719頁上～中。

〔註166〕段成式：《酉陽雜俎》，方南生點校，中華書局，1981年，第16頁。

〔註167〕張君房：《雲笈七籤·道教靈驗記》，蔣力生校注，第745頁。

年（703 年）和趙思禮開元七年（709 年）老君造像，主像沉思冥想的表情、雍容寬鬆的體態，很像現實社會中的高蹈之士。

南宋謝守灝編《混元聖紀》：

> 著光明之衣，照虛空之中，如含日月之光也。或在雲華之上，身如金色，面放五明，自然化出，神王、力士，青龍、白獸，麒麟、獅子，列於前後。或坐千葉蓮花，光明如日，頭建七耀冠，衣晨精服，披九色離羅帔，項負圓光。或乘八景玉輿，駕五色神龍，建流霄皇天丹節，陰九光鶴蓋，神丁執麾，從九萬飛仙，獅子啟塗，鳳凰翼軒。或乘玉衡之車，金剛之輪，驂駕九龍，三素飛雲，寶蓋洞耀，流煥太無，燒香散華，浮空而來，伎樂駭虛，難可稱焉。或坐寶堂大殿，光明七寶之帳，朱華羅網，垂覆其上，仙真列侍，神丁衛軒，幡幢旌節，騎乘滿空。或金容玉姿，黃裳繡帔，憑几振拂，為物祛塵。或玄冠素服，白馬朱鬃，仙童夾侍，神光洞玄。夫妙相不可具圖。〔註168〕

將老子的儀仗、隨從描寫得氣勢磅礴，渲染出濃鬱的宗教氛圍。造像的構圖模式也發生了變化，以前常見的單口小窟明顯減少，洞窟中除老君外，還有二脅侍、二女真、二力士，有的增加了護法神將，數目不等，有的多至 12 個，規模比以前要大。

在唐代官方和民間敘事中，老子最突出的形象就是唐王朝的護法神。在唐王朝的建立、鞏固及中興過程中，老子一直發揮著關鍵作用。初唐時期，受到來自西邊強大的突厥威脅，《大唐創業起居注》卷一寫貞觀十年（636 年）突厥柱國康鞘利等並馬至長安，見老君尊容皆拜。《歷代崇道記》中的此類記載更多，如隋大業十三年（617 年），霍山神稱奉太上老君命，告訴李淵「汝當來必得天下。」武德元年（618 年），老君現形為晉州浮山縣羊角山神，告李淵曰：「汝今得聖理，可於長安城東致安化宮而安道像，則神稷延長，天下大定。」又令周公旦領神兵助李世民平定劉黑闥。〔註169〕寶曆二年（826 年）正月，敬宗御駕將至長安，老君又現形預告主簿鄭覃，說御駕經過的路上地將會塌陷，遂並力填實，避免了一次事故。懿宗咸通十年（869 年）九月十日，老君率神兵誅滅徐州逆寇龐勳。《神仙拾遺·馬周》（《太平廣記》卷十九）寫老君派太

〔註168〕張君房：《雲笈七籤》，第 621 頁。
〔註169〕《歷代崇道記》，《道藏》第 11 冊，第 2～5 頁。

華山素靈宮仙官馬周降世幫助李氏治理天下，但馬周開始迷失前因，貪酒好杯，不求上進，老君又化為騎牛老人點醒他，並把他帶到太華山反省，馬周頓覺神清氣爽，心智明悟。後到長安發展，白日內位至丞相，佐國功成。作者神化馬周的目的就是神化李唐王朝。《神仙感遇傳》卷一「令狐絢」則通過令狐絢入靜的描寫，點出老君幫助李唐王朝平定「安史之亂」之事。《纂異記・嵩嶽嫁女》(《太平廣記》卷五十)則通過寫田璆和友人鄧韶被邀參加神仙們的聚會，親耳聽到老君協助朝廷平定藩鎮之亂的消息。

其次，老子還扮演著度化者的角色，但與之前道經、小說中傳度的對象皆為宗教領袖不同，度化對象更多元化。如《續玄怪錄》卷一「杜子春」寫後周、隋年間富家子弟杜子春，蕩盡家產，親友唯恐避之不及。有天他在街上遇到一位叫鐵冠子的老人，送給他三百萬錢，但不到兩年，杜子春就揮霍一盡；後來，他又碰到這位老人，老人又給他一千萬，他又花天酒地，全部花光。最後，老人又給他三千萬，這時，杜子春看破物慾，將三千萬用於布施。他後來隨老人往崑崙山上煉丹，老人警告他，不管遇到什麼情況，都不得開口。杜子春前後通過了山神、猛虎、妖女、雷電風雨等四關考驗，最後卻受阻於母愛這道人性關，功虧一簣。老人這時出現，勸杜子春打消學仙的念頭，並送他一把鋤頭，要他好好做個農夫。杜子春是西漢末至東漢初年的大學者，這篇小說乃根據佛經故事改編而成，作者通過這個道教考驗故事，說明成道之艱難。

宋代有關老子的傳記小說多了起來，現今《道藏》中存宋時老子傳記四種，即北宋賈善翔撰《猶龍傳》六卷、南宋謝守灝編《太上老君年譜要略》一卷、《太上混元老子史略》三卷、《混元聖紀》九卷。《猶龍傳》全書分二十八篇，以編年體形式詳述老子創世、世為帝師、降生、傳道、度人、化胡以及庇護唐宋帝王的種種事蹟和靈異故事。其事上起元始之時，下止於北宋真宗朝。《混元聖紀》乃在《太上老君年譜要略》和《太上混元老子史略》基礎上擴充而成，與《猶龍傳》的內容大致相同。兩書是現存最全面系統的老子神話傳記著作，老子的神秘身世傳說，通過兩書得到充實與定型。

三、元明清時期：世俗化的神仙

元明清時期，老子的地位有所下降，道教受佛教「三寶」的影響，創造了一個「一氣化三清」說，又虛構出元始天尊和靈寶天尊，老君降至「三清」的末位，雖然在北宋時，真宗還加號其為「混元皇帝」，但在道教神祇中的地位

遠不及元始天尊，明以降，太上老君甚至變成玉帝的臣僚了。隨著道教的日益世俗化，老君形象也逐漸由天上走向人間，由神秘變為世俗，並定型為皓首銀鬚、仙風道骨的形象，之前受緯書影響的怪異形象不再看到。虛構的道教神仙如玉帝等，地位日益尊崇，成為最高神祇；而由歷史人物演變成的神仙，多半地位下沉，因而，老君由先前的神仙領袖變成了神仙中的高級官員了。

老子世俗化的一種重要形式就是圖像化，明清時期，一些配合道經和老子生平故事的各種圖像大量產生。據米芾《畫史》記載，唐代已出現圖文本《道德經》：「《道德經》一卷出相間，不知何人畫，絹本，字大小不勻，真褚遂良書，在范相堯夫家，與馮京當世家《西升經》不同，雖有裴度、柳公權跋，非閻令畫、褚筆，唐人自不鑒爾。」〔註170〕北宋宗室趙仲忽就收藏有唐《出相道德經》，「出相」即圖文並存。《宣和畫譜》記唐代畫家閻立本畫有《太上西升經圖》，這一作品後來保存於宋代御府。《式古堂書畫匯考》著錄有宋代畫家翟汝文的畫作《太上西升經圖》，《繪事備考》中記載了宋代畫家盛師顏有畫作「太上西升經圖」。《老子化胡經》和《太上西升經》都是記述老子西出化胡的故事，但宋董逌所見貢士邦憲畫化胡經像「與西升所畫盡異」〔註171〕。這類圖像或是道經的經變圖，或是與《道德經》相關的圖像如老子出關圖、老子授經圖等，或是給《道德經注》配的 81 幅圖畫，這些以經典和圖像相結合的形式，直接啟示了《老子八十一化圖》的產生。元明清時期文人繪畫中的老子主要有這樣幾種類型：一是元代趙孟頫的《老子像》，禿頂，黑髭，壯實（圖 1-22）；二是元華祖立《玄門十子圖》（圖 1-17）中的老子像，較瘦，但精神矍鑠；三是明代張路《老子出關》和清代任頤《紫氣東來》中的老子，禿頂、高額、凸顴，鬚眉皆白，童顏鶴髮；四是中國社會科學院歷史研究所圖書館收藏的彩繪善本《寶善卷》和國家圖書館藏《群仙集》中的老子像，都是禿頂，皓首銀鬚，仙風道骨，慈眉善目（圖 1-23）。第四類形象成為一種最常見的模式。《寶善卷》中「太上道德天尊始末遺像」包括「老子托胎」、「為周柱下史」、「孔子問禮」、「請關尹著書」、「說清淨經」、「西度流沙」6 幅立式彩圖〔註172〕，選擇老子一生中最重要的事蹟進行圖繪。

〔註170〕米芾：《畫史》，《中國書畫全書》第一冊，上海書畫出版社，1993 年，第 978 頁。

〔註171〕董逌：《廣川畫跋》卷三，載《中國書畫全書》第一冊，第 676 頁。

〔註172〕王育成：《明代彩繪全真宗祖圖研究》，中國社會科學出版社，2003 年，第 226 ～231 頁。

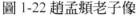
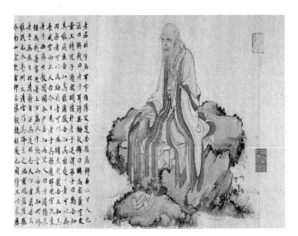

圖 1-22 趙孟頫老子像　　　圖 1-23 華祖立《玄門十子圖》中老子

《群仙集》中「太上老君」、「老君傳與學道之士」、「太上老君紫氣浮關圖」和「老君傳道授尹喜先生」等圖中老子像是文人化老子，是智者的形象，「太上教人修煉乾坤為鼎器烏兔為藥材圖」中的老子坐於石鼎之上，松樹之下，雙手抱於腰腹之上，由上角有氣在運行，表示老子在修煉。他皓髮銀鬚，像一個慈祥的老人，很有親和力〔註173〕。從這些圖像，都可以看出老子演變為通俗小說中的可愛的太上老君的軌跡。

　　運用圖像講述老子故事的最重要成果當屬大約產生於 13 世紀的上半葉的《老子八十一化圖》，該書是以《老子化胡經》《猶龍傳》《混元聖紀》等書為文本而精心構建的連環畫體長篇小說。元太祖十五年（1220 年），丘處機應成吉思汗之邀，率弟子十八人遠赴雪山講道。後來全真教徒大肆宣揚丘處機勸成吉思汗止殺之功。1234 年，元好問《清真觀記》云：「丘往龍庭，億兆之命懸於好生惡死之一言，誠有之，則雖馮瀛王（馮道）之對遼主不是過。」〔註174〕「誠有之」意謂「果真如此的話」，可見元好問也不能確定是否有此事。後來《成道碑》加以集成，《金蓮正宗記》則對丘處機「一言止殺」之事大加渲染：

　　　　上愛其誠實，由是每日召見即勸之少殺戮，減嗜欲，前後數千
　　言，耶律晉卿方為侍郎，錄其言以為《玄風慶會錄》，皇帝皆信而
　　用之。

〔註173〕 王育成：《明代彩繪全真宗祖圖研究》，第 233～239 頁。
〔註174〕 元好問：《元好問全集》下冊，山西人民出版社，1990 年，第 16 頁。

　　後來在《長春演道主教真人內傳》又有了新的變化，增加了兩個故事，都不見出處〔註175〕。《金蓮正宗仙源像傳》繼承《金蓮正宗記》的說法，但此事在《玄風慶會錄》《西遊記》中都沒有記載，可見是全真徒裔所虛構，全真教徒便將丘處機西域之行比附為老子西出化胡，他們組織編寫的《老子八十一化圖》，就是這段歷史的隱喻，從而突出全真教與蒙古統治者之間的密切關係，歌頌祖師功德，展示教派榮光。在該圖的製作過程中，胡春濤博士認為丘處機是靈魂，李志常是主謀，史志經和令狐璋是具體的實施者〔註176〕。史志經（1202～1275年）號洞玄子，絳州翼城（今山西）人。1221年拜劉真常為師，1223年丘處機從西域回來，史志經和其師拜訪丘處機，請丘為其訓名為「史志經」。其後，《老子八十一化圖》以版刻經本、雕塑、壁畫、石刻等各種形式廣泛傳播，元代頒布禁燬該書時的詔書中就提到該故事有「底板木」、「有塑著底，畫著底，石頭上刻著底」〔註177〕。《老子八十一化圖》主要寫老子歷世應化和顯靈的故事，全方位、多角度地塑造了老子的形象，在民眾中廣泛建立起老子偶像化、神聖化的形象，其中隱藏著欲將真實的歷史神秘化、神聖化，同時又將神秘化、神聖化的內容歷史化的兩重企圖。《老子八十一化圖》的版本甚夥，從留存的地點和傳播的地域來看，元初的老子八十一化圖大體分佈在河北、山西、陝西、甘肅等地，明以後這些版刻經本在東北、山東、江浙、四川等地也刻印傳播。胡春濤的《版刻本老子八十一化圖的流傳及相關問題》做了較為全面的梳理，可參看〔註178〕。各種版本的文字圖像有程度不同的差異，如平涼莊浪紫荊山老君廟等地壁畫第十五化是「弘釋教」，而蘭州金天觀、平涼崆峒山等地是「住崆峒」。圖文結合的方式也不同，有的有圖像和圖題，有的有圖像、圖題、圖說。如杭州本、澳大利亞本、山西浮山老君洞線刻是上圖下文，閭山本、太清宮本是文題寫在圖的空白處，成都二仙庵本是左文右圖。壁畫一般有圖像和題榜，只有山西浮山老君洞石刻和暖泉老君觀壁畫配有圖說。版刻本

〔註175〕　鮮成：《丘處機「一言止殺」了嗎？》，《澎湃新聞‧上海書評》2018年8月
　　　　　18日。楊訥先生專著《丘處機「一言止殺」考》中有詳細的考證，上海古籍
　　　　　出版社，2018年。
〔註176〕　胡春濤：《老子八十一化圖研究》，西安美術學院博士學位論文，2011年，第
　　　　　35頁。
〔註177〕　祥邁：《辯偽錄》卷四，《大正藏》第52冊，東京大正一切經刊行會，1934
　　　　　年，第777頁。
〔註178〕　胡春濤：《版刻本老子八十一化圖的流傳及相關問題》，《宗教學研究》2013年
　　　　　第2期。

都有圖說，諸本文字大致相同。下面主要以太清宮為主，論述《老子八一化圖》的內容及圖文關係。太清本由日本福井康順家藏，刊於民國十九年（1930 年），奉天太清宮藏板。封面題為「道德經太上繪圖八十一化河上公注」，一卷本。

《老子八一化圖》受佛教的影響，佛祖有「三十二相」和「八十好」之說，老子則增加為「七十二相，八十一好」。在唐代典籍中，已有老子妙相多端，「真形不測」，「或飛或步」，「或夷或夏」，「或山或岱」等說法。《老子八一化圖》大致以《史記》中的記載為中心而參以道教典籍和各種傳說和想像，第 1 ～16 化是老子前生故事，內容主要可歸納為三個方面，第 1～3 化寫老子出生，「生年無始，起乎無因，為萬物之先，元氣之祖。」繪者以圖像生動形象地闡釋老子道生於無的哲學思想，並指出老子就是道的化身。第 4～6 化寫老子拜元始天尊為師，並「歷劫運」，「開天地」，稱老子是天地宇宙的開創者。第 7～16 化主要描繪老子教伏羲畫八卦、造書契、制嫁娶、敘人倫；教祝融鑽木取火、陶冶為器；教神農教民稼穡、和藥救疾；教黃帝制禮樂衣冠、宮室、舟車、棺郭、孤矢、役牛馬、造器用等。又畫老子為帝師，並給少昊、顓頊、帝嚳、唐堯、虞舜、夏后、殷湯授經文。第 17～45 化，是今世故事，主要依據《史記》《老子化胡記》等文獻，描述老子過函谷關、青羊肆會尹喜、教化胡人等故事。第 47～81 化，是老子昇遐之後顯靈的故事。在《老子八一化圖》中，老子的地位可謂無以復加，他是道的化身，是天地開闢者，是中華文明和印度佛教的創造者，升仙之後又多次顯靈，懲惡揚善，化導眾生。

在太清本《老子八一化圖》中，圖像稍顯強勢，而文字比較簡略，圖像比文字表達了更為豐富的內容。圖文共處於一頁之中，文字題寫在畫面的空白處，書畫一體，「語—圖」共生互釋。如第 5 化圖說云：老子是「天地之父母，故能分布清濁，開闢天地乾坤之位也。」圖說在左邊，中間圓月形圖像內，下面左右各有一個小圓圈，內有金烏、兔子，象徵日月和天地，上面有八層房屋依次排列，底下是河水，代表九天，圓月形圖形周圍雲氣繚繞。顯然，圖像比文字更清晰地闡釋了道教的宇宙觀，所謂三清之炁，各生三炁，合成九炁，而為九天（圖 1-24）。又如第 8 化「變真文」，圖說太上老君「以五方真炁之精，結成寶字，方一丈八角，垂芒為雲葉之形，成飛走之狀。」下圖老子坐於中間，左右有侍從，前面有 5 人拱手請經。在老子頭頂，兩條煙雲向左角延伸，裏面有蝌蚪文字（圖 1-25）。該圖表現的是道教有關道經的出品觀念。道教視道經為天書，《太平經》云：「天明知下古人且愚，難治正，故

為其出券文，名為天書。」〔註179〕靈寶派認為，「天書玉字，凝飛玄之氣以成靈文，合八會以成音，和五合而成章。」〔註180〕就是說，天書由天上的飛玄之氣凝結成文，然後降示人間，道經「自然而有，非所造為」〔註181〕，即是神啟。道教內部規定，為了保密，道經的撰寫多使用隱語，如《真誥》中就採用文字「離合」的方法寫詩、以隱語標示年代、以隱語稱名丹藥和修煉術語等，語言的「能指」和「所指」不統一。所以道教強調道徒需明師指點，口授要訣，否則不易知解。在此基礎上，道教就將道經天書化，認為天書乃用「雷文雲篆」書寫，深奧難懂，不易索解，故干脆稱「無字天書」。高道傳授道經，就是將符篆天文或無字天書「譯出」或「注解」的過程。天書由聖真加以訓釋之後，聖、真、仙、人依次相授，從天上一直傳到人間〔註182〕。這是道教宗經、徵聖思想的體現〔註183〕。

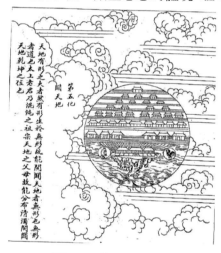

圖 1-24「開天地」　　　　　　　圖 1-25「變真文」

又如第 11 化「贊元陽」和第 12 化「置陶冶」，繪者通過老子及隨從的衣冠與衣樹葉的伏羲等先民形成鮮明的對比，顯示老子是中國文明的開創者。特別是第 14 化「始器用」，用雲氣將老子圍起來，然後把許多器物等與老子連接

〔註179〕羅熾：《太平經注譯》，第 711 頁。

〔註180〕《太上靈寶諸天內音自然玉字》卷 1，《道藏》第 2 冊，第 532 頁。

〔註181〕魏徵：《隋書》，中華書局，1973 年，第 1091～1092 頁。

〔註182〕卿希泰、詹石窗：《中國道教思想史》第一卷，人民出版社，2009 年，第 417 頁。

〔註183〕參見萬思蔚、萬晴川：《古代小說中的「天書」敘事及其道教文化淵源》，《廣東技術師範學院學報》2015 年第 7 期。

起來，將很多物質文化的發明權歸屬於老子。第 15 化「住崆峒」，廣成子睡在一顆古樹下，面面上部是坐在雲端中的老子，表示廣成子是老子所化。前面是黃帝帶領大臣，膝行而進，向廣成子請教，但文字中只說「黃帝往見而問至道」，沒有詳寫他是如何稽禮，圖像無疑比文字更能表現黃帝的虔誠。《老子八十一化》另一個重要的內容是表現老子的法術，如第 36 化「藏日月」，迎夷國王好殺不信道，「太上左手把日，右手把月，藏於頭中，天地俱昧，國人恐怖。」畫面左上角，老君盤腿而坐，一手舉起太陽，一手舉起月亮，髮髻用一道白光與天上的神靈連接起來，表示他驅使神靈的法力。神靈踏在黑雲之上，表示迎夷國頓時陷入黑暗之中，下面兩個胡人磕頭跪拜，表情極度驚恐（圖 1-26）。又如第 80 化「殄龐勳」，圖說唐懿宗咸通十年（869 年）己丑九月，徐州龐勳寇亳州，領其徒三千餘人趨太清宮，欲據為營壘。其日避難士庶千餘人，咸居宮內，忽見老君自宮中乘空而南，須臾黑氣從九井中出，天地一片昏黑，賊黨迷路，自相蹂踐，龐勳溺水而死。不久雲開天霽，賊黨死無孑遺。畫面中老子手指叛賊，賊人倉皇逃竄，自相踐踏，有人臥地而死。非常生動地表現了賊黨恐懼逃跑的情景。總之，老子歷世轉化的故事比較複雜，但這些插圖都很好地演繹、詮釋了語言文本的內容，並利用圖像優勢，而有所豐富。繪者還善於運用圖像把時間空間化，如第 18 化「誕聖日」圖說云，「真妙玉女畫寢夢吞日精」而有孕，八十一年，武丁庚辰二月十五日，老子剖右腋而生。圖像用三個場景來表現老子出生的故事，上面是真妙玉女畫寢夢吞日精而孕；下面右邊是兩個侍女在為生下的老子洗浴，老子頭上衝出無數水龍柱；左角是兩個侍女扶著真妙玉女，一個小孩在她面前跪拜，可能是長大的老子（圖 1-27）。三個畫面的故事發生於不同時間，但時間是連續的，分別表現玉女受孕、老子出生、老子長大三個時段，對圖說文字有很多補充，把老子出生的故事空間化，實現文本增殖，表現老子的神異。第 22 化「試徐甲」，圖說云徐甲為老子牧牛，老子以吉祥草化美女引誘，徐甲惑之，決定辭職，向老子索工錢。老子投符將徐甲化為白骨，尹喜求情，老子又讓徐甲復活（圖 1-28）。畫面分四塊，右邊是尹喜跪地向老子求情，尹喜後面是一具骷髏，左角是徐甲牽牛，中間是復活的徐甲。作者用四個畫面將這個故事表現出來，要看懂這個畫面，就不能脫離圖說的輔助，因此，儘管《老子八十一化圖》中圖像相對強勢，但在表現比較複雜的故事情節時，語言文字仍表示出在「語—圖」關係中的優勢。又如第 25 化「會青羊」，圖說寫老子降蜀託生於李家，尹喜至市肆，見人牽青羊，牽羊

者帶尹喜去家中，忽地湧玉局，老子化白金身坐於玉局之上，賜喜「文始先生」之號（圖1-29）。這幅畫面分三塊，圖右下方是老子託生李家，上面是尹喜問牧羊人，左邊是坐在玉局上的老子，頭後有圓光，兩旁有兩玉女侍從，下面有兩人跪拜。這幅畫表現的也是發生於不同時間的故事，必須借助文圖互釋才能完整理解。

圖1-26「藏日月」圖

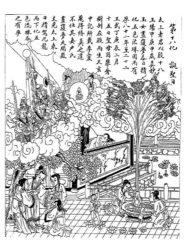

圖1-27「誕聖日」

圖1-28「試徐甲」

圖1-29「會青羊」

　　總之，《老子八十一化》大量採用「飛白」技法，以雲氣襯托，突出老子「道」「無」的哲學思想。通過文圖合力，把老子塑造成無所不能的至上神。但總體來說，圖勝於文，特別是其中老子化胡的故事，隨著道教影響力的衰退，所以《老子八十一化圖》逐漸弱化，沒有被改編成通俗長篇小說。

　　通俗小說對推動老子世俗化起了更大的作用。在《西遊記》《封神演義》等小說中，老君雖仍被描繪成擁有長生不老丹、起死回生術及乾坤圈、紫金葫蘆等眾多寶貝的神仙，但神秘色彩有所消褪。在《醒世恒言》第二十六卷《薛錄事魚服證仙》、第三十七卷《杜子春三入長安》等小說中，老君都是作為度化者的形象而出現的，《後西遊記》第三十回寫小行者自述保師父唐長老去西天，路過陰陽二氣山時，被造化小兒用名、利、酒、色、財、氣、貪、嗔、癡、愛等圈兒套住，無法跳出，請老君幫忙。老君指出：「造化小兒哪有什麼圈兒套你，都是你自家的圈兒自套自。」後來小行者轉了好勝之念，便自然跳出圈外了。

　　在另一些小說中，老君則作為實施獎懲的最高階神仙而出現。如《初刻拍案驚奇》卷十七《西山觀設輦度亡魂，開封府備棺迫活命》中老君嚴懲淫僧，《綠野仙蹤》中接見功成朝元的冷於冰，並賜其經書、神印。老君的政治品格也得到了進一步的演繹，成為正義的化身。在《封神演義》中，太上老君是八景宮的最高神祇，他與元始天尊、通天教主都是鴻鈞道人的徒弟，三人體上天應運劫數，共立封神榜，但通天教主支持商紂王，而老君支持周武王。第七十七回寫他一氣化三清，裏住通天教主，大破誅仙陣。在《隋唐演義》中，作為唐皇室的護法神的形象得到更生動的演繹，第五十一回寫程知節追殺李世民，李世民因躲進老君堂，得到神佑，躲過一劫。而在《女仙外史》中，老子幫助起兵反對朱棣奪嫡的唐賽兒。老子不但捲入到最高層的政治鬥爭中去，而且關心民瘼，如《警世通言》第四十卷《旌陽宮鐵樹鎮妖》入話寫老君壽誕之辰，群仙前來上壽，老君設宴招待，太白金星忽越席報告四百年後江西地區有蛟妖為害，無人降伏，千百里之地，必化成中洋之海，於是老君奏明玉帝，令許遜降世，為群仙領袖，殄滅妖邪。並派孝悌王、蘭期、諶母等相繼下凡，傳道於許遜。

　　老子形象在明清小說中最大的變化是神性的消解，世俗化的增強。他一改以往的莊嚴肅穆，而變為幽默可愛的老頭，作者也對他常加調侃，如《女仙外史》中老子說唐賽兒：「你就像個方今名士，老師拜得太多了！」諷刺晚明

的士風。又如《西遊記》中第寫到悟空把三清神像丟進廁所，老子的青牛偷偷
下凡，禍害百姓。《後西遊記》第三十回寫小行者被妖怪的圈兒套住時，盡力
往上　跳，不料撞進老君的褲襠裏，直撞著老君的卵包，老君疼痛難禁，吶的
一聲，一個倒栽蔥跌倒在空中，罵道：「賦猴頭！你要幹那討飯的營生，也須
看看地方，敲得鐣鑼，叫人走開，好讓你跳李三娘挑水或是關雲長獨行千里。
怎聲也不做，硬著頭往人褲襠裏直撞？幸是我的卵袋碰著你的頭，倘或碰著你
那條哭喪棒，豈不連我性命都傷了！」而在《豆棚閒話》第十二回中，陳齋長
甚至攻擊老子「是個貪生的小人」，其父乃鄉野貧人，其母亦鄉之愚婦，偶在
山中苟合而生老子。

結論

　　歷史人物是如何演變為民間神靈、最後又變成道教神仙的？老子文學形
象的演成，對解答這樣問題具有典範意義。在老子形象每一階段的演變過程
中，都包含著複雜的轉換關係，歷史記載與民間傳說如何相互轉化？世俗敘事
與宗教敘事如何相互滲透？在這種聖與俗、正與反的雙向交流與轉變過程中，
歷史、傳說、政治、讖緯、佛教、文學等種種因素扭結在一起，共同作用，最
終塑造出既生動飽滿又程式化的老子形象。

第四節　從女巫到海神：媽祖形象的生成

　　有關媽祖的生平，諸書記載多有歧異，近人經過比較分析，一般認為她的
原型是莆田林姓巫女，生於宋太祖建隆元年（960 年），太宗雍熙四年（984 年）
逝世。她死後成神，信徒們開始對她的出身進行粉飾，因為林姓是當地望族，
故媽祖便成了林氏官宦之女；宋元以後，又給她取名「默」，或稱「默娘」。對
於媽祖為何稱「天妃」，明代陸容解釋道：

　　　　天妃之名，其來久矣，古人帝天而後地，以水為妃，然則天妃
　　者，泛言水神也。元海漕時，蒲田林氏女有靈江海中，人稱為天妃，
　　此正猶稱岐伯張道陵為天師，極其尊崇之辭耳。或云水陰類，故凡
　　水神皆塑婦人像，而擬以名人，如湘江以舜妃，鼓堆以堯後，蓋世
　　俗不知山水之神不可以形象求之，而謬為此也〔註184〕。

〔註184〕陸容：《菽園雜記》卷八，中華書局，1985 年，第 85 頁。

　　陸容認為水為陰類，故其神為女性，但許真君、玄武大帝也是水神，卻是男性，可見陸容的說法雖有一定的道理，但並非全對。陸深《金臺紀聞》中引《丘濬碑》文云：「天妃宮，江淮間濱海多有之，其神為女子三人，俗傳神姓林氏，遂實以為靈素三女。太虛之中，惟天為大，地次之，故製字者謂一人為天，二小為示，故天稱皇，地稱後，海次於地者，宜稱妃耳。其數從三者，亦因一大二小之文。蓋所祀者海神也，元用海運故，其祀為重。司馬溫公則謂水陰類也，其神當為女子。此理或然」。〔註185〕可見在宋徽宗時期，隨著溫州道士林靈素得勢，媽祖曾一度附會為林靈素三女，神像是三個少女，後來隨著林靈素身敗名裂，媽祖才固定為莆田望族林氏女。屈大均在《廣東新語》卷六「天妃」條中也有同樣的解釋。趙翼《陔餘叢考》綜合兩說：「竊意神之功效如此，豈林氏一女子所能，蓋水為陰類，其象維女。地媼配天則曰后，水陰次之則曰妃，天妃之名，即謂水神之本號可，林氏女之說，不必泥也。」〔註186〕因是海神，故稱「天妃」，後來隨著政治的需要，「天妃」又升格為「天后」。

　　媽祖如何由巫而神，由夫人而天妃，由天妃而天后，成為國家大神，並進入文學作品中，這是一個有趣的討論話題。

一、由女巫到龍女

　　宋代閩、越地區巫風盛行，媽祖生前原為與人言禍福的女巫，「初以巫祝為事，能預知人禍福。既歿，眾人立廟於本嶼。」〔註187〕宋人黃岩孫《仙溪志》載：「當地有所謂仙妃廟三座。其一順濟，其一昭惠，其一慈感，皆巫也。順濟謂湄州林氏女，能知人禍福，即妃也。」〔註188〕南宋紹興二十年（1150年）廖鵬飛撰《聖墩祖廟重建順濟廟記》中描述媽祖的裝束有「玄冠」「雲錦裳」「玉鸞佩」等詞，而且有「登檣竿為旋舞狀」的巫舞，這些都是女巫的特徵，而且已經有圖像供奉。元代《三教源流搜神大全》開始神化媽祖，編撰她不凡的身世：「五歲能誦《觀音經》，十一歲能婆娑按節樂神，如會稽吳望子、蔣子文事。然衣冠族，不欲得此聲於里巷間。」文中說媽祖善巫舞，類似蔣子文、吳望子。蔣、吳事見於干寶《搜神記》卷五，都是孫吳時期著名的巫師。

〔註185〕陸深：《儼山外集》卷七《金臺紀聞》上，《四庫全書》子部十。
〔註186〕趙翼：《陔餘叢考》卷三十五，上海商務印書館，1957年，第760～761頁。
〔註187〕廖鵬飛：《聖墩祖廟重建順濟廟記》，載蔣維錟編校：《媽祖文獻資料》，福建人民出版社，1990年，第1～2頁。
〔註188〕黃岩孫：《仙溪志》，蔣維錟編校《媽祖文獻資料》，第18頁。

這類民間私自祭祀的神被統治者稱為「淫祭」，還不為上層社會所接納。

宋代海洋貿易主要航線都是經過南海，因此，臨近南中國海的閩南地區，水神玄武神信仰相當流行。宋元時期，泉州港興盛並發展為國際貿易港口，為適應海上航運與海洋貿易發展的需要，就迫切需要樹立一尊本土的海神，這樣，在當時閩南地區民間具有巨大影響的媽祖便被選中，並逐漸取代玄武神的地位；原來在晉江邊真武廟的祭海活動已改在順濟宮（即媽祖宮）舉行。南宋至元代，媽祖影響日盛，迅速崛起成為全國性的海神，「商人遠行，莫不來禱」〔註189〕。民間興起的媽祖信仰引起了統治者的關注並加以利用，南宋高宗紹興年間冊封媽祖為「靈惠夫人」，此後有宋一代受封十餘次，其封號由「夫人」晉升為「妃」。媽祖的神格迅速提高，千里眼、順風耳相傳原是湄洲西北方兩怪，常出沒為祟，媽祖降服後皈依，沿海各地民間普遍作為媽祖的配祀，海船上一般都擺著媽祖和千里眼、順風耳的牌位。晏公、嘉善、嘉祐、水仙王也是媽祖的下屬神，媽祖的地位大大提高。宋光宗《加封靈惠妃詔》誥詞曰：「居白湖而鎮鯨海之濱，服朱衣而護雞林之使。」〔註190〕劉克莊在《白湖廟》詩中又云媽祖「封爵遂綦貴，青圭蔽朱旒」，〔註191〕「朱衣」「圭玉」「朱旒」都表明媽祖地位尊隆。現存宋代媽祖造像，可與文字描述互相映證。如莆田文峰宮媽祖夫人神像，斜肩細膀，溫婉柔美；頭梳高髻，慈眉善目，面露微笑。莆田市博物館仙遊靈應堂的媽祖夫人像，形態特徵與文峰宮的媽祖夫人像極為相似。至元朝，由於糧食河運與海運的發展，媽祖屢屢被冊封。為符合祭祀規格，媽祖的出身地位也得到提高。如湄洲祖廟裏的陪神，主要供奉了媽祖父母神像、文臣武將、五風十雨、十八位水闕仙班、通政司、宮娥劍童等，主神下還分列並排了媽祖分身像，以供分靈。宋元時期，佛、道也開始介入媽祖形象的塑造。據《宋會要輯稿》禮二之五一「張天師祠」條記載，張天師祠附祀媽祖。丁伯桂《靈慈宮原廟記》、潛說友《咸淳臨安志》中都記有宋代浙江沿海呼媽祖為龍女的說法。元代河北石家莊市杜北鄉上京村東北的毗盧寺壁畫天妃聖母像，與道教之五方五帝神眾、南極長生大帝、扶桑大帝、玄天上帝等神祇在一起。在天妃神像邊有「天妃聖母等眾」名號題榜，說明元代天妃在同類

〔註189〕 方略：《宋興化軍祥應廟記》，載鄭振滿、丁荷生：《福建宗教碑銘彙編·興化府分冊》，福建人民出版社，1995年，第13頁。

〔註190〕 宋光宗：《加封靈惠妃詔》，載蔣維錟編校：《媽祖文獻資料》，第4頁。

〔註191〕 劉克莊：《白湖廟》，載蔣維錟編校：《媽祖文獻資料》，第16頁。

神祇中地位是較高的。天妃豐面小口，細眉纖手，目視前方，加上祥雲繚繞的烘托，顯得既雍容華貴，又端莊威嚴。

在宋元時代，媽祖的神職雖主要是護佑海船，但已開始多元化。南宋紹興二十年（1150 年）廖鵬飛《聖墩祖廟重修順濟廟記》中說：

> 歲水旱則禱之，癘疫降則禱之，海寇盤互則禱之，其應如響。
>
> 故商舶尤藉以指南，得吉卜而濟，雖怒濤洶湧，舟亦無恙〔註192〕。

可見這時媽祖的職能已不僅限於護佑海運。宋元時期，人們開始虛構媽祖的故事，宋嘉定年間進士丁伯桂在《順濟聖妃廟記》中就將廖文中「海寇盤互則禱之」的說法故事化：「慶元戊午，甌閩列郡苦雨，莆三邑有請於神，獲開霽，歲事以豐。朝家調發閩禺舟師平大奚寇，神著厥靈，霧障四塞，我明彼晦，一掃而滅。開禧丙寅，虜寇淮甸，郡遣戍兵，載神香火以行；一戰花鷉鎮，再戰紫金山，三戰解合肥之圍。神以身現雲中，著旗幟，軍士勇張，凱奏以還。莆之水市，朔風彌旬，南舟不至，神為反風，人免艱食。海寇入境，將掠鄉井，神為膠舟，悉就擒獲。積此靈貺，郡國部使者陸續奏聞。慶元四年，加『助順』之號；嘉定元年，加『顯衛』之號；十年，加『英烈』之號。」〔註193〕而在宋代小說中，「林夫人」的形象也開始出現，如南宋洪邁的《夷堅志》丙卷九《林夫人廟》載：

> 興化軍境內地名海口，舊有林夫人廟，莫知何年所立，室宇不甚廣大而靈異素著，凡賈客入海，必致禱祠下，求杯珓，祈陰護，乃敢行。蓋嘗有至大洋遇惡風而遙望百拜乞憐，見神出現於檣竿者。里中豪民吳翁，育山林甚盛，深衰滿谷。一客來指某處欲買，吳許之，而需錢三千緡，客酬以三百。吳笑曰：「君來求市面而十分賞一，是玩我也，無由可諧。」客即去。是夕，大風雨，至旦，吳氏啟戶，則三百千錢整疊於地。正疑駭次，外人來，報昨客所議之木已大半倒折。走往視，其見存者，每波上皆寫「林夫人」三字，始悟神物所為。亟攜香楮詣廟瞻謝，見群木多有運致於廟壩者，意神欲去，遂舉此山之植悉以獻；仍輦原值還主廟人，助其營造建之費。遠近聞者紛然而來。一老旰最富，獨慳吝，只施三萬，眾以為太薄，請

〔註192〕廖鵬飛：《聖墩祖廟重建順濟廟記》，載蔣維錟編校：《媽祖文獻資料》，第 1～2 頁。

〔註193〕丁伯桂：《順濟聖妃廟記》，載蔣維錟編校：《媽祖文獻資料》，第 10 頁。

> 益之，弗聽。乃遣僕負錢出門，如重物壓背，不能移足，惶懼悔過，
> 立增為百萬。新廟不日而成，為屋數百間，殿堂宏偉，樓閣崇麗，
> 今甲於閩中雲。

這篇小說講述了兩個小故事，以證明媽祖「靈異素著」，為後來許多文獻資料所轉載。有的更是踵事增華，並使之歷史化，如南宋《咸淳臨安志》卷七十三《順濟聖妃廟》、丁伯桂《廟記》、元代程端學的《天妃廟記》等書中皆有轉載。《夷堅志》戊卷一《浮曦妃祠》則描繪媽祖作為海上護佑神的形象：紹熙三年福州人鄭立之自番禺泛舟還鄉，至莆田境內浮曦灣時，有人來告知前面有海賊，於是船工到崇福夫人廟（即媽祖）求救護，得三標玟，決定趁拂曉開船出港，遂遭遇賊船，一賊首持長叉將跳入，「忽煙霧勃起，風雨倏至」，將民船與賊船隔開，對面不見。不久雲開霧散，賊船已吹到遠處。洪邁這兩篇小說，是迄今所見最早描寫媽祖的小說，對後世以媽祖為題材的小說有重要影響。

元代《三教源流搜神大全》在敘述了媽祖的身世後，又講述了一則傳說：

> 忽一日，妃手足若有所失，瞑目移時。父母以為暴風疾，急呼
> 之。妃醒而悔曰：「何不使我保全兄弟無恙乎！」父母不解其意，亦
> 不問之。暨兄弟贏勝而歸，哭言前三日颶風大作，巨浪接天，弟兄
> 各異船，其長兄船飄沒水中耳。且各言當風作之時，見一女子牽五
> 兩（舡篷桅索也）而行，渡波濤若平地。父母始知妃向之瞑目，乃
> 出元神救兄弟也。其長兄不得救者，以其呼之疾而神不及護也，恨
> 無及。

在這篇小說中，表現出媽祖雖能預言前知及法力廣大，但又並非無所不能，形象更為豐富。另外，《武王伐紂平話》卷下中千里眼、順風耳的形象，或許是受到媽祖神話的影響。

二、由龍女而海神

在宋代，儘管媽祖的影響已很大，但還只是龍女，影響力不如海龍王，直到明清時代，媽祖的地位才超越海龍王，成為最大的海神。

明朝由於倭患等原因，實行海禁，限制沿海百姓出海，但朝廷頻繁遣使出海，並將使船的順利來回歸功於媽祖的庇佑，如鄭和七下西洋，都載著媽祖神像隨行，並有途中遇險受到媽祖庇佑的記載，朝廷屢屢冊封媽祖，使之由「天妃」而升格為「天后」，乃至「天上聖母」。據明初《太上說天妃救苦靈驗經》

跋語云：永樂十五年（1417 年），鄭和第五次下西洋時，僧勝慧法師隨行。他在臨行前發願說：天妃「要保人船無事，發心告許《天妃靈驗妙經》一藏，用作匡扶，祈求平善」，但勝慧法師於永樂十七年（1419 年）歸國後，未及刊經即圓寂，他臨死時遺言要用其所留資財印造天妃經，永樂十八年（1420 年），《太上說天妃救苦靈驗經》終於成功刊印。經文前有 6 個折頁相連組成的插圖，繪天妃助鄭和下西洋故事。圖第一、二折頁為天妃與其扈從諸神，天妃頭戴王冠，手捧圭璧，端坐於廟堂之上，殿上祥雲繚繞，顯示出海神的威儀。天妃身後有二侍者執雉扇護衛，文武侍衛則立於階前，階下則是海濤洶湧，舳艫相接。第三、五個折面，右邊上部所繪內容為天妃率諸神在雲端巡行大海，腳下是波濤起伏，五列寶船依次擺開，正是航行大海之像，而左上方前排還繪有端立雲間的觀音形象，後面尚有三身菩薩羅漢形象，表示天妃和觀音正在雲頭護佑鄭和下西洋的船隊。最後一頁則表示鄭和船隊平安歸來的情景〔註 194〕。以「天妃」命名的經書出現，表明天妃的地位驟升，大有與觀音並駕齊驅之勢。

　　明宣德六年（1431 年）鄭和第七次奉使下西洋，船隊寄泊福建長樂太平港時，在長樂南山重修天妃宮並刊立《天妃靈應之記》碑，其後又在南京龍江修建了氣勢恢宏的天妃宮建築群，據明葛寅亮《金陵玄觀志》卷十三記：「龍江天妃宮，在都城外獅子山下，與儀鳳門相望。文皇帝遣使海外諸番，舟幾沒颶風黑浪中，賴天妃顯護帖息。歸日以聞，敕建宮崇報。宮殿華俊，廊廡繪海中靈異，丹青滿壁。」〔註 195〕宮殿廊廡壁上繪製的天妃海中顯靈的故事，就是護佑鄭和下西洋的內容，清初小說《姑妄言》卷二十三寫到鍾生和梅生遊南京天妃宮，在大殿上瞻仰妃子聖像，觀看三寶太監鄭和下西洋帶來的四個碧玉磉香柱，又看了殿後那塊天然玉磬，這塊寶玉晴則燥，陰則滴水，「此乃燕王篡位之後，特差鄭和下海，以覓璽為名，實物色建文。鄭和訪覓無跡，順便帶回者。」媽祖信仰也隨著鄭和的行跡，流播至東南亞各國，所以明朝媽祖信仰非但未因海禁而中輟，反而進一步發展。

　　撰人不詳的《繪圖三教源流搜神大全》卷四收錄海神「天妃娘娘」畫像及神跡，據書前後晚清葉德輝序跋云，此書「明人以元板畫像《搜神廣記》增益

〔註 194〕 《太上說天妃救苦靈驗經》，載《藏外道書》第三冊，巴蜀書社，1992～1994 年，第 781 頁。

〔註 195〕 鄭鶴聲、鄭一鈞編著：《鄭和下兩洋資料彙編》（中冊下），齊魯書社，1983 年，第 1963 頁。

翻刻」〔註196〕，因此書卷四「天妃娘娘」條文中有「成祖文皇帝七年」文字，則其成書當在永樂七年（1409 年）之後。文前媽祖畫像頭戴梁冠，雙手執笏，目光前視，周圍足飾有祥雲，身後站立一位侍者，頭戴魁腳襆頭，身著圓領官府，手舉障扇護衛（圖1-30）。文中寫天妃母陳氏夢南海觀音與以優缽花，陳氏吞之而孕，生天妃。天妃成神后，人見其輿從侍女擬西土母。傳文按照身世不凡、出元神救弟兄、死後顯靈、敕封四個板塊進行敘事〔註197〕。明代《增補搜神記》乃仿干寶《搜神記》而作，全稱《新刻出像增補搜神記》，分別彙集儒道釋三教的神仙而傳之，今存明萬曆元年（1573 年）唐富春刻插圖本，書題「金陵三山對溪唐富春校梓」，全書圖文對照。卷六「天妃」，文字甚簡略，天妃圖像頭挽朝天高髻，端坐於太師椅上，案上有一個香爐，兩頭置燭臺一對，案前立一侍女，頭挽雙環髻，身體微躬，似在向天妃稟告什麼，又似在收拾案上之物。右側牆上繪有《太陰》《太陽》二圖。右邊《太陰》圖中有海濤、船隻形象，左邊則是太陽及雲彩裝飾，右上角有「天妃」題記。顯然，這裡「太陰」象徵顛覆船隻的風浪，「太陽」則象徵晴空萬里，風平浪靜。說明天妃掌握著這兩種力量。

圖1-30《繪圖三教源流搜神大全》中媽祖像

　　明萬曆年間羅懋登撰長篇小說《三寶太監下西洋通俗演義》，其中完整地描寫了媽祖護佑鄭和船隊的過程。如第二十二回寫船隊在行進時遭遇颶風，乞求

〔註196〕《繪圖三教源流搜神大全》，上海古籍出版社，2012 年，第 351 頁。
〔註197〕《繪圖三教源流搜神大全》，第 186～187 頁。

天神俯垂護佑,「禱告已畢,只見半空中劃喇一聲響,響聲裏掉下一個天神。天神手裏拿著一籠紅燈,明明白白聽見那個天神喝道:『甚麼人作風哩?』又喝聲道:『甚麼人作浪哩?』那天神卻就有些妙處,喝聲風,風就不見了風;喝聲浪,浪就不見了浪。一會兒風平浪靜,大小寶船漸漸的歸幫。二位帥又跪著說道:『多謝神力扶持,再生之恩,報答不盡。伏望天神通一個名姓,待弟子等回朝之日,表奏朝廷,敕建祠宇,永受萬年香火,以表弟子等區區之心。』只聽得半空中那位尊神說道:『吾神天妃宮主是也。奉玉帝敕旨,永護大明國寶船。汝等日間瞻視太陽所行,夜來觀看紅燈所在,永無疏失,福國庇民。』剛道了幾句話兒,卻又不見了這個紅燈。須臾之間,太陽朗照,大小寶船齊來攏幫。天師、國師重聚。二位帥叩頭伸謝而起。」第八十六回又寫到船隊將到達天堂極樂國時,國王派遣翻譯前來迎接。鄭和問「你們國王怎麼得知我們在這裡?」通事道:「敝國有個禮拜寺,是俺國王的祖廟,禱無不應,事無不知。自從去年一個月月初生之夜,有一對絳紗燈自上而下,直照著寺堂上,一連照了六七夜。番王不知是何報應,虔誠禱告祖師爺爺。祖師爺爺託下一個夢,說道:『那一對絳紗燈,是天妃娘娘所設的,導引大明國的寶船來下西洋。寶船在後面稽遲,紗燈籠卻先到了這裡。爾等好著當差人先去迎接,好在阿丹國相遇。』國王得夢之後,實時差下我們前來迎接,一路上訪問,並無消息。昨日才到這裡,果是阿丹大國,神言不虛。」小說結尾,鄭和和副帥上言,請敕建天妃宮。

媽祖以紅燈指引夜行航船的說法明初就已出現,鄭和所立《天妃之神靈應記》碑於 1937 年在福建長樂發現,碑文作於明宣德六年(1431 年),是在鄭和第七次下西洋的前夕,《天妃之神靈應記》中云:「溟渤之間,或遇風濤,即有神燈燭於帆檣,靈光一臨,則變險為夷,雖在顛連,亦保無虞。」記中又詳列從永樂三年(1405 年)至宣德六年(1431 年),天妃陰助船隊殄滅海寇、預告危險、平定海外叛亂等功績。〔註198〕正德年間郎瑛的《七修類稿》卷五十「天妃顯應」記曰:

> 成化間,吾杭給事中陳詢欽命往日本國。至大洋,風雨大作,舟將覆矣。陳禱天曰:「予命已矣,如君命何?」遠見二紅燈自天而下,若有人言曰:「救人不救船。」則燈至舟上,有漁舟數隻,飄泊而至,遂得渡登山。即語曰:「吾輩為天妃所遣,此山自某地去,可

〔註198〕蔣維錟、鄭麗航輯:《媽祖文獻史料彙編》第一輯「碑記卷」,中國檔案出版社,2007 年,第 45~46 頁。

幾日至廣東也，但多蛇難行，今與爾盒藥數足，則無害矣。」已而果然。復入京領敕，又行，下舟時，夢天妃曰：「賜爾木，此回當刻我像，保去無虞也。」明日，有大木浮水而來，舟人取之，乃沉香。至今刻像於家。嘉靖甲午，朝命給事中四明陳侃封琉球，開舟明日，颶風大作，柁折，舟將覆矣，舉船大呼天妃，但見火光燭船，船即少寧。明日有粉蝶繞舟飛不去，黃雀立柁食米，食盡，頃刻風又作，舟行如飛，微曉至閩，午後入定海也。神實不可掩也〔註199〕。

　　陳侃《使琉球錄》記嘉靖十一年（1532 年），他奉命率隊出使琉球，也遭遇同樣的情況。與羅懋登同時、福建人謝肇淛的《五雜組》卷四「地部二」也寫到媽祖以紅燈指引夜行的航船：「海上有天妃神甚靈，航海者多著應驗。如風濤之中，忽有蝴蝶雙飛，夜半忽現紅燈，雖甚危，必獲濟焉。」〔註200〕把驚濤駭浪中的航行描寫得如此富有詩意，較之《天妃之神靈應記》中的記載更為生動。「紅燈」恐怕是海船上人們看到的「航標」。

　　由此可見，媽祖已成為國家神祇，因而較之宋元時代，媽祖的形象發生了重大的變化。在《太上老君說天妃救苦靈驗經》中，媽祖一躍成為「齊天聖後」，被道教奉為女神之首，而且神職越來越多。明代萬曆年間刊刻的長篇小說《天妃娘媽傳》亦名《天妃濟世出身傳》（以下簡稱《天妃傳》），是媽祖故事的集大成之作，全書分上下二卷，共三十二回。日本雙紅堂藏本，上卷題「南州散人吳還初編，昌江逸士余德孚校，潭邑書林熊龍峰梓」。據程國賦考定，作者吳還初為江西南昌人〔註201〕。封面有一幅參拜媽祖像，每頁皆上圖下文，圖左右有圖題。故事雖對有關媽祖的民間傳說和文獻載記有所借鑒，但更多的是個人的創造，作者將媽祖的前身改為北天妙極天君的女兒玄真，北方為水，這樣，媽祖的水神身份就順理成章，不過，小說中雖有不少媽祖救護江河舟船的故事，但更多的篇幅是寫與番國的戰爭，媽祖已逸出了其作為海神的職能，而成為保護國家領土的神祇。故事主要是按照媽祖修道成仙、下凡除妖和顯靈三個母題進行敘事，並把北宋年間誕生的林默、在宋代以後才流傳的媽祖故事提前到東漢明帝時代。漢明帝在歷史上是個頗有作為的皇帝，他致力消除北匈奴的威脅。永平十六年（73 年）命竇固征伐北匈奴，勒

〔註199〕郎瑛：《七修類稿》卷五十，中華書局，1959 年，第 734～735 頁。
〔註200〕謝肇淛：《五雜組》，中華書局，1959 年，第 125 頁。
〔註201〕程國賦：《明代小說家吳還初生平籍貫考》，《文學遺產》2007 年第 4 期。

石燕然。其後，又遣班超出使西域，由是西域諸國皆遣子入侍。而吳還初生活的晚明，國力衰弱，在西北、東北及其海上，都面臨著來自蒙古、後金和倭寇的威脅，作者從海陸兩路描寫媽祖的征伐故事，無疑是現實情景的折射。《天妃傳》是媽祖宗教敘事之外的一個異數，但給讀者展現了另一面相的媽祖形象。《天妃傳》插圖採取上圖下文式，書中共有插圖 308 幅，加上封面上的一幅共計 309 幅。這些插圖中，出現天妃形象的有 75 幅。前一階段媽祖作為林家少女基本是仕女形象，後一階段則是王妃貴婦形象，體現出媽祖的成長過程。但這些插圖人物線條粗糙，遠不及媽祖造像精美和富於表現力，主要起閱讀輔助作用。從插圖藝術的角度而言，因出圖較濫，每頁插圖很難保證圖像的質量，很多插圖不是抓住關鍵性的場景進行圖繪，顯得可有可無，作用不大，反而會對讀者的閱讀產生干擾。

在《天妃傳》中，媽祖的形象比以前更有氣勢、更為尊貴。文中媽祖每次登場，都前擁後簇，其服飾、儀仗，在很大程度上是模擬了神話中的西王母。作為女神首領，侍從和部屬眾多，如千里眼、順風耳、晏公大神、水部判官、黃蜂元帥、白馬將軍等。明代媽祖構象式的構圖，以順風耳、千里眼為左右對稱的侍從，已經成為經典造型，《天妃救苦靈驗經》卷首插圖也是如此。明代山西繁峙縣城東南杏園鄉公主寺天妃聖母壁畫，繪於明弘治年間，西壁上方正中有南無彌勒佛，下方繪一比丘面向彌勒禮拜；左右則是道教神祇，左為「后土聖母」，右為「天妃聖母」。畫面上的天妃聖母頭飾簪花、衣袖寬大，示人以尊貴莊嚴的帝後形象，身後有兩位戴黑色翹腳襆頭侍者，高執兩把雉扇護衛。天妃慈顏豐腴，目視前方，表情莊重，而衣褶流暢而飄動，氣度高貴而安詳。明代青海省樂都縣碾伯鎮東關街西來寺水陸畫天妃聖母像，學者或認為是明中期畫作，天妃身穿王妃服飾，頭戴冠，飾飄帶，雙手執笏。首都博物館藏明代設色絹本「天妃聖母碧霞元君像」，為大明萬曆己酉（1609 年）年為慈聖皇太后繪造，此圖把媽祖和碧霞元君合繪於一圖，她們都頭戴通天冠，身著霞帔，手持圭璋，容貌秀美〔註202〕。

當然，個別媽祖故事也不免帶有強烈的時代色彩，正如謝肇淛在《五雜組》中所指出：福建羅源、長樂皆有天妃妹臨水夫人廟，「海上諸舶，祠之甚虔，

〔註202〕劉福鑄：《元明時代海神天妃畫像綜考》，《廣東海洋大學學報》2011 年第 5 期。

然亦近於淫矣。」〔註203〕凌濛初《二刻拍案驚奇》卷三十七《疊居奇程客得助，三救厄海神顯靈》寫徽州商人程宰因經商失敗，流落關外，後來為海神所垂愛，深夜來奔，得其指點，先後通過囤積藥材、絲綢和粗布發了橫財。海神的「人棄我堪取，奇贏自可居」的指點，真實地表現了當時商人群體的心靈世界，即希望在外行商時有生命安全和資本增值的保障，以及滿足生理欲求。作者在文中雖沒有明說海神是媽祖，但其中所指不言自明，全文「近於淫」的趣味流露無遺。

三、由海神到國家保護神

清政府更重視利用媽祖信仰，在出使、漕運、救災及海上軍事行動等方面，都牽扯上媽祖，因而清廷給予媽祖的封誥最多也最高，以彰顯收復臺灣的正當性，因為在宋代以來就流傳著媽祖幫助官方平定海寇的故事，因此，清政府大力提倡媽祖信仰，其中無疑有暗示臺灣鄭氏乃「海寇」之意。康熙十九年（1680年），閩浙總督姚啟聖奏封媽祖為「天上聖母」，康熙二十三年（1684年）清朝出兵臺灣獲勝，施琅宣稱得到媽祖相助，遂請禮部致祭，敕建神祠於原籍，紀功加封媽祖為「護國庇民昭靈顯應仁慈天后」。咸豐七年（1857年），媽祖的諡號竟長達64個字。清代官方對修建媽祖廟表現了極高的熱情，嘉慶皇帝甚至下諭令廣建天后諸神廟宇。在這樣的政治背景下，興建媽祖廟的熱潮在全國各地興起。據張燮《東西洋考》記載，關帝、媽祖、船神，「以上三神，凡舶中來往，俱晝夜香火不絕。特命一人為司香，不事他事。舶主每曉起，率眾頂禮」〔註204〕。

隨著媽祖地位的提高，有關她的民間傳說也越來越多，描寫生動。如道光時人許奉恩《里乘》卷九在記述媽祖以神燈指引航船和佑助施琅攻佔臺灣後，又說：

> 至今湄州林氏宗族婦人將赴田者，輒以其兒置廟中，曰「姑好看兒。」遂去，去常終日，兒不啼不饑，亦不出閾；至暮婦歸，各認己子攜去。神猶親其宗人之子云。

這篇小說實擷錄自康熙年間曾官福建的郁永河所著《裨海紀遊》附錄《海上記事》中條目「天妃神」，由此看來，媽祖的故事在新的形勢下又滋生出不

〔註203〕謝肇淛：《五雜組》，中華書局，1959年，第435頁。
〔註204〕張燮：《東西洋考》卷九《舟師考》，中華書局，1981年，第185～186頁。

少新的元素，這是明代媽祖故事所沒有的。紀昀《閱微草堂筆記》「灤陽續錄」卷十九記孟鷺洲巡視臺灣時的一次經歷：

> 時將有巡視臺灣之役，余疑當往數日，果命下，六月啟行，八月至廈門渡海，駐半載始歸。歸時風利，一晝夜即登岸，去時飄蕩十七日，險阻異常。初出廈門，即雷雨交作，雲霧晦冥，信帆而往，莫知所適。忽腥風觸鼻，舟人曰：黑水洋也，其水比海水凹下數十丈，闊數十里，長不知其所極，黝然而深，視如潑墨。舟中搖手戒勿語，云其下即龍宮為第一險處，度此可無虞矣。至白水洋，遇巨魚鼓鬣而來，舉其首如危峰障日，每一撥刺，浪湧如山，聲砰訇如霹靂。移數刻始過。盡計其長，當數百里。舟人云來迎天使，理或然歟？既而颶風四起，舟幾覆沒，忽有小鳥數十環繞檣竿，舟人喜躍，稱天后來拯。風果頓止，遂得泊澎湖。

開頭極力渲染情勢之兇險，媽祖化作數十小鳥前來拯救，方風平浪止，在明代媽祖故事中的「蝴蝶」之外，又增加了海鳥，當更符合現實情境。郁永河的《裨海記遊》中，有一篇轉述朋友王君海中遇險的故事，其中寫到他在危急之際向媽祖求庇，看到「風中蝴蝶千百，繞船飛舞」，「風稍緩，有黑色小鳥數百集船上，驅之不去，舟人咸謂大凶；焚楮鏹祝之，又不去，至以手撫之，終不去，反呷呷向人，若相告語者。」〔註205〕總之，在這些小說中，神燈、蝴蝶、小鳥等意象，在茫茫大海中給驚魂未定的船員給予了心理安慰，而且使畫面充滿詩情畫意。

清代還出現了幾部媽祖的傳記小說。如佚名的《天上聖母源流因果》，共五十一章，後面附錄的《莆田令顯應記二則》頗為生動，其中一則寫乾隆時閩浙總督福安康在一次率戰船圍捕海賊林明灼的行動中，「一日下午，舟人曰：『天太暖，恐夜間有風，現已望見斗米，應收澳。』正言間，忽大霧彌漫，四望不見，不能收澳。時已將暮，轉開出外洋，以定南針。向東行二寸香，又向西行，如此往返，舟如顛簸。夜深，風愈大。時約三更，舟子在天后座前燒香，大驚曰：『媽祖去矣！』頃刻，香火延燒座前紅彩，舉船皆大驚。而風浪更巨，忽報篷下水矣，又報桅損矣，又聞大響一聲，舟子哭曰：『舵出門矣！』船全賴舵，而舵又賴肚帶以繫之，今肚帶斷而舵出門，船不能主，聽死而已。其時兵丁中有名番仔者，能下水。舟子曰：『如伊下水，能將肚帶按好，亦萬死之

〔註205〕《臺灣文獻叢刊》第44種，臺灣銀行經濟研究室編，1959年，第21頁。

一生也。』因喚番仔，告以故，並厚賞之。番仔曰：『此時要錢何用？同一死也，不過要我先死。我願先死，諸人苟能不死，善視我妻子可也。』遂慨然脫衣下水去。約有一更次，忽聞舵工曰：『舵上有人聲，豈番仔來耶？』乃放索繫其上船。番仔怒曰：『我為汝一船百餘人性命下水，汝等乃不我接應耶？』眾唯唯遜謝之。舵工即令人收船頭小輪。良久又大響一聲，眾驚以為船破。舟人曰：『其聲似舵歸門，非破也。』乃執火焚香，大喜曰：『媽祖來矣！』均問汝何以知之。曰：『來！試視之！』均匍匐而往，見神像滿面汗珠流下，均驚駭伏地。其時風浪尚大，舟子曰：『媽祖來，且毋恐！』乃以二錢在神前卜曰：『向東去，神當助我。』乃令舵工轉舵向東，水聲盈耳，語不聞聲。約一時許，天將明，舟人上桅頂遙望曰：『已見羅湖澳，可速行。』不多時，舟忽屹然不動。方驚訝間，舟子笑曰：『已進口，在沙上擱淺矣。』均乃出艙登岸。其餘九船亦相繼而至，眾相慶焉。偏看船上無一物不損，而船竟無恙。」番仔冒死下水修理船舵，在危急關頭，媽祖及時出現，闔船人員得以脫險，作者以細膩的筆法，塑造了舍生忘死的番仔和救苦救難的媽祖形象，其目的無非是宣示大清帝國得到國家正神的護佑，叛亂分子要麼投降，要麼被殲。

《天妃顯聖錄》可謂媽祖故事的集大成之作，內容除「天妃顯聖錄」外，附錄中「冊使顯應記九則」「述異記二則」「汪冊使靈異記二則」「莆田令顯應記二則」「蘇總兵靈應事」也應視為小說。《天妃顯聖錄》由媽祖降誕、窺井得符、機上救親、化草救商、鐵馬渡江、禱雨濟民、降伏二神、收伏晏公、靈符回生、伏高里鬼、奉旨鎖龍、收伏嘉應、嘉祐、湄山飛昇、枯楂顯聖、聖泉救疫、溫臺剿寇、甌閩救潦、平大奚寇、拯興泉饑、神助漕運、擁浪濟舟、廣州救太監鄭和、舊港戮寇、夢示陳指揮全勝、助戰破蠻、東海護內使張源、琉球救太監柴山、庇太監楊洪使諸番八國、託夢除奸、湧泉給師、澎湖神助得捷、琉球陰護冊使等55個故事，文字簡短，一般只有數十字，但故事涉及的內容很廣，不但有傳統的護佑航船、救災濟難、治病療疾、降妖收怪、平定盜寇等故事，還有幫助除滅朝中姦臣之類的故事，可見媽祖故事的政治色彩越來越濃，歷史上的許多朝廷和民間大事件，都附會上媽祖，故事像滾雪球一樣越滾越大，採用的是傳統的英雄降世拯救塵民的敘事模式，在明代閔文振《涉異志》中已寫到天妃驅疫、救活染疫的侍郎羅玘的故事，但這類故事還比較少，至此，媽祖變成了一個全能的神祇。另外，田兆元，吳麗麗在上海圖書館藏發現的清刻本《天后聖像》，圖文並茂，正文由本傳、神異事蹟、神像三部分組成。

本傳主要介紹天后的身世譜系及成神經歷,神異事蹟共有窺井得符、拋梭拯溺等 14 個故事。其中每頁的表面為圖案,圖案上方有故事名稱,裏面為故事內容,形成一頁一圖一故事的格局。可以推斷出《天后聖像》刊行的時間下限應為 1815 年,即最遲在嘉慶二十年以前就有這本書了。作者將《天后聖像》與《天后顯聖錄》進行比較後,指出兩書有些差異:第一,《天后聖像》在文中稱媽祖為「天后」,《天后顯聖錄》則稱「天妃」;第二,本傳部分的標題和內容有些差異,《天后顯聖錄》比《天后聖像》有更多的細節描寫,二者的故事標題差別很大,《天后聖像》的標題含蓄典雅,《天后顯聖錄》的標題則較為直白,直觀地反映故事內容,流傳較廣。二者在故事編排順序上略有不同,且《天后聖像》有插圖,《天后顯聖錄》則無圖。但作者從二者內容上的相似性判斷出《天后聖像》與《天后顯聖錄》存在著密切的關聯,《天后聖像》似是《天后顯聖錄》的節本〔註 206〕。不過筆者認為《天后聖像》可能早於《天后顯聖錄》,《天后顯聖錄》是在《天后聖像》基礎上進行改寫的通俗本,因為改寫時不仔細,因而造成書名為「天后」,內容中又出現「天妃」之文不對題的現象。另外,還有一部藏於國家圖書館的道光十二年(1832 年)重鐫本《天后聖蹟圖志》。作者在上卷所輯文獻史料上雖然採用乾隆版《敕封天后志》的文本,但下卷「聖蹟圖」的版畫和文字說明則直接從《天后顯聖錄》取材改編,在編排上也存在一些次序錯亂的失誤,如南宋的《夢神祝廟宇頃成》被排在北宋的《泛枯槎重新聖像》之前,元至順的《示神燈糧船有賴》被排在南宋的《示白湖鑿泉療疫》之前。還有「收伏嘉應、嘉祐」本是一則故事,這裡卻被分解為兩則。但新編《圖志》儘管有以上缺點,卻瑕不掩瑜,其文字的精練性和版畫的藝術水平均優於《敕封天后志》〔註 207〕。田兆元,吳麗麗經過比較,發現《天后聖像》與《天后聖母聖蹟圖志》二者的「本傳」部分完全一樣,但在神異故事的內容和圖畫方面有些差別。《天后聖像》的圖案上方有故事名稱,且用花邊裝飾,而《天后聖母聖蹟圖志》則無故事名稱。而且,二者圖像的主題雖然相同,但各有側重,以「片雲致雨」這幅圖為例,《天后聖像》繪天后在一間屋子裏祈禱,她左邊坐著縣尹,前面有一張桌子,上面擺著「五湖四海、

〔註 206〕　蔣維錟:《清代〈天后聖母聖蹟圖志〉版系探佚》,《莆田學院學報》2009 年第 4 期。

〔註 207〕　蔣維錟:《清代〈天后聖母聖蹟圖志〉版系探佚》,《莆田學院學報》2009 年第 4 期。

甘雨龍王」的牌位以及香、燭、花瓶等，屋外大門的橫樑上書有「祈禱甘雨」四個大字；《天后聖母聖蹟圖志》則繪人們敲鑼打鼓舉著「求雨」旗幟從四面八方趕來，而天后則在天上，與雷公電母在一起，預示著求雨成功。可見，《天后聖像》表現的是求雨之時，《天后聖母聖蹟圖志》則是求雨之後。總的感覺，《天后聖像》中的圖像比《天后聖母聖蹟圖志》精美，而且民眾出現的比較少，主要表現天后的活動；而《天后聖母聖蹟圖志》的圖像中，有很多民眾出現。《天后聖蹟圖志》最早的版本為乾隆四十三年（1778年）本，而《天后聖像》則應該在嘉慶二十年（1815年）以前成書，所以田、吳兩人認為「二者究竟誰影響誰尚無從考證」〔註208〕。從田、吳對兩書的比較可以看出，《天后聖像》的圖像繪製更重視表現行動的過程，而《天后聖蹟圖》則重視表現行為的結果；從文字和圖像水平看，《天后聖像》優於《天后聖母聖蹟圖志》；《天后聖像》更著重表現媽祖個人，而《天后聖母聖蹟圖志》更偏重於表現媽祖的影響。所以筆者認為雖然目前所見的版本《天后聖像》後於《天后聖母聖蹟圖志》，但應該《天后聖像》成書在先，《天后顯聖錄》乃根據《天后聖像》而擴衍，而《天后聖蹟圖》則參考了《天后聖像》和《天后顯聖錄》兩書。

結論

　　通過對有關媽祖的文獻資料的梳理和綜合考查，可以得出下列這些結論：第一，媽祖之所以被製造成道教神祇，主要原因有，在客觀上，古代由於航海技術低下，難以征服洶湧的大海，因而需要一尊航海護佑神，佛教和道教都曾編造過祖師渡海的神奇傳說；在文化上，道教本身就有濃鬱的巫術色彩，因而媽祖由巫女改造為海神就順理成章；在主觀上，人們在極兇險關頭一般都會呼天搶地，求爺喊媽，因而「媽祖」替代玄武成為最終的海神就不難理解。第二，媽祖形象的演變呈現出這麼幾個特點：一是其形象經歷了從巫師到海神至全能神的變化，她的身份越來越尊貴，神格越來越高，神職越來越多；二是附麗在她身上的故事傳說越來越豐贍，並多帶有深刻的時代印記，如宋代幫助平定海寇，明代護佑鄭和下西洋，清代協助收復臺灣。媽祖被不同時代的統治者所利用，成為國家的保護神，用來解釋他們行為的正當性。第三，媽祖故事有兩

〔註208〕參見田兆元、吳麗麗：《上海圖書館藏〈天后聖像〉的版本與價值》，《莆田學院學報》2010年第3期。

個系統，一是以《天妃娘媽傳》為代表的文學系統，帶有較為鮮明的個人色彩，作者通過媽祖故事表達自己的訴求和願望；二是以《三教源流搜神大全》《天上聖母源流因果》《天妃聖像》等為代表的宗教系統，帶有較強的時代印痕，通過媽祖敘事表現宗教教化和政治利用的雙重需求。總之，人們一般都是按照自己的需要來塑造神祇的，媽祖形象很像是西王母和觀音的擬化，無論是形象還是神格等，三者在本質上都是趨同的。

本章小結

　　道教神祇的原型，有的是歷史人物，有的是巫師，有的是動物，有的甚至是由方位巫術化而形成，他（她）們最終都在民間信仰、道教運作或政治權力的推動下，演變為道教神仙。這些神仙肖像制式化，相較其他神祇有鮮明的圖像志特徵，但神職卻趨於雷同化，文學形象也多有相似之處。道像一經定型，後面的繪畫等基本上是陳陳相因，如日本滋賀縣寶嚴寺藏南宋佚名畫《北斗眾神圖》，井手誠之輔就認為，七位白袍神祇的衣著風格與 13 世紀道經插圖中的形象相似，相傳張僧繇所作《五星二十八宿真形圖》及周昉、李公麟等畫家相同題材的畫作，也與大阪手卷的主題《道藏闕經目錄》中所記錄的亡佚道經《五星真形圖》相應〔註209〕。這些道教神祇形象在演化的過程中，雖沒有明確證據顯示圖像在其中發揮了決定性的作用，但至少可以與相關歷史文獻、文學描寫等材料互相印證，從而更清晰地梳理出其形象生成、演變和定型的脈絡。其次，道教圖像可以修補文獻記載所留下的歷史縫隙，如在漢墓圖像中，有兩幅西王母煞神的形象，說明在西漢時期，西王母仙化仍未徹底完成。又如玄武圖像，雖從戰國以來就曾以戰神的形象呈現，但至明代，由於靖難之役，以及後來西北和東北邊陲受到蒙古人、後金的侵擾，因而最終完成了真武戰神的飽滿形象塑造；而在南方，由於全真道的影響，玄武圖像又有文化的傾向，以致在明清小說中，出現大量描寫玄武修道的篇幅，這也與國家統一以後，統治者追求政權穩定，開始重文抑武的國策步調一致。最後，大量相關道教神祇圖像的傳播，會對人們產生潛移默化的作用，進一步固化人們頭腦中道教神仙的形象，並使其得以永生。

〔註209〕轉自〔美〕黃士珊著：《圖寫真形：傳統中國的道教視覺文化》，祝逸雯譯，浙江大學出版社，2022 年，第 58、60 頁。

　　總之，歷史、傳說、碑記、小說、圖像等各種文獻不斷進行跨地區、跨文類的敘事與反敘事，使道教神祇的形象得到不斷的刷新、重組、修補、提升並最終標準化，進而廣泛傳播，進入了中國人的集體無意識，成為一種特定的信仰。而民眾也並不完全是被動的受者，他們也會根據自己的需要、期望和趣味，參與道教神祇的生產、塑造和消費，因而這些神祇是集體記憶的加工品〔註210〕。他們既是反映現實的模式，也是現實所追求的典範，體現出深厚的文化底蘊。

〔註210〕〔美〕康儒博：《修仙——古代中國的修行與社會記憶》，顧漩譯，第22頁。

第二章　道教插圖本小說研究

　　道教小說的插圖形式較為多樣，早期是建陽本，主要有上圖下文和雙葉聯式，如《東遊記》《北遊記》《天妃傳娘媽傳》《華光天王傳》等，每頁配圖，有時扉頁還有一幅單頁插圖，如《天妃傳娘媽傳》等。圖像是一句圖題，拆成兩半分列兩邊以使平衡。學界通常認為南宋建安余氏印製的《古列女傳》是最早的上圖下文插圖版式，由於每頁都出圖，所以語圖轉換不能做到精心選擇，插圖很濫，有時變成例行公事，圖像僅具裝飾作用。這些小說的閱讀對象主要是文化水平不高的人眾，圖像起閱讀輔助作用；對文化人而言，圖像反而會干擾他們的閱讀。而且圖像約占頁面的三分之一，由於空間逼仄，難以細緻表現比較複雜的內容，人物活動的背景無法展開，因而經常採用以一代多、以約表繁的象徵手法，比如表現宴會場景，只有一二張桌子，坐著幾個人；戰爭場景則是二個人對打；戰勝或戰敗則以一二個人衝殺或敗退來表現。另外，有時用圖說來彌補表現的不足，如寫上「風」「店」「廟」等字樣，表示起風、住店和寺廟等，起標示作用。如《東遊記》中寫鐵拐李至華山求道（圖2-31），鐵拐李頭邊標出「華山」兩字，表示他來到了華山。《天妃傳》中風吹翻船隻（圖2-32），使用兩條直線、並在兩條線之間寫上一「風」字表示突起大風，用彎曲的粗線表示風浪。又如《東遊記》中寫鍾離權犒勞三軍（圖2-33），《北方真武祖師玄天上帝出身傳》寫玉帝設宴會群臣（圖2-34）、哥閣國王設宴會群臣、西霞國王宴待群臣，這些場景都是兩張桌子，主客三四人，存在雷同和因襲現象。還有戰爭描寫，狹小的空間難以表現千軍萬馬的壯偉場景。美國漢學家何谷理引毛瑞評論成化年間的平話插圖說：「與中國戲曲表演一樣，人物高度程

式化，人們只能通過他們的著裝或盔甲而非具體面部特徵進行分辨。」〔註1〕其實不僅成化年間平話插圖借鑒了戲曲舞臺造型藝術，建陽版小說插圖也普遍存在這種現象，如戰鬥場面，三尺舞臺無法表現千軍萬馬的宏大戰鬥場景，因而舞臺上就一般以兩人對打的虛擬動作來表現，這樣在古代小說中就形成了兩邊將領大戰幾十回合的程式化描寫，誰在對打中贏了，他所代表的一方就取得了戰爭的勝利。

圖 2-31　華山求道

圖 2-32　機上救舟

圖 2-33　鍾離犒勞三軍

圖 2-34　玉帝宴群臣

　　另一種就是以鄧志謨的《鐵樹記》《飛劍記》《咒棗記》為代表的圖嵌文中雙葉聯式，其中《咒棗記》扉頁之後有薩真人的畫像，這類插圖在圖像兩邊有副對聯，如《鐵樹記》中寫到旌陽縣令許遜辭職歸隱，插圖右邊有題名「真君解組束歸」，是故事內容的高度概括（圖2-35），圖像兩邊有一副對聯：「解組歸來一念宦情輕似葉　脫靴為記前年芳譽重如山」，則是對真君不戀棧和政績的評價。《飛劍記》中的插圖中題名不固定，時有時無，而《咒棗記》中只有對聯沒有圖題。彼得·伯克指出，圖像意義的不穩定性和多樣性，使得圖像製作者往往通過諸如加標籤或其他「圖像文本」方式來試圖控制這一多樣性。〔註2〕

〔註1〕〔美〕何谷理：《明清插圖本小說閱讀》，劉詩秋譯，北京：生活·讀書·新知三聯書店，2019年，第215頁。
〔註2〕〔英〕彼得·伯克：《圖像證史》，第253頁。

如標題、題記、對聯等文本，就是這種「標籤」，表面看來，製作者加上標籤是在試圖與圖像之間取得意義上的一致，而更深層的意義則是用來規定並制止圖像意義本身的無止境的流動。

圖 2-35　真君辭職隱居

　　由於建陽地區經濟較為落後，刻工的素質不高，插圖簡率古樸，很多插圖只是略具圖形而已，藝術成就較低，明末以後逐漸衰落，江南出版業遂獨佔鰲頭。鄭振鐸在評黃玉林萬曆三十年（1602年）刻《新鐫仙媛紀事》談到建本風格向徽派風格轉變時說：「由粗豪變而為秀雋，由古樸變而為健美，由質直變而為婉麗，蓋徽派刻工作風轉變之始也」〔註3〕。這是對建陽派刻本與徽派刻本不同風格的高度概括。建陽書坊採取家族經營方式，他們聘請的小說、戲曲編創者多是落魄文人，在書坊主的操縱下，多數小說都是商業模式下的「早產兒」。早期金陵、湖州刻書也採用了建陽同姓刻書的模式，插圖風格雄健粗豪。萬曆中後期，當富庶的江南消費者開始青睞插圖書籍時，一些書坊開始競相延攬那些技藝高超的刻工，從而刺激了工匠的流動。隨著徽州刻工的頻繁流動，徽派藝術風格隨之普及到江南各地，最終導致地域風格淡化。徽州刻工技藝精湛，形成了秀雋婉麗、繁縟細緻的新安風格，插圖變為整版大幅。萬曆末年以後，由江南地區書坊刻印的小說戲曲，其插圖大都置於正文之前，美籍學者何谷理稱這種圖像前置的方式為「冠圖」，以區別於早期的上圖下文式或圖鑲文中式。特別是其中的肖像圖，由於很多不再有配景，繪者得以著力刻畫人物，更注重人物舉止、神情的描摹，這與晚明開始重視人的社會思潮是一致的。杭

〔註3〕王伯敏：《中國美術通史》第五卷，山東教育出版社，1987年，第264頁。

州刻書突出的特點是家族經營的書坊較少，出現了集文人與刻書家於一身的所謂文人型書坊主，如陸雲龍，比較重視書籍質量，大大提升了小說視覺藝術的質量。

　　江南書坊出版的道教插圖本小說，一般是「冠圖」式，文前或全是人物插圖，如乾隆間刻本《綠野仙蹤》、博雅堂（寧波）藏版《鬼谷四友志》、道光丁未（1847年）文錦堂刊本《升仙傳》、光緒辛丑（1832年）笑林報館刊印《仙俠五花劍》等。有的人物肖像配有副圖題贊，如嘉慶十四年（1809年）本堂刊本《希夷夢》等。還有的「冠圖」既有人物肖像畫又有故事情節型插圖，如金陵九如堂刊《韓湘子全傳》，扉頁有韓湘子像，後面每回都有插圖。道光十二年（1832年）廣東芥子園刊本《鏡花緣》的插圖更是別致，有圖像、圖像說明文字、圖贊、器具、印章等，渾然一體，形成一個不可分割的有機體，像贊題寫在古鼎彝器上，與《鏡花緣》才學小說的風格相諧。如唐敖的肖像，圖識介紹他的字號、籍貫及功名和結局，稱頌他「忠孝和順，藝業精純，中式弘道」，像贊寫在小蓬萊的石碑上，讚揚他求仙的毅力和品行，指出學仙的路徑。還有的「冠圖」是故事情節性插圖，如明蘇州金閶載陽舒文淵梓行《封神演義》等。另外，還有左圖右文式，如道藏本《許太史真君圖傳》等；有一傳一圖式，如《繪圖列仙全傳》等。總之，形式多樣，下面對其中一些代表性的道教插圖本小說進行專題研究。

第一節　《許太史真君圖傳》

　　淨明道祖師許遜的形象，經歷了一個逐漸由歷史人物演變為傳說人物，再由傳說人物演變為神仙、教祖及其文學形象的發展過程。

　　最初形成的教團組織，以許遜為中心、以豫章西山為基地，其中有些重要成員與許遜有姻戚關係，因而提倡孝道，同時也因應當時魏晉統治者倡導的「以孝治天下」。柳存仁指出：蘭公孝道一派宗教之信仰，在東晉迄劉宋間，似已開始流行〔註4〕。朱越利也推斷《孝道吳許二真君傳》保存的蘭公孝道神話，更接近六朝時期的原貌〔註5〕。許遜教團除迎合儒家文化外，與其他民間宗教一樣，也以賑濟災民和為人治病等手段擴大教團的影響。魏晉六朝時期，戰亂頻仍，又常流行瘟疫，所以很適合宗教傳播，因而許遜信仰在當時已經頗

〔註4〕柳存仁：《許遜與蘭公》，《世界宗教研究》198年3期。
〔註5〕朱越利：《淨明道與摩尼教》，《中國學術》2003年第2輯。

有影響。唐末杜光庭《洞天福地嶽瀆名山記》載記天下三十六靖廬，其中與許
遜教團有關者達十一處之多，可見其影響之大。許遜仙逝後，他的後代在西山
舊居建造許仙祠，繼續傳道。南北朝時改為遊帷觀，但在外面的影響不人，隋
唐之際一度衰微。唐初，在許遜徒裔的努力下，西山道教復振。張開先、萬振、
胡惠超、葉法善、施肩吾乃其中最著者。萬振南昌人，得長生久視之道，以符
咒濟物，治人疾苦立效，隋文帝聞其名，詔於洪崖山為精舍。唐太宗貞觀十五
年（641年），太守周遜請於梅福宅，建太乙觀，迎萬天師居之。顯慶二年（657
年）高宗召見光曜日殿，問治國養生之道。萬天師嘗慕惠超淨明忠孝大法，
曾至遊帷觀師事之。貞觀中，洪州久旱不雨，蝗蟲為害，張開先宣稱許祖示
夢，乃「潔齋登壇，書符咒水，不三日轟雷掣電，驟雨傾盆，蝗蛹盡隕，苗
乃勃興。屬官申帝，召人對，語前事，皇喜敕賜紫垣洞天仙侶，掌陰陽法教
都紀之職，敕建許祖旌陽寶殿。」〔註6〕胡惠超為唐高宗、武后時人，隱居
豫章西山，自稱曾從許遜、吳猛受道，曾抵京邑，詔除壽春宮狐妖，甚靈驗，
賜號「洞真先生」，先後受到武則天、唐玄宗的召見，後歸隱於西山盱母靖觀。
葉法善，括蒼人，少受符籙，能壓劾神鬼，自高宗、則天、中宗歷五十年，
常往來名山。數召入禁中，盡禮問道。睿宗即位，稱其有冥助之功，先天二
年（713年）拜鴻臚卿，封越國公。而法善嘗詣豫章萬法師，求煉丹辟穀、
胎息之法。在上述天師的努力下，西山許遜崇拜高潮迭起，並與當地的民情
民俗結合起來，形成了廣泛的群眾基礎。據唐裴鉶《傳奇·文蕭》載：西山
遊帷觀，「每歲至中秋上升日，吳、越、楚、蜀人，不遠千里而攜摯名香、珍
果、繪繡、金錢，設齋醮，求福佑。時鍾陵人萬數，車馬喧闐，士女櫛比，
數十里若闠闠。」〔註7〕《孝道吳許二真君傳》中也說：「從晉元康二年真君
舉家飛昇之後，至唐元和十四年約五百六十二年，遞代相承，四鄉百姓聚會
於觀，設黃籙大齋，邀請道流三日三夜升壇進表，上達玄元，作禮焚香，克
意誠請。每至正月、五月、八月，並以十五日朝禮、建齋、誦贊、行道，為
國王大臣人民消災祈福，至今相承不絕。」〔註8〕

　　唐代許遜信仰雖有很大的影響，但僅僅是一種信仰而已，還沒有形成有
龐大組織構架的道派，至宋代，淨明道才告建成。北宋歷代皇帝皆尊崇許遜，

〔註6〕陳宗裕：《敕建烏石觀碑記》，《全唐文》卷一六二，清嘉慶內府刻本，第1645頁。
〔註7〕周楞伽：《裴鉶傳奇》，上海古籍出版社1980年，第26頁。
〔註8〕《道藏》第11冊，第8757、8755頁。

宋真宗大中祥符三年（1010 年）將西山遊帷觀升格為玉隆宮，並派員赴江西負責修葺與淨明道有關的宮觀。徽宗即位後，因昏庸無能，內憂外患不斷，社會日益動盪，因而需要借助神道來神化皇朝、鎮服民眾和震懾外敵，許遜就成為其中重要的國家保護神之一。徽宗先後寵信茅山劉混康、龍虎山張繼先、混元仙派徐神翁和王老志、西山王仔昔、神霄派林靈素和王文卿等，其中洪州王仔昔，「自言遇許遜，得《大洞》《隱書》豁落七元之法，出遊嵩山，能道人未來事。政和中，徽宗召見，賜號沖隱處士。」〔註9〕政和二年（1112 年），徽宗封許遜為「神功妙濟真君」，遣內侍程奇請道士三十七人於玉隆宮建道場七晝夜。六年（1116 年），加贈玉隆宮為玉隆萬壽宮，並敕令禁名山樵採，免除玉隆宮租賦之役；又派黃庭堅等二十六位文官相繼擔任玉隆萬壽宮提點、提舉、管局、主管等職。同年，徽宗夢許真人下降，為他除妖治病，不數日所夢果驗。又考圖經，見洪州分寧縣梅山有許旌陽磨劍之地，詔畫像如夢中所見者，賜上清儲祥宮。尋依道錄院奏請，於三清殿後，造許真君行宮。再降手詔，令中大夫謝景仁去分寧縣，同令佐以係省官錢新換旌陽觀，仍賜詔書一道，送該觀收掌。仍令採訪許真君別處遺跡，如未有觀，即勒本屬取官錢建造；如有宮觀屋宇損壞，即如法修換；無常往，便撥近便僧寺堪好莊田，入觀供辦。數月後，徽宗又稱夢許真君降臨，託以修整西山遺跡。徽宗即詔洪州改修玉隆萬壽宮，並降圖本，依西京崇福宮例，鼎新蓋造，賜真君像、銅爐、花瓶等，以安道眾〔註10〕。由此可見，對許遜的尊崇，「歷代國典，以宋為最隆」〔註11〕。北宋亡後，趙構在江南立足未穩，南渡文武官兵和普通百姓，多飽嘗家破人亡、妻離子散之痛，而來自北方的巨大威脅，使人們迫切需要神明的佑護，獲得精神上的慰藉，於是淨明道應時而生。《夷堅三志辛卷第一》中《吳琦事許真君》就寫南宋饒州吏人吳琦徙居於下西關時，整頓神佛堂，鋪設位像，命畫工劉生繪「九州島都仙太史高明大使像」（即許真君）供之〔註12〕。宋代許遜信仰的傳承脈絡，李顯光先生整理為：路大安－朱桃椎－皇甫坦－曹彌深、謝守灝－朱明叔－鄭道全〔註13〕，這些人對淨明道的創立作出了巨大貢獻，其中周真公功勞更大，他自稱許遜等六真降神，授其淨明道法。元初黃元吉所編《淨明忠

〔註9〕《宋史》卷四百六十二，中華書局，1985 年，第 13528 頁。
〔註10〕白玉蟾：《續真君傳》，《道藏》第 4 冊，第 762 頁。
〔註11〕《逍遙山萬壽宮志》，清光緒四年江右鐵柱宮刻本。
〔註12〕洪邁：《夷堅志》，第 1388 頁。
〔註13〕李顯光：《許遜信仰小考》，《宗教學研究》1999 年第 3 期。

孝全書》卷一《西山隱士玉真劉先生傳》說，許遜降授《飛仙度人經》《淨明忠孝大法》，「真公得之，建翼真壇，傳度弟子五百餘人。」〔註14〕可見「淨明秘法」出於建炎元年（1127年），並於次年在南昌玉隆萬壽宮祈禱許遜降神，建立「翼真壇」。周真公所建淨明道派，有嚴密的教團建制。據《太上靈寶淨明飛仙度人經法》卷一云，該派尊奉「太陽上帝孝道仙王」（「靈寶淨明天尊」）、「太陰元君孝道明王」（「靈寶淨明黃素天尊」）為「祖師」，其神權機構稱「靈寶淨明院」。尊張陵為「經師」、許遜為「度師」、周真公為「靈寶淨明院演教師」、何守正為「翼真壇副演教師」〔註15〕。由此可知，淨明道的符籙取自靈寶、上清舊傳，並吸收正一道加以改造補充而形成，與傳統符籙教派及其他教派相比，周真公淨明道的教旨有顯著特點，這主要表現在以封建倫理孝悌之實踐及內丹修煉為施行道法的基礎，以心性即所謂「淨明」為全部教義之樞要。該派雖尊崇東晉許遜，其教義內容實際上帶有這時期道教內丹與符籙結合、吸收禪宗、附會儒學的普遍特色。但至元代，周真公淨明道被視作「靈寶旁門」，劉玉更新淨明忠孝道時，不列周真公於祖師位中，而自稱直接得許遜之傳。至大德元年（1297年），以「淨明道」命名的道派正式形成。劉玉雖不承認與南宋周真公淨明道有傳承關係，但從學說淵源而論，實際上是周真公舊淨明道的發展。劉玉不僅在組織上重建了淨明道，而且對它的教義作了重新闡釋，使之具有較新的思想內容。其基本特點是「以老子為宗」，「以忠孝為本」，吸取了較多的南宋理學思想，使原來形式粗糙、仙氣很重的許遜忠孝之道，變成頗具理學和思辨色彩的淨明之道，從而使重建後的淨明道，不管在組織上還是在思想內容上都具有了新的面貌〔註16〕。

一、《許太史真君圖傳》的文本系統

　　在淨明道的形成和發展過程中，出現了不少以許遜為主角的道教傳記體小說。目前所見最早的許遜傳記是初唐高宗時道士胡慧超（？～703）所撰《晉洪州西山十二真君內傳》，為《新唐志》著錄，已亡佚，但佚文和節文保存在《太平廣記》及五代或宋人編《仙苑編珠》中。另外還有著者不詳的《孝道吳許二真君傳》，劉師培認為「此傳作於元和時。故文體絕類唐人小說，且避『治』

〔註14〕黃元吉編：《淨明忠孝全書》卷一《西山隱士玉真劉先生傳》，《道藏》第24冊，第630～631頁。

〔註15〕《太上靈寶淨明飛仙度人經法》，《道藏》第10冊，第550頁。

〔註16〕郭招麗：《淨明道文化的探討》，南昌大學碩士學位論文，2009年。

為『理』，避『世』為『代』，均其證也。」〔註17〕這一判斷已成後世共識。秋月觀瑛推測《孝道吳許二真君傳》出現於九世紀中期〔註18〕。柳存仁則斷定其寫定之時，最遲不能過九世紀初，或即寫定於元和十四年（819 年）〔註19〕。《孝道吳許二真君傳》與其他傳記相比，主要有幾個顯著不同，如開頭說許遜卜居豫章，其他傳記則說成其父輩時已開始移居豫章；「旌陽」作「氏陽」；取炭化人考驗弟子者是吳猛，唯許遜通過；該傳沒有金鳳銜珠等許遜誕生的神異故事；此外，奇怪的是該傳中「十二真君」沒有許遜，而是新增劉沈一人，補足「十二真君」之數，而「劉沈」則諸書無載，為本傳中僅見。可能是與初期「七真」之稱一樣，認為其他「十一真君」都是許遜的徒裔，許遜不當與他們並列；諶姆傳法放在斬蛟之後，而且內容更為豐富，並出現「天是我父，地是我母，日是我兄，月是我弟」等詞語，此乃摩尼教語。《孝道吳許二真君傳》中斬蛇的描寫，又與段成式的《酉陽雜俎》卷二「玉格」中的內容基本相同。所以，《孝道吳許二真君傳》乃保留了早期許遜傳記的古樸形態，是考察唐代許遜故事的「化石」。

　　自唐以後，許遜的形象雖基本定型，但文字或內容有繁簡的不同。《宋史·藝文志·神仙》著錄「余卞《十二真君傳》二卷」，該書亦已亡佚。乃余卞「訪諸故老，採諸群冊」撰成，《太平廣記》卷十四和卷十五有《許真君》《吳真君》和《蘭公》三篇，皆注明出自《十二真君傳》，為余卞《十二真君傳》佚文，《十二真君傳》與《孝道吳許二真君傳》故事情節有較大差異，故推測余卞可能對《晉洪州西山十二真君內傳》以來的傳承做過較大整理、改訂，內容與唐以後的許遜傳記故事大致相同。《許真君》篇主要寫了許遜為王敦解夢、飛杯遁身、二龍負舟以及斬除妖蛟、拔宅飛昇的故事，廣泛萃取《神仙傳》《搜神記》《幽冥錄》等相關材料，融匯於許遜一身；將吳猛、欒巴、左慈、葛玄、周處等人的故事，移植嫁接在許遜頭上，如周處斬蛟、葛玄廢淫祀、欒巴識破太守女婿為狸所化，被欒巴斬首後，太守女兒所生兒也復變為狸，等等，使故事更為豐富神奇，而且最早謂許邁等人「皆真君之族子」，《西山許真君八十五化錄》中的「仙昆化」即取材於此。南宋時期最重要的許遜傳記是白玉蟾所撰

〔註17〕劉師培：《讀道藏記》（《孝道吳許二真君傳》條），載《國粹學報》1911 年，第 79 期，南京廣陵書社，2006 年影印，第十五冊，第 9141 頁。

〔註18〕〔日〕秋月觀瑛：《中國近世道教的形成——淨明道的基礎研究》，東京創文社，1978 年，第 173 頁。

〔註19〕柳存仁：《許遜與蘭公》，《世界宗教研究》1985 年第 3 期。

《旌陽許真君傳》和《西山許真君八十五化錄》，後者形式上分為八十五化，
每化增附託名施岑的七律詩一首，當時又稱為《許真君詩傳》，內容基本是白
玉蟾的《旌陽許真君傳》和《續真君傳》的合成，但增衍了「藥湖化」、「松湖
化」、「杪洞化」、「楮鏃化」、「華車化」、「金玉化」等情節。元代則有《三教源
流搜神大全》中的《許遜傳》，其中許遜化為黑牛與黃牛相鬥的故事情節，來
源於《十二真君傳》；而且蛟精不是許遜斬殺，乃是許遜「命空中神殺之」。

　　《許太史真君圖傳》（下文簡稱《真君圖傳》）收入《道藏》洞玄部靈圖類，
未署明確紀年，作者不詳〔註20〕。形式上分為 52 個單元，每單元附圖一幅，
加上 12 幅諸真肖像，共計 64 幅。從《許太史真君圖傳》中文字部分判斷，其
產生的時代當遠在元代焚毀道經之後，但當時的刊本今已不見，現存《道藏》
本乃明正統十年（1445 年）內府所刊，所據底本應是當時還能見到之元刊本。
日本學者秋月觀瑛依據真君的封號，認為《許真君仙傳》《許太史真君圖傳》
應出於元代元貞元年（1295 年）加封許遜「至道玄應」尊號之後〔註21〕。而
許蔚根據文中的地理信息，進一步確定為劉玉教團大盛暨《淨明忠孝全書》刊
行以前問世，即大德八年（1304 年）至至治三年（1323 年）的近二十年間，
乃玉隆宮系統的弟子所撰〔註22〕。

　　《旌陽許真君傳》和《許真君仙傳》《許太史真君圖傳》的內容大致相同，
估計是一個故事的版本系統。《許真君仙傳》一卷，不著撰人，《正統道藏》入
洞玄部譜錄類。至於三傳之關係，僅就傳記部分的文字而言，筆者認為《許太
史真君圖傳》與《許真君仙傳》都出自白玉蟾《旌陽許真君傳》，但三者之間
也有較多細微差異。下面以表格表示三者的文字內容異同：

單　　元	《許太史真君圖傳》	《旌陽許真君傳》	《許真君仙傳》
2 單元	初，母夫人夢金鳳銜珠，墮於掌中，玩而吞之。及覺腹動，因是有孕，而真君降生焉。二十八日也。時吳赤烏二年，正月二十八日也。	「吳赤烏己未」放置開頭，並多出「勾曲山遠遊、護軍長史穆，皆真君再從昆弟也」文字。	

〔註20〕本文使用《道藏》本第 6 冊。
〔註21〕〔日〕秋月觀瑛：《中國近世道教的形成——淨明道的基礎研究》，第 173 頁。
〔註22〕許蔚：《斷裂與建構：淨明道的歷史與文學》，復旦大學博士學位論文，2011
　　　　年，第 135～136 頁。

3 單元	因是惻然感悟，即棄折弓矢學道也。	因感悟，即棄折弓矢。	刪去「也」字。
4 單元	真君刻意為學，博通經史，明天文、地理、音律、五行、經緯之書，尤嗜神仙修煉之術。遍參歷考，悉究玄微焉。	句後為「頗臻其妙」，無「遍參歷考，悉究玄微焉。」	
5 單元	真君聞西安吳世雲，得至人丁義神方，南海鮑靖秘法，及天降白雲符，遂往師之。世雲靈感玄會，若契宿因，悉以秘要付授。	真君聞西安吳猛得至人丁義神方，乃往師之，悉傳其妙。	
6 單元	真君與郭璞訪求名山，為棲真之地。得逍遙山金氏宅，謂大合仙格。乃同謁金公。璞白曰：「許君欲置一舍，為修煉之地，故上謁公。」答曰：「許君若誠有意，當並置莊產為薪水資。」真君曰：「雖蒙傾蓋，受之無名。願聞所需，多寡惟命。」公曰：「大丈夫一言道合，身命猶以許人，況外物乎。乃取一大錢中破之，各收其半為券焉。」	無郭璞、金公、許遜三人交談的文字及交易過程。	
7 單元	真君居金氏宅，日以修煉為事，不求聞達。鄉黨化其孝友，交遊服其德義。人有饋遺，苟非其義，一介不取。嘗有售鐵燈檠者，因夜然燈，有漆剝處視之，乃金也。翼日訪元主還之。	「人有饋遺，苟非其義，一介不取。」放在還金故事之末。	
8 單元	開頭多出「真君道譽日著」文字，結尾多出「時胡詹二典押，為之掌案聽政焉。今廟食為神也」文字。	多出「發摘如神，吏不敢欺。其聽訟」和「近賢遠奸、去貪戢暴，具載文誠，言甚詳悉」文字。	多出「以晉太康元年」之「晉」字。
9 單元	文尾多出「人物富庶焉」。		

11 單元	開頭多出「郡中疫民既活，救濟之道」文字。	結尾多出「其後江左之民亦來汲水於旌陽，真君乃咒水一器，置符其中，令持歸置之江濱，亦植竹以標其所，俾病者飲之，江左之民亦良愈」字。	
13 單元			缺柏仙獻劍一單元
14 單元	「有女師諶姆多道術，同往師之。」姆曰：「昔孝悌王，自上清下降兗州曲阜縣蘭公家，留下金丹寶經，銅符鐵券。謂公曰：後晉代當有神仙許遜，傳吾此道。命公轉以授吾，使掌之以俟子，積有年矣，今當授子。」乃登壇依科盟授，並正一斬邪之法，三五飛步之術，悉以傳付焉。」	「有女師諶姆多道術，遂同往致敬，叩以道妙」。姆曰：「君等皆夙稟靈骨，仙名在天。然昔孝悌王自上清下降，化度人世，示陳孝道，初降兗州曲阜縣蘭公家，謂公曰：『後晉代當有神仙許遜傳吾此道，是為眾真之長。』留下金丹寶經、銅符鐵券，令公授吾，使掌之以俟子。積有年矣。吾復受孝道明王之法，亦以孝為本。子今來矣，吾當授子。」乃擇日登壇，依科明授，闡明孝道，誓戒丁寧，出銅符、鐵券、金丹、寶經並正一斬邪之法、三五飛步之術，諸階秘訣，悉以傳付許君。」 顧謂吳君曰：「君昔以神方為許君之師，今孝道明王之道獨許君得傳，君當返師之也。況《玉皇元譜》君位玄都御史，許君位高明大使，總領仙籍，品秩相遼，又所主十二辰配十二國之分許君玄枵之野，於辰為子，統攝十二分野，君領星紀之邦，於辰為醜耳，自今宜以許君為長也。」	少「悉以付焉」之「焉」
15 單元	開頭多出「二君前受諶姆道法」文字。		

16 單元			「祭祀矣」少一「矣」字。
17 單元	開頭「真君尋訪飛茅，經過之地」。「遂卓劍運法，建立壇靖以鎮之。」	遂立壇靖以鎮之。	「號龍城觀也」少一「也」字。
25 單元	吞吸人物，大為生民害	「人畜在其氣中者，即被吸吞，無得免者。江湖舟船亦遭覆溺，大為民害。」「真君愍斯民之罹其害」。	
27 單元	真君至蛇所，鄉民咸鼓譟，趨前聽命。乃卓劍布氣飛符，召海昏社伯，南昌社公，並力驅蛇出穴。	遂前至蛇所，仗劍布氣，蛇懼入穴，乃飛符召海昏社伯驅之，不能出，復召南昌社公助之。	
28 單元		多出「吳君乃飛步踏其首，以劍劈其顙，蛇始低伏」文字。	
29 單元		多出「復至邑之西北，見山泉清冽，乃投符其中，與民療疾，其效亦比蜀江」文字。	
30 單元			無「即其地也」。
34 單元	真君遣符吏追蛟精至長沙，賈誼井中，出化為人，入賈玉家。先是玉妻以女，居數歲，生二子。	先是蛟精嘗慕玉之女美，化為一少年謁之，玉大愛其才，許妻以女，因厚賂玉之親信，皆稱譽焉，遂成婚。居數歲，生二子。	
38 單元	真君告弟子，及郡城之父老曰：「此地為浮州，蛟螭所穴。不有以鎮之，後且復出為患，人莫之能制也。乃役鬼神於牙城南井，鑄鐵柱為永久鎮浮之計。」		缺 38 單元
41 單元		文尾多出「處仲竟敗」文字。	
44 單元			無「許吳二君同乘」文字。

45 單元		《八寶訓》多出「接人以禮，怨咎滌除。凡我法子，動靜勤篤，念茲在茲，當守其獨。有爽厥心，三官考戮」文字。	
46 單元		多出詔文	
48 單元		多出詔文	
52 單元		多出「真君所從遊者三百餘人，其功行無出者，通吳君十有一人」文字。	
55 單元			少「前導焉」中「焉」字，少「從龍車上升矣」文字。
62 單元			少「單騎之官」文字，「昇天」改為「上升」。
64 單元			「不知何許人也」改為「不知何代人也」。缺「延生煉化」文字。

　　筆者判斷，《真君圖傳》和《許真君仙傳》都是根據白玉蟾的《旌陽許真君傳》改寫而成。《真君圖傳》因為是連環畫體，有很明確的單元劃分意識，因此其修改就體現出這方面的文體特徵：一是使得每個單元的文氣更為順暢，如第 6 單元「真君遂與郭璞訪名山」，白文無主語「真君」，《真君圖傳》因為已另起一單元，遂添加主語，句式就更完整了。第 7 單元「真君居金氏宅，日以修煉為事，不求聞達。鄉黨化其孝友，交遊服其德義。」白文只云「不求聞達。鄉黨化其孝友，交遊服其德義。」第 11 單元「郡中疫民既活，救濟之道傳聞他郡，病者相繼而至，日以千計。」白文作「傳聞他郡，病民相繼而至者，日且千計」。《真君圖傳》添加了「傳聞」的內容，使句意更清晰。二是對白文做一些增刪。如第 5 單元，寫真君拜吳猛為師，白文只簡單地說「得至人丁義神方，乃往師之，悉傳其秘。」而《真君圖傳》敘寫更為詳細：「得至人丁義神方、南海鮑靖秘法，及天降白雲符，遂往師之。世雲靈感玄會，若契宿因，悉以秘要付授。」第 1 單元則刪除白文中「勾曲山遠遊、護軍長史穆，皆真君再從昆弟也」。唐宋時期，上清派的影響很大，所以白玉蟾攀附上清派就不難

理解，但至元代，淨明道已建立了相當大的勢力，不再需要借助其他派別的力量了。第 14 單元白文中有諶姆關於吳猛拜許遜為師的一段解釋，而《真君圖傳》中沒有。《真君圖傳》第 52 單元刪除「真君所從遊者二百餘人，其功行無出者，通吳君十有一人」一段文字，因為後文要將其他十一真君的故事單列為一個單元介紹，因而就沒有必要。還有，《真君圖傳》中的詔文已移至開頭，故後文也未照錄。當然，有的刪除也導致了文意扦格不通，如《真君圖傳》第 34 單元寫「真君遣符吏追，蛟精至長沙賈誼井中，出化為人，入賈玉家。先是玉妻以女，居數歲，生二子。」而白文作「先是蛟精嘗慕玉之女美，化為一少年謁之，玉大愛其才，許妻以女，因厚賂玉之親信，皆稱譽焉，遂成婚。居數歲，生二子。」顯然，白文插敘了蛟精變為賈玉女婿的經過，因而邏輯性更強。《真君圖傳》第 25 單元寫海昏巨蛇「吞吸人物，大為生民害」，白文為「人畜在其氣中者，即被吸吞，無得免者。江湖舟船亦遭覆溺，大為民害。」進一步突出了巨蛇給人民帶來的災難及真君斬滅巨蛇的決心。可能《真君圖傳》是圖文本，因而文字儘量做到簡潔。

　　日本學者秋月觀瑛認為《真君圖傳》是以《許真君仙傳》為藍本，二者之間的文字差異乃緣於《真君圖傳》機械地分章而造成的文脈斷裂，原本為《許真君仙傳》所筆削的兩段文字，到了《真君圖傳》抄錄的時候又被增補了進來〔註23〕。而許蔚認為這一看法證據不足，應該是《許真君仙傳》以《真君圖傳》為藍本，在抄錄時對繁詞多有筆削，並且遺漏了兩個整段的文字，從而造成二者之間比較明顯的文字差異。最大的差異莫過於《真君圖傳》卷首多出了「玉陛錫詔」、「玉陛再詔」以及「真君聖詔」三個部分內容。只有這三個部分沒有圖像配合，而後文寫到玉皇降詔時，又只有圖像，缺少完整的詔書內容，與《旌陽許真君傳》《西山許真君八十五化錄》《歷世真仙體道通鑑》卷二十六《許太史》等許遜傳記比，顯得非常獨特。通過對宋金之際諸種道教文獻考察可知，玉皇詔書對於許遜傳記而言極具重要意義，《真君圖傳》或是有意將「玉陛降詔」等內容提至卷首以示尊崇，而為避免重複，後面傳文中即不再照搬詔書全文，因而傳記在整體上實際並沒有缺失玉皇詔書這一關鍵部分，在這個意義上，應是一部完整的許遜仙傳。而《許真君仙傳》卷首既沒有「玉陛降詔」等內容，傳中也沒有完整的詔書，此種明顯的缺陷不論對南宋「舊」淨明道還是劉玉「新」淨明道而言，都是無法接受的，對當時的道俗二眾而言，絕對不可

〔註23〕〔日〕秋月觀瑛：《中國近世道教的形成——淨明道的基礎研究》，第 173 頁。

能被視為一部完整的許遜仙傳。由此，也可以得知《許真君仙傳》乃是從《真君圖傳》抄錄而來﹝註24﹞。筆者同意許蔚的觀點，《真君圖傳》和《許真君仙傳》之間只有極少的文字差異，如第 8 單元在「太康元年」前增加了一個「晉」字，刪除了一些「也」、「焉」、「矣」等文言虛詞，最大的不同是《真君圖傳》中有詔文而《許真君仙傳》中沒有，另外《許真君仙傳》還刪除了《真君圖傳》第 13 單元的柏樹仙童獻劍和第 38 單元的許真君告弟子和鑄鐵柱鎮蛟龍文字。而這兩個單元在許真君故事邏輯中都是不可或缺的，柏樹仙童獻劍突出了許真君武器的來歷及其後來斬蛟的神奇法力，後面磨劍、斬蛟等描寫都是這些內容的體現，講述主人公武器神奇來歷的橋段是神魔小說和武俠小說必不可少的元素；而真君鑄鐵柱鎮蛟，則表示他永久解決江西水患的決心和意志。

　　明代許真君信仰再次興盛，甚至把平叛與許真君牽連起來，如《都公譚纂》寫成化初，韓雍總督兩廣軍務，道經南昌，拜祭許真君，真君塑像忽墮地，韓公驚愕，許諾剿滅廣西大藤峽苗亂後，為真君鑄銅像。正德年間，寧王發動叛亂，董穀《碧里雜存後集》記「寧王初反時，飛報到金華，知府某不勝憂懼，延士大夫至府議之，范時亦在座。有趙推官者，常州人也，言於知府曰：『公不須憂慮，陽明先生決擒之矣。』袖中舊書一小編，乃許真君《斬蛟記》也。卷末有一行，云：『蛟有遺腹子貽於世，落於江右，後被陽明子斬之。』既而，不數日，果聞捷音。」作者翻檢《白玉蟾修真十書》，鐵柱上有記云：「吾沒後一千二百四十年間，此妖復出，為民害。豫章之境，五陵之內，當有地仙八百人，出而誅之。」寧王叛亂距許旌陽生活的時代，正好有一千二百四十年之數。所以「且所記鐵柱，實應宸濠之讖，亦異矣哉！」作者又記江西士人言，「寧王初生時，見有白龍自井中出，入於江，非定數而何哉！」暗示寧王是妖蛟轉世。因而萬曆年間出現幾部許真君小說，如《仙佛奇蹤》中《許遜傳》，鄧志謨著《新刻晉代許旌陽得道擒蛟鐵樹記》（以下簡稱《鐵樹記》）、馮夢龍《警世通言》第四十卷《旌陽宮鐵樹鎮妖》及明末清初徐樹丕的筆記小說《識小錄》卷之三「許真君」條等，前三種都有插圖。至清代，許真君信仰仍然盛行不衰，如《埋憂集》卷九「許真君」就記述許真君協助清廷平定林清之亂，林清本欲約各省黨徒起事，但許真君對著賊黨傳信間諜呵氣，使之倦臥不醒，耽誤了大事。地方官「乃奏而加封焉」。這些都說明明清時期許真君信仰仍未消歇。

────────────

﹝註24﹞許蔚：《斷裂與建構：淨明道的歷史與文學》，第 135～136 頁。

二、《許太史真君圖傳》的性質

　　許蔚注意到，在《道藏》所收四種許遜傳記中，《孝道吳許二真君傳》《西山許真君八十五化錄》《許真君仙傳》等均入洞玄部譜錄類，唯有《許太史真君圖傳》入洞玄部靈圖類，可見編者認為它們的文體是不同的。按道教文獻依照三洞四輔十二類編排，在現存《正統道藏》的分類中，除《真君圖傳》外，神仙傳記或者教派宗譜一類的文獻全都收在譜錄、記傳二類之中，即便像《金蓮正宗仙源像傳》《大明玄天上帝瑞應圖錄》那樣的圖像傳記文獻，也是收在譜錄或傳記類中，因此，《真君圖傳》顯然比較特別。靈圖類所收基本上為符籙、易圖、真形圖、內煉圖等具有巫術和修行功能的圖像，意即這些圖像對修行者來說，具有指導和通靈的功能，可見，《真君圖傳》中的圖像也應作如是觀，圖像是主要的，而文字則次之。許蔚認為，《真君圖傳》將詔書單列置於卷首，就具有明確的禁咒屬性和儀式功能，因為這些詔書自唐末產生以來即為孝道、淨明道所重視，甚至在北宋還供奉於玉隆觀中，屬於真正意義上的神聖文本。除了作為實在的聖物接受信徒的崇拜以外，詔書的內容也得到廣泛的流傳，其功用除了堅定信心、傳達修證之秘外，可能還具有鎮厭與度人接聖之功能。特別是《玉帝再詔》不僅傳達了積功成仙的思想，而且可能隱含有內煉存神的修證工夫。另外，《真君圖傳》中的詔書文字、旌陽聖像、符咒及相關的傳記文字還具有鎮厭水患、祛除邪祥之功能。所以，《真君圖傳》中的有關圖像可能用於科儀過程中流覽、展示或者作某種象徵之用〔註25〕。另外，許蔚還推測《真君圖傳》作為「靈圖」可能與道教存亡薦福的黃籙齋儀有關，《真君圖傳》中一系列的圖像描繪了斬滅蛟蛇、鑄造鐵柱等具有法術意義的場景，並且根據明代的《許旌陽事蹟圖》，某些場景原本還應該詳細地給出了真君所施之「符篆」（如「淨」字等），很顯然具有祛邪淨穢的法術功能，置於壇場自可具有「淨化」之功效，可以看作是具有法力的「靈圖」。此外，這一系列的圖像除了提供法事用途以外，或許也還可以作為內煉、存神的一種圖像輔助，用於個人的修證〔註26〕。特別是考慮到總數「六十四」的特殊性，在某種程度上或許可以看作是一種內煉圖。按《真君圖傳》描繪許遜事蹟的圖像共計五十二幅，另有包括吳猛等十一真君以及胡慧超在內的真君肖像共計十二幅，合計六十四幅，相當於從《西山許真君八十五化錄》中選取了「六十四化」，在一定

〔註25〕許蔚：《斷裂與建構：淨明道的歷史與文學》，第 152 頁。
〔註26〕許蔚：《斷裂與建構：淨明道的歷史與文學》，第 153 頁。

程度上可看作是對出自金陵施岑別派弟子之「八十五化」的一種修正。其中，十二幅真君聖像的選取顯然是為了湊足「六十四」之數，否則無法解釋在「西山十二真君」之外為什麼還要繪一「胡慧超」（《真仙事蹟》就僅給吳猛等「十一」位真君繪像），「蘭公」、「諶姆」等比胡慧超更有資格繪製成聖像。至大三年（1310年）苗善時撰《純陽帝君神化妙通紀》有一百零八化，元代編撰的《太上老君八十一化》都是「九」（老陽）的倍數，寓意九九歸真；而《真君圖傳》的「六十四」作為「八」（少陰）的倍數，合於六十四卦之數，而六十四卦又與丹道修煉有關，所以這些數字的設計顯然有作者的深刻意圖〔註27〕。筆者同意這些推斷和猜測，但認為《真君圖傳》主要是針對道俗讀者的，作為道徒的修煉文本，對一般讀者而言，則產生宗教感召作用。簡言之，《真君圖傳》是一部「神聖文本」，只有從這一角度考察，才能理解圖像在文本中的重要作用。

從《真君圖傳》的文字敘述來看，許遜活動的範圍主要在江西境內和臨近省份，較遠的地方只有河南登封，包括西安（武寧）、蜀郡旌陽、新吳（奉新）、金陵（南京）、丹陽（鎮江）、嵩陽（河南登封）、龍城（常州）、小蜀江（豐城）、艾城鎮（永修）、海昏（新建）、建昌（撫州）、長沙、湘潭、信州（上饒）、九江、鄱陽、武昌等地，南方的地域特徵非常明顯，顯示出鮮明的地方神祇色彩。江西地區因為水患頻仍，一直有妖蛟為害的傳說，明《菽園雜記》卷十五云：「江西山水之區多產蛟，蛟出，山必裂，水必暴湧。蛟乘水而下，必有浮菹擁之，蛟昂首其上。近水居民聞蛟出，多往觀之，或投香紙，或投紅綃，若為之慶賀者然。雲蛟狀，大率似龍，但蛟能害及人畜，龍則不然。龍能飛，且變化不測，蛟則不能也。」〔註28〕都穆《都公譚纂》卷下甚至記云：「南昌鐵柱宮，晉許真君鎮蛟之所，鐵柱在池水中，徑尺餘，水退可見。昔有人攜燈其上，水騰沸，急滅燈乃已。蓋真君與蛟立誓，鐵柱開花釋之，蛟見火，將謂柱開花也，池上至今不敢燃燈。」蛟為龍類，古人相信是它導致了洪水。而且，除作為水神外，《西山許真君八十五化錄》中還有「藥湖化」即除水蛭，「松湖化」即除蚊蟲，等等，都是南方非常普遍、關係民生的災害。而且，這些傳記體小說根據民間的傳說和遺跡演繹而成的跡象非常明顯，傳文在每一故事情節單元之後，都會以遺跡為證，如「今有伏龍橋」、「新吳今有栢林觀存焉」、「今其地有

〔註27〕許蔚：《斷裂與建構：淨明道的歷史與文學》，第153頁。
〔註28〕陸容：《菽園雜記》，第185頁。

廢社，鄉民不復祭杞矣」，等等。有的單元甚至沒有什麼故事情節，只是介紹
遺跡，如《真君圖傳》第 20 單元：「真君至修川，愛其湍急而以醮謝上帝，乃
服仙丹。今號旌陽山，溪南有吳仙觀，即是吳真君故居也。」第 29 單元：「真
君既誅巨蟒，妖血污劍，於是磨洗且消石以試其鋒。今建昌州有冷水臺，磨劍
池，試劍石存。」既證明此事實有，又有宣傳地方風物之意。

　　《真君圖傳》是典型的仙傳敘述模式，故事序列有「投胎出生──自幼好
道──神仙授道──斬蛟立功──成仙飛昇」五個部分，核心內容是真君斬蛟
除害，為民立功，宣揚積功成仙的修道觀念，但立功的內容中沒有忠孝行為，
而主要是寫真君以法術除妖，造福生民。前面寫他自學道術、從吳猛習丁義神
方和鮑靖秘法及受授諶姆正一斬邪之法和三五飛步之術、接受柏樹仙童獻劍
等，都是為後來除妖做鋪墊。《真君圖傳》第 9 單元寫他點瓦礫成金、第 10 單
元以神方治病、第 11 單元以符水治病、第 16 單元召風雷拔淫社、第 17 單元
鎮妖、刺泉、第 18 單元畫壁、第 19 單元釘蛟、第 21～22 單元誅蛟、第 23 單
元賣靈丹、第 24 單元鎮新吳蛟、第 25～28 單元殺海昏巨蛇、第 30 單元化炭
試弟子、第 31～40 單元殺蛟、第 41 單元勸化王敦、第 42～44 單元二龍挾舟、
第 46～52 單元昇天，共有 38 個單元，都是描寫許真君以法術為民除害等方面
的故事，佔據全部 52 個單元中的 80%。由此可見《真君圖傳》的性質，是具
有典型意義的宗教文學作品。

　　張澤洪在《淨明道在江南的傳播及其影響──以道派關係史為中心》一文
中指出：「靈寶派及天師道雖在法術及神靈系統方面曾予淨明道很大影響，但
其與孝道道士間卻又無明確的師承記載，且唐宋間其活動地點似也多局限在
江西龍虎、皂閣二山，故在此暫難詳細探討其對孝道的發展及推崇許遜所起的
作用」〔註29〕。澳大利亞華裔學者柳存仁在《許遜與蘭公》一文指出：淨明道
與靈寶、上清等傳統道派可能有著聯繫〔註30〕。總之，從《真君圖傳》中來看，
淨明道與正一道、上清道等都有密切的關係。如《真君圖傳》第 18 單元寫真
君渡小蜀江，小蜀江在豐城，今名錦江，估計對四川地名的模擬。《旌陽許真
君傳》寫許遜在旌陽任上時，設法解除百姓逋欠，為民治病，一縣大治。鄰境
流民慕其德惠，來依附者甚眾。「蜀民為之謠曰：『人無盜竊，吏無奸欺，我君

〔註29〕張澤洪：《淨明道在江南的傳播及其影響──以道派關係史為中心》，《中國史
　　　　研究》2002 年第 1 期。
〔註30〕柳存仁：《許遜與蘭公》，《世界宗教研究》1985 年第 3 期。

活人，病無能為。」其後江左之民亦來汲水於旌陽，真君乃咒水一器，置符其中，令持歸置之江濱，亦植竹以標其所，俾病者飲之，江左之民亦良愈。今號蜀江亦名錦水，今屬瑞州高安縣。」這裡有明顯的地理錯誤，完全把四川的旌陽和江西的高安混同在一起。一般來說，以長江為界，江左指今皖南、蘇南、上海、浙江、贛東北等地方，而江右指江西。《許真君傳》中顯然誤認旌陽在江右境內，雖沒有明說以長江為界，但後來又說蜀江亦名錦水，在瑞州高安縣境內，因此這裡的旌陽可能就是指高安。作者有意或無意把江西境內的地名和四川境內的地名混同，所以，許遜任旌陽縣令的經歷，完全有可能是許遜徒裔們編造出來的「光輝歷史」，目的是為了增加許遜頭上的光環。在道教的神仙譜中，很多神仙都編造了做官的經歷。但作者之所以寫成是四川的旌陽而不是其他地方，就是因為四川是正一道的發源地，而江西龍虎山又是正一道的祖廷，正一道在當時的影響遠超許遜信仰，故許遜崇拜攀附正一道以行世，而且，淨明道也的確吸收了正一道的一些思想觀念。除與正一道有千絲萬縷的關係外，淨明道還與上清道有密切的聯繫。《旌陽許真君傳》和《西山許真君八十五化錄》《歷世真仙體道通鑒》卷二十六《許太史》等文都特別強調許遜和「句曲山遠遊君邁、晉護軍長史穆，皆真君再從昆弟也。」「遠遊」指東晉名士許邁，許副第四子，是上清派創立者許翽的伯父；許穆又叫許謐，許邁第五弟，上清派第三代真師。說許遜和他們是「再從昆弟」於史無據，許家原是中原名門望族，後南渡定居丹陽，自漢順帝許敬至東晉南北朝，皆世代為官，這裡顯然是攀附門第。許遜傳記故事寫許遜師從丹陽諶姆，或許也與此有關。

三、《許太史真君圖傳》中的圖文關係

據《許真君仙傳》載，許遜在世時，蜀民已「立生祠，家傳畫像，敬事如神明焉。」[註31]《宣和畫譜》又載，御府藏有閻立本繪製的《十二真君像》，五代黃筌繪有《許真君拔宅成仙圖》，描繪許遜舉家拔宅升仙的故事場景。又據元人夏文彥《圖繪寶鑒》卷二記載：唐代道士張素卿在僖宗時作十二真君像，「各寫其賣卜貨丹書符導引之意，人稱其妙。」[註32]「貨丹」、「書符」的故事內容已見於各種許遜傳記文本，但「賣卜」、「導引」的內容則未見於現存的許遜傳記，說明唐代的許遜故事文本呈現出多元的形態，還沒有形成如後

〔註31〕《許真君仙傳》，《道藏》第 6 冊，第 810 頁。

〔註32〕〔日〕近藤秀實、何慶先：《〈圖繪寶鑒〉校勘與研究》，江蘇古籍出版社，第13 頁。

來宋代的程式化文本。鄭思肖也有詠《許真君飛昇圖》，其中有「當時讖姆說什麼，四十二人都昇天」之句〔註33〕。上述畫作雖已失傳，但對十二真君圖像繪畫傳統的產生及最終程式化模式的形成，必定有很大的影響，而且為《旌陽許真君傳》等傳記文本所繼承。

熱奈特把語言和圖像均看作「次級文本」，將語言和圖像共同作用下在讀者頭腦中形成的閱讀體驗視為「大文本」，因而語圖這「兩種並列的文本、陳述發生了一種特殊的語義關係，我們稱之為對話關係。」〔註34〕在圖─文「對話」過程中，作品中的許多潛在意蘊被釋放出來，文本的意義得到增值。《真君圖傳》是典型的連環畫式圖文本，每一單元配圖一幅，圖文結合，文字與圖像既可獨立成篇，又可發生「對話」的關係，圖文合璧，形成一部完整、完美的圖文本傳記體小說。

（一）圖像的分類

《許太史真君圖傳》中的圖像可分為象徵性、敘述性兩種類型。美國學者馬克‧D，富勒頓在研究古希臘藝術的敘述模式時，曾區分「象徵性」和「敘述性」兩大圖像造型類型，他解釋道：「象徵性造型，像女人體像和葬禮場景都不是敘述某個事件，只代表了某種物體或現象，而敘述性場景雖然也有象徵性，但他們主要和某個故事或事件相連，而且通常和神話故事相聯繫。」〔註35〕就是說，象徵性圖像主要是一種符碼，而敘述性圖像則主要敘述故事，並常與神話故事有關。巫鴻教授通過對佛教壁畫構圖、洞窟地理條件做詳細考察後，認為幾乎所有佛教變相的表現形式都是「偶像式」而非典型的敘事性圖畫。「敘事性繪畫的主要目的在於講述一個故事，與之不同的偶像式繪畫則是以一個偶像（佛或菩薩）為中心的對稱式組合。偶像高大的形體和莊嚴的形貌形成視覺中心，而環繞偶像的其他人物及建築設置也將觀眾的目光首先引導到中心偶像身上，強化了這一『向心式』視覺效果。」〔註36〕即謂偶像式的佛像，吸引著觀眾的眼睛和心靈。巫鴻教授進一步指出：「偶像式與敘事性繪畫的最

〔註33〕鄭思肖：《所南翁一百二十圖詩集》，第 12 頁。

〔註34〕〔法〕托多羅夫：《巴赫金、對話理論及其他》，蔣子華、張萍譯，花文藝出版社，2001 年，第 259 頁。

〔註35〕〔美〕馬克‧D‧富勒頓：《希臘藝術》，李娜，謝瑞貞譯，中國建築工業出版社，2004 年，第 98 頁。

〔註36〕〔美〕巫鴻：《禮儀中的美術──巫鴻中國古代美術史文編》，生活‧讀書‧新知三聯書店，2005 年，第 360 頁。

本質差別還在於繪畫與觀眾之間的關係。在敘事性繪畫中，主要人物總是捲入某種事件，其形象意在表現彼此的行為與反應。這種結構實質上是閉合式的（self-contained），其含義由繪畫體系自身表現。觀眾只是旁觀者而不是該體系的組成部分。在偶像式繪畫中，中心偶像被表現成一位正面的莊嚴的聖像，毫不顧及環繞的眾人，卻凝視著畫像以外的觀者，儘管偶像存在於繪畫體系內部，然而它的含義卻依賴畫面之外的觀者或禮拜者的參與，因而這種結構不是閉合式的。實際上，這種開放式繪畫結構的基礎是假定有一位禮拜者試圖與偶像發生直接的聯繫。正是在這一假定的基礎上，這種偶像式的構圖才成為世界上各種宗教藝術傳統中一種普遍的圖像形式。」〔註37〕就是說，敘事性繪畫在結構上是自足的，閉合的，觀眾可以參與其中，但不能成為其中的有機部分；而偶像式圖像則不同，它的結構是開放的，其意義完成有賴於觀者與偶像發生心靈溝通，並使觀者產生敬畏、膜拜、皈依的感情，最終完成傳達教義的目的。這就是所謂「靈圖」功能。道教美術受佛教的影響，很早就使用象徵性圖案，採用「全知型」的俯視視角。這些圖案不但表現在祖師的畫像上，而且表現在道教的傳教道具、植物及山水等裝飾性的圖案上。

　　《真君圖傳》中偶像式圖像有十二真君像，如前文所述，早在唐代，著名畫家閻立本已畫有十二真君像，但這些畫像失傳的具體時間無法考定。宋代白玉蟾的《旌陽許真君傳》寫到政和六年（1116 年）五月一日宋徽宗夢中見許真君「戴九華冠，披絳章服」，「左右童子執劍、拂，皆衣青。後有二使者，彩衣道裝，捧劍杖」。醒來後「詔畫像如夢中所見者，賜上清儲祥宮」。因為是皇家製作，具有權威性，其後繪製的許真君圖像，可能是以此為範本。在《真君圖傳》中，唯有許真君的圖像放在開頭，而其他真君像則放在文末，突出許真君圖像的重要性。許真君頭束髮髻，著道袍，像的背景為山巒，頭部正後面有頭光，像一輪巨大的太陽，掛在半山腰，左邊後面則是兩個侍童，正在邊走邊交流，真君的圖像要比侍童大，以突出他的地位，採用所謂神聖視角。許真君的髮型、服飾象徵著許真君在仙界的品級，與他差不多形成平行視角的左邊老松樹，以及身後的仙山和縹緲的雲海，烘托出神仙的氛圍，表明真君修煉所達到的仙階品級。又如第 13 單元寫新吳栢樹仙童向真君獻劍（圖 2-36）。在這個故事中，暗示仙童乃栢樹所化，而在道教中，松柏是長壽的象徵，柏子又是仙糧。在圖畫中，在茁壯的柏樹上，有大量舒卷的雲氣，以突出柏樹的神秘。又

〔註37〕〔美〕巫鴻：《禮儀中的美術——巫鴻中國古代美術史文編》，第 361 頁。

如第 14、15 單元圖說寫許遜和吳猛去丹陽諶姆處受道法，辭行時，真君心想以後每年都來拜謁諶姆，諶姆立即感知，對他說：「子勿來，吾即返帝鄉矣。」乃取香茅一根，望南擲之曰：「子歸，認茅落處，立吾祠，歲秋一至足矣。」後來許、吳訪至飛茅之地，修建祠宇，每歲仲秋之三日，必往朝謁。「飛茅」在《許太史真君圖傳》中多次出現，許真君建房覆以茅茨，許遜飛昇時，王朔祈求度他全家。真君謂其仙骨未充，乃贈飛仙茅一根，俾植之，久服可長生。仙茅其葉似茅，久服輕身，故名仙茅，因而在道教中存在仙茅崇拜。《歷世真仙體道通鑒》卷二十六中真君贈飛仙茅於王朔時介紹得很清楚：「此茅味異，殖於茲地，久服長生。甘能養肉，辛能養節，苦能養氣，咸能養骨，滑能養膚，酸能養筋。宜和苦酒服之，必效。」自後，王朔如言服餌，壽至百齡。《抱朴子·登涉第十七》中說：「山中見鬼來喚人，求食不止者，以白茅投之即死也。」〔註38〕第 15 單元圖中，左側是諶姆祠廟，門前植仙茅一株，許、吳兩人作揖朝拜；祠廟的右側即視線的正前方，諶姆站在彩雲上，看著許、吳兩人，雲彩的線條指向祠廟，表明廟主是諶姆（圖 2-37）。因而在這幅圖中，仙茅、諶姆都具有象徵意義。

圖 2-36 第 13 單元　　　　　　　圖 2-37 第 15 單元

　　當然，《許太史真君圖傳》中更多的圖像是用來配合文字進行敘事的，圖文關係表現為以下幾種。

　　首先是互文關係。互文關係就是指「語—圖」之間相互指涉、闡釋的一種現象。由於媒介不同，圖像和語言會發揮各自特點，選擇最適合自己的表現方式。這樣，「語—圖」之間就不會完全相同，在兩者同與不同之處，就自然會

〔註38〕葛洪著、王明校釋：《抱朴子內篇校釋》，中華書局，1980 年，第 278 頁。

產生互文性。張玉勤《論明清小說插圖中的「語一圖」互文現象》一文總結了小說插圖「因文生圖」的四種方式，即萊辛式的「暗示」、圖像並置、敘述視角轉換、敘事區隔〔註39〕。圖文互相闡釋，使得故事脈絡史為清晰，思想表達更為透徹。如第16單元（圖2-38）寫圖說真君自嵩陽回訪諶姆飛茅之跡，經過路傍，偶見陂水清澈，為之少憩。又見鄉民多殺牲以祀神，稱祭或不腆，則神怒降禍。真君乃夜宿於逆旅，召烈風迅雷，拔其林木，毀壞妖社，自此鄉民不復祭祀。配圖自上至下包括三個情節單元：真君在陂水旁憩息、真君宿於旅館，召風雷拔除淫祭和真君告訴鄉民消息。圖像分成兩個部分，中間以留白作為區隔。上半部分左上角是大樹，右上角真君坐在陂水旁、旁邊有旅館；下半部分左邊是真君正在告訴鄉民妖社已除，右邊是捧劍的侍從、被風雷連根拔除的大樹和摧毀的社廟。地上一片狼藉，表現風雷之烈。又如第24單元（圖2-39）圖說寫海昏有一巨蛇，吞吸人物，大為生民害。真君聞之，將往誅之，初入其界，遠近居民千百人，競來懇訴。真君惻然曰：「世運周流，際此厄會。生民何罪，乃受其災。吾之此來，正為是事。誓不與此蛇俱生也，當為汝曹除之。」圖像抓住「懇訴」這一「頃刻」進行敘事。陳平原教授曾對此有過精彩論述，他認為「插圖之成功與否，筆墨技巧外，很大程度取決於畫家對關鍵場面的選擇。」〔註40〕他對「關鍵場面」作了說明，認為「基於圖文互釋的論述策略，這裡品鑒的，並非刻工之精細，刀法之嫻熟，而是畫面的構思，以及由此透露出來的對於小說情節及主旨的理解。」〔註41〕即插圖不應該只是將文本內容機械地坐實到紙面上，而應讓讀者透過畫面看到繪圖者對文本的獨特理解，而這種理解又要通過圖像最大限度地釋放出來，從而大大豐富讀者的閱讀體驗。只有「關鍵場景」才值得入畫，而不是可有可無的，否則就會破壞作品的敘事效果。具體而言，插圖場景的選擇應遵循兩條原則，即孕育性和保持藝術氛圍的完整性。「孕育性」是萊辛在《拉奧孔》中提出的重要概念。他認為，繪畫「要選擇最富於孕育性的那一頃刻，使得前前後後都可以從這一頃刻中得到最清楚的理解。」〔註42〕這一「頃刻」應位於情緒「頂點」之前，或之後。因為「到了頂點就到了止境，眼睛就不能超更遠的地方去看，想像就被困住了

〔註39〕 張玉勤：《論明清小說插圖中的「語一圖」互文現象》，《明清小說研究》2010年第1期。
〔註40〕 陳平原：《看圖說書》，生活‧讀書‧新知三聯書店，2003年，第18頁。
〔註41〕 陳平原：《看圖說書》，第69頁。
〔註42〕 〔德〕萊辛：《拉奧孔》，朱光潛譯，人民文學出版社，1979年，第85頁。

翅膀，因為想像跳不出感官印象，就只能在這個印象下面設想一些較軟弱的形象，對於這些形象，表情已達到了看得見的極限，這就給想像劃了界限，使它不能向上超越一步。」〔註43〕萊辛的觀點獲得了很多學者的認同，錢鍾書先生就認為，「一達頂點，情事的演展到了盡頭，不能再「生發」（fruchtbar）了，而所選的那『片刻』彷彿婦女『懷孕』（pregnant），它包含從前種種，蘊蓄以後種種。」〔註44〕就是說「頃刻」是指感情的高潮沸點，根據這沸點而繪製的圖畫，既包含了之前的事件，又蘊蓄了將要發生的事件。在第24單元配圖中，有四人正在許真君師徒面前「懇訴」，每人姿勢都不一樣，左兩人可能是老者，左一直立，左二正面對許真君拜揖，腰微弓；右二人跪地，右一跪地，頭伏地不起，右二跪地，揚首合手拜求。四人後面，鄉民正絡繹不斷而來，在可視見的山道上，都是人群，同時在遮蔽的山道上，又暗示仍有綿延不絕的人群正在走來。這就解釋了鄉民如何飽受大蛇之傷害，從而使真君「惻然」，「誓不與此蛇俱生」，預示著後面激烈的斬蛇戰鬥之發生。接下第27單元（圖2-40），圖說則寫鄉民們在真君的帶領下，「咸鼓譟，趨前聽命」。從鄉民揮動的兵器看來，有刀、劍、矛，還有禾叉等，由此可見鄉民憤激之情狀，參戰之踴躍及鄉民平日受蛇害之深。再下第28單元是斬蛇的激烈戰鬥場景描繪（圖2-41），巨蛇吐出長長的信子，毒氣衝天。畫的上部分，真君站在山頂上，正在指揮戰鬥；畫的中間部分，左邊空地上，吳猛飛步引劍，欲劈蛇首，施岑擊劍刺向蛇腹，巨蛇的腹部已裂開。右邊上方甘戰正提劍追趕從巨蛇腹中裂出的小蛇，小蛇一邊逃跑，一邊回顧其母；畫的下部分右邊上角，則是一隊前來助陣的神兵。可見巨蛇已被四面包圍，在劫難逃。這段戰鬥場景包含一個較長時間刻度中所發生的故事。先是真君召來神兵，分派任務。吳猛作為大弟子，負責攻擊蛇的頭部，施岑、甘戰負責攻擊蛇的腹部，神兵封鎖蛇的逃跑路線。施、甘在刺裂蛇的腹部後，有小蛇從腹中逃走，甘戰追趕，欲斬之，真君加以阻止，使小蛇得以逃逸。小蛇奔走七里，聽到後面斬殺母蛇的鼓譟聲，回顧其母。既表現毒蛇之人倫之情，又暗示後來小蛇長大後為其母報仇。可以說，配圖不但完整地展現了語言所描述的內容，而又有所深化。這些都是語言文字所未能描述的。當然，從畫面上看，甘戰正在追趕小蛇，而根據文字敘述，甘戰先是刺破大蛇腹部，有小蛇從大蛇腹中逸出逃走後，才去追趕小蛇的，而真君又阻止了甘戰斬殺小

〔註43〕〔德〕萊辛：《拉奧孔》，朱光潛譯，第16頁。
〔註44〕錢鍾書：《七級集》，生活‧讀書‧新知三聯書店，2002年，第48頁。

蛇，從而使小蛇得以逃脫。這些又是圖像所無法展示的。所以，只有通過圖文互補，讀者讀文觀圖，才能較為深刻地理解這段故事的內容及其美學蘊含。

圖 2-38　第 16 單元

圖 2-39　第 24 單元

圖 2-40　第 27 單元

圖 2-41　第 28 單元

而《鐵樹記》(《古本小說集成》本) 第十二回寫真君四次斬蛟，龍王太子前來助戰孽龍，圖題「門徒同戰孽龍」，真君同門徒一起，全力拼殺，戰鬥異常激烈，真君師徒斬殺龍、蛟七八個，現場「噴出腥血，一片通紅」，孽龍與蛟黨落荒而逃。但插圖僅繪出真君與孽龍的對戰，而未能全面反映戰鬥的全景，還是採用戲曲傳統「以一代多」的手法表現戰爭場面，文圖並未榫合。《警世通言》第四十卷《旌陽宮鐵樹鎮妖》(圖 2-42)(《古本小說集成》本) 描寫

二龍與真君騰雲駕霧混戰，那些蛟黨一齊掩殺過來，真君徒弟殺入陣中，孽龍和其餘蛟黨各自逃散。插圖面中只見真君手持雙劍，站在雲端，右手將劍刺向老龍，左手舉劍。真君弟子皆舉劍猛劈。前面孽龍和蛟黨刀槍如林，齊刺過來，但真君師徒皆身向前傾，表現他們奮不顧身，「橫衝直撞」，英勇奮戰，因而才有後面的龍、蛟人敗而逃。插圖非常生動詮釋和補充了文字中的戰鬥描寫，與《真君圖傳》中的相關配圖有異曲同工之妙。

圖 2-42 真君師徒戰蛟龍

　　以上圖文根據各自的特性，發揮了自身的敘事優點，彼此的信息量大致是對等的。在《真君圖傳》中，還有一種不對等的圖文關係，就是圖的信息量少於文字，如果沒有文字，就看不懂圖像。如第 9 單元（圖 2-43）圖說寫許遜任旌陽縣令時設法解除饑民逋欠的故事。畫面由三個部分組成，畫的右邊，真君正在審理饑民拖欠官府賦稅的案件；左邊上方，一夥饑民正在縣衙的後圃揮鋤勞作；左邊下方，有三組人勞作完後，扛鋤從後圃門走出，走向縣衙。每組兩人，邊走邊交談，臉上掩飾不住挖到黃金的激動、驚奇和喜悅。但文字中還寫到真君以靈丹點瓦礫化為黃金，令人偷埋藏於縣後院；後來饑民完租後，安頓下來，發展生產，鄰境流移之民，慕其德惠，紛紛前來依附。遂至縣邑戶口增衍，人物富庶。這些內容，都無法在一幅圖中得到表現。又如第 10 單元圖說寫郡中屬歲大疫，民死者十有七八，真君乃以所得神方拯治之。凡符咒所及，皆登時而愈。至於沈痾之疾，亦無不瘳者。在圖像中，許真君坐在案邊，右手微微抬起，手掌向上，正在令跪者起來，真君後面是侍者，前面兩邊站著衙役。再往前，跪著幾個人，一人跪地不起，兩人跪地直立。後面又有幾人，在相互

交談，似在邊泣邊說。這些民人的姿態都不相同，但都表現了對許真君的感恩之情，而這些在文字中都沒有涉及。再如第 18 單元圖說寫真君渡小蜀江，在江岸遇店主朱氏，朱氏雖貧而熱情接待，真君乃戲畫　松於壁而去，其家即日，市利加倍。後來江漲潰堤，市舍俱漂，惟松壁不壞。但在圖像中，我們只看見剛下船正走進客店的真君主僕，朱氏正出門迎接。在客店的牆壁上，已畫有一株松樹。按文字敘述，松樹應該是在真君走的時候畫的，因而圖像的時序是顛倒的。另外，在真君畫壁後，朱氏客店生意興隆及後來江水潰堤，惟松壁不壞這些情節，是很難以圖像展現的。所以，如果沒有文字，就無法完整瞭解故事的全部內容。

圖 2-43　第 9 單元

　　因為「圖」的蘊含意義要比文字更為流動和不確定性，因而觀者對它的解讀就更為自由，每個人都可依據自己的知識背景和經驗，形成獨特的意義生成流程，這正是語圖互文的魅力所在。這樣，「語—圖」互文就不是停留在表層，即圖像對作品內容的機械再現或複製，而是走向深度互文，就是說不論插圖內容的選擇，還是畫面構圖的方式，都力求深掘作品的內在意蘊。這在插圖的「位置經營」上表現得十分突出，即李致忠所謂「構圖時不受任何視點的束縛和時空限制，將有關情節、有關事件、有關人物繪刻在一幅畫面上，使人看了情與理合、事與義配，中心突出，緣由有自，協調自然。」〔註45〕陳平原教授也指出，優秀的插圖應「最大限度地化解文字與圖像之間的隔閡，可以達到真

〔註45〕李致忠：《古代版印通論》，紫禁城出版社，2000 年，第 275 頁。

正的『圖文並茂』。」〔註46〕這樣的插圖就不是語言文本的附庸，而是語言文本不可分割的有機組合。在「對話」中，語言文字和圖像相互闡釋、補充和深化，共同完成文學作品的審美。高水平的小說語言精練，人物刻畫細緻而又生動，達到了非常具象的程度，使插圖難以有發揮再創造的餘地，更難以達到相應的水平。但連環畫體道教傳記小說，語言處於從屬地位，敘事簡略，因而讀者就更需要通過觀圖來理解文本。所以，讀完文字之後再觀圖，屬於一種「二度體驗」的文本欣賞過程。胡經之先生認為：「藝術欣賞是一種審美再創造活動，是一種對作者審美體驗物化形態（藝術作品）所進行的二度體驗的過程。」〔註47〕這裡所謂「二度體驗」包括二個層面，一是畫家對語言文本的「二度體驗」，並把「二度體驗」的經驗賦予圖像；二是由最後的讀者對圖像文本的「二度體驗」。這發生在閱讀中的不同時間段的「二度體驗」，都不是語言文本的簡單複製，而是一個創造、昇華的過程。

刺激讀者產生「二度體驗」的圖像，其信息量大於文字，能夠揭示或補充文字中所隱含的或所沒有清晰表達的內容。如第 2 單元圖說寫許母夢金鳳銜珠，墮於掌中，玩而吞之，因而有孕，而真君降生。這是古代所有不凡人物誕世的「異生譚」模式，在圖像中，只見許家房頂琉璃瓦上，放射出圓弧形的金色光芒，有隻赤鳳銜珠飛臨許家，周圍雲氣環繞。赤鳳的意象，暗示出淨明道的女性崇拜傳統，如果聯繫下文及擴展閱讀淨明道的其他文獻資料，這一意象的指向就更為清晰。許遜降世的時間是吳赤烏二年，古代「烏」「鳳」通用，這在漢墓中已有大量的圖像證據可供支撐，兩者都是瑞鳥；「鳳」與「龍」對應，又代表陰性；而且後來許遜作為水神，也是陰性。因而在後世淨明道高道中，有許多女仙，如諶姆、許母、吳彩鸞（吳猛之女）、盱母（許遜大姐、盱烈之母）等，因而萬壽宮除有祭祀許遜、吳猛等男性神靈的宮觀外，還有專門祭祀淨明道女仙的宮觀如諶姆殿、夫人殿等。據《孝道吳許二真君傳》記載，許遜之所以能夠入道成仙、創立「孝道」，乃與分別代表「陽」、「陰」的蘭公、諶母兩位人物有關，但「孝道」雖然號稱始傳於蘭公，其實傳衍在很大程度上卻是依賴於諶姆的，因為導致許遜與吳猛師徒「換位」之「銅符鐵券」乃是由諶姆直接授予許遜的。由這個神話故事所折射出的現實情況，實際上是女性在淨明道中的重要地位。《真君圖傳》第13單元寫五女仙童各持寶劍獻給許遜，

〔註46〕陳平原：《看圖說書》，第 43 頁。
〔註47〕胡經之：《文藝美學》，北京大學出版社，1989 年，第 359 頁。

第 14 單元圖說寫真君和吳猛拜丹陽女師諶姆為師。《西山許真君八十五化錄》中「華車化」寫到靖安縣有劉仙姑，年數百歲，貌若童子。諶姆嘗稱之。祖師往見，則已飛昇矣，遂留寶木華車。遺之車，因風飄舉三日而下，名其觀曰華車觀。而吳猛之女吳彩鸞的故事更是流傳甚廣，《歷世真仙體道通鑑後集》《逍遙萬壽宮志》《道藏》及《皇華紀聞》《玉堂嘉話》等筆記小說中都有記載。總之，讀者通過閱讀文字，觀看插圖，可以進一步深化對文本的理解。

（二）圖像組合方式

從圖像繪製的方式看來，既有表現某一故事情節的單幅大圖，也有表現數個故事情節且由幾幅圖像組合的並置圖。許遜降生圖只突出房屋的一角，但已能感受到許家的富貴氣勢；有些畫雖然是大場景，其中人物數量眾多，但描繪比較生動有神，如大戰蛟龍圖。

單幅圖一般只表現某一場景，暗示事件的前因後果，讓觀者在意識中完成一個敘事過程。如第 3 單元（圖 2-44）圖說寫許遜少時打獵，射中一鹿，鹿子墮地，母鹿停下來，舔舐小鹿，未完死去。許遜惻然感悟，即棄折弓矢學道。配畫分三個層次，作者精心選擇了最富有震撼性的場景。最下方，樹下一隻帶箭的母鹿正在舔舐地上的小鹿，中間地上是許遜折斷的弓箭，後面是縛在竹竿上的馬匹和站在那兒看著母鹿舔舐情景的許遜。從許遜的表情和地上被折成許多小段的弓箭，可以看出許遜痛心疾首和無限悔恨，充分表現出這件事對他產生的極大衝擊力。這是真君人生中的一件具有轉折意義的大事件，自此他專意學道，最終修行成一代高道，並且與後來淨明道以忠孝相標榜有很密切的關聯。因而這是小說故事發展的「大關節」，而且鹿是仙物，因而作者選擇射鹿這一情節就更富有深意。插圖作者在諳熟語言文本的基礎上，以敏銳的藝術眼光捕捉這些「關鍵性」的場景入畫，充分體現了繪者獨特的藝術眼光。李松認為：「重視細節描寫的真實性和生動性，能使欣賞者減少隔離之感。好像事情就發生在自己身邊，這正是宗教宣傳所需要的。」〔註48〕在此，也可以借用羅蘭·巴爾特的「刺點」概念進行進一步的解釋。所謂「刺點」（punctum）作為圖像中的一個要素，它如同一把箭，從圖像中射出來，射中了觀者，使之產生內心刺痛感及心靈的啟發，對信眾而言是一個不小的衝擊（由視覺而至內心），

〔註48〕李松：《純陽殿、重陽殿壁畫的藝術成就》，載金維諾主編：《永樂宮壁畫全集》，天津人民美術出版社，2007 年，第 7 頁。

產生的頓悟（satori），剎那間的空虛。〔註49〕巴爾特這裡主要是論述「刺點」對觀者的心理影響，我們也可以借用來解釋「射鹿」故事對許遜的心理衝擊及其人生選擇的轉向。

圖2-44 第3單元

　　很多小說插圖，大量運用時空重構的方法，將發生於不同時間、地點的事件完美地融匯在一起，通過畫面對比，暗含故事發展的內在邏輯，即所謂「敘事區隔」。語言長於按照故事時間發生的先後敘事，但很難將發生於不同空間故事進行同時講述，古代通俗小說的敘事傳統主要來自說書，在處理紛繁複雜的故事線索和場景時，這種敘事方式就顯得捉襟見肘，只能「花開兩朵，各表一枝」，即分步講述，但圖像則不同，它可以發揮其作為空間符號的優勢，相繼發展的屬於不同空間、時段的「瞬間」提取出來，通過一定的組合方式，並置在一幅單獨的圖案中，各個發展階段中的多個事件要素綱要式地綜合在一起，從而使以空間敘事產生時間的流動性，讓人在意識中完成整個敘事過程。因而有學者稱其為「綜合性敘事」〔註50〕或「綱要性敘事」。總之，通過對時間和空間的重新組合，在時空兩個維度上再現作品的審美意蘊，賦予圖像更豐厚的意蘊。李澤厚先生指出，晚明小說插圖「不受時空限制，在一幅不大的圖版上，表現不同空間和不同時間的整個過程，但交代清楚，並不使觀者糊塗，仍然顯示了中國藝術的理性精神。它與小說戲曲一樣，並不去逼真地創造幻覺

〔註49〕 羅蘭‧巴爾特：《明室：攝影札記》，趙克非譯，中國人民大學出版社，2011年，34～35頁。
〔註50〕 龍迪勇：《空間維度的敘事學研究》，《中國社會科學報》2012年10月19日。

的真實，而更多訴之於理解、想像的真實。它不拘束於『三一律』之類的時空框套，而直接服從於整體生活和理性的邏輯。」〔註51〕正是這種對「理性精神」的追求，使得這些版刻插圖獲得了揭示生活本質的力量，獲得了與小說並駕齊驅的魅力。

　　《真君圖傳》是一部傑出的連環畫傳記體小說，畫家常挑許遜在不同時期、不同地點發生的故事場景或事件中的要素並置在一個畫幅上，有時甚至還按照時間順序，將一則故事分成連續的多幅圖像，描繪出鮮活的許遜形象。如第 17 單元配圖（圖 2-45）包含發生在不同時間的兩個情節，第一個情節是寫真君刺泉為井，解決了村民缺水的問題；第二個情節是寫真君登龍城之山巔，見山腰之泉罅中藏有妖孽，於是卓劍運法，建壇靖以鎮之。該圖又分成兩塊，中間以山嶺為界。左前面是真君卓劍運法，建壇靖以鎮妖的情景；右前方是村民老幼，挑擔從遠方運水、真君以杖刺泉的情景。作者將發生在不同時間的兩個故事場景並置在一幅圖中，但主題是一樣的，即都是表現真君為下層百姓解決現實生活中遇到的困難或災變。第 21 單元配圖（圖 2-46）則包含三個發生在不同時間的故事場景，其一是真君煉成神丹，乃祭於幕阜山；其二是真君至修川，取神劍磨於澗傍之石；其三是真君渡水登秀峰為壇，在峰頂醮謝上帝，乃服仙丹。都是真君煉丹的故事，在道教觀念中，劍和丹大致屬於同一種類型。

圖 2-45 第 17 單元　　　　　　圖 2-46 第 21 單元

　　以上是發生於不同時間且又是不同事件的圖像並置，還有發生於不同時間段但又是同一事件的圖像並置。如第 22 單元（圖 2-47）圖說描寫誅殺妖蛟

────────────

〔註51〕李澤厚：《美的歷程》，中國社會科學出版社，1984 年，第 241 頁。

的過程，時間具有連續性且有一定的長度。真君聽從廟神之言，躡跡追蹤妖蛟
至鄂渚，路上遇見三個老人，告知他蛟孽伏於前橋下。真君追至橋側，仗劍叱
之，蛟驚起，奔入大江，藏匿於深淵。真君乃敕吏兵驅蛟出水，蛟從上流奔出，
遂誅之。配圖也分三段進行敘述，圖下面是三老人告訴真君妖蛟藏匿的地點，
中間是真君仗劍叱蛟，上面是誅殺蛟。二個場景都以山巒作為區隔。又如第33
單元（圖 2-48）圖說寫真君遣符吏追蛟精至長沙，妖蛟從賈誼井中逃出，變化
為人。然後插敘以前妖蛟入贅賈玉家，並生二子，每春夏出舟，秋中載歸之事。
接著敘妖蛟帶傷而歸，騙說被劫傷股，賈玉召醫療治，真君化妝成醫士來到賈
家，妖蛟現形，真君遂揮兵誅之，並及其二子，賈女因其父母告免。這幅配畫
由兩部分組成，右邊是在房間內，描述妖蛟變化為人，成為賈家乘龍快婿的場
景；左邊是在大廳內，描繪真君誅殺妖蛟的場景。這樣，圖像就兼具了空間性
和時間性的敘事效果。

圖 2-47　第 22 單元

圖 2-48　第 33 單元

　　《真君圖傳》中的圖像區隔形式雖然較多，但大致遵循一定的原則和理
路，暗含某種順序。從敘事的時間順序而言，或自上而下，如第 16 單元的配
圖，上面表現的是真君訪飛茅之地，下面是真君見村民祭祀邪神后毀壞淫社，
並告知村民；或從左到右，再從右到左，如第 9 單元配圖，圖右真君縣衙審案
是關鍵性敘事圖案，暗示故事的時間順序是真君審案，然後命饑民去縣圃勞
作，饑民挖到黃金後，再到縣衙，真君最後銷案；或從下至上，如第 17 單元
配圖包括發生在不同時間的兩個情節，第一個情節是寫真君刺泉為井，圖下是
敘述真君解決了村民缺水的問題；或從自右到左，如第 20 單元配圖，右邊是

真君煉成神丹，祭於幕阜山，中間是真君至修川，取神劍磨於澗傍之石，左邊
是真君渡水登秀峰為壇，在峰頂醮謝上帝，乃服仙丹。

　　《真君圖傳》繪畫中充分運用了中國畫白描的技法，把中國畫中近景、中
景、遠景描繪較好結合。有的畫是遠景，利用視覺誘導，造成畫面的神仙意境；
有的畫取近景，主體突出，有的畫取中景，虛實結合。有的著重表現近景但又
以遠景為陪襯；有的以遠景為主題，以近景為輔助；有的以中景為主體，遠景
為托體。總之，注重空間關係的變化，營造出畫面的虛幻感而又層次分明，所
有這些畫面構圖的選擇，皆以有利於突出表現人物和故事情節為前提。如第14
單元「諶姆傳道圖」，距離由遠及近，白雲、山巒、宮殿、人物由模糊變得清
晰，中景諶姆正在接受許遜的跪拜之禮。繪者將畫面分成大小不等的幾個部
分，並使用山石、植物或粗線條等進行區隔，分別表現不同時空中的場景，特
別是用雲霧作為區分仙界與人界的象徵符號，畫面層次分明，虛實相生，這是
道教繪畫的普遍特點。皮爾士認為：「每一個符號有三個意義：第一，每一個
符號有一個直接的意義，也就是它的所指；次之，每一個符號有一個動力意
義，也就是符號在人心裏所產生的實際的效果；最後，每一個符號有一個最
後的意義，也就是，『在足夠的思想發展以後，符號在人心裏所產生的效果。』」
〔註52〕不難理解，如果將插圖看作一套符號系統，其「直接意義」就是圖像
根據作品內容描繪的形象；「動力意義」就是在圖像刺激下，在我們頭腦裏生
成某種認知的可能性；「最後意義」相當於我們前面所提到的「最終解釋項」，
是在多種符號系統的作用下，最後獲得的意義並留下深刻的記憶。對於插圖
書而言，所謂「足夠的思想」，我們認為至少包含四重含義，第一，要充分理
解語言敘述的內容，主要包括錯綜複雜的故事情節和豐富的人物性格內涵，
這是創作和欣賞的基礎；第二，要深刻領悟語言藝術的手法和精髓，並考慮
如何在異質媒介中揚長避短，發揮自身媒介的優勢，將語言藝術創造的審美
體驗最大限度地在異質媒介中傳達出來，這對作者的藝術創造力提出了極高
的要求；第三，讀者對插圖本身要有很強的鑒賞能力，比如插圖場景的選擇，
畫面的構圖等，並能和語言文本做比較分析，發現互文關係；第四，「補充經
驗」是符號得以充分闡釋的重要因素，所以，作者和讀者都要具有開闊的視
野，根據自己對生活的獨特感知，對作品的內容作積極重構。於作者，如此

〔註52〕〔美〕科尼利斯・瓦爾：《皮爾士》，郝長墀譯，中華書局，2003 年，第 110
　　　　頁。

繪出的插圖獨具匠心，傳達出一些具有個體生命體驗的意義〔註53〕。這樣，讀者才能擺脫作品的束縛，在更廣闊的視野中領悟它的審美意蘊，獲得充分的「最後意義」。

結論

《真君圖傳》無論是插圖的形式、繪畫的技巧，還是圖文配合的藝術，都遠遠超越了同時代的其他通俗小說插圖，即使在道教插圖本文獻中，也是佼佼者。它生動展示了許真君從從生、修道、求師、道成、濟世到最後成仙的成長過程，圖像在其中發揮了比文字更為強勢的作用，文字反而起輔助功能，插圖並能對觀者產生「靈圖」效應。

第二節 《繪圖列仙全傳》

道教認為「神唯靈而後傳紀，記傳而之靈益傳」〔註54〕，傳記對神仙事蹟與修道思想的傳播發揮了重要的作用，因而從漢魏六朝開始，就編撰了大量道教傳記集，至明清，隨著印刷技術的發展，這些傳記開始配上插圖，從而使原來文字描述中的神仙有了具象感，而後傳益廣，而且這些圖像多出自名家之手，因而也有很高的藝術價值。清代官修的《秘殿珠林》是一部專門收錄佛道書畫的叢書，其卷二十三「道經（科儀附）」中就收有插圖本《列仙傳》《真仙通鑒》《仙佛奇蹤》，可見這些普及性的道教傳記插圖受到了上層社會的青睞。明代道教傳記圖像的刊刻一般都出自徽州黃氏家族之手，《仙媛紀事》幾乎每幅圖像上都有「黃玉林鐫」字樣，黃玉林即黃德寵（1566年～？），為黃氏26世孫，與楊爾曾有著固定的合作關係，兩人還合刻過《圖繪宗彝》，是一本人物花鳥木版畫集，藝術價值很高。《繪圖列仙全傳》的圖像刊刻則出自黃一木（1586～1641年）之手，黃一木字二水，乃黃氏第27世孫，除《列仙全傳》外，他還曾於萬曆二十五年（1597年）與汪雲鵬合作刻有《琵琶記》，另外，還參與刻印過《歙志》和黃正位刻本《剪燈新話》。另外，筆者還在圖像上發現了其他人的署名，如《太陰女圖》左上角有「曾章刻」字樣，說明參與刊刻《繪圖列仙全傳》的不止黃一木一人。

〔註53〕〔美〕阿恩海姆著，郭小平翟燦譯：《藝術心理學新論》，商務印書館，1994年，第119頁。

〔註54〕《引搜神記首》，《三教源流搜神大全》，上海古籍出版社，2012年，第357頁。

　　總之，在明代士人好道求道之風與商人牟利需求的驅動下，插圖本道教神仙傳記不僅是宣教的工具，還成為一種供賞玩的藝術品。

一、《繪圖列仙全傳》的編撰情況

　　明代道教仙傳大都以元代的《歷世真仙體道通鑒》為文本來源。《繪圖列仙全傳》是繼張文介編撰的《廣列仙傳》之後又一部重要道教仙傳，作者注雲鵬是「玩虎軒」書坊主，新都（今安徽黃山市）人，他還曾於萬曆年間刊印過插圖本《琵琶記》《西廂記》，餘事不詳。《繪圖列仙全傳》為歷代仙道人物傳記，所記仙道自上古迄於明弘治末年，共計人物 581 個。據本書後序「萬曆庚子夏日汪雲鵬序並書」可知，該書成於萬曆二十八年（1600 年），並於是年出版〔註55〕。

　　《繪圖列仙全傳》基本上是在《廣列仙傳》的基礎上編輯而成，《廣列仙傳》共八卷，《繪圖列仙全傳》增至九卷，並在第八卷開頭又加上了「王世貞編次」等字樣。經過仔細比對，會發現兩書在很多地方相似，如《繪圖列仙全傳》卷首的李攀龍序與《廣列仙傳》卷首的張文介序，內容幾乎完全相同，張序中的「介」（指張文介）字在李攀龍序中被換成「龍」（指李攀龍）字，張序中的仙人總數「三百四人」在李序中被改為「四百九十七人」（指《繪圖列仙全傳》前八卷所記仙人總數），張序末尾題署「時萬曆十一年癸未夏六月吉」字樣，在李序中被更換為「新都汪雲鵬書」，甚至張序中的錯誤李序亦照抄不誤，如說劉向、陶弘景二人皆有《神仙傳》，李攀龍應不至於犯如此常識性的錯誤，退一步說，即便是李攀龍犯錯，後面還有王世貞糾正，但奇怪的是他並未發現，可見這兩個署名都是假託，無非是想借名人來抬高本書的價值，擴大其銷路，其實抄襲的是《廣列仙傳》之張文介序。其次，《廣列仙傳》一書共有 286 個人物傳記，涉及仙人 300 餘位，其中除薛道光、白玉蟾、王曇陽三人外，其餘都見於《繪圖列仙全傳》，且內容甚至各傳的篇幅都基本相同。所以，本書的真正編輯者應是書商汪雲鵬本人，本書從卷首至卷末後序都有「汪雲鵬」的名字，因為《廣列仙傳》中最後一個人物是王曇陽，是王世貞撰寫的，故汪雲鵬將本書的編輯權冠於王世貞名下，又由於李攀龍與王世貞同為「後七子」的領軍人物，兩人關係密切，故汪雲鵬又將張文介序改到李攀龍名下，只是改動了序中的幾個關鍵字而已。另外，王雲鵬由於擔心自己的抄襲行為被人

〔註55〕魏世民：《〈列仙全傳〉作者考》，《明清小說研究》2013 年第 3 期。

發現，故又特意將《廣列仙傳》中的仙傳次序打亂，重新編排後編入本書；並從它書中摘抄一些神仙傳記補入。這樣，至少從表面上看，本書的面目就與《廣列仙傳》不完全相同。不過，本書雖為抄襲之作，但是明代篇幅最大的仙人傳記集，且插圖精美，是徽派版畫代表作之一，故其價值仍不可低估。有關這些問題，魏世民論述甚詳，可參看〔註56〕。

《繪圖列仙全傳》對《廣列仙傳》的改動，除人物排序的調整外，主要表現在以下幾個方面：

1. 文字略有改動

現將一些改動的例子列表如下：

篇　目	《廣列仙傳》	《繪圖列仙全傳》
太陽女	結尾：「亦得仙昇天」。	「俱得仙昇天」。
太玄女	結尾：「白日昇天而去」。	「後白日昇天而去」。
茅蒙	結尾：「皆得仙，故曰三茅」。	「皆得仙，居茅山」。
茅盈	結尾：「後人謂之三茅」。	「居茅山，世稱三茅真君」。
黃安	開頭「年八十餘，貌若童子」。	「年萬歲餘，貌若童子」。
陰長生	開頭：「和帝陰后之曾祖」。	「漢和帝陰后之曾祖」
蔡經	開頭：「蔡經蘇州人。	「蔡經姑蘇人」。
許棲岩	結尾：多有人見之者。	每隱見不常焉。
陳摶	結尾：此一枝傳於南方	至今糟粕猶存也。
薩守堅	開頭：南華人。	蜀西河人。
浮丘伯	結尾：又有相鶴經、王子喬傳。	又作相鶴經、王子喬傳存於世。
呂洞賓	唐河中府永樂縣人。	唐蒲州永樂縣人。

從上述所舉改動例子及下文例子看來，改動的位置一般都發生在傳文的開頭和結尾，頗疑因這兩個位置便於修改，不必費多大挖改工夫；其次，大部分改動都可有可無，只有極少數例外，如《繪圖列仙全傳》將《廣列仙傳》中黃安傳開頭年「八十餘」改為「年萬歲餘」，這個顯然改對了，因為文中寫人問黃安年紀，黃安答曰龜三千歲一出頭，自己曾見龜五出頭。

2. 內容增減

內容增加和減少的例證也很多，茲列表舉例如下：

〔註56〕參見魏世民：《〈列仙全傳〉作者考》，《明清小說研究》2013 年第 3 期。

篇　目	《廣列仙傳》	《繪圖列仙全傳》
彭祖		文末增：「喪四十九妻，失五十四子」
赤松子	文末：「漢高帝時，張子房嘗從之遊焉」	無
上元夫人	遣侍女迎上元夫人，云比不相見，四千餘年）……可年二十餘，頭作三角髻	遣侍女迎上元夫人，……，頭作三髻 文末增：「授帝以靈飛十二事，乃去」
太真夫人	王母少女	王母少女玉巵也
老子	過函谷關，度關令尹喜	過函谷關，度關令尹喜，知之，求得其道。 文末增「《續博物志》云」一下文字；
列子		文末增：唐天寶初冊為沖虛真人
莊子		文末增：帝命為韋編郎
尹喜		開頭增：天水人
太陽子	其鬢髮皓白	其鬢髮皓白，不能全其嬰兒也
鬼谷子		有陰符鬼谷子二書行於世。
朱仲	文末：景帝時復來獻三寸珠數十枚，輒去，不知所之。	
修羊公	文末：尋復去，不知所在。	尋復去。
焦先		文末增：「有陸雲焦生頌」一段文字。
黃仁覽	二弟尚在獵所。	
許邁	文末：與婦告別，又著詩一二首，自後莫之所終往，後人謂之羽化云。	臨安西山後多出「與王右軍父子為世外交，時共右軍修煉服食，遍採名藥，右軍每歎曰：我卒當以樂死」一段文字。 與婦告別，自後莫之所終。
徐佐卿	文末：識其箭。	識其箭，乃知佐卿化鶴事。
呂洞賓		文末：「後世岳武穆父果夢張飛托世，故以飛命名云」。
裴航	文末：「復附書於親舊」一段文字《全》書無。	孫仙姑其妻也，至元六年贈丹陽抱一無為真人。

馬鈺	開頭：孫仙姑其妻也。	
郝大通	文末：已預修葬事，及期果然。	已預修葬事。
周癲仙		文末：「上後親為文，勒石廬山，以紀其事」。
孫仙姑		無後而孫不二仙夫時與馬鈺告別文字。
桓闓		如前所述云云。

　　從上述比較可知，《繪圖列仙全傳》對《廣列仙傳》有增有減，增減的位置大多發生在文末。有的刪減破壞了文氣，如《廣列仙傳》中「上元夫人」篇寫王母遣侍女迎上元夫人來見漢武帝，「云比不相見，四千餘年」〔註57〕，既道出了上元夫人應該來見漢武帝的理由，也暗示了漢武帝其實是神仙謫降，而《繪圖列仙全傳》將這兩句話刪了。又如《繪圖列仙全傳》中「孫仙姑」條將《廣列仙傳》後面仙姑臨死時魂魄來與馬鈺告別的一段文字刪去，使其表達的豐富性遠不及原文。在全真史上，孫不二因為世情較濃，最難度化，最後這個場景的描繪，非常生動地表現了孫不二的性格和他們夫妻之間的深厚感情及神仙難免有情的思想。《廣列仙傳》中「郝大通」條結尾寫郝大通「已預修葬事，及期果然」，《繪圖列仙全傳》刪去「及期果然」一語，便無法表現郝大通預言如神的能力。《繪圖列仙全傳》增加的文字主要是補充性的，如「呂洞賓」文末補「後世岳武穆父果夢張飛托世，故以飛命名云」。「張道陵」條文末增「今其子孫世襲真人，居於江西廣信府貴溪之龍虎山」。當然也有一些增補豐富了傳文的內容，如「許邁」增加了一段許邁與王羲之交往的文字：「與王右軍父子為世外交，時共右軍修煉服食，遍採名藥，右軍每歎曰：『我卒當以樂死』。」從側面襯托出許邁神仙生活的快樂。

3. 文字調整

　　《繪圖列仙全傳》對《廣列仙傳》原文進行文字調整的地方不多，有得有失，有的調整使語言邏輯更為清晰，如西王母一字太虛，《廣列仙傳》介紹時將其和名字分開，《繪圖列仙全傳》則調整到一起，還有嵇康傳也是如此。而張道陵的外貌描寫，《廣列仙傳》放在出生之後，《繪圖列仙全傳》則移至傳首，《廣列仙傳》的處理顯然更為合理。

〔註57〕文中所引《繪圖列仙全傳》中的文字，均見大中國圖書公司1972年印行本，不一一注出。

　　總之，明代這幾部重要的道教仙傳，在內容上普遍存在著互相因襲的現象，神仙的人數也越來越多，而且隨著明清時期道教的日益世俗化，神仙的形象也更加民間化，他們不再都是十全十美的完人，多有出身社會底層的凡人，在敘事模式方面，與《神仙傳》等早期仙傳相比，也沒有什麼突破。

　　《繪圖列仙全傳》中的插圖集中放在每卷後面，每幅圖上都標有傳主的名字。但不是所有的傳主都有配圖，甯封子、太陽女等232人無圖，第九卷整卷無配圖，據此推斷，第九卷很可能是再版後補入的。有時是兩三個互有關聯的傳主共享一圖，如古丈夫和毛女、蔡經和麻姑、王方平三人。人物是否配圖，也與傳主的地位及重要性無關，如徐福、劉海蟾、李少君、薊子訓、唐公昉、陰長生、劉根、王玄甫、寇謙之、葉法善、羅公遠等重量級神仙都沒有配圖；也與傳文的敘事無關，有的傳文只有簡短幾句話，卻有配圖，如「王夫人」等篇，配圖一般都是傳主的全像，但也有例外，如「王道真」的配圖是傳主居住的鬼谷柏臺，「鄭全福」的畫面是一撐鐵船的老人，「劉越」的畫面是一雙手攏袖、佩劍迎接劉越進入仙境的真人。「蘇耽」條寫蘇耽臨仙去時，預言明年將有大疫，囑咐母親取庭前井水中樹葉救之，畫面是其母從柏樹下井中取出橘葉的情景。還有的配圖比較隨意，反映出刻者對傳文理解的失誤，如「老子」條寫老子「駕青牛車過函谷關」，但配圖卻是老子騎青牛像。《金申》篇寫金申常單衣跣足，臥沐雪中，畫面卻是金申單衣跣足，手舞足蹈，旁邊有山石草木，看不出有雪。《柳實、元徹》寫柳、元兩人跪地向玉虛尊者求救，但圖像中的玉虛尊者卻是一個砍柴老人的形象，文中並沒有這樣的描寫。可能圖文剿襲來自不同的文本，從而造成「語─圖」分歧。可見在商業化的影響下，該書編纂和製作的粗糙。

　　仙道人物一般都是寬袍道巾，他們以龍、青鳥、鹿、虎、鶴等動物為坐騎，一般以山岩、河流、松樹、柏樹、柳樹、竹子等為背景，營造出濃鬱的神仙世界氛圍，無不與他們的避世思想和隱修主題相吻合。有時用線條進行標示，如《莊伯微》寫莊每天傍晚閉目握固，想崑崙山，積三十年，後見崑崙山人，授以金液方，合服得道。圖繪莊坐在蒲團上，微頭左側，閉目存思崑崙，頭頂上一根線延伸後各向兩邊分開，將崑崙山峰圈住，標示出他存想中的山脈。故事空間的選擇體現了道教對自然的看法，以及道教對修行處所的地理環境要求，也就是說，故事空間不但是事件發生的場所，同時也是表達描述者即宗教傳播者之宗教觀念的主要方式，所以是精心設計的。

二、圖像的類型

　　《繪圖列仙全傳》中有數百幅圖像，作者根據不同的方式進行繪製，從圖像敘事劃分，一般可分為偶像型圖像和情節型圖像兩種類型。

（一）偶像型

　　偶像式圖像就是對神仙肖像，畫家對神仙的形貌進行精心繪製，觀者通過對神仙圖像的「玄覽」，或者用今天的話說「凝視」（gaze），建立拉康所謂的自我與他者的一種鏡象關係，在觀看圖像的過程中，觀看者實際上就是在凝視和反思其內心隱藏的欲望衝動和另一個自我鏡象。〔註58〕從拉康的論述可知，凝視涉及主體與客體或稱看者與被看者之間的關係，凝視是一種特殊的觀看。讀者在觀看神仙圖像的過程中，為偶像所流溢的崇高神秘、淡泊寧靜之美吸引，將自己的感情投射在偶像上。如《西王母》繪西王母出行圖，左右二侍女跟隨，右邊一人手持遮陽扇，左邊一人端蟠桃盤，三人腳踏雲彩，繪者主要通過侍者突出西王母作為女仙領袖和長生神的身份。有的圖像則重點繪製神仙的行頭，如《上元夫人》圖說寫上元夫人「乘麟至，服青霜袍，頭作三髻，餘髮散垂至腰」，圖中王夫人右手持玉如意，左手肩捧琴，騎麒麟行於雲端，右側回首。《赤松子傳》畫赤松子在松樹下，穿樹葉衣，左手持禾穗，暗示其作為神農雨師的職能，因為雨水對莊稼收成具有決定性的作用。有一些圖像完全是按照文中對人物的外貌描寫進行繪製的，如《張三豐》圖說描寫張三豐的外貌道：「龜形鶴骨，大耳圓目，身長七尺，鬚髯如戟，頂作一髻，手持刀尺，一笠一衲，寒暑御之，不修邊幅，人目為張邋遢。」圖繪張三豐站在山岩上，科頭衲衣，背斗笠和長刀，赤腳，左手豎二指，形象地表現出一個浪跡天涯的遊仙形象。《張道陵》寫張道陵「身長九尺二寸，龐眉廣額，朱頂綠睛，隆準方頤。目有三角，伏犀貫頂，玉枕峰起，垂手過膝，美鬚髯，龍蹲虎步，豐下銳上，望之儼然」云云，都是根據文中的描寫而繪製的。有時繪者還善於抓住人物的典型特徵，如《陶宏景》（圖 2-49）圖說對陶弘景的形貌也有詳細的描寫：「身長七尺七寸，神儀明秀，朗目疏眉，細形長額聳耳。耳各有七十餘毛，出外二寸許，右膝有數十黑子，作七星文。」畫家以簡潔的線條，繪陶弘景坐於古松之下，面前一個童子正在吹笙，他頭略低，眼微閉，似乎沉浸的美妙的

〔註58〕　〔法〕拉康：《論凝視作為小對形》，見吳瓊編：《視覺文化的奇觀：視覺文化總論》，中國人民大學出版社，2005 年，第 26 頁。

音樂中，突出其隱士品格，即文中所寫晚年隱居山中，與物遂絕，惟一家僅得至其所，喜歡吹笙，特愛松風，庭院皆植松，每聞其響，欣然為樂。《藍采和》的插圖也是根據藍采和「常衣破藍衫，一足靴，一足跣，夏則衫內加絮，冬嘗則臥雪中，氣出如蒸，每於城市乞索，持大拍板長三尺餘，醉而踏歌」而繪製的，突出其浪子特徵。這些偶像式神明的繪製，作者通過注入敘事性元素來表現人物的形象，令觀者更準確地理解畫家想要表達的眾仙的基本特色。

圖 2-49　陶弘景

　　「靈圖」是道教一種道教獨特的視覺文化，《老子八十一化》解釋「靈圖」云：「靈，妙也。圖，度也。」宋《猶龍傳》中《撰仙圖》云：「圖錄經像，出於師承，乃上聖之秘言，即修行之要指。故三部八景二十四神，具於人身，各有圖像，按而行之，立致通感。」〔註59〕就是說，無論是道經還是道像，都是上聖傳下的「秘言」，觀者通過凝視神仙肖像而產生「通感」，因而對於修行者而言，圖像具有指導和度化的作用。道教神仙等級森嚴，種類繁多，每一種繪製都有嚴格的規定，包括身體比例、體態相貌、衣飾髮型、姿態手勢、色彩光線、造像材料、故事情節等。這在前文引述《洞玄靈寶三洞奉道科戒營始》卷之二《造像品》中已說明，如「天尊上披以九色離羅或五色雲霞，山水雜錦，黃裳、金冠、玉冠」，「不得用純紫、丹青、碧綠等」；「真人又不得散髮、長耳飛獨角，並須戴芙蓉、飛雲、元始等冠」；「左右二真皆供獻或持經簡，把諸香華，悉須恭肅，不得放誕手足，衣服偏斜。天尊平坐，指撚太元，手中皆不執

〔註59〕賈善翔：《猶龍傳》，《中華道藏》第 45 冊，第 593 頁。

如意塵拂，但空而已」。若不依規定，則「鬼神罰人，既非僭濫，禍可無乎」〔註60〕。可見天尊與真人的製作方式完全不同。《繪圖列仙傳》中的偶像配圖採用簡潔的白描，而不是彩繪，畫家運用墨線勾勒，通過黑白對比，產生藝術效果，偶像的表情、服飾及其後面的背後圓光和侍從等，都能表明其身份、地位和職能等，使抽象的宗教概念形象化，這不但使得這些人物畫可以更靈活地表現作者的思想和情感，向讀者直接展示人物的言行性格，而且能夠刺激讀者的感官，喚起他們強烈的宗教情感，從而增強文本的文學感染力，實現文本效果的最大化。

（二）情節型

有的圖像是將傳文中某一故事情節視覺化，如《衛叔卿》（圖 2-50）寫漢武帝遣使同衛叔卿子度世至華山尋衛叔卿，「至其巔，絕岩之下，望見其父與數人博戲於石上。紫雲鬱鬱，白玉為床，有數仙童執節立其後。」度世問其父一同下棋的是什麼人，衛叔卿答曰洪崖先生、許由、巢父、王子晉，並告知度世有仙方埋藏在家裏屋柱下面。度世回家掘之，乃五色雲母，服之仙去。在圖像中，度世站在懸崖邊，但有一定的距離，下面乃萬丈深淵，他向懸崖對面的父親拱手而拜，衛叔卿站立的位置更靠近懸崖，腳下彩雲飄飄，他無絲毫畏懼的樣子，向兒子擺手，身後有兩人在下棋，其中一人專注地看著棋盤，一人受到打擾，扭頭在看他們父子倆。繪者通過懸崖、白雲，象徵仙凡之隔，不但表現神仙生活逍遙快樂，對俗世的凡人產生強大的吸引力，而且傳達神仙修行思想。《蔡經》（圖 2-51）寫仙人王方平和麻姑降蔡經家，麻姑「是好女子，年可十八許。頂中作髻，餘髮散垂至腰，錦衣繡裳綺，光彩耀目，皆世所無有。」麻姑手似鳥爪，「蔡經私念背癢時得此爪搔之佳。方平即知，乃鞭經背曰……」他的念想馬上被王方平知悉，站在圖像中間的王方平左手抬起，右手高舉鞭子抽向左邊的蔡經，蔡經轉身躲避，但眼睛仍看著站在王方平右邊的麻姑。圖像表現麻姑之美、神仙無所不知，以及成仙不久的蔡經凡心未淨。《務光》寫湯以天下讓務光，務光不肯受，為表決心，抱石自沉於蓼水。圖面以簡單的波浪線表示洶湧的河水，務光兩手抱石，目光堅定從容，走向河邊。《李筌》則表現驪山老母向李筌傳授《黃帝陰符》的情景，老母髦髻當頂，餘髮半垂，坐於石上，右手將書拿給李筌，李筌躬身雙手接住。《呂尚》寫呂尚「生而內智，預知存亡」，溪下垂釣三年不獲魚，有人勸他放棄，呂不聽，果得大鯉魚，並

從魚腹中獲得兵書，圖像即表現他丟下魚竿，雙手抓魚，得到兵書的情形，表現呂尚預知如神的能力和堅毅的定力。《白石生》寫中白石生「不修飛昇，但以長生為貴，不失人間之樂而已」，「初患家貧，不能得藥，乃養豬牧羊，十數年致富萬金，乃買藥服之」，圖繪白石生站在家門口，低首在看豬羊吃食的情景，體現白石生「不失人間之樂」的修煉宗旨。總之，選擇視覺化的內容，一般都是關乎傳主成道的節點，是關鍵性情節，在一定程度上體現出畫家的藝術匠心。

圖 2-50　衛叔卿　　　　　　　　　　　　圖 2-51　蔡經

三、圖像的內容

《繪圖列仙全傳》中的插圖內容非常豐富，較為集中體現了道教的思想觀念，大致可以分為如下幾種類型。

（一）飛昇

飛往仙境是標誌道士修行成功的最後節點，《繪圖列仙全傳》的畫家喜歡抓住傳主這一輝煌「頃刻」進行視覺化，因為迎合了人類長生不老的夢想，從而對讀者產生強烈的視覺震撼，成為刺激他們向道或在修行的過程中堅定信仰的動力，這也是插圖本神仙傳記普遍的做法。如《王褒》寫王褒道成之後，「帝賜一飛飆羽車，遍歷群仙洞府，盡傳天書秘要。上清玉晨帝君賜以寶芝，食之即身成金色，項映圓光。」圖繪王褒端坐於羽車之上，右側項後有圓光，表示其仙道已成。《吳猛》中吳猛手持蒲扇，坐於雙鹿牽引的車上，羽車行駛

在彩雲之中。《郭璞》則寫郭璞兵解後為水府仙伯，圖中他站在水上，手持拂塵，後面一鬼舉著水府仙伯的令旗。郭璞在後世被視為堪輿之祖，後面跟一鬼，正好與他的身份對應。

神仙成道飛昇的最後一刻，是一種宗教儀式。英國學者菲奧納‧鮑伊指出：「儀式是一種文化地建構起來的象徵交流的系統，它由一系列模式化和申行化的語言和行為組成，往往是借助多重媒介表現出來，其內容和排列特徵在不同程度上表現出禮儀性的（習俗），具有立體的特性（剛性），凝聚的（融合）和累贅（重複）特徵。」〔註61〕所以神仙飛昇圖，既具有莊嚴的神秘感，又有大致相同的模式，「重複」感染信徒，從而發揮儀式的力量。總之，這些圖像都是極力渲染傳主最後的榮耀，證明神仙可學，仙道可成。

（二）法術

法術最初是道教修行者自我防衛的手段，道士入山修道，可能會遭遇許多意想不到的危險，學習法術是為防身；後來，道士以法術為民治病、驅邪，成為吸引信眾的工具；最終，法術成為仙道濟世度人，立功進階的路徑。「法術是具有變化自在的魅奇效果，實因道教本就以神通變化，法術變化為能事，道教內部也常以此顯示其具有超乎常人的能力，而庶民社會也驚詫其不可思議的能力。」〔註62〕李豐楙的這一段話很好地概括了道教法術在道教及世俗民眾中的功用。按南轂子所說：「道乃法之體、法乃道之用」〔註63〕，「道」與「法」是體與用的關係，白玉蟾對此也有精妙的概括：法「本出乎道，道不可離法，法不可離道。道法相符，可以濟世。」〔註64〕道是法的表現形式，因而是用來濟世安民的：「道者，虛無之至尊也。術者，變化之玄伎也。道無形，因術以濟人，人有靈，因修而會道。人能學道，則變化自然。」〔註65〕道法相依，不可偏廢。《繪圖列仙全傳》中的這類圖像主要突出傳主的奇行異術，包括飛行、隱身、變化、劍術等，如有關火的法術，《東王公》繪東王公「開口流光」，噴出電火，因為他是太陽神。《姚光》繪姚光坐於熊熊大火中看書，視若無物，

〔註61〕〔英〕菲奧納‧鮑伊：《宗教人類學導論》，中國人民大學出版社，2004年，第176頁。
〔註62〕李豐楙：《葛洪〈抱朴子內篇〉研究——不死的探求》，中國臺北時報文化出版公司，1985年版。
〔註63〕南轂子杜道堅纂：《通玄真經纘義》卷之十一，《道藏》第16冊，第811頁。
〔註64〕白玉蟾：《道法九要序》，《道法會元》卷一，《道藏》第28冊，第677頁。
〔註65〕張君房：《雲笈七籤》卷四十五《秘要訣法部‧序事第一》，第261頁。

表現神仙入火不燃，入水不濡的能力。《涉正》寫涉正常閉目，雖行走而不睜開，弟子隨之二十年，從未見其開目，固請之，乃開，「開時有聲如霹靂，有光如火電，弟子皆不覺伏地，良久乃能起」，圖繪涉正坐於岩石下蒲團上，兩眼中噴出電火，一弟子拜伏於地，乃是神仙目射精光的奇幻想像。《欒巴》繪欒巴在長安皇宮的酒席上，向西南方向噴酒，澆滅數千里之外的城都大火。又如涉江渡海術，《繪圖列仙全傳》中這類圖繪很多，如《趙丙》繪趙丙以草席渡過水勢洶湧的大河，《唐廣真》繪唐廣真跨於大蛤蟆背上渡海，《謝仲初》繪謝仲初背劍以竹葉渡江，《張志和》繪張志和酒酣鋪席水上，獨坐而酌，席來去如飛，上面有一隻飛翔的白鷺，用的是「西塞山前白鷺飛」的意境。古代交通不發達，因而道教傳記的編撰者常通過描寫神仙道士渡江湖海洋的神奇法術彰顯他們的道行，其次，「渡」又是道教度人思想的隱喻。又如得道之士有「掩耳而聞千里，閉目而見將來」的能力〔註66〕，變化無窮，神秘莫測。禁虎豹猛獸術是許多神仙都掌握的技能，一方面表現傳主神奇的能力，另一方面也表現道教人與自然和諧共處的理念。如《董奉》寫董奉為人治病不取值，只要求病人植杏樹一棵，不久成林，猛虎為他守護杏林。圖繪董奉坐在柏樹下石頭上，石板上有鋪開的一本書和茶壺、茶杯，一隻老虎溫順地蜷伏在他身邊。《鄭思遠》寫山中有虎生二子，虎母為人所殺，虎父驚逸，思遠救養虎子，虎父尋至跪謝，依思遠不去。圖繪思遠騎虎父出行，二虎子負其經書、衣服、藥箱以從。《聶師道》寫聶師道每入山，虎豹見之，皆馴伏，圖繪聶左手拿著芝草，面前一隻豹子匍匐於地。王延凡賓客將至，先有二青鳥報之，「居處常有虎豹繞，若相保衛」。此外，還有葛玄咒水成酒、李阿接續斷刀、費長房跳入葫蘆、張九哥剪羅布為蝴蝶、洪志籃中果子取之不盡，等等。總之，這些仙傳一般都縷述傳主的多項法術能力，然後選擇其中一種具有代表性的法術視覺化。

（三）修道

《繪圖列仙全傳》中這類圖像主要突出仙人的修行效果，如《太玄女》寫太玄女隨著年齡增長，「顏色益少，鬒髮如鴉」，圖像中的太玄女就像一個二八佳人。《司馬季主》學道後「顏轉如少女，鬚三尺，黑如漆」，肖像也是一個青年美男子。繪者還通過仙道的手中物，突出他返老還童的修煉效果及充沛的生命力，如《介象》畫介象手持白桃花，人面桃花，更顯得年輕。《蘇林》寫蘇

〔註66〕王明：《抱朴子內編校釋》，第46頁。

林訪真之志彌篤，常負擔至趙，師琴高先生，圖繪蘇林背行李匆匆行走的情景，表現其求道之艱辛和意志。《朱孺子》繪朱孺子與玄真追逐二花犬，其中一犬回望，一犬往前飛奔，朱孺子雙手舉起，做出撲擊狀；玄真則伸出一手，做抓狀。二犬化為枸杞，二人掘之而食，遂仙去。《羅真人》寫羅真人治癒病龍，後於觀北水塘洗足時，龍負他飛昇而去。

一些圖像則表現普通人因為積德而成仙，如《焦先》寫焦先每日砍柴施人而成仙，圖繪其挑柴形象。《郭瓊》（圖 2-52）寫郭瓊「扶杖遊行，每寄宿人家，輒乞薪自照，讀書不眠」，圖繪郭瓊在房間外，跪在地上，右臂挾杖，地上燃薪，郭瓊兩手端書在膝蓋上閱讀，臉帶微笑，自得其樂，面前還放著數本翻開或未翻開的書。《羅升》和《王升》繪屠狗為業的羅升和在麥場上打麥的王升成仙。這些都說明，處處皆是道場，人人皆可成仙。

圖 2-52 郭瓊

人品是關係一個人能否成仙的重要因素，有學者指出：「正因為取代自然宗教的不是宗教而是倫理，所以在中國文化中，宗教不像在西方文化中那樣，是一種超越於倫理之上的精神活動形式，相反，倫理卻超越於宗教之上，成為古代中國人主要的精神活動形式。」〔註 67〕聶振斌等在《藝術化生存》一書中也說：「作為對人生世相的反映，善將世界抽象化，理性化；美將世界美化，

〔註 67〕彭鋒：《詩可以興──古代宗教、倫理、哲學與藝術的美學闡釋》，安徽教育出版社，2003 年，第 34 頁。

理想化，使感性更生動、鮮活，並把理性融於其中，使感性和理性處於和諧狀態。」〔註68〕中國古代是一個倫理社會，推崇仁德善行，而道教也有不依賴於技術、積善就能成仙的說法。

《繪圖列仙全傳》中圖像繪製，體現出鮮明的徽派特色，線條靈動，細緻綿麗，不同於建陽派的簡樸粗糙，也有別於金陵派的豪放勁切。鄭振鐸曾指出：徽刻版畫插圖中描寫的是「被理想化的日常生活」，人物的身軀和臉蛋兒是有那麼一套「譜子」〔註69〕。就是說，從造型來說，徽派版刻已經形成了一種模式，如西王母、上元夫人、太玄女像，都是仕女形象，鵝蛋臉型，丹鳳眼，細長眉，櫻小桃嘴，額頭光潔，極為相似。而男性神仙像也高度雷同，如王褒和吳猛，都是鳳眼、高鼻、長鬍的美男子。這既受到古代相人術的影響，也與當時流行的仕女圖不無關係，當然，更重要的是迎合當時文人士大夫的審美情趣。

中國繪畫傳統非常重視線條，以線描為主，畫家們在黑白兩極之間，用細密的黑線、或是以飛白筆痕的方式，製造「灰面」效果，豐富了畫面的層次和表現力，也使觀者產生柔和流動而又厚重和諧的美感。畫面的背景是自然的白色，沒有任何加工，然而在這裡卻流溢著道教的意蘊，因為白色被稱作「沉默的顏色」，它傳達出「一種極細弱的竊竊私語和寂靜。」〔註70〕歷代畫家都善於用線來表現，晉顧愷之的「春蠶吐絲」，曹仲達的「曹衣出水」，吳道子的「吳帶當風」，無不是運用線條的典範。《繪圖列仙傳》中的插圖不乏精美之作，如陶弘景傳寫他「為人圓通謙謹，出處冥會，心如明鏡，遇物便了，言無煩舛，人（有）亦隨覺。永元初，更築三層樓，弘景處其上，弟子居其中，賓客至其下，與物遂絕，唯一家僮得至其所。元善騎射，晚皆不為，雅所吹笙而已。特愛松風，庭院皆植松，每聞其響，欣然為樂。有時獨遊泉石，望見者以為仙人。」圖繪陶弘景坐在松樹下聽家僮吹笙，頭微低，閉目，兩手抱膝，沉醉在美妙的音樂中。他的衣服用流暢的線條勾勒而成，沒有飄動，表現其好靜的性格。又如老子像，畫者以線條勾勒老子的長袍，尤其是他黑長的虯鬚，還有瞪著的牛眼，戟立的牛鬚，將牛的凶頑形象刻畫得栩栩如生，而在道教中，青牛具有驅邪的功能。鐵拐李的道行則通過對他破衣和拐杖的線條勾勒，以及他周身騰起

〔註68〕聶振斌、滕守堯、章建剛：《藝術化生存》，四川人民出版社，1997年，第189頁。

〔註69〕鄭振鐸：《中國古代木刻畫史略》，上海書店出版社，2006年，第98～99頁。

〔註70〕〔俄〕康定斯基：《康定斯基論點線面》，羅世平、魏大海、辛麗譯，中國人民大學出版社，2003年，第39頁。

的蒸汽而表現出來。再如西王母的衣服、頭飾用繁縟的線條勾畫而成，突出她雍容華貴的氣派。圖像也十分注意處理細節描摹，如通過黃帝拜見廣成子時低眉頷首的謙恭，以表現道教的無上尊崇。《黃石公》畫張良雙手托鞋，為黃石公穿上，十分謙恭，表現張良的氣度。《涉正》繪涉正兩眼噴出電光，一弟子五體投地，表示恐懼和佩服。《裴航》則通過門外的裴航和門內的雲英，眼光不約而同齊聚在搗藥的玉兔上，表現他（她）們盼望仙藥製成同結連理的急迫心情。

結論

　　《繪圖列仙傳》是一部大型的插圖本短篇仙傳集，人物眾多，配圖繁夥，形式多樣，內容富贍，是道教小說插圖本的典範之作，文本的許多潛在的意蘊因精美的圖像而得到補充和釋放，道教關於修行、考驗、法術、升仙等思想觀念，在語圖互文中得到了很好的闡釋。

　　與一般的肖像畫不同，畫家將敘事性元素融入人物畫中，就而使人物畫富有動感，給觀者留下深刻的印象。但由於人物眾多，而且神像的繪製有嚴格的規定，因而就形成了圖像格套，形成不同的構圖類型。我們會發現不少神仙的面孔及其故事具有類同性。作者在繪製時，可能不僅僅是依據《繪圖列仙傳》中的文字敘述，或許還參考了其他文獻或相關圖像，然後進行綜合拼構成多種圖型，一些構圖類型可以被合併、合成或是替換。「通過自由搭配以及重組不同的構圖類型，畫家可以擁有無窮無盡的資源，實現新的創意。由此，複合的道教繪畫應運而生，其融合了藝術和宗教，體現了多樣化的動作。」〔註71〕一方面，這樣做是為減省圖書製作的勞力；另一方面，類型化也是道教圖像製作宗教宣傳的需要。

第三節　八仙題材插圖本小說研究

　　八仙故事自宋代以來就流傳於世，後來經過內丹派的推波助瀾，遂膾炙人口，對文學、藝術、宗教、民俗等眾多領域產生了巨大影響。有關八仙文化與小說、戲曲的研究，以王漢民、黨芳莉、吳光正等為代表的學者，進行了充分的研究，取得了豐厚的成績，尤其是吳光正教授的研究，運用到繪畫、雕塑、

〔註71〕〔美〕黃士珊著：《圖寫真形：傳統中國的道教視覺文化》，祝逸雯譯，第349頁。

石刻、民間故事等材料，考察八仙故事的演變與成型，堪為典範。本節主要在他們的研究成果基礎上，廣泛借用圖像資料，闡釋八仙研究中的一些問題，並對明代以八仙為題材的插圖本小說《八仙出處東遊記》《飛劍記》《韓湘子全傳》，分別進行集中研究。

一、圖文證史：八仙組合的演變

「八仙」一詞最初泛指具有某一共同特點而組合成的八位仙人，諸如東晉譙秀《蜀記》之「蜀八仙」、唐代杜甫詩中之「飲中八仙」及歐陽詢《藝文類聚》中之「淮南八仙」。今世所稱之「八仙」成員，從出現到定型，經歷過更替、反覆、混用到定型等演變過程。明王世貞在《題八仙像後》認為：八仙之所以組合在一起，「意或妄庸畫工，合委巷叢俚之談。以是八公者，老則張；少則藍、韓；將則鍾離；書生則呂；貴則曹；病則李；婦則何，為各據一端，作滑稽觀。八公可考其七，獨李公者，諸方外稗官皆不載，唯聞之乩。」〔註72〕就是說八仙代表了社會各階層或行業，有老有少，有男有女，有將軍有書生，有貴族有殘疾人，因而具有廣泛的影響。明代胡應麟在《莊嶽委談》中彙集了有關八仙的資料，他說：「今世繪八仙為圖，不知起自何代，蓋由杜陵有酒中八仙歌，世俗不解何物語，遂以道家者流當之。要之起自元世，王重陽教盛行，以鍾離為正陽，洞賓為純陽，何仙姑為純陽弟子，夤緣附會，以成此目。」〔註73〕胡應麟指出八仙的興起與全真教有關，乃「夤緣附會」而成，其中既有「委巷叢俚之談」，也有各種圖像資源，因而浦江清在《八仙考》中指出：「近世八仙的起源及會合的原因，當於繪畫及戲劇上求之。」〔註74〕明確指出，若要梳理清楚八仙的起源與流變，通俗文學和繪畫是其中重要的材料。

王世貞雖說「八公可考者七」，其實只有張果史上實有其人，鍾、呂在疑似之間，學界有爭議，筆者認為目前還是缺乏過硬的證據。據《宣和畫譜》記載，宋代已出現了八仙的單幅畫像及韓湘子度韓愈故事的《藍關圖》和《八仙慶壽圖》等，浦江清認為後世的八仙畫可能就是以這些畫作為摹本而繪製的〔註75〕。

〔註72〕王世貞、湯志波校：《弇州山人題跋》下冊，浙江人民美術出版社，2012年，第603頁。

〔註73〕胡應麟：《少室山房筆叢》卷四十，中華書局，1959年，第529頁。

〔註74〕浦江清：《八仙考》，吳光正主編《八仙文化與八仙文學的現代闡釋——二十世紀國際八仙論叢》，黑龍江人民出版社，2006年，第63頁。

〔註75〕浦江清：《八仙考》，吳光正主編：《八仙文化與八仙文學的現代闡釋——二十世紀國際八仙論叢》，第63頁。

（一）八仙的定型

目前所見八仙在一起的最早的繪畫是遼寧博物館藏南宋緙絲《八仙慶壽圖》，主題為八仙及壽星等同祝王母壽辰（圖 2-53）。壽星騎鶴在空中，地上八仙形態各異，栩栩如生。右邊從裏至外，鐵拐李赤腳，手舉葫蘆；鍾離權丫髻髮型，拱手作禮；徐神翁頭戴道巾；張果站在梅花鹿邊，瘦小駝背，持杖；何仙姑手持荷花。左邊從裏至外，分別是拿著鼓板的韓湘子、手奉蟠桃的藍采和和佩劍的呂洞賓。現藏臺北故宮博物院的宋緙絲《群仙拱壽圖》（圖 2-54），構圖與《八仙慶壽圖》有些相似，不過八仙聚集得更緊，皆仰視空中。由此可見，南宋時期八仙的組合已經完成，而且是作為祝壽的繪畫題材。金代侯馬65H4M102 墓上八仙磚雕像（圖 2-55），據考為：鐵拐李、鍾離權、呂洞賓、藍采和、韓湘子、張果老、曹國舅、徐神翁。金代董明墓磚雕八仙像，按順序依次為：鐵拐李、韓湘子、曹國舅、鍾離權、何仙姑、徐神翁、呂洞賓和張果老。鐵拐李戴巾，敞胸大肚，長鬚，身背藥葫蘆；鍾離權肩披樹葉，敞胸凸肚，滿面髯鬚，頭梳大丫髻；呂洞賓頭裹巾，衣角飄逸，蓄長鬚，背後有劍柄，目光炯炯，風度翩翩；曹國舅散髮束箍，面目慈祥，儀表端莊，手持笊籬；張果老頭戴巾子，八字髯鬚，雙手持物作折疊狀，可能是紙驢；藍采和頭梳髮髻，上著破衫，下穿長褲，腰束帶，兩腿叉開，雙手握笛作吹奏狀；韓湘子肩披蓑衣，頭梳丫髻，面容清秀，是個年輕男子，其左手提籃，右手持撅頭；徐神翁頭戴道巾，領下長鬚，面目和善，袖手施禮。八人中除藍采和外，皆褒衣束帶。現藏於山西省博物院 65H4M102 墓中的八仙磚雕是藻井的裝飾物，出土時墓頂已經坍塌，因此八仙的次序和方位並不清楚，按照編號順序為：鐵拐李、鍾離權、曹國舅、韓湘子、藍采和、徐神翁、呂洞賓和張果老。鐵拐李散髮束箍，圓眼禿眉，蒜頭鼻樑，面目醜陋，蓬頭垢面，身穿左衽道袍，雙手持拐杖坐於石上；韓湘子頭梳髮髻，身穿道袍，背一布袋，袖手躬身，面目清秀，儀表端莊，為一俊秀年輕書生；曹國舅頭挽雙髻，身穿蓑披、蓑裙、赤臂跣足，滿面堆笑，蓄長鬚，其右臂挎著個籃子，雙手持一把笊籬。鍾離權頭梳雙髻，滿臉髯鬚，瞪目怒眉，身穿左衽道袍，腰繫長條，手持一物似珊瑚；何仙姑頭紮雙辮彩帶，身穿蓑衣、蓑裙，左手持一把撅頭，右臂攜一隻籃子，籃內裝一把笊籬，手執一支靈芝草；徐神翁頭冠道巾，身穿道袍，五絡髯鬚，面堆笑容，身挎道包，欠身拱手呈作揖狀；呂洞賓頭頂挽髻，身著道袍，腰繫長條，背負笠帽，左手撫弄著長鬚，閉目疾行；張果老戴道冠穿道袍，容貌蒼老，左手持物，

形似魚鼓。元至明初，由於全真教盛行，鍾離權、呂洞賓和韓湘子被全真教認為創教祖師，「八仙」成為戲曲和繪畫中廣受歡迎的創作題材。從上述繪畫看來，「八仙」的組合仍未穩定成型，漢鍾離、呂洞賓、鐵拐李、張果老、藍采和與韓湘子這六仙不變，另兩仙或作張四郎和曹國舅、徐神翁和曹國舅、壺公和赤松子等多種組合方式。而且形象、所持寶物也沒有固定。葉倩曾根據元明雜劇中的描寫，將八仙的組合及其寶物情況做了一個表格〔註76〕。明中葉以後，隨著八仙成員定型化，他們所使用的寶物（或法器）也固定下來，並成為持有者的替代物，清代很多八仙圖像就只畫八仙的法物，稱為「暗八仙」。

圖 2-53　南宋緙絲「八仙慶壽」

圖 2-54　宋緙絲「群仙拱壽」

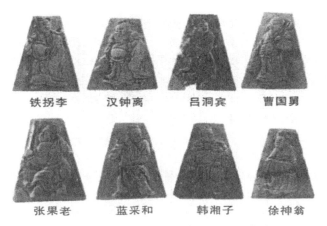
圖 2-55　金代董明墓的八仙磚雕

〔註76〕葉倩：《元代瓷器八仙紋飾考釋》，《中國國家博物館館刊》，2015 年第 10 期。

　　山西永樂宮壁畫繪製於至正十八年（1358 年），由兩組畫工分工完成。從初繪至完成，又經過若干次的修整與重繪〔註77〕。《山西通志》卷三十記：「朱好古元時襄陵人，善畫山水，於人物尤工，宛然有生態。與同邑張茂卿、楊雲瑞俱以畫名家。人有得者若拱璧。當時號襄陵三畫。」〔註78〕此外《襄陵縣志》卷二三、《平陽府志》卷二十七都有同樣的記載〔註79〕。另外，筆者發現在光緒《直隸絳州志》卷之十九「藝文」載錄《元郡守李榮祖政績碑》，其中有「至正尚書王沂撰文，元人朱好古筆」，可見朱好古不但精於繪畫，而且篆刻也馳名於世。一般認為永樂宮壁畫初繪者為朱好古，但朱好古元大德二年（1298 年）曾與張伯淵在山西稷山縣興化寺和太平縣修真觀繪製壁畫，不太可能在六十年後還能親自繪壁，因此，永樂宮壁畫估計是在朱好古的指導下由他的門人完成，也有可能那時他已去世，完全是他門人的手筆，但藉重了他的名聲。

　　永樂宮是元代全真教道士修築的奉祀呂洞賓的宮觀，其純陽殿北面後門的門楣上繪有《八仙過海圖》（圖 2-56），描繪的是八仙渡海的場景，屬工筆重彩畫法，橫幅，觀看順序從左至右，目前除鍾離權、呂洞賓、鐵拐李和韓湘子的身份明確無異議外，其餘四仙有爭議。蕭軍根據八仙所踏之物柳枝、七星寶劍、拐杖、大龜、大鯉、大鼓、雙花和笛子，依次斷為：鍾離權、呂洞賓、鐵拐李、曹國舅、張果老、徐神翁、韓湘子、藍采和〔註80〕。劉科在其博士學位論文中認為畫中八仙應該依次是：鍾離權、呂洞賓、鐵拐李、藍采和、徐神翁、曹國舅、韓湘子、張果老〔註81〕。因圖中下部很多地方已漫漶不清，所踏之物並不十分清晰，而且在元代，八仙的法物還沒有固定下來，存在重合的情況，所以給判斷增加了很大的難度，但鍾離權、呂洞賓、鐵拐李、曹國舅、張四郎、徐神翁、韓湘子、藍采和八個人的身份是大致可以肯定的。這說明即便是當時全真教，其心目中的八仙也與後來不同。河北磁州是唐傳奇《枕中記》中呂翁

〔註77〕劉科：《金元道教信仰與圖像表現——以永樂宮壁畫為中心》，中央美院 2012 屆博士學位論文，第 23 頁。

〔註78〕《中國地方志集成·山西府縣志輯 50》，鳳凰出版社 2005 年，第 237 頁。

〔註79〕加拿大學者曾嘉寶引《太平縣志》第 14 卷「古蹟」：「修真觀在縣南關西高阜處。殿壁間繪畫人物。元朱好古筆，精妙入神，有龍點睛飛去。觀前鐘周圍三丈有奇，擊之聲聞百里，今猶聽三十里外。」（曾嘉寶《永樂宮純陽殿壁畫題記釋義——兼及朱好古資料的補充》，《美術研究》1989 年第 3 期）但筆者遍查清康熙、乾隆、道光、光緒《太平縣志》，未發現這條材料。

〔註80〕蕭軍：《永樂宮壁畫》，文物出版社，2008 年，第 49 頁。

〔註81〕劉科：《金元道教信仰與圖像表現——以永樂宮壁畫為中心》，中央美術學院博士學位論文，2012 年。

給盧生枕做夢的地方。這裡元代燒磁非常發達，很多磁器上面都繪有八仙故事圖案。如邯鄲市峰峰礦區文保所收藏一件繪有「八仙過海」傳說的元代磁州窯瓷枕（圖2-57），畫面採用中國傳統畫的工筆手法，遠處的背景是三座連綿的山峰，象徵蓬萊仙境。近處是一字排開的八位仙人，他們手持寶器，頭頂祥雲，腳踩浮雲，翩然而至。在畫面上從左至右可依次辨出的八仙身份為漢鍾離、呂洞賓、鐵拐李、曹國舅、韓湘子、張果老、何仙姑、藍采和。漢鍾離銀鬚蒼髯，精神矍鑠，身著長袍，隨身背一寶葫蘆；呂洞賓頭戴道帽，身披長袍，背著陰陽劍；鐵拐李手持把柄彎曲狀的拐杖，正回頭照看後面的隊伍；曹國舅頭戴官帽，腳穿黑靴，一襲長袍，肩搭一件法寶，氣宇軒昂；韓湘子頭戴璞帽，腳穿黑鞋，手托花籃，手舞足蹈地走在隊伍中；張果老弓腰駝背，手持鐵拐，一副老邁相；第七位手提竹籃，肩扛一把類似鋤頭的農具，可能是徐神翁；第八位藍采和，腋下夾著一隻大拍板，緊跟在隊伍後面。峰峰磁州窯藝術博物館也收藏一方「八仙過海」的長方形畫枕，雖然八仙的排序與上一方枕面略有不同，但人物的姿態、手中的法器完全相同。峰峰磁器上的八仙成員雖然與明中葉後的相同，但所持寶物又不同〔註82〕。

圖 2-56　純陽宮「八仙過海圖」

圖 2-57　邯鄲峰峰礦區磁磚「八仙過海」

〔註82〕王興等：《磁州窯畫枕上的道教故事》，《當代人》，2014 年 8 月 6 日。有關峰峰礦區出土的八仙資料，皆引自該文。

　　由上述材料可知，元代八仙成員仍未定型，而且他們的形貌特徵和隨身的法器也未固定下來，如葫蘆不獨鐵拐李獨有，有時也屬於鍾離權；笛子後來是韓湘了的，但藍采和有時也拿笛子，徐神翁也背葫蘆、吹鐵笛；在後來的全真教圖像中，穿樹葉衣、梳丫髻是漢鍾離特有的形象特徵，但在上述圖像中，藍采和、韓湘子也梳丫髻，等等。至明代中後期，由於湯顯祖的傳奇《邯鄲記》和吳元泰的小說《東遊記》兩部作品的巨大影響，八仙隊伍自此才固定下來，只有羅懋登《三寶太監西洋記通俗演義》例外，有風僧壽和玄壺子而無張果老和何仙姑。

　　何仙姑得以最終擠進八仙的隊伍中，與全真教也不無關係。從宋代緙絲《八仙慶壽圖》和《八仙拱壽圖》可以看出，八仙中有個人身穿紅衣，頭挽髮髻，體態婀娜多姿，據其服飾特徵判斷，應該是女性，當然，我們無法確定她是否就是何仙姑。金代董明墓中的一組八仙，第五人是個美麗少女，但妝扮與後世的何仙姑不完全相同，也難以確定是何仙姑。在元代，邯鄲市峰峰礦區文保所收藏「八仙過海」磁枕有一個女性。在元雜劇中，除明臧晉叔《元曲選》版雜劇《竹葉舟》中有持笊籬、「貌娉婷」的何仙姑外（元刊本《竹葉舟》中持笊籬的是一「口略闊」的男子），八仙全是男性，而且持笊籬的是曹國舅。尹蓉在《論八仙中的何仙姑》一文中指出：按《五燈會元》記禪師利用笊籬參禪來看，笊籬具有宗教象徵意義，但久而久之，這一含義越來越不為人們所知，它只是普通婦女們用來做飯的工具，一個國舅爺拿一個婦女做飯的工具，終究不雅，因而後來就讓渡給了何仙姑。「八仙中的笊籬，是何仙姑能夠進入八仙的契機。雖然笊籬在以後的發展中，因為美學上的需要有時變成了荷花，但是這不能否定笊籬在何仙姑進入八仙隊伍中的作用。」其次，是八仙慶壽劇的需要，「有何仙姑的八仙，不僅排場好看，而且在給女性慶壽時，還有不可替代的特殊功能。」復次，是迎合觀眾審美趣味的需要，八仙中有一個女性，可以打情罵俏，插科打諢，增加戲場的笑點〔註83〕。這些說法不無道理，石兆原也有類似說法〔註84〕，但除此之外，可能還與全真教七子的對應有關。全真教「七子」原指王重陽和馬郝丘譚劉王六人，沒有孫不二，後來王重陽歸入全真五祖，「七真」中才加進孫不二。全真教奉八仙為師，並有把王重陽加上七子與八仙相對應的意圖，因而八仙中就必須有個相對應的女性，這樣，何仙姑在

〔註83〕尹蓉：《論八仙中的何仙姑》，《藝術探索》2004年第1期。

〔註84〕石兆原：《元雜劇中的八仙故事和元雜劇的體制》，《燕京學報》第十八期。

八仙隊伍中就具有了不可動搖的地位。曹國舅的笊籬雖然給了何仙姑，但他沒有退出八仙的隊伍，因為基于宣道的需要，八仙中必須有社會各個階層的代表人物，曹國舅代表貴族，但張四郎和徐神翁的特徵不是很明顯，他們只會法術，其他八仙都具備這一能力，儘管早在南宋洪邁的《夷堅丙志》卷二中就有個張四郎戲弄印州太守唐耜的故事〔註85〕，但沒有什麼顯著的特色。徐神翁在元雜劇中出現的頻率很高，苗善時的《純陽帝君神化妙通紀》（下文簡稱《妙通紀》）中《探徐神翁第三十六化》和純陽殿西壁第四十五幅「探徐神翁」，皆講述呂惠卿拜訪徐神翁之事。白化文、李鼎霞《讀〈八仙考〉後記》中猜測徐神翁身上可能寄予了亡國故民的特殊情感〔註86〕。由此判斷，徐神翁之所以出現在元時的八仙組合裏，可能與宋朝遺民懷念故國的情感需求有關。但隨著時過境遷，這種感情逐漸淡化，而且徐神翁參與到宋代黨爭之中，呂惠卿是王安石變法的第二號人物，司馬光稱其為「諂媚阿諛之人」。又據清人褚人獲《堅瓠廣集》卷之六《徐神翁》云宋世舊聞，「蔡京自少好方士之說，言嘗遇異人。及作相，為徽宗言道士徐神翁，能知未來事。曾雲蘇軾當墜地獄，禍及七祖。彼方外士而能嫉元祐黨人，所宜褒顯，其可笑如此。又言哲宗曾遣人密問聖嗣。神翁云：『吉人君子，吉人者上名也。於是帝喜，召至都，依太宗見陳摶故事，御條褐就便殿，以賓禮接之，賜予甚厚，未幾以惡疾死。」明代王安石變法受到否定，蔡京也定讞為大姦臣，徐神翁從八仙隊伍中淘汰出局就不難理解。

　　在上述所舉圖像資料可以看出，在多數情況下，鍾離權是八仙的領頭雁，他是呂洞賓的師傅，但有時候又是鐵拐李。元雜劇《鐵拐李》寫鐵拐李本姓岳，是衙門中的孔目，因作惡太多，在陰間要下油鍋，被呂洞賓點化。李簡易於南宋景定五年（1264 年）所撰《玉溪子丹經指要》首列《混元仙派之圖》，將李鐵拐列為呂洞賓的弟子〔註87〕，與元雜劇中的說法是一致的。可見那時鐵拐李的輩分相當於鍾離權的徒孫，在全真教中，鍾離權的師傅是東華帝君。在雜劇《藍采和》中，漢鍾離度脫藍采和，純陽殿壁畫中呂洞賓度化曹國舅，鍾、呂又共度韓湘子，而鐵拐李則沒有度化七仙中的任何一位，可見他在那時的地位還不是很高。這反映的應該是全真北派的譜系，在北派中，鍾離權應該是八仙

〔註85〕洪邁：《夷堅志》，第 385 頁。
〔註86〕白化文、李鼎霞：《讀〈八仙考〉後記》，王元化《學術集林》卷十，遠東出版社，1997 年。
〔註87〕《道藏》第 4 冊，第 404 頁。

中的老大，否則王重陽不可能會刻意模仿他，兩人相貌、經歷非常相似，王重陽身材高大，濃眉大眼，連鬢大鬍子，少習文，後練武，曾應武舉，通經史，精騎射，善繪畫，道成後自稱「王害風」。《金蓮正宗仙源像傳》和永樂宮呂祖殿中的鍾離權，曾為漢朝大將，但擅長書法，身材魁梧，大鼻長髯，自稱「天下都散漢」。《群仙集》卷下「重陽祖師分合性命章」有幅王重陽像，背景為漫天黃色雲氣，重陽直立於波濤洶湧的海水之上。頭部髮髻，彎眉大眼，高鼻丹唇，大連鬢鬍鬚隨風飄蕩；肩披一件樹葉製成的短披肩，身穿黃地雲紋藍邊、肥袖大袍，手持一支珊瑚，與八仙過海中鍾離權手拿珊瑚的姿勢非常相似。但全真道南宗系譜有不同的說法，白玉蟾《題張紫陽薛紫賢真人像》說：「昔李亞以金汞刀圭火符之訣傳之鍾離權，權以是傳呂岩叟，岩叟傳劉海蟾，劉傳之張伯端。」〔註88〕白玉蟾三傳弟子鄧錡在《道德真經三解》中，載其師蕭廷芝所列「大道正統」，說從浮黎元始天尊傳華陽真人李亞，再遞傳正陽真人鍾離權、純陽真人呂岩、海蟾真人劉玄英，劉玄英又分別傳重陽真人王嚞、紫陽真人張伯端〔註89〕。「李亞」又稱「李嚞」，在一些道書中，這個「李亞」就是東華帝君，如《道法會元》卷八十三《先天雷晶隱書》所列「師派」有祖師青華帝君李亞〔註90〕。《法海遺珠》卷十四《追鶴秘法》所列「師派」，依次是青華帝君真玄靈應天尊李嚞、鍾離權、魏華存、呂岩、劉玄英、張用成等〔註91〕。此文後有跋語說：「此法乃祖師鐵拐都仙教主東華帝君，在青城山巔，會集群仙，就南嶽關鶴乘空而至，事畢復還之。其教後傳鍾離正陽及南嶽紫虛魏元君，次傳之呂公純陽君，次授劉仙海蟾翁，翁授之天台紫陽張真君，歷代自此相承，至第九代嗣教仙師瓊琯仙翁（即白玉蟾），以是流傳於世，綿綿不絕。」〔註92〕明確說東華帝君是「鐵拐都仙」。尹志華認為該文作於至元六年（1269年）以後（筆者疑王嚞的名字中「嚞」可能也是模仿李嚞而改，暗示自己是李嚞轉世。）〔註93〕。可見，從元末開始，有關東華帝君為「李亞」或「李嚞」又稱「鐵拐李」的說法已經產生，侯馬65H4M102墓上八仙磚雕像和金代董明墓中的八仙磚雕像第一人即為鐵拐李。至明清時期，此一說法更為流行。明彭大翼《山

〔註88〕《藏外道書》第5冊，巴蜀書社，1992年，第105頁。
〔註89〕《道藏》第12冊第186頁。
〔註90〕《道藏》第29冊第330頁。
〔註91〕《道藏》第26冊第805頁。
〔註92〕《道藏》第26冊第805頁。
〔註93〕尹志華：《全真教主東華帝君的來歷略考》，《齊魯文化研究》2008年12月。

堂肆考》（《四庫全書》本）卷一百五十說：「按拐仙姓李，名孔目，有足疾，西王母點化升仙，封東華教主，授以鐵拐一根。前往京師，度漢大將軍鍾離權，有功，加封紫府少陽帝君。」全真道龍門派第十一代傳人閔一得於清嘉慶年間所著《金蓋心燈》，卷首載呂守璞所撰《道譜源流圖》，也認為李亞是東華帝君。原圖「東華帝君」旁注曰：「姓李，名亞，字符陽，號小童君，春秋時人，元朝敕封全真大教主東華紫府輔元立極少陽帝君，《法籙》稱鐵師元陽上帝，世稱鐵拐李祖師。」〔註94〕可見鐵拐李是東華帝君轉世，按理說當然是鍾離權的師傅。白玉蟾大部分時間生活在福建，因而編刊於建陽的《東遊記》，或許受到全真南派的影響，以鐵拐李為八仙中的老大，師傅是老子，小說以鐵拐李開篇，前十一回主要是寫他和老子的故事，度鍾離權的是東華帝君，東華帝君「披白袍裘，扶青藜杖」，但小說沒有明確說就是鐵拐李。

二、《全像東遊記上洞八仙傳》

八仙故事由開始出現於唐宋民間傳說、文人筆記小說，到元代全真教的推動，活躍於元雜劇舞臺上，雜劇的創作使八仙故事得到整合，並得以廣泛普及。入明後，隨著八仙組合的定型，八仙故事又活躍於詩文、戲曲、小說等多種文學樣式中。在八仙形象及故事的演變中，圖像發揮了或隱或顯的影響。

《東遊記》明刊本題「蘭江吳元泰著，社友凌雲龍校」，內封題「全像東遊記上洞八仙傳」（以下簡稱《東遊記》），中題「書林余文臺梓」。卷首有余象斗《八仙傳引》，分上下卷，上圖下文，圖題為一句話，分開題於兩側。下卷附補遺事。另有嘉慶十六年（1811年）《四遊記》本，分回，卷首有八仙繡像半葉一幅〔註95〕。作者吳元泰生平不詳，該書主要抄撮有關八仙的各種文獻、傳說和文學作品，並將《楊家將演義》中的宋金交戰一節植入，凸顯「急就章」的特點。下面以表格，反映這幾部傳記和小說之間的因襲承衍關係：

《妙通紀》	《純陽帝君神遊顯化圖》	《飛劍記》	《東遊記》
瑞應明本第一化	1. 瑞應永樂		
黃粱夢覺第二化	2. 黃糧夢覺		
慈濟陰德第三化	3. 慈濟陰德		

〔註94〕《藏外道書》第 31 冊，第 162～163 頁。
〔註95〕本文使用《古本小說集成》中明刊本，簡稱《東遊記》。

歷試五魔第四化	4. 歷試五魔		
神變傳經第五化、明玄體道第六化、密印劍法第七化		1～4回「鍾離傳道」相當於第四、五、六、七化	「鍾離權傳道呂洞賓」相當於第四、五、六、七化
肥遯華山第八化	21. 神化肥遯華山		
神應帝土第十化	6. 神應帝土		
石肆求茶第十一化	7. 神化石（肆）求茶		
度老松精第十二化	8. 度老松精		
再度郭仙第十三化	9. 再度郭仙		
度曹國舅第十七化	10. 神化曹國舅		
度何仙姑第十九化	11. 度何仙姑	13回度何仙姑	
道印康節第三十四化	12. 提邵康節先生		
神警陳公第三十五化	48. 神警陳公		
探徐神翁第三十六化	45. 探徐神翁		
遊大庾嶺第四十三化		7回遊大庾嶺齋	
神化賜藥馬氏第四十九化	17. 神化賜藥馬氏		
化救孝子（母）第五十化	51. 救孝子（母）		
誘侯用晦第五十二化	13. 誘侯用晦		
神戲虹橋第五十三化	36. 神化遊戲虹橋		
度翟筆師第五十九化		9回度翟華	
度黃鶯妓第六十化		11回廣陵遊妓館度黃鶯	
遊戲岳陽第六十一化	10. 三醉遊岳陽樓		呂洞賓三醉岳陽樓
救趙監院第六十二化	27. 救趙監院		
成都施丹第六十四化	28. 成都施丹		
誘太守奕第六十六化		9回武昌戲太守	
度陳七子第六十七化	15. 度陳七子		
武昌貨墨第六十八化	16. 武昌貨墨	6回汴州貨墨	
穢梳高價第六十九化	47. 穢梳高價	6回武昌賣梳	
度陳進士第七十三化	49. 度陳進士		
誘楊柳金第七十五化		11回廣陵遊妓館	
盧山放生第七十六化		9回江東活魚	

題詩天慶第七十九化	29. 題詩天慶	
度劉高尚第八十一化	52. 神化度劉高尚	
宮中剗祟第八十二化	30. 宮中剗祟	
遊戲羅浮第八十三化	37. 遊戲羅浮	8 回羅浮畫山
長沙警僧第八十四化		6 回長沙化錢
警妻道明第八十五化		6 回梓橦警妻道明
長溪覓齋第九十化	50. 長溪覓齋	
救劉氏病第九十三化	35. 救劉氏病客	
度開先僧第九十五化		11 回杭州天竺寺警僧法珍
度喬二郎第九十八化	34. 神化度喬二郎	
正君心非第九十九化	39. 正君心非	
遊寒山寺第一百四化	23. 遊寒山寺	
儀真繪像第一百五化	22. 神化儀真繪像	
丹度莫敵第一百七化	33. 丹度莫敵	
度張和尚第一百八化	32. 度張和尚	

　　《純陽帝君神游顯化圖》共 52 幅畫，有兩幅缺圖題，實際上是 50 幅壁畫，其中 37 幅與《妙通紀》的內容完全相同；《飛劍記》28 個故事中有 17 個故事與《妙通紀》重合，《東遊記》與《妙通紀》相同的故事則只有一、二個。《純陽帝君神游顯化圖》《飛劍記》中雖然大部分故事與《妙通紀》相同，但除開頭寫鍾呂傳道外，其他故事的排列順序卻不盡一致，因為這些故事都是講述呂洞賓度人的故事，順序排列打亂並不影響其敘事邏輯，所以，純陽殿壁畫作者可能對全真道士交付的文本經過了重新編排。

　　自全真教產生以後，八仙的故事開始分成兩個系統，一個是文學系統，一個是全真教系統。當然，這只是大致的劃分，實際情況是宗教系統中包含文學成分，而文學系統中也有宗教色彩。《妙通紀》和《純陽帝君神游顯化圖》是全真教系統的八仙故事，全真教徒把民間傳說的八仙故事納入全真教系統中進行改造，尤其是《妙通紀》，直接把呂洞賓的故事與王重陽接續起來。據苗善時《純陽帝君神化妙通紀序》云：「集唐宋史傳，摭收實跡，削去浮華，續成一百二十化，析為六卷。」〔註96〕可見苗善時的原本只有六卷，而從壁畫《純陽帝君神游顯化圖》中沒有度化王重陽的內容推測，它依據的就是六卷本的《妙通

〔註96〕苗善時：《純陽帝君神化妙通紀序》，《中華道藏》第 46 冊，第 447 頁。

紀》，現在七卷本的《妙通紀》可能是後來全真教徒增加了內容的版本。

《東遊記》《飛劍記》等代表文學系統的八仙故事，但《飛劍記》與全真教的血緣關係更為緊密。插圖本《東遊記》是建本的代表，前面已對建本的特色有所介紹，模式化的現象很突出，在此不贅，當然，也有個別插圖表現出比文字更為豐富的內容，如番兵敗走時，繪出兩個番兵丟盆棄甲，兩手舉起，地上還有一個「金」字，暗示番兵的搶劫行為，揭示出歷史上多數情況下馬上民族入侵中原的目的。這些在小說中卻沒有寫到。當然，總體來說，線條勾勒比較隨意，缺乏必要的層次感，插圖繪製、雕刻也頗為簡潔，人物僅僅初具雛形；背景也千篇一律。有時人物畫像沒有跟隨故事情節的變化而變化，如鐵拐李原來相貌英俊，因肉身被焚毀，只得借餓殍而起，此後成為一個相貌醜陋的殘疾人，但繪工並未注意到這些，鐵拐李前後的外貌仍無變化（圖 2-58、2-59）。有時文字與圖像不匹配，如寫老子的青牛顯出神通，將國王從宮中攝出置於二十里外虯松岩石下，然後自己變成國王的模樣，淫亂後宮。但圖像繪出的假國王與王后相見的模樣卻是牛頭人身，繪者意在點出國王的假冒身份，但牛頭人身的模樣肯定會被王后和嬪妃認出，不可能取得她們的信任。有趣的是，美國納爾遜—艾全斯美術館藏王利用《老子變化圖》就不一樣，作者通過圖像來展現老子不同時代的變化形象，以突出他所具有的歷世蛻變能力，不但人物形象不同，其內在精神氣質顯現也與身份角色變化一致，其藝術技巧遠遠超過小說的插圖。

圖 2-58 鐵拐李見駕　　　　　　圖 2-59 鐵拐李借餓殍屍

有關《東遊記》的文學研究已經不少，筆者在這裡主要結合圖像資源，對其中的幾個重要故事情節進行闡釋。

1. 鍾呂傳道故事

鍾呂傳道故事是道教史、文學藝術經常涉及的題材。鍾呂傳道故事在託名唐人施肩吾所作之《鍾呂傳道集》中就有記載，文章以鍾呂問答的形式，闡述

道要，共 18 篇，文字淺顯，通俗易懂，此書不見於北宋時所修《雲笈七籤》，為南宋以後偽作。但有關鍾離權師承故事至少在唐末五代就已產生，美國弗利爾博物館藏五代畫家荊浩《鍾離訪道圖軸》，畫面下方左角，在雲松之中，鍾離權一行五人佇立，被面前的澗水阻住道路，前者舉手作問訊狀，對面岩石上二童子，一人前行，一人拄杖回顧作指示狀。再轉過山岡，有真人傍虎而行，亦有一童子跟隨。松頂半露茅亭竹舍，中峰插天，峻曾陡峻，山頂叢杉，右岩垂瀑，群峰朝拱，疊嶂林立。該畫描繪的應該是鍾離權為將作戰失利後，訪東華帝君而悟道的故事。此事在元代《金蓮正宗記》中有描繪：

> 及武帝時，（漢鍾離）與偏將周處同領兵事，屢出征討，已而失利，逃於亂山，不知所往。偶見老氏者流，問而不語，但舉手而指東南，公遽往焉。行六七里，峰巒峭拔，松梧參差，中有樓閣金碧炫懼，二青衣應門而立，揖而問曰：「此何方也？」對曰：「紫府少陽君之所居，東華帝君之別業也，吾師侯君久矣。」遂延入館中，拜見帝君。方談笑間，童子報云：「客仙至矣。」帝君出門迎三仙客，鍾離自牖窺之，見一仙人身長八尺，青衣練帶，草履雲冠，神目如電，堂堂乎哉。次一人素袍大袖，結於頸後，橫握鐵笛。次一人容貌魁梧，掛絳紅袍，頂華陽巾，跨蒼毛虎，橫按竿枝。遂邀三仙入於別館，進酒果肴撰，語笑誼嘩，聞於館外。

《金蓮正宗仙源像傳》中記載比較簡單，小說《東遊記》中則描寫漢軍戰敗後，全軍皆喪，唯漢鍾離單騎走脫：

> 只得縱馬前行。看看日中，人饑馬餓，細觀前路，盡是山蹊小徑，並無大道，只得勉強又行數十餘里。不覺紅日西沉，月輪東上。走入深林之中，隱隱幽幽，草木叢雜，寂寞無邊，憂愁愈甚。仰天歎曰：「此絕地也！」正立馬躊躇，進退不定，忽山阿中轉出一個胡僧，其人碧眼豐顏，蓬頭露頂，身披草結之衣，手執竹籬之杖，大步前來。有忻忻自得之深趣，懷落落不羈之氣象。鍾離見其不凡，下馬拱手問曰：「鄙人為大漢將軍，因征北蕃失利，迷道至此，伏望祖師指引宿處，俾尋歸路，啣結非淺！」胡僧點頭不言，但為之前行。引至數里外，見一村莊曰：「此東華先生成道處，將軍可以敬息矣。」言訖揖別而去。鍾離見其處清幽寂靜，迥別塵凡。異草奇花，桂馥蘭芬，嬌黃嫩綠，色奪綺羅。一派流泉，兩行松柏，細細行來，

恍惚三徑通開，未審人間天上。乃從容繫馬莊前，未敢高聲驚動。

可見，《金蓮正宗》中的描寫大致與《鍾離訪道圖軸》相同，而《東遊記》則做了一定的修改。唐末五代初寫本敦煌遺書 p‧3810 號《湘祖白鶴紫芝遁法》中載：「夫白鶴紫芝遁乃漢名將中離翁傳唐秀士呂純陽，純陽、韓湘子闡陽（揚）天（大）教，廣發慈悲。」〔註97〕其中的「漢名將中離翁」就是後來的鍾離權。宋人吳曾收錄的岳州石刻《呂洞賓自傳》中，呂洞賓也自稱「遇鍾離，傳授金丹大藥之方」。可見唐宋時期已有東華帝君傳鍾離權、鍾離權傳呂洞賓和韓湘子的說法。但《東遊記》寫華陽真人傳鍾離權太極刀法後，又說呂洞賓「乃東華真人之後身也。原因東華度化鍾離之時，誤有尋你作師之語。故其後降凡，鍾離果為其師，而度之。一云其為華陽真人後身，以其喜頂華陽巾也。」說明兩人在前生後世曾互為師徒，這一說法為《東遊記》所僅有，但在一些繪畫作品或文學作品中可以找到這一說法的端倪，詳見後文。

有意思的是，「鍾呂」是黃鍾大呂的簡稱，史上有無鍾、呂其人，學界有不同的看法，筆者傾向於兩人是虛構的人物，分別是按照關羽、李白形象仿擬的，而後來的王重陽又刻意模仿鍾離權。宋《宣和書譜》云：「神仙鍾離先生，名權，不知何時人。間出接物，自謂生於漢。呂洞賓於先生執弟子禮。有問答語及詩成集。狀其貌者，作偉岸丈夫。或峨冠紺衣，或虯髯蓬鬢。不冠巾而頂雙髻，文身跣足欣然而立，睥睨物表，真是眼高四海而遊方之外者。自稱天下都散漢，又稱散人。」〔註98〕元代鍾離權的圖像，與《宣和畫譜》中的描述一致，如元龍泉窯青釉露胎八仙塑像鍾離權（圖 2-60），坐像，梳髻，敞胸凸肚，開心大笑。永樂宮壁畫中的鍾離權右手提酒葫蘆，渾身通紅，但雙眼炯炯有神（圖 2-61），屯留元墓壁畫中的鍾離權也是紅撲撲的臉，醉態可掬，手中擎著只葫蘆。這些都形象地表現了他「天下都散漢」的性格特點，元雜劇中的描寫與之相同，如《陳季卿誤上竹葉舟》中稱鍾離權「雙丫髻常吃的醉顏酡」。《金蓮正宗記》描寫鍾離權「身長八尺七寸，髯過臍下，目有神光。」由此可知在宋元時期，鍾離權的外貌特徵已基本定型。但《東遊記》中的描寫有所紕漏，小說寫他誕後，「頂圓額廣，耳厚眉長，目深鼻赤，口方頰大，唇臉如丹，乳達臂長，如三歲兒，晝夜不聲不哭不食。第七日，躍然而言曰：『身逐紫府，名書玉京。』及壯，仕漢為大將。」這些描寫深受相術的影響，完全是成年人

〔註97〕王進玉：《八仙與「敦煌遺書」》，《人文雜誌》1992 年第 4 期。
〔註98〕《宣和書譜》，顧逸點校，上海書畫出版社，1984 年，第 154 頁。

的模樣，剛生下的小兒不可能「乳達臂長」，這應該是鍾離權「及壯」之後的長相。倒是《飛劍記》中鍾離權「青中白袍，長髯秀目，手扶紫節，腰掛一個大瓢」的外貌符合宋元時期文獻和圖像中的描繪。總之，鍾離權身材高大，長髯蓬髮，面如重棗，曾為大將，但在荊浩《鍾離訪道圖軸》中，他身著儒服，與全身戎裝的裨將形成鮮明對比，《宣和畫譜》中說他有詩集，《宣和書譜》中說他有書法作品，在有些繪畫作品中，他還手捧書卷，儼然儒將，可見無論是他的身份、相貌還是性格特點等都神似關羽。而呂洞賓是文人身份，風流瀟灑，除出口成章外，還精通劍術，與李白很相似。

圖 2-60　元龍泉窯漢鍾離像　　　圖 2-61　永樂宮壁畫漢鍾離像

　　鍾呂傳道最重要的三個節點就是黃粱夢、考驗、傳道。黃粱夢的故事最早源於六朝志怪小說《搜神記》中「焦湖廟祝」，寫焦湖廟祝有個奇異的柏木枕，商人楊林進廟求福，廟祝得知他未婚，給他柏木枕，讓他枕著睡覺，楊林在夢中婚配高門，育子女 6 人，任秘書郎，很快又升遷黃門郎，但不久就違忤，接受處分。醒來後發現這些經歷只在「俄頃之間」，滄然久之。這個故事顯然已受到道教思想的影響，道家崇拜松柏，把柏子當作「仙糧」，所以在道教看來，「柏枕」就具有神秘的力量，幫助楊林進入「瓊宮瑤臺」的仙鄉。至唐沈既濟《枕中記》，商人楊林則被置換成了落第士子盧生，做夢的地點變成了他落第回鄉途中經過的邯鄲道，邯鄲在那時是個繁華的所在，漢代與洛陽、臨淄、南陽、成都為「五大都會」，因而地名的選擇具有特殊的意義，授枕者由廟祝換成呂翁，盧生在夢中盡享人間榮華悲歡，醒後發現睡前蒸的黃粱還未熟，頓覺人生如夢，遂省悟入道。雖然《焦湖廟祝》《枕中記》都受到道教的影響，但

與全真教沒有任何關係，南宋吳曾在《能改齋漫錄》中特意指出：《枕中記》所描述的時間比相傳呂洞賓考中進士的時間要早數十年，因而「此之呂翁，非洞賓也。」〔註99〕在宋末元初無名氏《湖海新聞夷堅續志後集》中有篇《一夢黃粱》的故事，內容仍與唐傳奇《枕中記》相同〔註100〕。但由於二人同姓，宋人又尊稱呂洞賓為「呂仙」、「呂翁」、「呂仙翁」，二者很容易混淆。黃粱故事至金元時期有二個版本，一是全真教文本，將《枕中記》中的「呂翁」換作鍾離權，「盧生」換成呂洞賓，如《歷世真仙體道通鑒》《妙通紀》和《純陽帝君神游顯化圖》等；二是戲曲版本，「呂翁」坐實為呂洞賓，變成了呂洞賓度化盧生，如元谷子敬雜劇《邯鄲道盧生枕中記》和無名氏的《呂翁三化邯鄲店》，當然戲曲仍是受到全真教的影響。

苗善時《純陽帝君神化妙通紀·黃粱夢覺第二化》記云：

> （羽士）話間誘化帝君入道。帝君曰：「待某受一官爵，光顯祖上門風，然後隨師未晚。」羽士笑，求一齋，帝君命僕造飯。覺身倦欲睡，羽士於袖中取一枕與帝君曰：「此如意枕，若枕此，從爾平日所好即應。」就枕外方睡，忽一使者至，召狀元呂某受誥。始自州縣官，次擢朝署，由是臺諫翰苑秘閣及諸清要，無不備歷，或黜或升。前後兩娶富貴家女，子孫振振，簪笏盈門。如此幾四十年，最後獨相十年，權勢薰炙。忽被重罪籍沒家產，分散妻孥，流於嶺表，孑然窮弱憔悴。立馬風雪中，方此嗟歎，恍然夢覺。羽士在旁笑曰：「黃粱猶未熟，一夢到華胥。」帝君驚曰：「君知我夢耶。」羽士曰：「子適來一夢，萬態榮悴多端，五十年間一俄頃耳。得不足喜，喪不足憂。且有大覺而後知此大夢，人間世百年亦一大夢耳。」帝君豁然悟曰：「縱簪纓極品，金玉滿堂，以此推之，亦造物戲弄，何足戀哉。」〔註101〕

接著第四化是「歷試五魔」。永樂宮純陽殿壁畫《純陽帝君神游顯化圖》中有「黃糧夢覺第二」，此畫損壞比較嚴重，通過仔細辨識，題記略云：唐憲宗元和五年（810年），呂洞賓赴長安應舉，在旅館遇到鍾離權，鍾欲誘化呂入道，遭呂婉拒。鍾贈呂一枕休息，呂夢里中狀元，富貴四十年，忽遭籍沒家產，恍然夢覺，黃糧猶未熟。呂即放棄科考回家。畫面分上中下三段，上段是一些

〔註99〕吳曾：《能改齋漫錄》卷18，上海古籍出版社，1979年，第503頁。
〔註100〕無名氏：《湖海新聞夷堅續志後集》，第132～133頁。
〔註101〕苗善時：《純陽帝君神化妙通紀》，《中華道藏》第47冊，第449頁。

建築和城牆。下段表現鍾離權以夢點化呂洞賓，右側呂洞賓正就枕入睡，鍾離權坐在一旁觀望；左側老媼正在添柴煮小米飯，暗示黃粱飯尚未熟。中段表現的是呂夢中的情景，使者正召喚呂受官，呂被召入城。這樣，現實與夢幻畫在一幅圖中，形成了鮮明的對比，從而使人產生人生如幻、仙道永恆的感慨。鍾離權作為一個全知全能的神仙，俯視所發生的一切，真實與夢境的相連。《東遊記》中的描寫基本與《妙通紀》、壁畫相同，也是寫鍾離權初見呂洞賓，即欲度化，洞賓不應，「黃粱夢」後，「洞賓感情，遂向雲房求度世之術」，鍾又設十難以試之，洞賓「堅心無所動」，鍾離權於是領洞賓至鶴嶺論道，「悉傳以上真秘訣。」插圖則只擷取了壁畫中的一個片段，呂洞賓在睡覺，鍾離權正在炊飯，左手添柴，並側身看著床上的呂洞賓。顯然不如壁畫描繪生動，當然，這也是由兩者不同的載體所決定的，壁畫以畫為主，文字次之，所以敘述簡略；而小說以語言文字為主，插圖輔助閱讀，因而小說對於呂洞賓的夢境描寫比較詳細。《飛劍記》又變成了鍾、呂初見交談後，洞賓「凡夢頓醒」，即欲拋棄功名，隨鍾離權學道，倒是鍾離權不放心，以其「骨節未完，志行未足」辭之。黃粱夢之後，「純陽子感悟慨歎，知宦途不足戀矣。乃俯伏於地，再拜鍾離子為師。」鍾離權怕他道心未定，於是暗暗試他七次，呂洞賓「皆能堅忍」，於是鍾離權攜之進碧天洞天，「相與坐盤陀之石，飲元和之酒，共談至道。」既而教洞賓丹法，傳以上真玄訣。可見，兩書處理各有所長，突出的側重點不同。

永樂宮純陽殿壁畫「歷試五魔第四」（圖2-62），據畫面和圖題，洞賓回鄉里修道時，忽然先後遭遇親人亡故、夜遇盜賊、女色誘惑、河中遇險、夜宿遇鬼五件大事，洞賓都經受住了考驗。圖像將時間空間化，將五個故事場景分別置於畫面的不同位置，並以黃、綠色雲霧隔開，製造出一種如夢如幻的視覺衝擊力。在最後一個情節，畫面最下端，黃雲繚繞，鍾離權盤腿坐於屋頂上，正冷眼觀看著下方所發生的一切事情，畫家通過這種方式暗示鍾離權是試煉的設計者和操縱者。而《東遊記》《飛劍記》中試煉內容雖然比圖像繁富，但有些是重複的，如《飛劍記》中有兩次色誘，《東遊記》中有關「不懼」的考驗則有多次。不過，由於壁畫畫面模糊，難以看清人物的表情，而小說描寫則可以發揮這方面的特長，如《飛劍記》寫洞賓施捨，反遭乞丐勒索不休和怒罵，甚至抽刃相向，欲將他殺害。但洞賓非但不生氣，還再三禮謝賠罪。又如《東遊記》中第十試：

洞賓獨坐一室，忽見奇形怪狀鬼魅無數，有欲斬洞賓者，有欲
殺洞賓者，洞賓但危坐，毫無所懼。復有夜叉數十，解一死囚，血
肉淋漓，號泣言曰：「汝宿世殺我，今當償我命。」洞賓曰：「殺人
償命理也。」遂起索刀欲自刎償之，忽聞空中大吼一聲，鬼神皆不
復見，一人鼓掌大笑而下，視之乃云房也。

圖 2-62 純陽殿壁畫「歷試五魔」第四

這些較為生動的描寫，是圖像所難以呈現的。《鍾呂傳道集・論魔難第十
七》，鍾離權詳細解釋了為何要「魔考」：

奉道之士，始法信心，以恩愛名利一切塵勞之事，不可變其大
志；次發苦志，以勤勞寂寞一切清虛之境，不可改變其初心苦志。
必欲了于大成，止於中成而已；必欲了於中成，止於小成而已。又
況不識大道，難曉天機。所習小法，而多好異端。歲月磋跎，不見
其功。晚年衰老，復入輪迴。致使後來好道之士，以長生為妄說，
超脫為虛言，往往聞道而不悟，心縱信之而無苦志。對境生心，以
物喪志，終不能出於十魔九難之中矣〔註102〕。

鍾離權詳細闡釋了「九難」「十魔」的內容，《東遊記》中的「十試」、《飛
劍記》中的「七試」都是從「十魔」演化而來，包括仙有五等的說法，也是從
《鍾呂傳道集》中移入的。

〔註102〕《藏外道書》第 6 冊，第 96 頁。

　　鍾離權傳道的情節，是很多畫家「抓畫」的題材。宋遺民鄭思肖《鍾呂傳道圖》曰：「鍾呂喃喃手指空，應談玄牝妙無窮。都來造化只半句，不在丹經文字中。」〔註103〕描述鍾離權向呂洞賓口授內丹秘訣。元代詩人楊載《題鍾呂傳道圖》詩曰：「濟世曾聞有大才，超然脫屣去塵埃。劍光昱昱今何在？上下乘龍戲九垓。」〔註104〕主要讚美呂洞賓有濟世大才，但卻高蹈世外。丘處機《鍾呂畫》詩：「無我無人性自由，一師一弟話相投。談經演法三山坐，駕霧騰雲萬里遊。」〔註105〕描寫的是鍾、呂在「三山」即蓬萊仙境「談經演法」。從上述詩人詠的內容看來，宋元時期以鍾呂傳道為題材的畫作非止一幅。有幅傳為元大德四年（1300年）歸為顏輝作、現藏於日本MOA美術館的《鍾離權度呂洞賓》（圖2-63），描繪鍾離權向呂洞賓授道書的情景，兩人皆身軀微躬，只是呂洞賓弓腰的弧度稍大一點，鍾離權正面，呂洞賓側面，顯示兩人的地位懸殊不大。純陽宮《純陽帝君神游顯化圖》中的「鍾離權度呂洞賓圖」，畫面以青山綠水為背景，畫面中心位置，鍾離權和呂洞賓兩人一右一左對坐在磐石上。鍾離權身穿石綠色長衫，前胸祖露，膚色赤紅，長髯飄然，足著芒鞋，一副逍遙於山水間的神仙姿態。此時他正單腳屈膝而坐，身體微側，右手撐於石上，為呂洞賓傳授玄機。他左手屈兩指，嘴唇微啟，正在啟悟呂洞賓；鍾離權雙眼炯炯有神，又似在悄悄觀察對方的反應。呂洞賓則書生打扮，端坐石上，身著白袍，面白有鬚，眼皮微垂，正在凝神聆聽。他拱手抱拳，左手大拇指輕撚右手衣袖，雖神態恭謹，但眉宇間露出反覆思慮的神色，外形雖靜肅，但內心卻似波濤起伏〔註106〕。這幅畫將度化過程表現得細膩生動，通過鍾離權和呂洞賓兩人的表情動作，將他們思想交流時的心理起伏呈現出來了，這比小說中的描寫要生動得多。磁州博物館藏元磁州窯白地黑花漢《鍾離度呂洞賓》圖，背景有岩壁、松樹和白雲，鍾離權梳雙髻，穿寬袍，坦胸露腹，手持葫蘆，正回頭與呂洞賓對話；呂洞賓則戴冠，穿長袍，束寬帶，身背寶劍，緊隨其後，神態頗虔誠。元雜劇《漢鍾離度脫唐呂公》中插圖，畫面上鍾離權為坐像，其頭梳左右雙髻，身披大袍，衣襟相合，不露胸腹，他伸出右手手指，向前微探身，似在向跪著的呂洞賓指說什麼。明代《群仙集》中也有一幅圖（圖2-64），描繪鍾離權與呂洞賓談論神仙有五等的問題。這幅畫與其他畫不同，其他畫都

〔註103〕鄭思肖：《所南翁一百二十圖詩集》，中華書局，1985年，第15頁。
〔註104〕楊載：《楊仲弘集》卷八，四部叢刊景明嘉靖本。
〔註105〕邱處機：《磻溪集》卷二，第817頁。
〔註106〕陳杉：《呂洞賓圖像研究》，四川大學博士學位論文，2012年。

是鍾呂站在一起或基本平行而坐在一起談話，兩人地位差別不大，而在這幅畫中，鍾離權明顯居高臨下，呂洞賓半跪在鍾離權面前聽講，凸顯出道教嚴格的等級制度，符合「論五等神仙」的題旨。在《東遊記》（圖2-65）《飛劍記》（圖2-66）中插圖也是如此，鍾離權身材高大，丫髻，左手持蒲扇，右手比劃講解。兩人坐於凳上，幾乎平行。總之，這些繪畫或受到鍾呂兩世互為師徒傳說的影響，因而《東遊記》中才衍生出鍾呂弈棋鬥氣、後來甚至兵戎相見的故事情節。當然，最後呂洞賓失敗，才跪地伏罪，姿勢與前面見鍾離權時又完全不同，插圖與《群仙集》一樣，呂洞賓坐在鍾離權下面低一個頭的位置。比對這些圖像，可以發現鍾、呂之間關係的演變，也為解釋《東遊記》中描寫師徒反目的情節提供了依據。

圖2-63 顏輝「鍾離權度呂洞賓」畫

圖2-64 鍾、呂論五等神仙

圖2-65《東遊記》鍾呂傳道圖

圖 2-66 《飛劍記》中鍾呂傳道圖

　　有趣的是，在明代劉元卿《賢弈編》卷三「仙釋」中，又記錄了漢鍾離度呂洞賓的一個不同的版本，在呂洞賓通過歷試之後，又拒絕學習禍害後人的點金術後，鍾子始傳道。「呂子乃始化身為極貧苦狀，操瓢披衲而行乞於諸所度者之門，是數千人者，十去二三。已又化身為橫遭仇誣械繫俘囚而過諸所度者之門，則數千人者，十去六七已。已又化身為重罹疾滅累累骨立而過諸所度者之門，則數千人者，一旦去之盡。呂子失意悵然而歸，偃息河濱樹下。雲房子化身一叟，過而訊之，呂子語以故。叟曰：『吾非若等比，時老且衰，百念俱厭，自矢可身相許矣，願依子終生可乎？』呂喜悅得叟，即許諾，負之沒河以歸。至河中悟，識其為師，驚訝曰：『嘻！師惟度我，我惟度師耶』。」這是在任何道教版本的鍾呂故事中未見的。

　　2.「蟠桃會」和「八仙過海」

　　《東遊記》中寫八仙參加王母娘娘的蟠桃會後，辭別東遊，八仙來至東海，停雲觀望。只見潮頭洶湧，巨浪驚人。洞賓言曰：「今日乘雲而過，不見各家本事。試以一物投之水面，各顯神通而過如何？」於是八仙競賽過海，因而與龍王發生了衝突。

　　佛道都有傳說中的神靈大聚會，佛教有靈山大會，道教有朝元會、蟠桃會，在文藝作品中出現最多、影響最大的是蟠桃會。道教神話說，天上有蟠桃樹，三千年一開花，三千年一結果，吃了可以長生不老。相傳三月三日為西王母誕

辰，這天西王母大開盛會，以蟠桃為主食，宴請眾仙，眾仙趕來為她祝壽，稱為「蟠桃會」，因王母娘娘住在瑤池，所以又叫「瑤池會」。這是詩文、小說、戲曲等各體文學常常描寫的題材，繪畫也不例外，如南宋豐興祖的《群仙赴會圖》，據李長榮等介紹，畫面從右端起，碧波萬頃的東海之中，諸路神仙從四面八方趕往蓬萊聚會。大小神仙們各顯神通，或踏浪、或御風雲、或乘天馬、白獸、玉龍駕馭的車肇，或馭龍，或乘神龜、海牛、海馬、海狗、海螺、鯉，或乘仙鶴、或乘樹樓、蓮瓣、蕉葉形的獨木舟，在侍從儀仗的簇擁下，帶著從各自的洞天福地培值的靈芝、仙桃、仙丹、瓊漿玉液，攜著瑤琴以及各種秘籍和法器，渡海而來。元始天尊、太上道君和太上老君以及南極、東極、紫微、勾陳、玉皇、后土、木公、金母；以及玄元十子、北斗諸星、傳經法師、四聖及其部眾等二百八十多位都陸續趕來。仙島之上，山青水秀，宮殿巍峨。仙女們從桃林摘來蟠桃，道童們從仙圃裏採來靈芝，送往筵席之上。先行到達的神仙們或談玄、或打坐、或對奕、或觀歌舞、或奏樂曲等，仙島瓊臺之上，有西王母及其眾仙女。瓊臺上空，白鶴與彩鳳盤旋飛翔。畫面上有各種神仙三百一十三人，還有各種珍禽異獸。描繪了神仙們的一次宏大的聚會場景，體現了逍遙與超然的自由享樂的遊仙生活精神〔註107〕。明末張翀《瑤池仙劇圖》描繪八仙在西王母的瑤池聚會，皆頭插花枝，神態各異，生動傳神，有的吹樂觀鶴，有的在吹笛，有的擊節和拍，有的靜靜聆聽。筆墨粗獷有力，構圖別致。此外還有元劉貫道《群仙獻壽圖軸》、清沈銓《群仙祝壽圖軸》、陳善《群仙祝壽圖》、蔣廷錫《群仙獻瑞圖軸》等，在民間繪畫中更是難以計數。《東遊記》描寫八仙因為參加王母的「蟠桃會」而與龍王發生衝突，「渡海」是宗教「度化」的象徵，而被王母邀請參加「蟠桃會」則象徵獲得神仙身份的認證，這在古代小說中成為一個程序，「蟠桃會」是天上神仙一年一度的大聚會，在聚會時，神仙之間可能會發生種種的衝突或者做出錯誤的行為，很多小說如《西遊記》《女仙外史》等，都以此為楔子，由此衍生出後面的故事情節。

古代因為航海技術不發達，如何安全渡過茫茫大海是個難題，因而佛教以一葦渡海神化達摩，道教也以「八仙渡海」和王重陽被颶風吹入海中安然無恙來神化全真教祖，估計早期的全真教故事中沒有八仙鬧海的情節，浦江清認為《八仙過海圖》很有可能是源於道家的《十二真人圖》，後來受到《渡海羅漢

〔註107〕 李長榮、李淞：《初論傳為豐興祖的〈群仙赴會圖〉卷》，《西北美術》1995年第4期。

圖》或者說是《渡海天王圖》的影響而產生的。《渡海羅漢圖》中的羅漢根據
《法住記》的記載也受到佛祖的囑咐常在人間遊化說法,而且也具有長壽的特
質,可見兩幅圖中主角身份十分接近。所以,其受到《渡海羅漢圖》的影響是
很有可能的。「八仙過海」表層意義是表現道教神仙的法術,其深層意蘊則表
現的是道教修行技術和「度人」思想。「海上仙山,蓬萊仙境」常常是道教神
仙的神秘居所,在南宋和元代的內丹人體圖裏,人體山水圖的下部被標示為
「苦海」,這裡是一個帶有佛教意味的術語,指的是腎以下、膀胱附近的部位,
此處也被視作道教的酆都地獄〔註108〕,因而「八仙過海」主題既含有內丹學
的修行隱喻,大海也和石橋、溪水等意象一樣,有「度」的意思。

　　明代雜劇《爭玉板八仙過滄海》是最早演繹八仙戰龍王故事的戲曲,為後
來的小說所接受。前文已述及,山西永樂宮純陽殿北面後門的門楣上繪有《八
仙過海圖》、邯鄲市峰峰礦區文保所收藏有一件繪有「八仙過海」故事的元代
磁州窯瓷枕、峰峰磁州窯藝術博物館也收藏一方「八仙過海」的長方形畫枕,
鍾離權皆是領頭雁,而《東遊記》中則是鐵拐李前導,他左手舉葫蘆,右手拄
鐵拐回望後面的隊伍,與元代的「八仙過海」構圖一樣,只是鐵拐李換成了鍾
離權(圖2-67)。《東遊記》將「八仙過海」圖置於扉頁,可見這一故事情節在
小說中的重要性。在《東遊記》中,提議各踏寶物過海的是呂洞賓,可謂是
「肇事者」,而他又精通劍術,鍾離權則曾為大將,所以在戰龍王的過程中,
鍾離權調兵遣將,而呂洞賓作戰勇敢,斬龍王太子。兩人基本是這場戰鬥中的
主角,插圖也以兩人為主,這倒是符合故事發展及人物性格邏輯的。

圖 2-67《東遊記》扉頁插圖

〔註108〕黨芳莉:《八仙信仰與文學研究——文化傳播的視角》,黑龍江人民出版社,
　　　　2006年,第307頁。

　　總之，八仙故事及圖像興起於宋代，元代隨著全真教的崛起和利用而大行於世，成為各種文學藝術作品競相演繹的對象，後來在《東遊記》等文學作品的廣泛影響下，八仙成員開始定型，但也趨向世俗化。《東遊記》《飛劍記》在編撰的過程中，在一定程度上採納了早期八仙的文獻和圖像資源，通過把小說中的相關描寫與圖像進行對比闡釋，也可以進一步加深我們對小說文本的理解。

三、《飛劍記》

　　記載呂洞賓事蹟的文獻很多，既有正史，也有野史、筆記等，但多有矛盾之處，如宋羅大經在《鶴林玉露》卷一載：「世傳呂洞賓，唐進士也，詣京師應舉。遇鍾離權翁於岳陽，授以仙訣，遂不復之京師。」〔註109〕北宋范致明《岳陽風土記》中則說他：「會昌中，兩舉進士不第」後，拋棄高官厚祿，遁隱山林修仙學道〔註110〕。這兩種不同的說法一直延續到後來的道書和小說，如《金蓮正宗記》《飛劍記》都說他曾進士及第，而《歷世真仙體道通鑒》說他屢試不第，《妙通紀》和純陽殿壁畫題記中說呂洞賓在應舉的路上遇鍾離權而悟道。《東遊記》說他「二舉進士不第」。有關他的籍貫說法也不同，有「關中逸人」、故家岳陽、河中府蒲州人、「京兆人」、九江人等多種說法，苗善時在《純陽帝君神化妙通紀》卷一中解釋說：「或疑各本載帝君生所及居處不一，詳推乃父仕宦遷移，又作者欲在本鄉人物為美，是以差誤不一」。但他擅長劍術和寫詩，諸書記載無異，《宋史・陳摶傳》《岳陽風土記》等書皆記他劍術高超。而且文學創作頗多，北宋劉斧《青瑣高議》前集卷八曾詳細描述了呂洞賓作為詞人的才華。南宋時期，在呂洞賓盛名之下，大量假託其名行異事之人開始出現，因而關於他的種種神化事蹟迭出，民間信仰者篤信，使呂洞賓這一混跡於市井之中的「地仙」形象廣為人知，深得人心。特別是全真教將鍾呂視為內丹祖師而編入神譜後，鍾呂的影響達到頂峰。金大定二十八年（1188 年），金世祖召丘處機自終南山赴朝，待詔於天長觀，主萬春節醮事。夏四月徙居城北官庵，奉旨於官庵塑「純陽、重陽、丹陽三師像。」〔註111〕這可能是全真教道教中關於呂賓造像的最早記載。元代定宗貴由二

〔註109〕羅大經：《鶴林玉露》，商務印書館，1941 年，第 8 頁。
〔註110〕范致明：《岳陽風土記》，中國臺灣成文出版社，1976 年，第 4〜5 頁。
〔註111〕丘處機：《磻溪集》卷三，《道藏》第 25 冊，第 823 頁。

年（1247 年）動工興建永樂宮，元代至正十八年（1358 年）竣工，建設期長達 110 多年，規模宏大。永樂宮純陽殿壁上繪有《純陽帝君神游顯化圖》，以連環畫的形式，敘述呂洞賓學道、成仙、度人、顯靈的故事。壁畫雖以《妙通紀》為摹本，但與《妙通紀》強調呂洞賓精通修行和內丹奧秘不同，而是將呂洞賓描繪成一位神通廣大，能製造奇蹟的神靈」〔註 112〕，體現出全真教世俗化的傾向。宋末元初的小說中，也有呂洞賓遊戲人間的故事，如無名氏《湖海新聞夷堅續志後集》中《呂翁教化》寫宋景定年間，邵武軍衛殷家香紙店，常供雲水道人，呂洞賓化身前來化緣，碰巧殷家人心情不好，怒形於色，將兩枚小錢擲於空中，道人以足踏之，更不回顧，飄然而去。殷自出拾錢，則發現結於磚上，無力取下，用鋤將磚挖出，只見磚背有詩一首。《呂仙劍袋》寫賈似道母設雲水道人閒齋，忽有一群道人扶一臨產孕婦而來，齋未罷，產嬰兒於地，群道人扶孕婦而去，只留嬰兒在地，大家扶起嬰兒，乃一劍袋。《呂仙戲術》寫呂翁常經過潭州醴陵，向人借貸不得，因作小術戲之，次後醴陵人日中曬穀舂米輒碎，使牛糞燒煙薰之，才顆粒無損。此外還有《呂仙賦詞》《呂仙詩讖》暗示靖康之難發生〔註 113〕。元代著名文人吳澄《題洞賓像》提到呂洞賓在人間喬裝凡人，同老樹精開玩笑，讓他認不出自己是神仙〔註 114〕。元《續相臺志》記湯陰人王平的父母素喜道家，繪鍾呂二仙像，且夕焚香禮之，感得鍾離權現形，欲授其丹藥。等等。總之，在元代流傳著許多關於呂洞賓和鍾離權的故事，繪製成了敘事性的圖畫。特別是在元朝政府的支持下，全真道士負責創建了專祀呂洞賓的大純陽萬壽宮，將呂洞賓信仰推向了新的高潮，呂洞賓以道教正統神仙的身份，大量出現在雕塑、壁畫等各種藝術形式中〔註 115〕。

當然，呂洞賓的相貌也有一個定型的過程，從晚唐開始，世上已有呂洞賓的畫像流傳，宋陳師道《後山談叢》云：「世傳呂先生像，張目奮鬚，捉腕而市墨者，乃庸人也。南唐後主使工訪別本而圖之，久而不得。他日有人過之，自言得呂翁真本，約工圖其像，而後授之。工後以像過之客舍市邸，方

〔註 112〕〔美〕康豹：《多面相的神仙——永樂宮的呂洞賓信仰》，吳光正、劉瑋譯，齊魯書社，2010 年，第 164 頁。

〔註 113〕無名氏：《湖海新聞夷堅續志後集》中華書局，1986 年，第 129～131 頁。

〔註 114〕《永樂大典》（殘卷）卷之一萬八千二百二十四《吳澄支言集》，內蒙古大學出版社，1998 年，第 2979 頁。

〔註 115〕參見劉科：《呂洞賓信仰及其圖像表現》，《文藝研究》2011 年第 12 期。

畫掛，叩關不發，問吾如何？且使張之，曰『是也。』相語而覺稍遠，已而聲絕，發門索之無見也，意客即呂翁也。乃以所畫像獻之，今有傳焉。深靜秀清，真神人也。」〔註116〕可見，早期的呂洞賓像「張目奮鬚」，乃「庸人」之相。自李後主「約工圖其像」並得到呂洞賓本人認可後，其「深靜秀清」的文人形象才開始定型。范致明《岳陽風土記》云：「慶曆中，天章閣待制滕宗諒坐事謫守岳陽，一日，有刺謁云回岩客，子京曰：『此呂洞賓也，變易姓名爾。』召坐置酒，高談劇飲，佯若不知者，密令畫工傳其狀貌。既去，來日使人復召之，客舍主人曰：『先生半夜去。』留書以遺子京。子京視之默然，不知所言何事也。今岳陽樓傳本狀貌清俊，與俗本特異。」〔註117〕目前見到的最早呂洞賓像是宋代的，一是存於杭州孔廟的《真武像、呂仙像碑》，圖中呂洞賓頭戴軟巾，面有鬍鬚，雙手相交於腹前寬袖中，腰繫長帶，帶一端有穗，腳穿麻鞋。碑刻題記有「呂先生親筆，道貌超然不□」之句，那個磨滅的字應該是「群」字〔註118〕。據題記，原刻於宋乾道六年（1170 年），明萬曆二十八年（1600 年）重刻，但「模刻」應基本保留了宋代特徵。宋代馬遠的《呂仙像》（圖 2-68）不知作於何時，但估計與杭州孔廟呂洞賓像時間差不多，畫中的呂洞賓眉宇清秀，長鬚飄然，風度瀟灑，是典型的文人形象。南宋梁楷《呂洞賓像》中呂洞賓戴軟布璞頭，著麻衣，寬袍大袖，赤腳。修眉鳳目，鼻若懸膽，美髯垂胸，雙手交扣於腹前，目光直視遠方，氣宇不凡，流露出看透世態，超然物外的隱者情懷。後來呂洞賓的相貌基本定型，如《金蓮正宗記》中呂洞賓「龍姿鳳目，鬢眉疏秀，美鬚髯，金水之相，頂華陽巾，服逍遙衣，狀貌類張子房、太史公之為人。」《東遊記》中呂洞賓「金形玉質，道骨仙風，鶴頂猿背。虎體龍腮；鳳眼朝天，雙眉入鬢；頸修顴露，身材雄偉；鼻樑聳直，面色白黃。左眉有一點黑子，足下紋如龜。」《飛劍記》中除個別字外，幾乎與之完全相同。明代《有像列仙全傳》《仙佛奇蹤》《群仙集》《呂祖志》等書中的呂洞賓畫像，都是頭戴華陽巾、身穿長袍，佩劍，鳳眼長髯。

〔註116〕陳師道、曾慥：《後山談叢・高齋漫錄及其他一種》，中華書局，1985 年，第 22 頁。
〔註117〕范致明：《岳陽風土記》，第 4～5 頁。
〔註118〕劉科：《金元道教信仰與圖像表現——以永樂宮壁畫為中心》一文中的輯錄，第 126 頁。

圖 2-68 馬遠「呂仙像」

　　從現存文獻資料看來，呂洞賓的故事多與湖北武昌、岳陽地區有關，特別是洞庭湖，漢魏六朝時期，江蘇太湖的「洞庭山」是有名的仙山，因而「洞庭」就有特指的道教意象，「洞賓」是否與此有關有待進一步探究。

　　明代朝野虔信呂仙，朱國禎《湧幢小品》卷 29 中就記載了幾個士大夫遇呂仙的故事，一是縣令朱正色自稱逢呂仙，呂仙教導他說：「士夫踐清華者，非佛與仙即精靈也。從仙墮者爽朗有幹濟，從佛墮者慈，從精靈墮者貴，而貪狼敗類。」太宰李戴則嚴事呂純陽子，叩之輒驗。大學士李東陽，屢欲乞身引退而未果，一日退朝沉思，一道士服紫玉環求見，進之，指公所服帶曰：「此帶雖好，何如我環？倘能棄卻，相從入山。」公曰：「久服誠無滋味，第入山尚須歲月耳。」道士笑曰：「知公無分。」即出庭中，微吟踏劍，乘雲而去，蓋呂仙也〔註 119〕。此外，在董穀《碧里雜存》中，還記載呂洞賓夜訪王陽明的故事。在這些故事中，呂洞賓扮演著度化者、教化者和預言者的角色，因而明代以呂洞賓為題材的小說頗夥，最有名的小說當屬《飛劍記》，有萬曆間萃慶堂刊本，內封題「呂仙飛劍記」，正文卷端題「鐫唐代呂純陽得道飛劍記」，

〔註 119〕　朱國禎：《湧幢小品》卷 29，臺《筆記小說大觀》第二十二編第七冊，第 4968
　　　　　　～4979 頁。

正文前提「安邑竹溪散人鄧氏編，閩書林萃慶堂余氏梓」，鄧氏即鄧志謨。二卷十三回，有殘缺，圖嵌文中，雙葉聯。《醒世恒言》第二十二卷《呂純陽飛劍斬黃龍》和清初汪像旭的《呂祖全傳》一卷，各有一幅插圖。在上述小說成書之前，有大量的有關呂洞賓的圖像資料。山西芮城永樂宮 52 幅《純陽帝君神游顯化圖》，大致以《妙通紀》為模寫文本，但又有些自己的創造。無論是小說還是繪畫，對呂洞賓最感興趣的主要有以下幾個母題的故事：

1. 呂洞賓過洞庭

　　元代李繼本在《跋仙人呂岩圖像》中稱見到一幅呂洞賓飛渡洞庭之跡，「筆意蒼勁，神思飄逸，風濤渺茫，萬頃一碧，而劍佩焜煌，飛動於雲煙杳藹中。一開卷，使人悠然有出塵之趣。」〔註120〕波士頓美術館藏佚名《呂祖過洞庭圖》和大都會博物館藏佚名《呂洞賓過岳陽樓圖》兩幅卷軸畫，繪製時代都不太確定，或斷為宋代，或認為乃明代作品。《呂洞賓過洞庭圖》中呂洞賓身著圓領白衫，長袍廣袖，踏波而行，衣袂飄飄，兩眼凝望前方，神情做冥想狀，似乎進入坐忘境界。上述兩幅畫都是表現呂洞賓凌波微步，在煙波浩渺的洞庭烘托之下，更顯出神仙的本色，使觀者生高蹈之思。《呂洞賓過岳陽樓圖》則不同，主要是通過地下的觀者，襯托呂洞賓神奇的法術。只見岳陽樓掩映在與鬱鬱蔥蔥的樹木之中，畫中人物有士子、胥吏、婦女、兒童、小廝、店小二等共 37 人。這些人物神態各異，栩栩如生，有的舉手指天，有的交頭接耳，有大戶人家的夫人小姐扭扭捏捏跑至酒樓大門處觀望，手舉菜肴正在跑堂的店小二也聞聲回望，地面上人群最前面的兩個童子興奮地跳躍起來。所有人聚焦的都是空中掠過的呂洞賓身影，只見呂洞賓白衣飄飄，頭巾隨風飛舞，背上的寶劍依稀可見〔註121〕。總之，這些畫作有很高的技巧，主要是突出呂洞賓的法術，並是道教度人思想的隱喻，而呂洞賓的故事主要是演繹他度人的事蹟。小說中也寫到呂洞賓三至岳陽樓，但非常簡單，《東遊記》云「三至岳陽人不識，吟詩飛過洞庭湖」，《飛劍記》云「三醉岳陽人不識，朗然飛過洞庭湖」，小說主要是表現世人沉迷於塵世，俗眼不識神仙，故後來呂洞賓只度得何仙姑。從藝術技巧來說，小說作者未能融化繪畫藝術，描寫相當簡略，缺乏細膩生動的描繪。《莊子‧天運》：「帝張《咸池》之樂於洞庭之野。」因而「洞

〔註120〕 李繼本：《一山文集》卷 9，清康熙鈔本，第 99 頁。

〔註121〕 陳杉：《宋代文人道畫中的呂洞賓形象與美學意蘊》，《中華文化論壇》2014 年第 1 期。

庭」是神仙之府。《紫陽真人內傳》中又云：「天無謂之空，山無謂之洞，人無謂之房也。山腹中空虛，是謂洞庭；人頭中空虛，是謂洞房。是以真人處天處山處人，入無間，以黍米容蓬萊山，包括六合，天地不能載焉。」所以，從道教內丹學來說，「洞庭」又是人體器官頭部的象徵。因而呂洞賓渡洞庭，可能是道教修煉和度脫等意涵的具象化表達。

2. 三度白牡丹

在佛道故事中，都有度化妓女的主題，主要是用以彰顯僧、道的道行。在《妙通紀》中，有呂洞賓度化黃鶯妓、張珍奴等妓女的故事，後來在永樂宮純陽殿《純陽帝君神游顯化圖》中都被刪除。《妙通紀》第八十五化「警婁道明」寫呂洞賓化為乞丐，登門戲弄好採補術的婁道明，數日後，婁忽吐膏液如銀者數斗而卒。作者在結尾引呂洞賓《望江南》詞云：「玄素探陰魔畜道，婁公邪衛執為玄，休效損丹田。」〔註122〕由此可見，作者指斥採補術是「魔畜道」。呂洞賓和妓女白牡丹的故事，是從明初萌蘖的，賈仲明的《呂洞賓桃柳升仙夢》第一折呂洞賓自報家門，話中有「朝向酒家眠，夜宿牡丹處」之句〔註123〕，後來有四部演述呂洞賓戲白牡丹的戲劇，即《呂洞賓戲白牡丹》《呂洞賓戲白牡丹斬黃龍》《長生記》《萬仙錄》，皆已亡佚，但後兩本《曲海總目提要》中有介紹，皆涉及「狎戲白牡丹」之情節〔註124〕。全真教以斷色慾為首務，是史上戒律最嚴的道派，因而對「呂洞賓三戲白牡丹」的故事進行處理，《呂祖全書》卷一《傳聞正誤》，指責該故事「皆屬後人假捏」，因而「嚴加斥削」〔註125〕；又力辯戲白牡丹者另有其人，引王崇簡《冬夜箋記》云：「俗傳洞賓戲妓女白牡丹，乃宋人顏洞賓，非純陽也。」〔註126〕或者重新編造「三試白牡丹」傳說以消除其影響，如長篇小說《八仙得道傳》第九十三回和第九十四回將「三戲」改寫成了「三試」，即試她「良心」、「膽量」和色心與塵念。作者希望通過自己的小說傳播後，「庶幾從今以後，不致再有那種誣聖不敬的傳述了」。另外又重塑呂洞賓的清修形象。佛教及主流道教都提倡禁色斷嗔，呂洞賓戲白牡丹和斬黃龍的行為都違反了道教的戒律，因而早在宋代，道士就將呂洞賓「斬

〔註122〕苗善時：《純陽帝君神化妙通紀》卷六，第474頁。
〔註123〕吳光正：《從呂洞賓戲白牡丹傳說看宗教聖者傳說的建構及其流變》，《文藝研究》2004年第2期。
〔註124〕《曲海總目提要》，天津古籍書店，1992年影印本，第333頁。
〔註125〕《呂洞賓全集》，花城出版社，1995年，第37頁。
〔註126〕《呂洞賓全集》，第37頁。

人頭」的法術之劍改造成斷除「嗔、癡、貪」的煉心之劍：「世多稱吾能飛劍殺人者，吾聞之笑曰：『慈悲者佛也，仙猶佛也，安有取人命乎？吾固有劍，蓋異於彼。一斷貪嗔，二斷愛欲，三斷煩惱，此其二劍也。』」〔註127〕表現出向佛教靠攏的傾向。吳光正對此論述甚詳，可參看〔註128〕。

「牡丹」在文學意象中是女性性器官的隱喻，唐代文人已把妓女比作白牡丹。上海松江西林塔基地宮出土明代「龍戲牡丹紋玉嵌飾」，透雕牡丹和花紋，一條龍昂首揚尾穿插於盛開的牡丹花叢中。還有四川廣漢市和興鄉聯合村出土南宋「龜遊荷葉紋玉飾」，龍和龜都是陽性、雄性動物，也是雄性動物陽具的象徵，所以，這兩幅圖表達的意思不言而喻。而在古代文學修辭中，「龍鳳」是形容帝王的專用詞彙，唯有神仙例外，如前面所述呂洞賓的傳記中，就用「龍姿鳳目」、「虎體龍腮」來描述他的形象，而道教也崇拜龜，可見「呂洞賓三戲白牡丹」故事的產生有深厚的文化基因，當然更直接的原因是明代道教房中採補派勢力大張。對於廣大普通讀者來說，他們對道士與妓女的風流韻事更感興趣。明代小說《呂洞賓三戲白牡丹》《飛劍記》《東遊記》就是文學創作商業化運作的產物。《東遊記》有二十八則，竟用「洞賓暗想牡丹」、「洞賓竟往（娼妓）之家」、「洞賓牡丹交歡」、「洞賓別約牡丹」、「二仙竟往指點牡丹」、「洞賓踐約至牡丹家」、「洞賓雲雨偶泄真丹」7幅畫來表現呂洞賓與白牡丹的故事。在《飛劍記》第五回對聯上寫著：「既學就仙機奚必採陰耽女色 假道修成只見屏前多女子」，在下聯的左邊又有五字圖題「採陰補陽術」。後面又描寫呂洞賓多次出入妓院，度化妓女黃氏的故事。第十二回還描寫呂洞賓化成女子調戲僧人。呂洞賓剛得到鍾離權等上仙傳授至道，接著就去嫖妓，這顯然不符合邏輯，文圖的不一致體現出繪者對小說敘事的批評，繪者質問道：既然呂洞賓已得仙機，何必去採陰補陽？因此，呂洞賓修成的只是「假道」而已。不過，雖然在敘事邏輯上不能自洽，但卻符合大部分觀眾的趣味，他們閱讀的目的畢竟不是接受道教理論教育，而是獲得娛樂。有學者認為：「凝視乃是觀者欲望的投射和實現。視覺快感始終與欲望糾結不分的，視覺快感不僅表現為畫面的優美，同時還蘊藏著看與被看的權力關係，隱藏著男性眼光對女性的審視和窺

〔註127〕《江州望江亭自記》，《呂洞賓全集》，第71～72頁。以上參見吳光正《從呂洞賓戲白牡丹傳說看宗教聖者傳說的建構及其流變》一文。

〔註128〕吳光正：《從呂洞賓戲白牡丹傳說看宗教聖者傳說的建構及其流變》，《文藝研究》2004年第2期。

探。」〔註 129〕讀者通過對這些插圖的「凝視」，獲得視覺快感，滿足男性某種深層的佔有女性的隱秘欲望，而書坊主則由此實現利潤的最大化。

四、《繡像韓湘子全傳》

（一）《繡像韓湘子全傳》的成書

有關韓湘子故事的演變，學者論述甚詳細，據《新唐書》記載，韓湘乃韓愈二兄韓介之孫，父韓會。韓湘字北渚，中進士，官至大理丞，史無信道成仙事。唐段成式《酉陽雜姐》又記為韓愈「疏從子侄」，即遠房侄子；杜光庭《仙傳拾遺》則說成是韓愈外甥，並「忘其姓名」。在唐宋時期，記載韓湘故事的主要有《酉陽雜姐》《仙傳拾遺》《青瑣高議》，重點渲染韓湘的法術及預言韓愈將來貶謫潮陽之事，如《酉陽雜姐》卷十九《染牡丹花》云：

> 韓愈侍郎有疏從子侄從江淮來，年甚少。韓令學院中伴子弟，子弟悉為凌辱。韓知之，遂為街西假僧院令讀書。經旬，寺主綱復訴其狂率，韓遽令歸。且責曰：「市肆賤類營衣食，尚有一事長處；汝所為如此，竟作何物！」侄拜謝，徐曰：「某有一藝，恨叔不知。」因指前牡丹曰：「叔要此花青紫黃赤，唯命也。」韓大奇之，遂給所須試之。乃豎箔曲尺遮牡丹叢，不令人窺。掘窠四面，深及其根，寬容人座，唯賚粉礦輕粉朱紅，旦暮治其根，凡七日乃填坑，白其叔曰：「恨校遲一月。」時冬初也。牡丹本紫，乃花發色白紅歷綠，每朵有一聯詩，字色紫分明，乃是韓出官時詩一韻，曰：「雲橫秦嶺家何在，雪擁藍關馬不前」十四字，韓大驚異，侄且辭歸江淮，竟不願仕。」〔註 130〕

至北宋仁宗、哲宗時期，道教大興，韓湘子的故事遂添油加醋，愈變愈奇，劉斧的《青瑣高議》前集卷九：

> 韓湘，字清夫，文公猶子也。落魄不羈，文公勉之學，湘曰：「湘之所學，非公知之。」公令作詩，以觀其志。詩曰：「青山雲水窟，此地是吾家。後夜流瓊液，凌晨咀絳霞。琴彈碧玉調，爐煉白朱砂。寶鼎存金虎，玄田養白鴉。一瓢藏世界，三尺斬妖邪。解造

〔註 129〕陸道夫：《文本／受眾／體驗──約翰・費斯克媒介文化研究》，北京郵電大學出版社，2008 年，第 123 頁。
〔註 130〕段成式：《酉陽雜姐》卷之十九，中華書局，1981 年，第 185～186 頁。

逡巡酒，能開頃刻花。有人能學我，同共看仙葩。」公覽而戲之曰：
「子能奪造化耶？」湘曰：「此事甚易。」公為開尊，湘聚土，以盆
覆之。良久花開，乃牡丹碧花二朵，於花間擁出金字詩一聯云：「雲
橫秦嶺家何在？雪擁藍關馬不前。」公未曉其句意，湘曰：「事久可
驗。」遂告去。未幾，公以佛骨事謫官潮州。一日途中遇雪，俄有
人冒雪而來，乃湘也。湘曰：「憶花上之句乎？正今日事也。」公詢
其地，即藍關，嗟歎久之，曰：「吾為汝足此詩。」詩曰：「一封朝奏
九重天，夕貶潮陽路八千。本為聖明除弊政，豈於衰朽惜殘年。雲
橫秦嶺家何在？雪擁藍關馬不前。知汝遠來須有意，好收吾骨瘴江
邊。」公別湘詩曰：「人才為世古來多，如子雄文世孰過？好待功名
成就日，卻抽身去上煙蘿。」湘別公詩曰：「舉世都為名利醉，伊余
獨向道中醒。他時定是飛昇去，衝破秋雲一點青。」〔註131〕

這個故事更詳細地描寫了韓湘的法術和預知能力，從韓湘的詩看來，這個
故事已開始受到鍾、呂內丹學的影響。總之，在這些故事中，韓湘子不僅精於
法術，預言前知，而且能做詩，此後便形成了韓湘子提花藍、攥牡丹的造型，
與何仙姑頗為相似，很容易混淆。

從宋代開始，由於韓湘的個性特點，因而他的故事被道教尤其是內丹道所
改造。一是出現多種以韓湘為主人公的戲曲，宋元戲文有《韓文公風雪藍關記》
和《韓湘子三度韓文公》，元雜劇有紀君祥《韓湘子三度韓退之》、陸進之《韓
湘子引度升仙會》、趙明道《韓湘子三赴牡丹亭》、明代錦窩老人的傳奇《韓湘
子九度文公升仙記》和無名氏《蟾蜍記》。以上劇本皆亡佚，現存最早的戲曲
是明萬曆間富春堂刊本《韓湘子九度文公升仙記》，小說則有明萬曆間陳繼儒
《寶顏堂秘笈》所收、題為「唐瑤華帝君韓若雲自撰」的《陳眉公訂正韓仙傳》，
是以扶乩降筆的形式而寫成的自傳體文言小說，演繹湘子出家修道、度化韓愈
的故事，並增加了韓愈妻子竇氏和湘子妻子蘆芳兩個女性。另外，還出現了大
量道情文本，如明李詡《戒庵老人漫筆》卷五《禪玄二門唱》云：「道家所唱
有道情，僧家所唱有拋頌，詞說如《西遊記》《藍關記》，實匹休耳。」〔註132〕
明代中期以後特別是清代，韓湘子成為文弱清秀、橫笛吹奏的少年形象，《東
遊記》中就寫他與藍采和在王母蟠桃會上即興表演，因而精通音律的湘子，適

〔註131〕 劉斧：《青瑣高議》，上海古籍出版社，1983 年，第 85 頁。
〔註132〕 李詡：《戒庵老人漫筆》，中華書局，1982 年，第 173 頁。

合以道情演繹。不過，在小說和道情中，韓湘妻子的名字不一樣，小說是林蘆英，富春堂本是林綠英，而道情本是林英。韓湘子的圖像出現也很早，山西屯留元壁畫中的韓湘了雙丫髻，右手舉著一枝牡丹花，而元雜劇插圖「湘子度文公闔家升仙」中，地上則放著花籃。

從有關前期韓湘子的戲曲、小說和道情看來，韓湘子度文公從元代的「三度」發展到明代的「九度」、「十二度」，可見故事層累疊積，越來越豐富。明代後期的通俗小說《繡像韓湘子全傳》（下文簡稱《韓湘子全傳》）是韓湘子故事的集大成者，有明天啟三年（1623年）金陵九如堂序刻本、天啟年間武林人文聚刊本、嘉慶步月樓藏板本、光緒十萬卷石印本。金陵九如堂序刻本扉頁題「新鐫繡像韓湘子全傳」、「金陵九如堂藏板」等字，首頁有煙霞外史的《敘》，全書三十回，目錄後有韓湘子像一幅，故事圖 30 幅，每回出像一幅。題「雉衡山人編」，《敘》署「時天啟癸亥季夏朔日，煙霞外史題於泰和堂」、「武林泰和仙客評閱」〔註 133〕。「雉衡山人」是明人楊爾曾的別號，或許「雉衡山人」、「煙霞外史」和「泰和仙客」都是一人。雉衡山位於河南南陽境內，《河南通志引唐人詩詠雉衡山曰：「雲連熊耳峰齊秀，水出雉衡山最高。」〔註 134〕小說第一回寫鶴兒與香獐在雉衡山遊戲時說：「一邊名曰熊耳山，一邊名曰雉衡山。詩云『雲連熊耳峰齊秀，水出雉衡山最高』是也。真個好山。」楊爾曾幼時曾隨父官於穎地，故以此為號作為紀念，並寫進小說中，可見雉衡山給他留下了深刻印象。楊爾曾編刊有《仙媛紀事》《許真君淨明宗教錄》等，他在《許真君淨明宗教錄敘》中自述自己居穎地時，恍惚夢見「一羽士，魁梧奇偉，修髯長目，冠碧玉，衣紫霞」，這位羽士就是淨明道祖師許遜〔註 135〕。許蔚在討論《許真君淨明宗教錄》時指出：「楊爾曾的確是一位虔誠的淨明道信徒，這從『弟子楊爾曾』的署名方式即可看出。」〔註 136〕他因此皈依淨明道，並且「有越來越強烈的傳教使命感」〔註 137〕，這是他後來編刊《許真君淨明宗教錄》的因由，故在小說中對許真君的話也有所稱引。武林人文聚刊本與九如堂本大致相同，各刊本大致

〔註 133〕 本文引文據《古本小說集成》中金陵九如堂本。
〔註 134〕 《河南通志》卷七，中國臺灣商務印書館景印文淵閣四庫全書本，第 535 冊，第 216 頁。
〔註 135〕 轉引自龔敏：《明代出版家楊爾曾編撰刊刻考》，見龔敏：《小說考索與文獻鈎沉》，齊魯書社，2010 年，第 192 頁。
〔註 136〕 參見許蔚：《斷裂與建構：淨明道的歷史與文學》。
〔註 137〕 王崗：《作為聖傳的小說，以編刊藝文傳道》，見蓋建民編：《開拓者的足跡——卿希泰先生八十壽辰紀念文集》，巴蜀書社，2010 年，第 467 頁。

相同，步月樓藏版本則只有一幅韓湘子像，而且與九如堂本略有不同，十萬卷樓石印本插圖方式變化更大，卷一有唐憲宗、韓愈等肖像畫八幅，回目前插圖16幅，分別在第1、2、4、5、8、9、12、13、16、17、19、21、24、26、28、30回，應該是根據九如堂本刪改的。本文論述的對象是九如堂本。

韓愈一生力闢佛老，為佛道所不喜，南宋內丹南宗高道白玉蟾在《詠韓湘》中就毫不客氣地說：「汝叔做盡死模樣，雪裏出來無意況。」〔註138〕但韓愈在儒家主流文化中畢竟有巨大的聲望，所以佛道也不無忌憚，不敢編造如《老子化胡記》作者王浮被打入地獄之類的故事來誹謗他，只能加以調侃。道教對不利於自身的人事，或遮掩，如欒大被處死說成是尸解；或改篡，如呂洞賓飛劍斬黃龍的故事；或同化，如把韓愈道教化，說韓家「九代積善，專誦黃庭內景仙經」，這樣就能起到更好的宣教效果。早在漢魏時期，反對道家的董仲舒、孔安國等，都被拉進了神仙隊伍中。作者在《敘》中還稱：「只以矇師瞽叟，執簡高歌；道扮狂謳，一唱三歎。熙熙然慊愚氓村嫗之心，洋洋乎入學究蒙童之耳，而章法龐雜舛錯，謬詞詰屈聱牙。以之當榜客鼓枻之歌，雖聽者忘疲；以之登騷卿鑒賞之壇，則觀者閉目。」可見他對民間有關韓湘子的文本很不滿意，因而「仿模外史，引用方言，編輯成書，揚榷故實。閱歷疏窗，三載搜羅。」〔註139〕作者花費了較長的時間搜集文獻資料，非倉促成書可比，當然，其中主要參考了有關韓湘子的道情。

（二）《韓湘子全傳》的思想

小說主要根據「修道成仙」、「一子出家，七祖昇天」、「謫降」、「度脫」等道教重要觀念來構架故事情節，宣揚道教思想尤其是內丹道觀念。小說中的主要人物原都是天上的神仙，韓湘子乃白鶴轉世；捲簾大將軍沖和子因與雲陽子在蟠桃會上爭奪蟠桃，打碎玻璃玉盞，分別貶謫到人間轉世為韓愈和林圭；竇氏原係上界聖姥，因盜折葵花，謫下凡間受苦；蘆英原是凌霄殿玉女，因私自窺探下界，故貶到凡間，孤眠獨宿。這些神仙下凡後，迷失了本性，沉淪於濁世，需要神仙去點醒度脫，於是鍾、呂度韓湘子，韓湘子度韓愈夫婦和林圭父女，最後皆證果朝元。

在早期韓湘子的故事中，主要突出他的法術與前知能力。在道教中，「能開頃刻花」早由一種園藝技術變成了展示高道法術的手段，如五代沈汾《續仙

〔註138〕蓋建民：《白玉蟾詩集新編》，社會科學文獻出版社，2013年，第231頁。
〔註139〕楊爾曾：《韓湘子敘》，《韓湘子全傳》，第7～9頁。

傳‧馬自然》記在常州刺史馬植生辰宴上，馬自然略施小術，「以瓷器盛土種瓜，須臾引蔓生花結實」，「眾賓皆稱善，香美異於常瓜」。〔註140〕這類描寫常見於道教仙傳，而在《韓湘子全傳》中，韓湘子的法術被進一步神化，並與度化結合起來，成為小說的主要內容，增強了故事的吸引力。

　　《韓湘子全傳》可謂是集中宣揚道教丹道理論的一部長篇小說，小說中通過人物的對話、唱詞等，闡釋修煉內丹的技術，坎離、龍虎、嬰兒、姹女、黃婆、調神氣、心猿意馬等內丹詞彙大量出現。特別是作者把一些修道技術故事化，這樣就使得丹道理論通俗易懂。如小說中有關養羊和牧牛的描寫，這兩個道教意象筆者都認為出自老子，楊雄《蜀王本紀》中記載老子與尹喜臨別時叮囑道：「子行道千日後，於成都青羊肆尋吾。」〔註141〕《列仙傳》寫修羊公化為白石羊，在這裡「羊」就是「陽」的隱喻。《神仙傳‧老子》又載，老子騎青牛過函谷關，徐甲為他牽牛，後徐甲索要報酬，老子投符將他化為骷髏。牛羊皆為青色，暗示生命力旺盛。故後來牛和羊都是吉祥動物。《搜神記》記周時神仙葛由，一日乘木羊入蜀中，隨之者不復還，皆得仙道。西安碑林博物館藏北魏熙平二年（517年）造像碑，碑陽龕楣上就被雕刻成天宮的形象，屋簷上有一仙人騎瑞羊，羊口出瑞氣。漢方士封君達號「青牛道士」，正一道規定不可食牛。在魏晉南北朝時，牛羊都具有辟邪的作用，「青牛髯奴」被當做一種最佳的辟邪組合，鬼魅見之退避三舍。晉《雜語》中記宗岱著《無鬼論》，後一鬼化成書生來訪，稱宗岱原有青牛髯奴，不敢來犯，今奴叛牛死，「今日得相制矣」，言絕不見，明日而岱亡〔註142〕。《續搜神記》也載王戎曾參加一葬禮，遇見一鬼，告訴他說今後送葬時「可乘青牛，令髯奴御之及白馬，則可禳之。」〔註143〕青牛是醫家良方，日本古《醫心方》卷一四引《葛氏方》云：若人被鬼所魅，可「以牛若馬臨魘人上二百息，青牛尤佳。」〔註144〕傳說青牛又是「木精」，《述異記》中說「梓樹之精化為青羊」，「千年木精為青牛」，〔註145〕《太平御覽》卷八八六引《玄中記》則說「千歲樹精為青羊，萬歲木精為青牛，多出遊人間。」

〔註140〕《太平廣記》第一冊，第173頁。

〔註141〕揚雄著、鄭樸輯：《蜀王本紀》，中華野史系列，第3頁。

〔註142〕《雜語》，《太平廣記》第三冊，第320頁。

〔註143〕《續搜神記》，《太平廣記》第三冊，第336頁。

〔註144〕〔日〕丹波康賴：《醫心方》卷十三，東京康氏家藏傳抄稿秘本。

〔註145〕任昉：《述異記》卷上，中華書局，1985年，第5、14頁。

小說第十三回寫韓湘子先後招來仙鶴、仙羊為韓愈祝壽，在招仙羊時：

　　湘子道：「列位大人謹守元陽，待貧道喚他出來。」便用手招
道：「仙羊，快快走下來！」說聲未罷，只見一隻羊骨挾挾從那轆
轆夾脊轉過雙關，跑上泥丸，直下十二重樓，踏著丹臺，往那丹田
氣海之中一溜煙跑將出來。眾官見了，都道：「這羊紅頭赤尾，白
蹄青背，花花綠綠，果是一隻好羊。你原養在何處，叫得一聲就來？」
湘子道：「這羊是從小養熟的，遠不千里，近在目前。」退之道：
「出家人養鶴養鹿，是本等的事，羊豈是出家人養的？」湘子道：
「養鶴養鹿，不過是閒遊嬉耍，供一時之玩好；羊乃先天種子，龍
虎根基，若養得他完全，就發白返黑，齒落更生，長生不死，正是
出家人該養的。」退之道：「我府中也養得有羊，因時喂飽，隨心
宰殺，只用其糞壅田壅地，並不聽見說有這許多好處。」湘子道：
「大人府中養的是外羊，吃野草，飲泥漿，只好供口腹之欲；貧道
養的是內羊，饑食無心草，渴飲玉池漿，收藏圈子裏，不放出山場，
非同容易養的。」退之道：「這羊要多少錢？賣與我吧。」湘子道：
「昔日漢武帝要買這隻羊，肯出連城七十二座，還不夠羊一半價錢。
大人不過是一位尚書，莫說買我這隻羊，就是一根羊毛，也買不起
哩！」退之道：「一隻羊重得多少斤兩，敢笑我沒力量買他？」湘
子道：「大人有了羊，也不會得養他。」退之道：「你說一個養的方
法，我照依你養就是了。」湘子道：「我家有個養羊歌，說與大人
聽。歌云：養羊之法甚簡易，也不拴，也不繫。饑食無心草上花，
渴飲澗下長流水。羊飽任顛狂，不放閒遊戲，一般頭角共毛皮，偏
能參透人間意，不野走，也不睡，左右團團不出市。呼得來，喚得
去，用之不用棄不去。我若賣時無人買，拿著黃金無處覓。高打牆，
獨自睡，女娘如狼心也醉。吃盡羊羔不口酸，吞卻元陽沒滋味。人
不悭，畜倒會，那個識得其中意。我今學得任逍遙，你們不會參同
契。鬢邊白髮幾千莖，閻王排到拘將去。饒君法術果通神，泄了氣
時成何濟。」

　　這隻羊從韓湘子的丹田中跑出，因而「羊」就指「陽」，道教講究練就純
陽之軀，「陽」只能靠自我修煉獲得，乃是無價之寶，女人則是吞吃「羊」的
狼，因而在湘子袍袖一拂收走羊與鶴後，林圭問「羊在哪裏去了？」湘子道：

「羊被狼來咬了去。」退之道：「我們明明白白坐在這廳堂上，幾曾見有狼來？」湘子道：「廳後坐著那兩個穿紅袍的，恰不是狼？」退之怒道：「一個是老夫人，一個是我侄兒媳婦蘆英小姐，怎說是狼？這道童眼也花了，還說是神仙！」湘子道：「正是狼，大人有所不知。」

　　牛在宗教中作為負面化的符號，可能受到佛教的影響。在佛教典籍中，以「牛」譬喻凡夫追逐聲色名利，猶如牛倔脾氣，很難調伏。宋廓庵禪師曾以《十牛圖頌》寫降伏「心牛」的十個層次，即「尋牛」、「見跡」、「見牛」、「得牛」、「牧牛」、「騎牛歸家」、「忘牛存人」、「人牛俱忘」、「返本還源」、「入鄽垂手」，每個過程境界不同〔註146〕。受其影響，道教常用「牛兒」象徵難以收束的「心性」，「牧牛」象徵「心性的修煉」。如《韓湘子全傳》第四回描寫湘子學道：「忽見那牛奔，鼻撩天，吼一陣，搖搖擺擺擒不定。拽住了那繩，休教亂行，往來日夜跟隨緊。牧牛人，丹田界，管取稻花生。」又如第二十回寫韓愈貶謫去潮陽的路上，遇見一個牧童在尋找什麼，韓愈問他「尋些恁麼？」牧童道：「我不見了一隻牛，在此找尋。」退之道：「你從那裏來，就不見了？」牧童道：「我從長安跟著這牛兒來，他一路上頭也不回，不知怎的，到來個所在，越地裏便不見了。」暗指韓愈乃一頭執拗的牛，反覆開導猶不能悟道。第二十七回寫韓愈拜沐目真人為師後，每日砍柴，心有怨言。一天沐目真人對韓愈道：「你侄兒湘子書來，說你年紀高大，做不得那重生活。你快快洗淨身子，且去養這一隻牛。」韓愈見那隻牛，前鬃一丈，後腿八尺，猙獰兇惡，如同猛虎一般。便上前稟道：「師父，這隻牛一發難管了。」暗喻韓愈牛性難以降伏，猶未得道。韓愈接著問：若牛兒性發顛狂，弟子怎麼樣才降伏得他倒？真人道：「喂草時，要按著子午卯酉，不要錯過了時辰。我再與你一把慧劍，牛若顛狂不伏你拘管的時節，你就把這劍砍下他的頭來，他自然不妄動了。」文公依命，把牛兒拴在房內，照依子午卯酉四個時辰，喂放水草，不敢有一日怠慢懈弛。算將來已經三載有餘，那牛兒服服帖帖，再不狂顛。說明韓愈已收束心性，這時，沐目真人才正式傳授丹決與他，韓愈忽「醒悟」，真人滿斟三爵仙酒遞與韓愈，韓愈一飲而盡，「便覺得臟腑澄清，精神完固。」自此「日夜提龍捉虎，養汞存鉛。果然二氣相交，三花聚頂，龍蟠門戶，虎繞藥爐。閃閃電光，生身育物。剎那間開了房門，看那養的牛兒。隻見那牛兒暴叫如雷，顛狂不止。文

〔註146〕廓庵：《十牛圖頌》，《新纂卍續藏經》，第64卷，中國臺北白馬精舍出版公司影印發行，第773頁中～775頁上。

公喝道：『大膽畜生，怎敢無禮？』便將真人所付慧劍執在手中。牛兒見文公
執劍在手，橫著角，睜著眼，一頭向文公撞將去。文公將劍望牛頭上砍下一
刀，頭隨劍落，忽騰騰一股白氣衝上天門，驚動玉帝。韓愈終於修道成功。吳
光正指出：「牧牛」和「養羊」這類情節儘管傳達的是純粹的宗教理念，但這
種生命倫理卻經常和作家的人生體驗產生共鳴，促使作家將這種生命倫理深
化為人生哲理〔註147〕。小說中的這段描寫，既是道教修行觀念的演繹，也體
現出普遍的生命原則。

　　小說還集中體現了宗教倫理，為了使人信道，可以不擇手段，製造災難，
如招來洪水漂沒韓家祖產，使竇氏姑媳流離失所。第二十八回寫韓湘子去度化
竇氏和蘆英，蘆英道：

　　　「許旌陽《宗教錄》說得好：『忠則不欺，孝則不悖。』你既做
　　了神仙，怎的不知孝道？」湘子道：「你怎見得我不知孝道？」蘆英
　　道：「公公教訓你，婆婆撫育你，公婆恩德是一樣的，你既度公公成
　　了仙，今日不肯度婆婆出家，豈不是不知孝道？」湘子道：「既如此
　　說，我只度了婆婆，你依舊回家去罷。」蘆英道：「家舍俱無，教我
　　回那裏去？」湘子道：「回崔家去。」蘆英道：「那個崔家？」湘子
　　道：「崔群尚書家裏。」蘆英道：「我若肯到崔群家裏，今日下受這
　　苦楚了。」湘子道：「既不到崔家，仍回林學士家裏去。」蘆英道：
　　「我也不回林家。」湘子道：「你既不肯回去，終不然立在這山裏不
　　成？」蘆英道：「古來說得好：嫁雞逐雞飛，嫁犬逐犬走。昔日嫁了
　　你，跟你在家裏；你既做仙人，我就是仙人的老婆了。不跟你走，
　　教我回那裏去？」湘子道：「我奉玉旨度一個度兩，只好度得嬸娘，
　　怎的又好度你？」蘆英道：「許旌陽上升之時，連雞犬也帶了上天；
　　王老登天時節，空中猶聞打麥聲。你做了神仙，為何不肯帶挈妻子？」
　　湘子道：「那些人物都是仙籍有名的，所以度得去；你是個仙籍無名
　　的俗女，我怎麼好度你？」蘆英道：「夫婦，人倫之一。神仙都是盡
　　倫理的人，你五倫都沒了，如何該做神仙？」湘子道：「你說也徒然，
　　我只是不度你。」彩和道：「仙弟，林小姐講起逍學來了，你須是度
　　他；若不度他，如今世上講道學的都沒用了。」湘子道：「仙兄不要

<hr>

〔註147〕參見吳光正：《八仙故事考論》中第十三章，中華書局，2006 年，第 395～
　　　　397 頁。

吃這道學先生驚壞了。那林小姐是雌道學，沒奈何把這五倫來說。若是雄道學，他就放起刁來，把那五倫且擱起，倒說出一個六輪來，教你頭腳也摸不著！」彩和道：「道學那裏論什麼雌雄，只要講得過的就是真道學，我們你雲外人，不要說雌與雄，只看『道學』二字分上，度了他，才顯得世上講道學的也有些便益。」

韓湘子和藍采和嘲笑儒家倫常，雖然與「一子出家，七祖昇天」的佛道孝道觀有些衝突，但道教的倫理觀的確與儒家有很大的不同。小說寫湘子度化韓愈，韓愈跪拜湘子，湘子端然不動而受拜。雖然開始在韓愈要拜湘子為師時，湘子以「父子不傳心，叔姪難授道」辭卻，但還是變成「沐目真人」，正式收韓愈為徒。韓愈是湘子的叔父，按照儒家觀念，這是人倫顛倒，但道家主張「道貴人賤」，不論年齡、輩分、貴賤，只惟德行學問。《升玄經》中記太上告子明曰：

> 學道之人，聞法如饑欲食，見可師之人如病得醫，何惜謙下，當如世間貧窮之民，為衣食故債力自役，為人給使，不辭勤劇，不避貴賤長幼，唯財是與。學道之人亦復如是，求法事師，莫擇貴賤，勿言長幼，言我年以大而彼年少，彼是賤人我是高士。夫若生此心者，故懷死生俗閒之態，不解至真平等之要。此人學道，徒望其功耳！人無貴賤，有道則尊，所謂長老不必耆年，要當多識多見。以為先生不得言彼學在我後，我學在前，云何更反師彼，作此念者，是愚癡嫉妒之黨，非吾弟子。道當謙下，推能讓德，唯善是從，不得自高慢物，獨是非彼，此是學道深病。汝等教將來世，慎之，慎之！

> 太上曰：弟子受道雖多，猶應敬其本師，本師亦應謙下弟子。所以然者，夫得道度世，莫不由師學之，有師亦如樹之有根，緣有根故枝條扶疏。夫學道之人亦以本師為基，漸次成就大智。大智既能成就，復能成就小智，如樹由根生子，子復生根，展轉相生，則種類不絕。從師受道，漸漸增益，德過於師還教於師，所謂道貴人賤，義類如此〔註148〕。

道教認為，道家的師承關係超越了儒家的人倫物理，如《神仙傳》中寫陳安世本是灌叔本家的僕人，後灌叔本拜陳安世為師，說：「夫道尊德貴，不在

〔註148〕《升玄經》，《無上秘要》卷三四，《道藏》第25冊，第113頁。

年齒，……先聞道者，即為師矣。」在淨明道中，許遜原曾拜吳猛為師，但後來他的道行超越了吳猛，吳猛反過來又拜許遜為師。

（三）《繡像韓湘子全傳》的插圖

《韓湘子全傳》的插圖凸顯徽派版畫的特色，圖像精美。卷首扉頁有湘子像，雙丫髻，抱魚鼓，不是吹笛的少年，而是唱道情的道士，符合小說的內容。道情用漁鼓、簡板伴奏，以警醒世人，如第二十四回竇氏問湘子為何「只打漁鼓？」湘子道：「因世上人頑皮不轉頭，只得把那頑皮繃在竹筒上，叫做愚鼓。有一等聰明的人，聞著鼓聲便惕然醒悟；有一等癡蠢的人，任你千敲萬敲，敲破了這頑皮，他也只不回頭轉意。因此上時時敲兩下，唱道情，提撕那愚迷昏聵的人跳出塵囂世界。」右邊副圖有四言詩讚，主要是讚美韓湘子修道成仙及「下挈九族，同騰紫雲」的功績。插圖取回目中一句作為圖題，位置不固定，題於圖畫空白處，從而使得整個畫面平衡、整齊和美觀。

《韓湘子全傳》中的圖文關係比較豐富，充分表現了繪圖者對文本的深刻理解。或圖文互為闡釋。如第一回插圖，一顆松樹長在懸崖之上，白鶴站在松樹的虯枝上，正展開翅膀，似將飛下懸崖，又好像在與懸崖下的香獐打招呼，松鶴渾然一體；香獐則回頭與鶴對望，顯示他們之間有深厚的情誼（圖2-69）。小說寫香獐與白鶴結識後，做了弟兄，「逐日在江口閒遊，山中玩耍」。雉衡山自古以來就流傳著許多靈異傳說，小說將故事的發生地安排在雉衡山，既有作者幼時的記憶，也與「雉」與「鶴」的聯想有關，在古代道教仙傳中，很多神仙都被寫成是「鳳」、「鶴」等祥瑞動物投胎轉世，在道教的傳說中，鍾離權、呂洞賓和韓湘子都是白鶴轉世。唐代的《敦煌遺書》p‧381號《湘祖白鶴紫芝遁法》，在介紹法術後面是《白鶴靈彰咒》《鶴神所在日期》〔註149〕。遁法以白鶴命名，可見早就有鍾、呂、韓白鶴轉世的傳說。據朱國禎《湧幢小品》卷29記載，長沙有白鶴廟，祭祀白鶴大仙。香獐與白鶴雖親如弟兄，但兩隻動物性格不同，在被呂洞賓點破原型時，老鶴「低首無言，不敢答應」，香獐則巧語花言狡辯，呂洞賓便度鶴兒上天，把香獐貶下深潭，「不見天日，待鶴兒成仙，才來度他去做一個守山大神。」在中國文化中，獐本是不祥之物，人們以獐頭鼠目來形容賤相。可見，這幅插圖形象詮釋了鶴獐之間的關係，又預示了他們的稟賦、道業不同。

〔註149〕王進玉：《八仙與「敦煌遺書」》，《人文雜誌》1992年第4期。

圖 2-69　雉衡山鶴獐

　　第十七回寫韓愈和竇氏聽見說湘子回來，「喜從天降，三腳兩步跑將出來，扯住他衣服，不住的汪汪淚落，道：『我兒，你一向在那裏？拋得我夫妻兩個舉眼無人，好不悽楚，你身上怎的這般襤褸，教我看了越發心酸。』⋯⋯竇氏叫盧英道：『媳婦，你丈夫回來了，快扯住他，不要放他又去了。』盧英依言來扯湘子，湘子就閃過那邊。盧英趕到那邊扯他，湘子又閃過這邊，只是扯他不著。盧英道：『婆婆，媳婦扯他不著，怎生是好？』竇氏道：『你且住，有我自留仙。』」（圖 2-70）湘子不告而別後，生死未卜，韓、林兩家都很掛念，這次突從天降，所以竇氏和盧英且驚且喜，唯恐怕他飛了。圖繪韓愈夫婦站在門口交談，盧英試圖拉住湘子，湘子在躲閃，夫妻之間總是有一段距離。第二十回，寫湘子在韓愈赴任潮陽的路上，幻化出一個賈家莊，莊主賈似真欲招贅韓愈為婿，韓愈滿口答應。但新婚之夜，韓愈正要脫衣上床，卻被人懸空弔起來，睜眼再看時，一個人影兒也不見有。韓愈羞慚滿面，正在沒法，忽見一樵夫擔柴踏雪唱歌而來，張千問他往潮州路如何走，樵夫說前途艱險，妖精鬼怪眾多，韓愈聞說此話，嚇得遍體酥麻，求樵夫指引道路，樵夫道：「你不聽我說話，我說也是徒然。那東澗下有一漁父，他是慣走江湖，穿城過市做賣買的，頗曉得路頭，你自去問他便了。」這樵夫和漁翁分別是

湘子和藍采和所化，兩個三言兩語，把韓愈譏諷了一場，韓愈只是不悟。又如第二十二回寫潮州一隻巨大的鱷魚為害，淹壞民間田地，吞吃無數人畜。韓愈撰《祭鱷魚文》驅趕鱷魚，令秦濟去投遞。秦濟「領了退之的檄文，思量要去，恐怕撞見鱷魚發起威來，被他卷下肚子；要不去時，又怕新官新府法令嚴明，先受了杖責，削奪了職銜。左思右算，趑趄沒法，不得已大著膽，硬著肚腸，帶幾個人，拿了祭物，跑到河邊。恰好那鱷魚仰著頭，開著大口，在那裏觀望。……秦濟沒奈何，大著膽，冒著雨，把那檄文向鱷魚頭上只一丟，巧巧的丟在那鱷魚口裏。那鱷魚銜了檄文，便低著頭，閉著口，悠然而逝，好似有怎麼神驅鬼遣的一般，一溜煙的去了。……（秦濟）眼花烏暗，不得知鱷魚已是去了，且趁著勢頭把豬羊祭品教，一下子都推落水去，沒命的轉身便跑，跑得到府中時節，退之還坐在廳上。」（圖2-71）其實是湘子已暗中差遣馬、趙二將，制縛住鱷魚，等秦濟把檄文投入鱷魚口中，便驅鱷魚下海去。圖像分兩部分，上面是馬、趙二將率兵抓捕鱷魚，圖下有兩個人，一人在向鱷魚拱手而拜，前面一人在回頭狂奔，岸上放著祭品。下面的人並不知道有神來協助，鱷魚雖未畫出，但通過岸上人們的恐懼表情，已將鱷魚的兇殘烘托出來了。這樣，圖像就把實景和虛景都表現出來了。

圖2-70 林蘆英恩愛牽纏

圖 2-71 驅鱷魚天將施功

　　當然，有些故事情節比較複雜，是圖像無法表現的，如第六、七回寫鍾、呂兩師設計美女試湘子，小說中的文字描寫非常細緻生動：

　　（先是女子捧茶，將湘子的手暗中捏了一下）女子又低低悄悄叫一聲道：「官人，我家有三等房，雲遊仙長，過往士夫在上房宿，腰纏十萬、買賣經商在中房宿；肩挑步擔、日趁日吃的在下房安置。」其聲音嘹亮尖巧，恰似嚦嚦鶯聲花外囀，鑽心透髓惹人狂也。湘子道：「娘子，宅上雖有幾等房，我不好繁華，只在下房歇罷。」女子怒道：「我是一個處女，並不曾嫁丈夫，如何叫我做娘子？」湘子道：「稱謂之間，一時錯見，是我得罪，姐姐勿怪！」女子嚷道：「你和我素不相識，又非一家，怎麼叫我做姐姐？」湘子道：「你未曾嫁人，我差呼你為娘子，所以叫姐姐，那裏在相識與不相識。」女子變了臉道：「出家人不識高低，不生眼色，我只聽得中人叫做姐姐，我是好人家處女，難道叫不得一聲姑娘、小姐，叫我做姐姐？」湘子道：「姑娘，是貧道不是了。」女子道：「奴家也是父精母血十月懷胎養大的，又不是那瓦窰裏燒出來的，你如今才叫

　　我做姑娘，連我也惹得煙人氣了。」湘子道：「這個姑娘忒也難說話，難為人。」女子帶笑扯住湘子道：「你這等一個標緻小師父，一定是富貴人家兒女，如何到下房去歇？依奴家說，也不要到上房中房去，奴家那堂屋裏面，極是幽雅乾淨的所在，你獨自一個在那裏宿一宵倒好。」

　　接著女子誇說有家財百萬，願倒賠妝奩，招贅湘子為夫，遭到湘子斷然拒絕。女子於是又質問湘子是「官休」還是「私休」，湘子表示：「小道今日出來，就是鼎鑊在前，刀鋸在後，虎狼在左，波濤在右，我也只守著本來性命，初生面目，那怕官休私不休，私休官不休！」女子便扯住湘子，叫爺爺快來，說有人強姦她。老頭兒拄了拐杖進來，又是千般勸說，湘子只是要走。女子又作嬌聲道：「官人！此時已是黃昏，一路上豺狼虎豹，蛇蠍妖魔，橫衝直撞，不知有多少，你出我的門，也枉送了性命。就不肯入贅，權在下房歇一宵，到天明起身何如？」湘子道：「蛇傷虎咬，前生分定，好死橫死，總是一死，不勞你多管。」湘子立意要走，女了大怒，推湘子出門。當夜星月無光，不辨路徑，湘子坐在一株大樹底下等候天明。女子在家中一會兒埋怨老頭兒，一會兒又咒詛湘子，一會兒又高聲勸湘子，一會兒又叫老頭兒快點火去尋湘子回來，「這幾段嬌聲細語軟款的話兒，被那順風兒一句句都吹到湘子的耳朵裏，只指望打動湘子。誰知湘子這一點修行的念頭如金如石，一毫也惑不動，聽了這些聲音言語，越發不奈煩了，便顧不得天氣昏黑，腳步高低，一徑往前亂走。」

　　該回將女子誘惑湘子的手段寫得活靈活現，作者以「低低悄悄叫」、「怒道」、「嚷道」、「變了臉道」、「笑扯住湘子道」、「大怒」、「嬌聲細語」等來描摹女子說話的聲音、情態以及情節的變化，使女子調戲湘子既生動而又富於層次感，這些是很難轉化成圖像來表現的。圖像僅繪出了一個細節，即女子端茶給湘子，老人坐在門外，右手拄杖，扭頭向外，裝著不看屋內（圖 2-72）。又如第九回寫湘子數次變化戲弄兩個牧童，圖像也難以呈現。又如第八回鍾、呂命湘子向東而坐，謹視丹灶，莫教走泄。湘子在經歷金甲神人領親衛甲士數百人，拔劍張弓前逼湘子，猛虎、毒龍、猿猊、獅子、蝮蛇、惡蠍等猛獸毒蟲爭前搏噬，大水淹至座下，接著，「又有牛頭獄卒，馬面鬼王，槍戟刀叉，四面環繞，抬一大鑊，置湘子前，中有沸油百斛，欲取湘子置之鑊中。已而執湘子妻蘆英

小姐，摔於階下，鞭捶流血，射砍煮燒。蘆英苦不可忍，泣告湘子曰：『妾與郎君恩愛情疏，非妾之罪，是君修行學道，以妾為陋拙耳。今為鬼卒所執，不勝其苦，不敢望郎君匍匐代乞，能个出一言以相救乎？人孰無情，君乃無情若是！』雨淚庭中，且咒且罵。俄而蘆英不見，鬼卒散逸，見十殿閻君，森坐室中，牽繫百十罪囚，跪於庭際，湘子父韓會，母鄭氏皆跪其中。但聞閻君指揮吩咐，熔銅化鐵，碓搗磑磨，使囚倍受慘苦，號泣之聲無遠不屆。」這一系列的連續考驗，如果不使用圖像並置進行綜合敘述，很難將這些情節表現出來，畫者只是將其中一個高潮視覺化，只見前面一個鬼卒在用鐵鍊拉蘆英，後面有牛頭、馬面鬼王，馬頭鬼王手舉滿是鐵釘的大錘在擊打蘆英的後腦（圖 2-73）。這個場面也是經過畫家精心選擇的，是所有考驗中對湘子最嚴峻的，看他在親人慘死之際是否會動心，但湘子只是頭略微前傾，身子依舊巍然不動，以此說明他的道心堅不可摧。

圖 2-72　化美女初試湘子

圖 2-73　韓湘凝定守丹灶

　　但有的故事情節，可能更適合於用圖像視覺呈現，或者說用圖像表達更有具象感。如第十五回，湘子在壽宴上度化韓愈失敗後，心有不甘，又來到韓府，張千、李萬攔住他，說老爺吩咐，若放湘子進去，要打我們二十大板。湘子說如不放他進門，你兩個決然要吃打二十板。張千、李萬不信。於是湘子施分身術，頭枕著漁鼓，鼾睡不動，但元神卻走到筵席前，韓愈見張千、李萬放湘子進來，怒髮衝冠，命將兩人拖翻在地，每人打二十板。圖像分上下兩個場景，

上面是湘子在筵席前，下面是湘子在酣睡，表現了發生於同時、不同地方的兩個故事。通過兩個場景的對比，突出湘子法術高超。由這幅插圖，就可以看出圖像在表現空間方面的優勢。

　　當然，也存在圖文不符的情況，如《韓湘子全傳》第二回，韓湘生下後日夜啼哭，聽到化為道人的呂洞賓的漁鼓聲才止哭，韓家請呂道人來看看，「鄭氏在屏風後面，抱孩兒遞將出來，韓會接在手中，遞與道人道：『這個便是學生的孩兒。』」道人用手摩湘子頂門，說了幾句話，「那孩兒聞言，恰像似快活的一般，就不哭了。」但湘子自從見那道人之後，一似癡呆懵懂，泥塑木雕的一般，也不啼哭，也不笑話，大家都叫他做「啞小官」，韓會日夜憂愁，染病而亡。呂師又化做算命先生，為湘子算命，接著，鍾師父又化作一個相面的先生，來為湘子看相，韓愈接待兩人。可見，按文字描寫應該包含道人看病和鍾、呂看相兩個情節，插圖將兩個發生於不同時間的故事情節繪在一起，只見呂洞賓走在前面，鍾離權在後邊跟著；在門內，鄭氏正在往外窺視（圖 2-74），韓家是詩禮之家，女性不能拋頭露面。按文字敘述，鄭氏在屏風後面偷窺是第一個情節，鍾、呂來看相是第二個情節，兩件事不是在同一個時間、同一場景發生的，如果不看文字敘述，就會使人產生是同一件事的錯覺，因為繪者沒有進行區隔。尤其是湘子形貌的繪製，如第十一回湘子假形傳信息，化為一個唱道情的道人來見竇氏，點石獅子成金，開悟竇氏，但圖像中的湘子與原來的相貌一模一樣，沒有變化，這樣就不可能瞞過竇氏。還有後來湘子化為沐目真人度化韓愈，其圖像中的相貌也一如既往。另外，在選擇場景進行圖畫時，也有該出圖而不出圖的情況，如第十六回，小說花費不少筆墨描寫湘子令畫上女人走出歌舞的法術，但圖像只有湘子在陰司查勘韓愈壽數、官運的情節，而這一情節遠不如前面的生動。又如第二十五回圖繪呂純陽託夢崔家，教他去韓家提親，但在這一回中，湘子為使竇氏婆媳悟道，調動洪水將韓家徹底沖毀。韓家因為崔尚書報怨，憲宗令韓清同母竇氏等俱回昌黎閒住；所有金帛米穀，錦衣衛官查驗明白，收貯封鎖，給賜守邊將士，不許夾帶分毫，如有夾帶不明，三罪俱罰。竇氏等回老家後，發現自家房屋、田地全無，驚得目睜口呆，問鄰居後得知被洪水漂沒，只剩得白茫茫一個深潭。韓夫人與蘆英在舟中過了一夜。次日清早，韓清到城裏租了一所房子，把帶來的東西權且搬上去，安頓停當，才接韓夫人、蘆英去居住。韓夫人進到房子，放聲大哭。本來這是很好的「關

鍵場景」，但繪者卻沒有出圖。從這兩個例子可以看出，畫者是從神仙勸化的
宗教角度選擇圖繪場景，而不是從小說的藝術角度。

圖 2-74 談星相鍾呂埋名

　　我們無法獲悉《繡像韓湘子全傳》的繪工、刻工信息，但圖像精美，畫風
細膩，人物表情生動，很好地闡釋和補充了文字的敘述，最大限度地釋放了小
說的審美內涵，是江南繡像插圖的典型代表，這是建本插圖所無法比擬的。

第四節　《封神演義》插圖本

　　有關《封神演義》的作者，自上世紀二、三十年代以來，即有許仲琳、陸
西星之說。魯迅倡許仲琳編說〔註150〕，張政烺主陸西星說〔註151〕，兩種觀點
都有不少支持者。20 世紀 90 年代以來，隨著日本內閣文庫所藏舒載陽刻本影

〔註150〕魯迅：《中國小說史略》，中華書局，2016 年，第 174 頁。
〔註151〕張政烺、胡適：《封神演義的作者》，《獨立評論》第 209 期（1936 年），第 18
　　　　～21 頁。

印面世，學者們認為李雲翔也參與了小說的創作，章培恒認為《封神演義》由許仲琳、李雲翔寫定〔註152〕，徐朔方主張許仲琳是《封神演義》的早期寫定者之一，李雲翔是重訂者〔註153〕。周明初近年著文，對李雲翔的生平事蹟做了更為詳細的考證，認為他是《封神演義》的主要作者（寫定者）的依據不足〔註154〕。筆者贊同他的說法。柳存仁在《毗沙門天王父子與中國小說之關係》一文中指出，《封神演義》一書較早之淵源除元至治刊本《武王伐紂平話》外，尚參考了余象斗、陳眉公評本《列國志傳》，他通過比勘，發現兩書「不論書中之詩文字句，故事人物，皆有《封神》抄襲《列國志傳》卷之一明確證據凡數十條之多，而《列國志》則又有承襲《伐紂書》之處而後為《封神》作者所揚棄者，此固可以書影比讎而觀者也。」〔註155〕比較清晰地梳理了《封神演義》的成書淵源。

　　《封神演義》是一部重要的神魔小說和道教小說，其版本情況，澳大利亞華裔學者柳存仁指出：「今日世間所存之最早《封神演義》版本，僅日本內閣文庫藏明金閶舒載陽刊本，其餘不過清初覆明本（均載長洲周之標君建序），四雪草堂訂正本（首康熙乙亥［三十四年］褚人獲序），及以之為祖本之諸翻刻本。四雪草堂訂正本多為清代以後諸翻刻本所根原。故今日通行所見自石印以至排印本，字句悉與之同。」〔註156〕柳氏這裡清楚地說明了《封神演義》的版本情況，舒載陽刊本是最早的底本，後來據其覆刻的周之標序本和諸人獲序本都是在其基礎之上的補充修正，但本質上是同一源流的版本系統，因此《封神演義》的版本並不複雜。不過，雖然這些版本在文字上沒有大的差別，但插圖卻有較大的不同，《封神演義》的插圖本很多，基本覆蓋了古代小說所有的插圖方式，舒載陽刊本是回目前 50 幅雙葉分別繪製兩回情節的情節敘事性插圖，四雪草堂訂正本除前面多出 32 幅主要人物的肖像外，情節敘事性插圖完全襲自舒載陽刊本，康熙金陵聚德堂本則是上圖下文式，光緒十五年（1889 年）廣百宋齋鉛印本，附圖 175 幅，卷首有 77 幅人

〔註152〕章培恒：《〈封神演義〉的性質、時代和作者》，《不京不海集》，復旦大學出版社，2012 年，第 296、299 頁。

〔註153〕徐朔方：《論〈封神演義〉的成書》，《小說考信編》，上海古籍出版社，1997年，第 350 頁。

〔註154〕周明初：《李雲翔生平事蹟輯考及〈封神演義〉諸問題的新認識》，《文學遺產》2014 年第 6 期。

〔註155〕〔澳〕柳存仁：《和風堂集》，上海古籍出版社，1991，第 1231 頁。

〔註156〕〔澳〕柳存仁：《和風堂集》，第 1231 頁。

物繡像，卷中有 98 幅情節敘事性插圖，民國 38 年（1949 年）上海錦章書局仿宋本回前肖像插圖則採取合像的方式。對於《封神演義》的插圖，學界研究很少，只有日本學者瀧本弘之發表過《〈封神演義〉的圖像及其淵源》一篇，本節對此做一個簡單的研究。

一、日本內閣文庫藏明刻本

　　藏於日本內閣文庫的明金閶舒載陽刊本《封神演義》，是現存最早的刊本，該本二十卷一百回，錢紋邊框，正中央是標題「封神演義」，「封」字上面蓋有一個「八卦」圓形圖案印章，突出本書的道教色彩，下方的「演義」二字上還印有「每部定價紋銀二兩」的字樣。較大的左框中有五行小字，交代了出版此書購置、出版的經過；右側用小字寫著副標題「批評全像武王伐紂外史」，標出這部小說與元刊本《武王伐紂平話》的淵源。卷二首頁有「金閶載陽舒文淵梓行」、「鍾山逸叟許仲琳編輯」，其他十九卷均無此署，前面有署名「邗江李雲翔為霖甫撰」的序，及題署為「金閶書坊舒沖甫」的識語。金閶為蘇州的別稱，「鍾山」即今南京。舒沖甫識語稱「此書久繫傳說，苦無善本」，作者「不惜重貲，購求鋟行，以供海內奇賞。真可羽翼記傳，為商週一代信史，非徒寶悅琛瑰而已。」記述了該書收購、修訂及刊行的經過，所謂「為商週一代信史」云云，當然是商家的推銷手段；署為著名文人鍾惺評閱，自然也是假託以求售。序中所言究竟真實性如何，已難考證。序和識的落款都沒有標明年月，學界一般認為，該書刊刻於天啟五年（1625 年）至崇禎三年（1630 年）之間，但周明初經過考證，認為應是在崇禎年間寫定和刊刻的〔註 157〕，周說較為合理。瀧本弘之認為，「從本書插圖精細的刻印技巧、富於變化的人物表現手法和書店名來看，可以判斷出這是明末的蘇州刊本。」他又指出，後世《封神演義》中神仙和妖怪的造型基本以該書插圖為模板，「直到清代末期，在各地大量傳播、流通的深受大眾歡迎的民間藝術——版畫當中，許多角色的形象也是源於此處的。」〔註 158〕如哈佛燕京圖書館中文善本特藏四雪堂訂正本，清康熙乙亥（1695 年）刊刻，中間是書名，右邊題「鍾伯敬先生原本」，左下方有「清籟閣藏版」，附圖五十幅。前有署名「康熙乙亥（1695 年）午月望後十日

〔註 157〕周明初：《李雲翔生平事蹟輯考及〈封神演義〉諸問題的新認識》，《文學遺產》
　　　　　2014 年第 6 期。
〔註 158〕〔日〕瀧本弘之：《〈封神演義〉的圖像及其淵源》，韓雯譯，《年畫研究》2015
　　　　　年第 1 期。

長洲褚人獲學稼題於四雪堂」的序，後有署名「長洲周之標建甫題於一線天小蘭若」的原序。還有一種北京圖書館藏四雪堂本與哈佛本基本相同，只是「清籍閣藏版」變成了「本衙藏版」。周之標序本是以明刊本為祖本刊印的，褚人獲序本可能是根據周之標序本覆刊的。

　　舒載陽刊本圖像鐫刻比較精緻，繪者在對文字描述理解的基礎上，運用圖像對作品的思想內涵和藝術特色進行了較好的闡釋、補充和發揮。首先，是忠實原文，挖掘文字描述所包含的豐富意涵。如第八十九回「紂王敲骨剖孕婦」（圖 2-75）寫紂王與妲己及其姊妹在鹿臺上飲酒賞雪，先後見臺下西門外有一老人和少年人跣足渡水，老人不甚懼冷，少年人則懼冷行緩，有驚怯之狀。紂王不解，妲己解釋道：老者乃是少年父母精血正旺之時交結成胎，所秉甚厚，故精血充滿，骨髓皆盈，不懼寒冷，而那少年則正好相反。紂王不信，於是妲己提議斷脛敲髓驗證。紂王傳旨，命當駕官將渡水老者和少者一併拿來，將斧砍開二人脛骨，取來看驗，果如妲己所說。紂王大喜，妲己又稱能知孕婦胎兒性別，於是紂王又命當駕官傳旨民間，搜捕到三名孕婦，一齊拿往午門來。民婦夫妻難捨，搶地呼天，哀聲痛慘；箕子出來諫阻，但紂王不停，堅持將孕婦剖腹驗證。這幅插圖有些特別，圖題寫在圖像的大致中間的位置，圖題上面是紂王等站在高樓上俯視下面，圖題右邊是士兵揮斧斷脛取髓的情景，左邊則是舉刀剖孕婦腹的情景。按照文字的描寫，斷脛和剖腹不是發生在同一時間的，但作者將這兩個場景置於同一空間內，樓上的看客乃是同一夥人。畫家將讀者的視線引向中軸線然後展開，從而呈現紂王令人髮指的暴行。第九十七回「摘星樓紂王自焚」（圖 2-76）寫最後紂王絕望在摘星樓自焚，只有宦豎碟升一人攛入火中死節。小說中寫子牙忙領眾將，同武王、東伯侯、北伯侯共天下諸侯，齊上馬出了轅門看火。眾諸侯評論道：「此正是無道昏君。今日如此，正所謂『自作自受』耳。」武王聞言，掩面不忍看視，兜馬回營，對子牙說紂王雖無道，得罪於天地鬼神，但你我皆為臣下，曾北面事之，何忍目睹其死，而蒙逼君之罪哉？子牙答曰：「紂王作惡，殘賊生民，天怒民怨，縱太白懸旗，亦不為過；今日自焚，正當其罪。但大王不忍，是大王之仁明忠愛之到意也」。圖繪樓上烈焰衝天，但樓下周營的官兵都在交談，無一人把視線集中到樓上，從而傳達出紂王惡貫滿盈，眾叛親離，死有餘辜之意。又如第七十六回描寫文王領著一眾文武出郭，逕往磻溪

禮聘子牙。行至三十五里，早至林下，文王傳旨：「士卒暫在林外札住，不必聲揚，恐驚動賢士。」然後下馬，同散宜生步行走進林來，只見子牙背坐溪邊。文王悄悄的行至跟前，立於子牙之後。插圖表現的就是這一「頃刻」，只見子牙坐於危岩之上垂釣，旁若無人，文王與隨從靜悄悄地站在他後面，不敢驚擾，車駕則停在遠處。生動地表現了子牙的高士情懷和文王求賢若渴的心情。

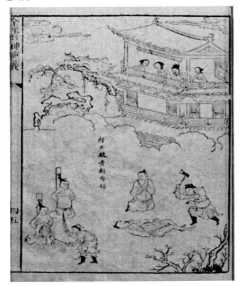 

圖 2-75　紂王敲骨剖孕婦　　　　　圖 2-76　摘星樓紂王自焚

　　對有些圖像難以繪出的故事情節，畫家就採用抽象的手法，如第五十回雲霄三姐妹擺「黃河陣」（圖 2-77），什麼是「黃河陣」呢，據小說描寫，雲霄請聞太師從營中選出六百大漢，然後同二位道姑往後營用白土畫成圖式：「何處起，何處止，內藏先天密，生死機關；外按九宮八卦，出入門戶，連環進退，井井有條。人雖不過六百，其中玄妙不啻百萬之眾，縱是神仙，入此亦魂消魄散。」其陣「九曲曲中無直，曲盡造化之奇」。可見所謂黃河陣與黃河無關，只是以黃河曲折奇險形容之。插圖繪一樓臺建於波濤洶湧的黃河之上，臺上有三個女子在做法，因此這幅畫並不是完全按照語言文字的描寫而繪製的，而是具有抽象的意味。又如第九十八回周武王率軍攻入朝歌後，同眾諸侯走上鹿臺，見殿宇巍峨，雕欄玉飾，梁棟金裝，明珠異寶，珊瑚玉樹，鑲嵌成瓊宮瑤室，堆砌就繡閣蘭房，不時起萬道霞光，頃刻有千條瑞彩，武王不勝感慨，對

子牙點首歎曰：「紂天子這等奢靡，竭天下之財以窮己欲，安有不亡身喪國者也！」武王憐百姓受紂王剝削之禍，荼毒之苦，征斂之煩，下令將鹿臺聚積之貨財，散與諸侯、百姓，將聚斂之稻粟，賑濟饑民，使萬民昭蘇。插圖繪武王、姜子牙與眾諸侯坐於鹿臺之上，下面一個官員正在指揮給百姓發放稻粟，眾百姓喜氣洋洋，排隊領糧。圖中正中上面，一輪紅日從中間噴薄而出，預示革新鼎故，一個嶄新、輝煌的時代已經到來（圖 2-78）。

 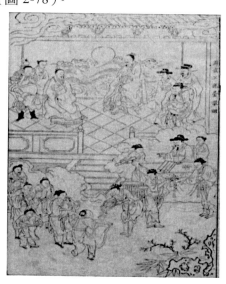

圖 2-77　三姑計擺黃河陣　　　　　圖 2-78　周武王鹿臺散財

　　有時為了表現富有緊張、戲劇性的場景，畫家會進行時間「挪移」，將發生於不同時、地的故事場景並置於一圖，前述「紂王敲骨剖孕婦」插圖即是如此。如第七回「費仲計廢姜皇后」，寫妲己進宮覲見姜皇后，姜皇后責她迷惑天子，宣淫作樂。妲己滿面羞慚，回來後與費仲設計廢除皇后；他雇傭殺手刺殺紂王，誣陷殺手受姜皇后指使。紂王廢除姜皇后，嚴刑審問，剜目剖心而死（圖 2-79）。這兩件事也發生於不同的時間和地點，畫家並置於一圖，比較完整呈現事件的原委，表現出妲己與姜皇后結怨、陰謀除掉皇后的過程及其心狠手辣的性格特點。又如第四十八回寫周營陸壓施使巫術除掉趙公明，他在營內築一臺，紮一草人，上書「趙公明」三字，頭上一盞燈，足下一盞燈。自步罡鬥，書符結印焚化，一日詛咒三次，箭射草人心窩。於是，商軍大營內趙公明昏睡不醒，聞太師進帳探視。見趙公明病情，跌足大哭。趙公明臨死前吩咐將金蛟剪用他的袍服包住，用絲條縛定，待雲霄諸妹來奔喪時送與

她（圖2-80）。可見，陸壓做法和趙公明病危發生於同時但不同地，圖像在有限空間內展現不同視點的觀察對象，從而豐富圖像的敘事表現。其他還有如第五十四回寫鄧嬋玉正要殺龍鬚虎之時，楊戩搖槍來救，嬋玉只得放開龍鬚虎，挺槍架住。兩馬相交，未及數合，嬋玉便走，楊戩隨後趕來，嬋玉發一石，正中楊戩，但楊戩有無限騰挪變化，連打幾石，只當不知。嬋玉正在著忙，楊戩祭起哮天犬，把鄧嬋玉頸子上一口，連皮帶肉咬去了一塊。嬋玉負痛難忍，幾乎落馬，大敗進營，叫痛不止。楊戩救龍鬚虎回營。接著土行孫出戰，先後大戰哪吒、黃天化，連拿數將。最後姜子牙親自出戰，也被捆仙索縛住，差點被擒，眾將搶了子牙進相府，繩子解不開，割不斷，深陷在肉裏，待白鶴童子送來符印，才將此繩解開。接著楊戩出戰，與土行孫交手。畫面上、下部分分別繪製的是鄧嬋玉與龍鬚虎、楊戩與土行孫交戰的場面。從文中的描寫看來，中間省略了好幾個故事情節。上面的圖景是第一仗，周軍一方暫落下風。下面是關鍵一仗，楊戩看出道門，接著去尋找捆仙索的來源，最後懼留孫出面，終將土行孫制伏。兩個畫面完整地表現了戰勝土行孫的過程。

圖2-79　費仲計廢姜皇后

圖2-80　陸壓獻計射公明

　　得道之士「掩耳而聞千里，閉目而見將來」，[註159]變化無窮，神秘莫測。舒載陽本中的很多插圖也突出了道教這一特點。神仙無所不知，觀察、掌控著

〔註159〕葛洪著、王明校釋：《抱朴子內篇校釋‧對俗卷第三》，中華書局，1986年，第52頁。

事件的發展過程，畫家採用全知視角，通過不同視點的虛擬場景與現實場景同框的方式加以表現，如第十回寫文王一行在往朝歌的路上，忽然雷電交加，山河震動，須臾又云散雨收，日色當空。文王在馬上渾身雨濕，歎曰：「雲過生將，將星現出；左右的與我把將星尋來。」眾人冷笑不止，但不敢違命，只得四下裏尋覓。眾人正尋之間，只聽得古墓旁好像傳來嬰兒的哭泣之聲。向前一看，果是個孩子，眾人將這孩兒抱來遞與文王。文王看見好個孩子，面如桃蕊，眼有光華。想道：「我該有百子，今止有九十九子；當此之數，該得此兒，正成百子之兆，真美事也。」命左右「將此兒送往前村撫養，待孤七載回來，帶往西岐。」終南山玉柱洞氣士雲中子正好路過，將孩子領去撫養。圖像上面繪的是雷公電母正在發雷電，下面是文王與眾人發現草叢中的孩子。一虛景一實景，結合在一起，表現文王發現雷震子的過程。又如第三十一回「聞太師驅兵追襲」，寫黃飛虎逃亡時，後面有聞太師率軍追趕，左邊有青龍關張桂方人馬，右邊有佳夢關魔家四將殺來，中間有臨潼關總兵官張鳳兵來。黃飛虎見四面人馬俱來，思想不能逃脫，長籲一聲，氣衝霄漢。這時青峰山紫陽洞清處道德真君，命黃巾力士用混元一罩，將黃家父子盡移往深山去了，蹤跡全無。聞太師不見人馬，駐兵不動。道德真君隨將葫蘆中倒出神砂一捏，望東南上一拋，洗去先天一氣。少時間，軍政官來報黃飛虎領家將倒殺往朝歌去了，聞太師便傳令回軍。道德真君暗中助黃飛虎，黃飛虎是不知道的，畫家繪出黃巾力士用一束大的光束即所謂混元罩罩住黃飛虎等人，下面則是聞太師騎著麒麟殺來（圖2-81）。第六十一回「太極圖殷洪絕命」插圖，上面城樓上赤精子拋出一道光束即所謂太極圖，化作一座金橋，子牙把四不像一縱，上了金橋。殷洪忙趕至橋邊，見子牙在橋上，縱馬上橋，走入此圖，化作飛灰。第十四回哪吒腳踏風火二輪，手提火尖，追殺李靖，李靖為免受辱，準備自殺，正待動手，五龍山雲霄洞文殊廣法天尊，手執拂塵，作歌而來，救李靖進洞。圖上方繪文殊廣法天尊坐在懸崖上看著下面發生的一切，下方繪哪吒正追趕李靖。總之，這些神仙是洞察一切的智者，在關鍵時刻伸出援手，而多數情況下事主並不知道。畫家往往將一個凡人並不能見到的虛擬場景與一個正在發生的實景並置於一幅圖中，從而起到宣道的作用。

圖 2-81 聞太師驅兵追襲

　　與上圖下文式的插圖不同，敘事性單葉插圖能將一些比較複雜激烈的戰鬥場面呈現出來。如第四十回「四天王遇丙靈公」（圖 2-82）寫周營與魔家兄弟交戰，圖右騎玉麒麟、手持雙錘的即黃天化，圖上登風火輪的為哪吒，再上為騎四不像的姜子牙，左上角好像是祭起的乾坤圈和金剛鐲。對陣的是魔家四兄弟，魔禮青大戰黃天化（死後封為丙靈公），步騎相交，刀槍並舉，來往未及二十回合，魔禮青隨手帶起白玉金剛鐲，一道霞光，打中黃天化後心，黃天化金冠倒插，跌下騎來。魔禮青方欲取首級，哪吒大叫，登開風火輪，殺至陣前，救了黃天化。哪吒大戰魔禮青，雙槍並舉，殺得天愁地暗；魔禮青祭起金剛鐲，哪吒也把乾坤圈丟起。乾坤圈將金剛鐲打得粉碎。魔禮青、魔禮紅一齊大呼：「好哪吒！傷碎吾寶，此恨怎消？」齊來動手，哪吒見勢不好，忙進西岐。魔禮海正待用琵琶時，哪吒已自進城去了。第四十三回「聞太師西岐大戰」（圖 2-83）描寫子牙與眾將劫聞太師行營，只見哪吒蹬風火輪，持槍殺來。聞太師忙上了黑麒麟，提鞭迎敵；黃天化自恃英雄，持兩柄銀槍，催動玉麒麟，前來接戰，圍住聞太師不放。金、木二吒，揮寶劍上前助戰；韓毒龍、薛惡虎各持劍左右相攻，殺氣紛紛，兵戈閃灼。哪吒等把聞太師困在垓心，黃飛虎父子沖左營，與鄧忠、張節大戰；南宮、辛甲等沖右營，與辛環、陶榮接戰。正鏖戰之際，楊戩從聞太師後營殺進去，至糧草堆上，放起火來。這些戰鬥過程都比較複雜，但畫家只通過一幅畫面，就層次分明地將其呈現出來了。

圖 2-82　四天王遇丙靈公　　　　　圖 2-83　聞太師西岐大戰

　　四雪草堂訂正本是清代前期《封神演義》最為流行的版本，該書「目錄」之後有 32 幅主要人物的肖像，排序為：老君、元始天尊、通天教主、周文王、周武王、紂王、姜尚、廣成子、伯邑考、比干、楊戩、雷震子、李天王、哪吒、聞仲、武成王、□□（趙公明）、楊任、獨腳龍鬚虎、韋馱、風天王、調天王、雨天王、順天王、哼將軍、哈將軍、方弼、方相、土行孫、殷郊、妲己、申公豹。這些肖像酷似舒載陽本插圖中的人物形象，敘事性插圖則完全與舒載陽本相同。四雪草堂本的肖像插圖主要起身份識別的作用，如神仙級別，從人物的排序看來，道教祖師排在世俗帝王之前，可見道教地位之崇高，妲己和申公豹排在最後，表明編者在排序時也考慮到了道德的因素。最高等的道教神仙老子、鴻鈞老祖、元始天尊、燃燈道人、普賢真人、慈航道人和接引道人背後有圓光。又如三教合一的思想，如燃燈道人的原型是燃燈佛，他坐在蓮花座上，但又有道教元素背光和劍，而清虛道德真君又站在蓮花之上。又如外貌特徵，小說中的楊任、雷震子等都長相奇特，作者繪製這些人物形象時，既繼承了舒載陽刊本，又可能還參考了《山海經》《三教源流搜神大全》等插圖中神仙、妖怪的形象。楊任本是商紂的大夫，因進諫造鹿臺的事被挖去了眼睛，死後棄屍，經道德真君救活，他的眼睛里長出了長手和長眼睛。雷震子則是鷲鳥的形象，準提道人擁有十八手二十四首金身，有七寶妙樹、加持神杵、六根清淨竹等法寶。還有的肖像展現了人物的奇行異能，如哼哈二將陳奇和鄭倫，陳奇曾經受異人秘傳，養成腹中一道黃氣，張口一哈，黃氣噴出，見之者魂魄自散。鄭倫也曾拜西崑崙度厄真人為師，鼻

竅中有二氣，可吸人魂魄。有的圖像還明顯表現出性格特徵，如姜皇后是坐在椅子上看書的形象，表現出姜后賢惠貞靜的性格。袁無涯在《忠義水滸全書發凡》云：

> 此書曲盡情狀，已為寫生，而復益之以繪事，不幾贅乎？雖然，於琴見文，於牆見堯，幾人哉？是以雲臺、凌煙之畫，《豳風》《流民》之圖，能使觀者感奮悲思，神情如對，則像固不可以已也。

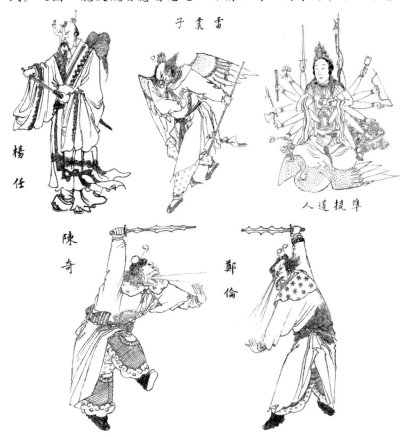

就是說，文字描寫已「曲盡情狀」，之所以還要插入人物肖像圖，就是要使觀者產生「神情如對」的親切閱讀效果，此即可以用來說明四雪草堂訂正本中的人物肖像插圖。

舒載陽本插圖有的明顯從《全相平話武王伐紂書》繼承而來，如第四十五回寫文王帶領眾文武出郭，逕往磻溪禮聘子牙。行至三十五里，早至林下，文王傳旨：「士卒暫在林外札住，不必聲揚，恐驚動賢士。」文王下馬，同散宜生步行，入得林來，只見子牙背坐溪邊。文王悄悄的行至他跟前，立於子牙之

後，其他隨從靜悄悄地站在後面，不敢驚擾，車駕則停在遠處（圖 2-84）；平話本的插圖幾乎與舒載陽本相同，只是子牙正在回頭看著文王等人（圖 2-85）。還有「敲骨剖孕婦」圖與平話本「紂王斫脛」圖，也非常相似。總體而言，舒載陽本插圖製作精緻，表現力較強。

圖 2-84　舒載陽本

圖 2-85《全相平話武王伐紂書》

二、金陵聚德堂刊本

題「鍾伯敬先生評原本」，藏中國國家圖書館、美國哈佛大學圖書館，序題為「康熙乙亥午月望後十日長洲褚人獲學稼題於四雪堂」，封面分三行印著「封神演義、全像商周傳、金陵德聚堂梓」。與前面的版本不同，這個版本是在金陵德聚堂刊刻出版的，時期大約在乾隆年間。

本書與前兩個版本最大的不同之處在於其「上圖下文」的插圖形式，每頁十四行，每行二十五字，圖的兩側是一句斷開的圖題，共有插圖 1582 幅。儘管距建本大規模使用上圖下文插圖已經過去了幾百年，但由於上圖下文插圖的空間有限，聚德堂本的插圖藝術並沒有什麼進步。有些插圖繪製很粗糙，表

現力不強。如第十七回，妲己又奏議紂王建酒池肉林，在蠆盆左邊掘一池，池中以糟邱為山。糟邱山上，用樹枝插滿，把肉披成薄片，掛在樹枝之上，名曰「肉林」；右邊挖一沼，將酒灌滿，名曰「酒海」。紂王隨傳旨，依法制造。舒載陽本是「蠆盆」出圖，只見「蠆盆」之中有蛇和宮女，非常恐怖；而聚德堂本則出圖「肉林酒池」（圖 2-86），只見幾株掛著肉的枯樹，右邊是一個水池即「酒池」的一角，只見一人沒於酒池中，很難表現商紂王奢侈淫佚的生活。又如第三十九回寫七月秋天，子牙在岐山布鬥做法，不久寒風凜凜，飄起大雪，積雪數尺，把商軍都凍壞了。圖像圖題云「子牙出看，水凍岐山」（圖 2-87）。「水」可能是「冰」字之誤，而且語言敘事中並未提及姜子牙出來查看冰凍，而是在帳中詢問屬下外面積雪情況，可見圖文不符。圖像中只見磊磊巨石，難以表現「山頂上深二尺，山腳下風旋下去，深有四五尺」的雪景。又如第十二回舒載陽本和德聚堂本插圖都是出圖哪吒大戰龍王三太子的戰鬥場景，德聚堂本分「東海口上哪吒洗澡」和「打死敖丙抽出龍筋」兩幅，舒載陽本是「乾元山哪吒出世」一幅，小說中描寫道：「只見波浪中現一水獸，獸上坐看一人，全裝服色，挺戟驍勇，大叫道：『是甚人打死我巡海夜叉李良？』……哪吒搶一步，趕上去一腳踏住敖丙的頭頂，提起乾坤圈照頂門一下，把三太子的原身打出，是一條龍，在地上挺直。哪吒曰：『打出這小龍的本像來了，也罷，把他的筋抽去，做一條龍筋條，與俺父親束甲。』哪吒把三太子的筋抽了，逕帶進關來。」可見敖丙先是以人形出現，被打死後現出原形。聚德堂本兩幅畫分別繪製了哪吒在海口洗澡和將死龍抽筋的場景（圖 2-88），而舒載陽本則繪製了哪吒與三太子打鬥的場景（圖 2-89）。聚堂本插圖無法表現哪吒把七尺混天綾放在水裏，使江河晃動，乾坤震撼及其後來兩人激烈打鬥的情景，甚至讀者不看語言文本，都不知道故事發生在海裏。而舒載陽本截取兩人打鬥的「頃刻」，只見一輪紅日從海上冉冉升起，大海波濤洶湧，暗示故事發生的時間和地點。三太子從海中躍起，將畫戟刺向哪吒，哪吒手裏舉起乾坤圈迎敵，他後面還站著看護他的家將，表示他只是一個幼童。可見聚德堂本該回的插圖遠遜舒載陽本。聚德堂本有些插圖只是簡單的風景，沒有人物，如第四十四回寫赤精子腳踏祥光，借土遁來至崑崙山。不一時，有南極仙翁出玉虛宮而來，見赤精子至，忙問子牙情況。赤精子辭了南極仙翁，駕祥雲往玄都洞而來，圖像圖題是「南極仙翁遇赤精子」（圖 2-90），但圖像中沒有兩人見面的情景，而是山景，倒像是下面赤精子到老子玄都洞八景宮看到的景色。又如第五十六回寫土

行孫被擒後，散宜生去鄧九公軍中游說，勸鄧九公招土行孫為婿。但圖像中也沒有人物，只有房子的一角（圖2-90）。這些都可能是書坊主和刻工偷工減料造成的，因為人物畫比簡單的風景圖更費工夫。

圖 2-86 肉林酒池

圖 2-87 冰凍岐山

圖 2-88 哪吒抽敖丙筋

圖 2-89 乾元山哪吒出世

圖 2-90 南極仙翁遇赤精子

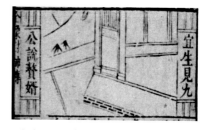

圖 2-91 散宜生見等鄧九公

　　還有一種情況是重複，類似於現在的黏貼複製，如第十五回，寫姜子牙離開崑崙，來到朝歌，因自己沒有親人，忽想到朝歌有一結義仁兄宋異人，於是去投他，宋異人熱情接待。繪者用了兩張圖來表現這對結義兄弟的重逢（圖2-92），圖題都一樣，圖像中只有姜子牙和宋異人兩人，但姿勢不同，第一張是姜子牙在

左，拱手作揖，似問詢狀；異人在右邊，右手抬起。第二張是異人在左，姜子牙
在右，兩人皆兩手作揖，而且兩人中間上面似有一鉤彎月。兩張圖基本相同，沒
什麼大的變化。又如黃飛虎的坐騎是神牛，但在有些圖像中，如與他父親黃滾對
陣時，騎的卻是馬。總之，聚德堂本的插圖藝術內涵遠不如舒載陽本豐富。

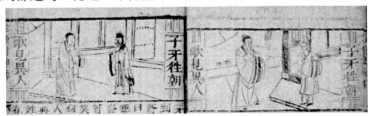

圖 2-92 子牙見異人

三、上海廣百宋齋精石印《繡像封神演義》

上海廣百宋齋精石印《繡像封神演義》是石印本，因而圖像製作就更為精
美，但承襲舒載陽本或者說四雪草堂本的痕跡至為明顯。

首先，廣百宋齋中的不少插圖是根據舒載陽本插圖稍作修改而成。如第三
十七回「姜子牙一上崑崙」，左下是申公豹，坐騎是老虎，正在表演砍頭法術；
右邊南極仙翁召鶴將其頭銜去；中間姜子牙仰頭觀看（圖 2-93）。與舒載陽本
幾乎完全相同（圖 2-94）。有的則是截取舒載陽本的一部分，如第十八回「子
牙諫主隱磻溪」截取了子牙垂釣畫面，刪除了文王及其隨從（圖 2-95）。第四
十八回「陸壓獻計射公明」截取了子牙射草人部分，割除了聞太師探視趙公明
的畫面（圖 2-96）。

圖 2-93 廣百宋齋本

圖 2-94 舒載陽本

圖 2-95 廣百宋齋本「子牙諫主
　　　　隱磻溪」

圖 2-96 舒載陽本「陸壓獻計
　　　　射公明」

　　還有的是變動視角，採用「一角式」構圖，將樹木或人物放在畫面的一角突出的位置，然後視點由此向著對角線方向延伸。如第五回「雲中子進劍除妖」（圖 2-97），原來舒載陽本是正中的視角，廣百宋齋本則改為左角度視線（圖2-98）。

圖 2-97 廣百宋齋

圖 2-98 舒載陽本

　　如第十二回「陳塘關哪吒出世」插圖（圖 2-99），廣百宋齋本畫家只是將太陽的位置下移，將舒載陽本哪吒與三太子交戰的左視角位置，變換為右視角，並拉近了哪吒與三太子的距離，抹去了站在哪吒後面的家將。

圖 2-99 陳塘關哪吒出世

　　當然，廣百宋齋本有些插圖也體現出作者的創新意識，如第十七回「蘇坦己置造蠆盆」，在舒載陽本中，「蠆盆」裏面有很多毒蛇和幾個掙扎的女子，廣百宋齋本插圖則是在「蠆盆」中，群蛇豎起身子，吐著信子，很是恐怖；後面幾個如狼似虎的士兵押送著一群女子，她們有的面露驚懼之色，有的掩面而泣，有的好像在與官員交涉（圖 2-100）。小說中描寫道，紂王命奉御官將宮人綁至坑邊，「那宮人一見蛇猙獰，揚頭吐舌，惡相難看，七十二名宮人一齊叫苦。那日膠鬲在文書房，也為這件事，逐日打聽；只聽得一陣悲聲慘切。大夫出的文書房來，見執殿官忙忙來報：『啟老爺！前日天子取蛇，放在坑中；今日將七十二名宮人，跣剝入坑，喂此蛇蠍。卑職探聽得實，前來報知。』」可見，舒載陽本表現的是宮人跣剝入坑之後的情景，而廣百宋齋本表現的則是入坑之前。畫家通過官兵、宮人、毒蛇之表情、形態，表現了令人揪心和恐懼的效果，揭露了紂王和妲己的荒淫殘暴、喪盡天良，生動地釋放出文字描寫的豐富內涵。有些插圖則通過圖像的修改，強調君臣倫理思想，如第九十七回「摘星樓紂王自焚」（圖 2-101），文中寫武王聽說紂王縱火自焚後，「掩面不忍看視」，稱紂王雖無道，但你我皆為臣下，曾北面事之，「何忍目睹其死，而蒙逼君之罪哉？」但他的話遭到姜子牙的批駁，姜子牙認為「紂王作惡，殘賊生民，天怒民怨，縱太白懸旗，亦不為過；今日自焚，正當其罪。」舒載陽本同意姜子牙的說法，插圖繪紂王自焚時，周營官兵漠不關心；廣百宋齋本則認同武王

的觀點，繪紂王自焚時，武王跪在地上叩拜。畫家通過圖像製作表達了自己閱讀小說的不同體驗和思想觀念。

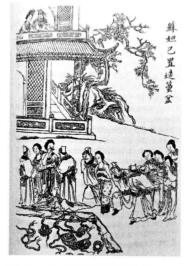

圖 2-100「蘇坦己置造蠆盆」

圖 2-101「摘星樓紂王自焚」

廣百宋齋插圖同樣宣揚了道教信仰。如第五十回「三姑計擺黃河陣」（圖2-102），舒載陽本是通過黃河的波浪來象喻黃河陣的曲折險惡，而廣百宋齋本則通過林立的旗幟上的旗號、各種陰陽八卦的道教符號等，來表現黃河陣的性質及兇險。第六十一回「太極圖殷洪絕命」（圖2-103）等插圖表現道教真人的法術，則基本與舒載陽本相同，只是相對於舒載陽本而言有所減筆。

圖 2-102「三姑計擺黃河陣」

圖 2-103「太極圖殷洪絕命」

　　《封神演義》除了上述重要的插圖本外，清代還有很多，如乾隆四十三年（1778 年）經元堂《繡像封神演義》、光緒九年（1883 年）上海校經山房《繡像評點封神榜全傳》、光緒十六年（1890 年）上海鴻文書局鉛印《繡像封神演義》、光緒二十一年（1896 年）上海文盛書局石印《增像全圖封神演義》等，但還是大致都沿襲舒載陽本，沒有什麼突出的特色。這些圖像中的姜子牙、哪吒、燃燈道人、趙公明等神明和妖怪的形象，被後世各種各樣的藝術形式描摹、仿照，逐漸滲透到了民眾中間。

　　《封神演義》是一部典型的道教小說，武王伐紂虛構成闡教和截教兩派的鬥爭。最高神道是鴻鈞道人，第八十四回鴻鈞道人偈曰：「盤古生太極，兩儀四象循。一道傳三友，二教闡截分。玄門都領秀，一氣化鴻鈞。」所謂「一道傳三友」，是指鴻鈞道人傳老子、元始天尊、通天教主三個教主，下面有玉帝、王母、女媧、伏羲、神農和燧人等，再下一層有玉虛門下十二弟子、玄都大法師、燃燈道人、陸壓、度厄真人、楊戩、李靖、金吒、木吒、哪吒、雷震子和韋陀等。仙道之下的神道，為 365 位正神，仙道之下為人道。這種道教神譜，當然屬於作者的虛構，與歷史上的道教各派神譜無關。繪工也通過圖像來闡釋小說，體現作者的閱讀體驗，宣揚道教思想，特別是將佛教道教化，如燃燈佛是「仙人班首，佛祖流源」，圖像上的燃燈佛騎著梅花鹿，穿著八卦衣，梳著雙丫髻，此外多寶佛、文殊菩薩、普賢菩薩等莫不道教化。所以，雖然作者宣揚「三教合一」，但在某種程度上，《封神演義》堪稱是另一種形式的「老子化胡說」。

本章小結

　　在中國書籍插圖史上，宗教書籍插圖比一般書籍的插圖更早、更成熟。署名唐司馬承禎編撰的《上清侍帝晨桐柏真人圖贊》〔註160〕，圖像秀美，並已使用圖像並置手法敘事。元代的《許太史真君圖傳》《老子八十一化圖》等，圖像就更為精美，刻畫細膩，栩栩如生，且嫻熟地運用圖像綜合敘事手法表現連續或不同的故事情節，而同時期的平話和稍後的建本插圖，則顯得比較粗糙和稚嫩。但與一般小說的插圖相比，道教小說的插圖形式並無什麼特別

〔註160〕張魯君、韓吉紹《〈上清侍帝晨桐柏真人真圖贊〉考論》（《宗教學研究》2012年第 3 期）認為圖像中人物服飾具有宋代特徵，斷定該書現存文本的文字與圖像當非同一人所作，假如司馬承禎確為原編撰者，其圖像亦非原貌。

之處，從形式而言，有上圖下文式、圖嵌文中式、圖像置於正文前式，插圖或配有圖贊、對聯、圖識等，既是對圖像的進一步注釋和說明，又體現出這些作者對小說閱讀的理解等，是一種圖像批評方式。特別是道光十二年（1832年）芥子園（廣東）刊本《鏡花緣》，有圖像、圖說、圖贊、器具、印章等，珠聯璧合，渾然一體，形成一個不可分割的有機體，發揮了 1＋1＞2 的功能，對語言文字進行闡釋、補充和發揮，實現文本增值。因為讀者有關道教知識的掌握不足，對道教名物、符印等比較陌生，因而道教小說插圖發揮了圖像知識功能，使讀者對道教的相關知識有了具象的感知，從而更好地理解小說中的描寫，並起到宣道的功能。又由於一些道教小說的插圖具有「靈圖」的功能，讀者通過圖像與神仙真人實現心靈交流，從而產生膜拜、皈依等情感，這是其他小說的插圖所不具備的功能，因而道教小說的插圖對豐富中國古代小說插圖史做出了重要貢獻。